dtv

Madrid 2003: Der dreiundzwanzigjährige Paco Morientes stößt nach dem Tod seiner Eltern auf eine irritierende Wahrheit: Seine Mutter war keine Spanierin, sondern gebürtige Berlinerin. Also begibt sich der junge Mann auf Spurensuche in die deutsche Hauptstadt.
Berlin 1950: Gerda und Herbert Neutig sind glücklich, den Krieg überlebt zu haben. Sie genießen das Leben, gehen ins Kino und zum Tanzen, reisen in die Berge und ans Mittelmeer und erleben die Euphorie der Wirtschaftswunderjahre. Doch Gerdas Leben wird von einem Geheimnis überschattet: Um ihre Tochter Ingrid vor den Nazis zu retten, gab sie das Neugeborene nach Spanien. Was ist aus dem Kind geworden? Wird sie es jemals wieder in ihre Arme schließen?

Horst Bosetzky, geboren 1938 in Berlin und unter dem Namen *-ky* als einer der erfolgreichsten deutschen Krimiautoren bekannt, ist emeritierter Soziologieprofessor in Berlin. Neben zahlreichen Kriminalromanen, mit denen er sich an die Spitze der deutschen Spannungsliteratur geschrieben hat, verfaßt er Jugendbücher, Hör- und Fernsehspiele, historische Romane sowie eine mehrteilige Familiensaga.

Horst Bosetzky

Die schönsten Jahre

zwischen Wedding und Neukölln

Roman

Deutscher Taschenbuch Verlag

Von Horst Bosetzky
sind im Deutschen Taschenbuch Verlag u. a. erschienen:
Brennholz für Kartoffelschalen (20078)
Zwischen Kahn und Kohlenkeller (20621)
Die Bestie vom Schlesischen Bahnhof (20832)
Wie ein Tier (21165)

Ausführliche Informationen über
unsere Autoren und Bücher
finden Sie auf unserer Website
www.dtv.de

Ungekürzte Ausgabe
April 2010
Deutscher Taschenbuch Verlag GmbH & Co. KG,
München

Umschlagkonzept: Balk & Brumshagen
Umschlaggestaltung: Wildes Blut, Atelier für Gestaltung,
Stephanie Weischer unter Verwendung eines Fotos von
ullstein bild
Gesamtherstellung: Druckerei C. H. Beck, Nördlingen
Gedruckt auf säurefreiem, chlorfrei gebleichtem Papier
Printed in Germany · ISBN 978-3-423-21200-7

Alle Erinnerung ist Gegenwart.
Novalis, Poeticismen

Der Enkel I

»Ich fliege nach Berlin.« Paco hatte seinen Notizblock aufgeschlagen, um festzuhalten, was ihm durch den Kopf ging. Ich fliege … Natürlich war das Unsinn, denn er flog nicht, fliegen konnten nur Vögel und Insekten und Leute mit Paragliding-Schirmen, er wurde geflogen. Iberia, Flug IB 3542, Madrid ab 9 Uhr 50, Berlin-Tegel an 12 Uhr 20. »Tegel ist ein wunderbarer Platz, um anzukommen«, schrieb er. »In Tegel haben die Humboldt-Brüder gelebt, in Tegel spukt es bei Göthe im *Faust*.« Der Name »Göthe« kam ihm komisch vor, aber er brauchte einige Wimpernschläge, um den Fehler zu erkennen. »Irgendwie bin ich ein bißchen verwirrt, denn ich …« Doch er schaffte es nicht, seine Gefühle in Worte zu … ja, was: zu übersetzen, zu kleiden, zu gießen, zu bringen? Nicht auf spanisch, und auf deutsch schon gar nicht. Hehr und pathetisch sollte es klingen, etwa so: »Wie Christoph Kolumbus ausgezogen war, den Seeweg nach Indien zu finden, so war Paco Morientes aufgebrochen, sich und seine Wurzeln zu entdecken.« Aber der Satz, im Kopf formuliert, gefiel ihm gar nicht. Das war nicht das, was man von einem Menschen erwarten konnte, dessen Material die Sprache sein sollte. Schriftsteller, Journalist oder Lektor, das waren seine Ambitionen. Auch wenn er »entdecken« durch »erkunden« oder »erforschen« ersetzte, wurde es nicht zu dem, was er von sich erwartet hätte. Wollte er sich zum Helden seines ersten Romans machen, würde er noch hart an sich arbeiten müssen. Subtiler fühlen, subtiler denken, subtiler schreiben. Warten können, nichts erzwingen wollen. Schließlich war er gerade einmal 23 Jahre alt. Und die Geschichte, die er erzählen wollte, gab ohne Frage eine Menge her. Die Geschichte seiner Großmutter ...

Er zog die Briefe aus Deutschland heraus, in denen ihm Mut gemacht wurde, nach Berlin zu kommen, dort zwei Semester zu studieren und in aller Ruhe nach den Spuren zu suchen, die seine Großeltern hinterlassen hatten, die Neutigs aus dem Wedding, Gerda und Herbert. Robert hatte ihm geschrieben, der Sohn der Schwester seiner Großmutter, auch schon 55 Jahre alt. Aber nicht nur dieser Onkel wollte ihn unterstützen, sondern auch Manfred Matuschewski, ein emeritierter Soziologie-Professor. »Ich kann mich an Ihre/Deine Großeltern noch genau erinnern«, hatte er in seiner E-Mail geschrieben. »Ihre/Deine Großmutter war eine der besten Freundinnen meiner Mutter und ihr geradezu hörig. 93 Jahre ist meine Mutter im Juni dieses Jahres geworden, und sie wird es nicht fassen können, Gerdas Enkel gegenüberzutreten, hat sie doch bis vor kurzem gar nicht gewußt, daß Gerda eine Tochter hatte. Es ist eine Geschichte wie in Hollywood erdacht, und ich bin sehr gespannt auf alles ... Mein Sohn Joscha studiert an der FU und meine Tochter Larissa an der Humboldt-Universität, so daß sie Ihnen/Dir sicherlich helfen können, hier in Berlin Fuß zu fassen.« Paco steckte die Briefe wieder ein. Robert wollte ihn vom Flughafen abholen und Manfred Matuschewski und seine Mutter zum Kaffee einladen.

»Ja, bitte noch eine Cola.« Die Stewardeß hatte ihn auf spanisch gefragt, und er hatte unwillkürlich auf deutsch geantwortet. Er trank einen Schluck und schaute dabei aus dem Fenster. Unter ihnen lagen die Alpen. Ein paar Minuten noch, und sie waren über deutschem Territorium. Im Grunde war das aber auch nicht viel anders, als wenn er von Katalonien nach Aragón käme. Man schrieb das Jahr 2003, und was zählte, war Europa, das Euro-Land.

Er lehnte sich zurück und schloß die Augen. Das Fauchen der Düsenmotoren war wie ein Wiegenlied und senkte sein Bewußtsein immer weiter ab. Zugleich hatte er Calderóns Verse im Ohr: » ... denn ein Traum ist alles Leben, und die Träume selbst ein Traum.« Paco konnte es nicht mehr auseinanderhalten: Flog er wirklich nach Berlin – oder saß er in Madrid im Garten und träumte, nach Berlin zu fliegen ...? War er wirklich nicht der Enkel der Margarita Muñoz aus Manzanares, südlich von Madrid – oder träumte er nur, es niemals gewesen zu sein ...? War seine Mutter tatsächlich nicht in Madrid zur Welt gekommen, sondern in Deutschland, in einem kleinen Nest in Brandenburg ...? Anfangs war es ihm so unwahrscheinlich vorkommen wie die Mitteilung, daß die Erde eigentlich zwei Monde habe, der zweite sei aber erst jetzt entdeckt worden. Und wenn es nicht Pater Bartolomé gewesen wäre, der ihm alles erzählt hätte, wäre er in Lachen ausgebrochen. Aber Bartolomé war ein durch und durch ernsthafter Mensch ohne auch nur den Anflug jeder Phantasie jenseits des Religiösen. Und außerdem gab es ja die Dokumente, und die waren hundertprozentig echt, wie ihm Freunde vom Kriminologischen Institut versichert hatten.

An einem verregneten Novemberabend war er ins Haus des Pfarrers gekommen, und damit hatte alles begonnen ...

Bartolomé hatte eine vergilbte, ehemals kardinalsrote Aktenmappe vor sich liegen, deren Ränder mit schwarzen Gummibändern verschlossen waren, und sah ihn so an, wie Paco es aus Spielfilmen kannte, wenn der Notar ein Testament eröffnete. Feierlich, ein wenig pathetisch schon, und voller mühsam beherrschter Spannung.

»Seit der Kommunion habe ich dich kaum noch in meiner Kirche gesehen«, begann er. »Aber so sind die Zeiten eben, und wo sie jetzt so viel von den Genen reden: Vielleicht ist es noch der protestantische Geist, der da in dir steckt, Martin Luther, oder schlimmer noch, das Atheistische, denn dein Großvater ist ja damals nur sehr unwillig zu uns gekommen, zu meinem Vorgänger ... Ich selbst kenne ihn auch noch: Gerhardo, den Deutschen. Deiner spanischen Großmutter zuliebe hat er das alles getan, der Margarita. Ein feiner Mensch. Die beste Gemeindeschwester, die wir jemals hatten. Und ohne sie ... Nun, ich muß langsam zur Sache kommen. Nur noch so viel, dein deutscher Großvater hat gute Beziehungen zu Leuten des *Generalísimo* gehabt, aber auch zu einigen der *Partido Socialista Obrero Español*, also zu beiden Seiten im Bürgerkrieg und danach, sonst wäre das alles nicht gelungen ... allein die Papiere zu fälschen ...«

Paco tat sich schwer damit, diese Szene als real zu nehmen. »Welche Papiere ...?«

»Die Geburtsurkunde deiner Mutter ...« Der Pfarrer kam noch immer nicht zum Eigentlichen, wagte es nicht ohne die nötige Vorbereitung. »Was weißt du von deiner Mutter, wo ist sie zur Welt gekommen?«

Was sollte dieses Examen? Paco sah den Geistlichen verständnislos an, stellte aber keine Gegenfrage, sondern antwortete mit leisem Murren. »Na, hier in Madrid. Am 14. März 1940.«

»Der Tag ist richtig, aber nicht der Ort ...«

Paco konnte noch immer nicht begreifen, was das alles sollte. »Wieso denn nicht der Ort?«

»Weil ...« Der Pfarrer schaffte es noch immer nicht, zum Kern der Dinge zu kommen, und benötigte einen weiteren Umweg. »Deine Mutter ist vor fünf Jahren gestorben, dein Vater Anfang dieses Monats. Und sie haben in ihrem Testament verfügt, dir erst nach ihrem Tode die Wahrheit zu offenbaren.«

»Welche Wahrheit?« rief Paco und fürchtete Schlimmstes. »Sind sie Massenmörder gewesen?«

Bartolomé lächelte. »Ach, mein Junge ... nein. Aber ...«

»Sind sie gar nicht meine Eltern gewesen ...?« Pacos Gedanken gingen da schon in die richtige Richtung, er witterte etwas.

»Doch, doch, sie schon, aber ...«

»Aber ...?«

»Aber deine Großmutter und dein Großvater, Gerhardo und Margarita ...«

Paco hatte sich steil aufgerichtet, wäre am liebsten aufgesprungen. »Was ist mit denen?«

Jetzt blieb Bartolomé kein Ausweg mehr, aber er quälte sich mit dem, was er Paco mitzuteilen hatte, wie mit dem Geständnis eines schweren Verbrechens, das er selbst begangen hatte. »Sie sind nicht deine ... deine echten Großeltern. Ich meine, nicht die leiblichen Eltern deiner Mutter. Sie haben sie nur aufgezogen ...«

Paco konnte das alles nicht fassen. »Das gibt's doch nicht!«

»Doch. Es ist eine lange Geschichte, und eine, die nur in so wirren Zeiten wie den damaligen möglich war.« Nun begann der Pfarrer zu erzählen. »Deine richtige Großmutter hieß Gerda, lebte in Berlin und war jüdischer Abstammung. Ihre Mutter war Jüdin, ihr Vater Christ, aber schon gestorben. Als nun Ingrid, deine Mutter, unterwegs war, 1939, da hatte Gerda Angst, daß sie beide ins KZ kommen würden, und sie sah nur einen Ausweg ... Sie verbarg ihre Schwangerschaft und schickte ihren Mann, schickte Herbert nach Spanien, um mit Margarita zu reden. Erst mit ihr und nicht mit seinem Bruder, denn er wußte um ihre Güte. Und Margarita ist dann zu ihrem Mann gegangen, zu Gerhard, und hat gesagt: ›Du hast deine guten Beziehungen zu allen Seiten, und deshalb wird es gehen. Wir fahren nach Deutschland, ich täusche eine Schwangerschaft vor, und wenn Gerdas Kind zur Welt kommt, geben wir es als unseres aus und nehmen es mit nach Spanien.‹«

»Und das soll gegangen sein ...?«

»Wenn der Herr etwas will, dann geht es auch.« Damit schob der Pater Paco die Mappe mit den Dokumenten hinüber. »Hier sind die Beweise. Damit habe ich meine Pflicht getan, und siehe 1. Timotheus 4,8: ›Gott will, daß allen Menschen geholfen werde und sie zur Erkenntnis der Wahrheit kommen.‹ Ja, Paco, nun wirst du auf die Frage ›Warum bin ich so, wie ich bin?‹ womöglich ganz andere Antworten finden. Und darum war es richtig und wichtig, dir alles zu sagen. Deine Eltern wollten dich nicht erschüttern, sondern warten, bis du alt genug bist, die Wahrheit zu erfahren.«

»Wir beginnen nun mit unserem Landeanflug auf Berlin-Tegel ...« Die Rückenlehnen waren in eine aufrechte Position zu bringen, die Tische wieder hochzuklappen, das Übliche. Paco fragte sich, was ihm wohl entgehen würde, wenn sie jetzt abstürzten. Man könne nicht tiefer fallen als in die Hand Gottes, hätte Bartolomé gesagt, und Pacos Freund Félix wäre drastisch geworden: »In dem Augenblick, wo du tot bist, ist es doch völlig egal, wie lange du gelebt hast.«

Heute war der 21. August 2003, ein Donnerstag. Der Wind kam von Westen, also flogen sie eine Ehrenrunde über die Stadt, Sightseeing kostenlos. Paco versuchte, sich zu orientieren. In Madrid hatte er sich alle verfügbaren Bildbände über Berlin auszuleihen versucht und die Stadtpläne studiert. Außerdem hatte er im Deutschunterricht einiges über die Hauptstadt erfahren. Sein deutscher Großvater, Gerhard Neutig, war geborener Berliner gewesen, aber leider schon zwei Jahre vor seiner Geburt gestorben. Von daher war also nichts »zu erben« gewesen. Seine Mutter hatte ihm von ihrem Berlin-Besuch Mitte der fünfziger Jahre und den vielen Neutigs in Ost und West auch nicht viel erzählt. Von denen fanden sich jedoch einige Fotos im Familienalbum.

Paco wußte, daß er sich an Spree und Stadtbahn orientieren mußte, um zu wissen, wo in Berlin Nord und Süd und Ost und West waren. Und die Mitte war dort, wo Fernsehturm und Dom in den Himmel ragten, die Museumsinsel, der Gendarmenmarkt, die Neue Synagoge ... Das Rote Rathaus konnte er noch ausmachen, die Straße Unter den Linden, das Brandenburger Tor, den Reichstag und den neuen Hauptbahnhof. Auch den Tiergarten, die Gedächtniskirche und den Potsdamer Platz. Gemessen an Madrid, Rom, Paris oder London war das alles ein wenig provinziell, aber er hatte irgendwie das Gefühl, nach Hause zu kommen. Die Gene ... Unsinn! Man konnte sich auch etwas einreden. Seine Affinität zu Deutschland und den Deutschen war zwar Fakt, mehr aber nicht, und die lag darin begründet, daß seine Mutter viel deutsch gesprochen und als Dolmetscherin und Übersetzerin in der deutschen Botschaft gearbeitet hatte. Auf ausdrücklichen Wunsch ihrer spanischen Eltern hin. Und sehr früh hatte man ihm, Paco, nahegebracht, Germanistik zu studieren, um einmal Journalist zu werden, Auslandskorrespondent in Deutschland, ersatzweise auch Deutschlehrer, Simultanübersetzer oder Professor für deutsche Literatur. »Ich bin ganz einfach so programmiert worden«, war Pacos stehende Wendung. Warum das so war, wußte er nach dem Gespräch mit Pater Bartolomé.

Die Maschine setzte auf, und Paco dachte, daß es nun für ihn am logischsten sein würde, wenn er es wie der Papst machte: sich auf das Rollfeld kniete, um die deutsche Erde zu küssen. Besser: den Berliner Beton. Aber leider kam man direkt vom Flugzeug in die Ankunftshalle.

Robert Kurz hatte ihm eine E-Mail geschickt, daß er ihn in Tegel abholen würde. »Erkennen wirst du mich ohne Mühe, ihr habt ja bestimmt Fotos von uns.« Nun, auf denen, die Paco gefunden hatte, war Robert nicht ganz zwanzig Jahre alt. Tante Marga, Onkel Karl-Heinz, Robert, Oma Cäsar, Tante Gerda, Onkel Herbert … Irrtum: deine Uroma Cäcilie, deine Oma Gerda, dein Opa Herbert. Was war dann Robert? Sicherlich ein Vetter – aber welchen Grades? Paco hatte keine Ahnung von Stammbäumen und den richtigen Bezeichnungen entfernter Verwandter. Vom Gefühl her war Robert in seinem Alter, und er mußte sich immer wieder klarmachen, daß Robert schon auf die Sechzig zuging. Gerda Neutig, seine Oma, hatte eine Schwester namens Marga – und das war Roberts Mutter. Paco zeichnete in Gedanken die Linien nach. Seine wirkliche Mutter, Ingrid, war dann Roberts Cousine, und damit konnte der nicht sein Vetter sein, sondern höchstens sein Onkel. Erst Roberts Tochter Anja war seine Cousine zweiten Grades. Gott, war das alles kompliziert. Aber insoweit war er doch Spanier, daß die Familie für ihn etwas Heiliges war. »Die Familie gibt's nur einmal«, hörte man allenthalben.

Paco wartete auf seinen Koffer und versuchte dabei, durch einen schmalen Spalt in den Milchglasscheiben einen Blick auf die zu erhaschen, die draußen in der Halle standen und warteten. Das mißlang aber. Als er dann mit seinem Rollenkoffer durch den Flaschenhals gepreßt wurde und durch das Spalier der Wartenden ging, tastete er die Gesichter ab und hoffte auf das, was seine spanische Großmutter immer »die Stimme des Blutes« genannt hatte. Da hoffte er vergeblich, und er war schon nahe daran, ein bißchen weinerlich in die Gegend zu schauen, als ihm plötzlich ein älterer und recht korpulenter Herr auf die Schulter schlug: »*Hola! Qué tal?*« Robert hatte drei Sätze Spanisch gelernt.

Paco fuhr herum und erschrak: dieselben braunen Augen wie

bei seiner Mutter, dieselbe Stirn, dieselben Mundwinkel. Das war der Beweis. Wenn es überhaupt noch eines Beweises bedurfte. Erst schien es so, als sollten sie es bei einem kräftigen Händedruck belassen, dann umarmten sie sich.

»Willkommen bei uns in Berlin«, sagte Robert. »Nun ist nicht nur Deutschland wiedervereinigt, sondern auch unsere Großfamilie. Mensch, du, ich bin ja aus allen Wolken gefallen, als du uns alles geschrieben hast. Ich hab' ja auch nie was davon gewußt, daß meine Tante, daß Tante Gerda 'n Kind gehabt hat, die Ingrid, deine Mutter ... Mann! Nicht einmal meine Mutter hatten sie in alles eingeweiht, auch Onkel Herberts Bruder im Osten nicht. Nur deine Mutter, dein Vater und Cäsar haben davon gewußt, also deine Uroma Cäcilie ...«

»Das war die Jüdin, die sie nach Theresienstadt ins KZ verschleppt haben ...« Es war eine halbe Frage. So ganz sicher war sich Paco seiner neuen Vita noch nicht.

»Ja. Und darum haben deine Eltern das ja auch alles eingefädelt.« Robert nahm Paco den Koffer aus der Hand. »Ich parke irgendwo unten, komm ...«

Damit war das *opening* beendet, und Paco war irgendwie enttäuscht, ohne den Grund dafür zu kennen. Vielleicht war ihm alles zu prosaisch abgelaufen. Nicht, daß er einen großen Bahnhof erwartet hätte, Dutzende von Kameras und aufgestellter Mikrofone, Fotografen und schreibende Journalisten, aber nun so absolut gar nichts ... Was er dem Publikum zu bieten hatte, war doch nun wirklich eine schöne Geschichte, und vor allem hätte ihm ein bißchen Wirbel auch geholfen, einen Vertrag als Fußballer zu bekommen. Mit seinen Fußballkünsten wollte er sich sein Studium verdienen. Nicht, daß er sich um einen Profi-Vertrag bemüht hätte, aber für die Spielklasse unter der zweiten Bundesliga reichte es allemal.

Er trottete Robert hinterher. Das Besondere an Berlin schien zu sein, daß es hier so war wie überall auf der Welt. Der gleiche Beton, die gleichen Autos, die gleichen Menschen. *Seitdem die ihre Mauer nicht mehr haben ...* Das einzige Rätsel war die Frage, ob Robert einen Mercedes fuhr oder einen BMW. Als Bauingenieur vielleicht einen französischen Wagen oder noch besser: einen Volvo. Es war ein BMW.

Heiß und stickig war Berlin, auch nicht sehr viel anders als Madrid. Die Hitze hatte in diesem Sommer ganz Europa im Griff. Beim Anflug hatte Paco einige Bäume gesehen, die braun und vertrocknet waren wie sonst erst Ende Oktober. Robert erklärte ihm, das seien Kastanien gewesen, deren Blätter von einer eingeschleppten Motte zerstört würden.

Es ging auf die Stadtautobahn, und Paco sah den Funkturm. »Das ist er also ... Und ich hatte mir immer vorgestellt, daß er so groß wäre wie der Eiffelturm.« Ein Zwerg war er dagegen. Die Spree hatte auch nicht gerade die Breite des Mississippi, und nahm man die Zahl der Hochhäuser als Maßstab für die Bedeutung einer Stadt, dann lag Berlin nur knapp vor Suva auf den Fidschi-Inseln. Robert erzählte, daß das Stück der Stadtautobahn, auf dem sie jetzt fuhren, die Avus sei. »Früher eine weltberühmte Rennstrecke.« Paco erinnerte sich, das im Berlin-Baedeker gelesen zu haben. Auch daß sie jetzt durch den Grunewald fuhren. Er hätte schwören können, schon einmal hier entlanggefahren zu sein. Wo mochte dieses Déjà-vu-Gefühl herrühren? Von den Erzählungen seiner Mutter, die als junges Mädchen in Berlin gewesen war ...? Kaum. Vielleicht von den Erinnerungen seiner Berliner Großmutter, die in seinen Genen eingelagert waren ...? Unsinn! Oder doch?

Am Hüttenweg verließen sie die Avus und fuhren über Dahlem, Lichterfelde und Marienfelde nach Lichtenrade. Bald hatte Paco aufgegeben, auf die Straßenschilder zu schauen und sich die Namen zu merken. Teilweise waren sie für ihn auch die reinsten Zungenbrecher, etwa Habelschwerdter Allee oder Hildburghauser Straße. Überall sah es sehr bürgerlich gediegen und *gemütlich* aus. Robert nutzte die Zeit, um ihm alles von seiner Familie zu erzählen, aber auch von den Neutigs aus der ehemaligen DDR.

»Sind denn heute schon alle da?« fragte Paco.

»Nein, um Gottes willen. Es ist ja auch mitten in der Woche. Meine Frau wird dasein, die Maj, die hab ich mir aus Schweden mitgebracht. Dann natürlich meine Mutter, die wohnt ja bei uns im Haus, also Gerdas Schwester – Marga. 96 ist sie jetzt, kriegt aber noch alles auf die Reihe. Dann zwei der besten Freundinnen deiner Großmutter: die Margot Matuschewski, die ist jetzt auch schon 93, und die Bianca Kadritzke, die ist ein paar Jahre jünger. Und da Margot Matuschewski nicht allein kommen wollte, ist auch ihr Sohn mit, der Manfred, der ist 65 und kennt deine Oma Gerda ganz genau. Außerdem hat er alles gespeichert, was damals war. Die Geschichten aus dem alten Berlin.«

Paco bedankte sich. »Ich werde mir natürlich so schnell wie möglich eine Wohnung in der Stadt suchen, aber so lange kann ich erst mal bei euch wohnen ...?«

»Klar, da brauchst du nicht erst zu fragen. In Lichtenrade, in der Lortzingstraße, bist du herzlich willkommen.«

»Wer war Lord Think?« fragte Paco. »Einer von der englischen Besatzung?«

Robert lachte. »Das waren keine Besatzungstruppen, sondern unsere alliierten Schutzmächte. Und außerdem gehörte Lichtenrade zum amerikanischen und nicht zum britischen Sektor. Und Lortzing ...« Er buchstabierte den Namen. »... Lortzing war auch kein englischer Adliger, sondern ein deutscher Komponist, 1801 bis 1851 ... Steht auf jedem Straßenschild. *Zar und Zimmermann*, *Der Wildschütz* ... Aber ich mach' mir nichts aus Opern.«

Robert hatte eine alte Fabrikantenvilla gekauft und saniert. Paco fand, daß einzig die Vokabel »feudal« dafür angemessen war, und kam sich ein wenig wie »der arme Verwandte« vor. Die Deutschen dachten ja gerne in Idealtypen, wie Max Weber sie formuliert hatte.

Als es an die Begrüßung ging, registrierte Paco ein nie gekanntes Herzklopfen. Alle hier hatten seine Großmutter gekannt, in die Arme geschlossen, mit ihr zusammen vieles erlebt – ohne zu wissen, daß sie eine Tochter und einen Enkel hatte. Für ihn war seine Großmutter eine – wie hieß das deutsche Wort dafür? – *geheimnisumwitterte* Frau, aber diese Menschen hier hatten sie als völlig normal erlebt, abgesehen vielleicht von ihrer Schwester, aber die hatte wahrscheinlich auch alles verdrängt. Oder auch nicht. Paco wußte, daß er sich ganz langsam an alles herantasten mußte.

Sie setzten sich an den schon gedeckten Kaffeetisch, und Paco kam sich ein wenig vor wie in einem Altenheim. In Deutschland gab es ja viele Männer seines Alters, die nicht Soldat werden wollten, sondern statt dessen als »Zivis« alte Leute betreuten. Andererseits fühlte er sich als junger Historiker, der nach Berlin gekommen war, um das Leben der Gerda Neutig bis ins letzte zu erforschen. Sein Freund Félix hatte sein Unternehmen mit dem Begriff »Menschenarchäologie« zu umreißen versucht. »Alles ausgraben, was sie betrifft und schon verschüttet ist.« Paco hatte abgewunken. »Ich bin einfach ein Autor, der sorgsam recherchiert.«

An diesem Nachmittag aber lief es anfangs umgekehrt: Nicht er fragte die anderen, sondern sie fragten ihn. Nach seinem Leben in Madrid, nach allem, was in Spanien so lief. Und dann erzählten sie nicht etwa von ihren Erlebnissen mit Gerda und Herbert, sondern von ihren diversen Urlaubsreisen nach Mallorca, Lanzarote und Gran Canaria. Erst als Maj in die Küche ging, um nach dem Abendessen zu sehen, konnte er das Gespräch auf seine leiblichen, seine Berliner Großeltern bringen.

»Nun erzählt doch mal, was Gerda und Herbert alles so gemacht haben. Nach dem Krieg ...«

»Da hatten sie ihre schönsten Jahre!« rief Marga.

»Da war Gerda doch bei ihrer Gewerkschaft«, fiel Margot Matuschewski ein. »Und Herbert hat bei der AOK gearbeitet. In derselben Dienststelle wie ich. Jeden zweiten Sonnabend im Monat haben wir zusammen Karten gespielt.«

»Ihre Gewerkschaft hat sie über alles geliebt«, sagte Robert. »Was sich da alles abgespielt hat! Ich war ja damals noch gar nicht auf der Welt, aber was ich da so gehört habe ...« Er sah seine Mutter und Margot Matuschewski aufmunternd an. »Erzählt doch mal ... auch von ihrer legendären Freundin Gisela ...«

Was Paco nun erfuhr, formte sich bei ihm sehr schnell zum ersten Kapitel seines Romans ...

Wer König wird, bestimme ich

1951

Gleich nach dem Krieg waren die Neutigs froh gewesen, eine Wohnung zu bekommen, endlich, auch wenn diese in einem Kiez gelegen war, den Herbert nicht gerade standesgemäß fand, im »Roten Wedding«, hinten am Sparrplatz nämlich. Raum war ja bekanntlich in der kleinsten Hütte. Das vierstöckige Mietshaus hatte den Krieg überstanden, nur der Dachstuhl war ausgebrannt und durch ein Flachdach ersetzt worden. Dessen Pappe war so schlecht geteert, daß es bei Dauerregen durchlief, und zwar meistens an der Stelle, wo ihr Doppelbett stand. Aber mit zwei Schüsseln und einem aufgespannten Regenschirm kam man halbwegs trocken über die Runden. Viel störender war es, daß sie die Toilette nur auf halber Treppe hatten. Schön, wenn es nur die Blase war, dann konnte man sich mit dem Nachttopf behelfen und dessen Inhalt in der Küche entleeren, doch war es der Darm, mußte man sich immer erst angemessen bekleiden.

Im Herbst 1951 hatte Herbert schon längst Direktor der Landmannbank sein und in Dahlem wohnen wollen, nun war er kleiner Sekretär bei der AOK und hauste in einer Art besserer Notunterkunft. Doch Gerda durfte er mit seinen Klagen nicht kommen. Sofort hörte er ein scharfes Zischen. »Sei froh, daß wir überhaupt davongekommen sind, andere, die ... Und jetzt geht's ja bergauf mit uns.«

Gerda liebte Schlager über alles und kannte die Texte meistens auswendig. Keinen Montag ließ sie aus, wenn sie abends im RIAS die »Schlager der Woche« brachten, und ihr großer Traum war es, einmal als Sängerin entdeckt zu werden. Auch in ihrem

Alter noch. 38 war sie jetzt. Schon morgens im Bad sang sie, und auch an Werktagen legte sie zum Frühstück eine Platte auf. Die großen schwarzen Schellackplatten sammelte sie wie die Männer ihre Briefmarken. Heute entschied sie sich für Bully Buhlan. Den hatte sie ins Herz geschlossen, und wo immer er auftrat – sie war dabei. In Berlin zumindest. Immer schmolz sie hin, wenn sie ihn hörte, auch wenn der Lautsprecher in Herberts Radio ziemlich altersschwach war und bei hohen Tönen alles klirrte und krächzte.

Ich hab' mich so an dich gewöhnt,
Ich hab' mich so an dich gewöhnt,
an die Art, wie du beim Küssen
deine Augen schließt
und mir dennoch, ach so tief,
in meine Seele siehst.
Wenn du lachst, dann lach ich mit ...

An diesem Tag aber gab es möglicherweise wenig zu lachen. Im Büro würde sie kaum dazu kommen, die Briefe zu tippen, die ganz dringend rausmußten, denn bei ihr in der Gewerkschaft drehte sich derzeit alles um die Wahl des neuen Landesvorsitzenden, und dauernd kam jemand angetanzt, um für seinen Favoriten Reklame zu machen. Werner Seifert gegen Kurt Klosterbruch. Und sie steckte mitten zwischen beiden Fronten. Auch in der Zeitung stand einiges, was sie bedrückte. In Dortmund wollten die Menschen gegen die Wiederbewaffnung der Bundesrepublik demonstrieren. Gott, da ging das schon wieder los! Der Westen rüstete auf, der Osten rüstete auf. Und dabei war der letzte Krieg gerade erst zu Ende gegangen ... In Korea tobte er schon wieder unter dem Motto: Kommunismus gegen freie Welt. Und die Amerikaner und die Briten benutzten Helgoland als Bombenabwurfplatz.

Gerda stand auf und sah aus dem Fenster. Berlin lag noch immer weithin in Trümmern und war zudem eine zweigeteilte Stadt. Seit zwei Jahren hatten Ost und West eigene Verwaltungen und eigene Rathäuser. Und Konrad Adenauer war ein Bundeskanzler, dem es in erster Linie darum ging, seinen Teil Deutschlands in das westliche Lager einzubinden – Berlin war ihm da egal. Aber wenigstens hatten sie in West-Berlin teil am wirtschaftlichen Aufschwung der Bundesrepublik, obwohl sie an sich nicht zu ihr gehörten, sondern mit dem Viermächtestatus leben mußten. Und mit all den alten Nazis ... Überall diskutierten sie das Ende der Entnazifizierung. Was war das für eine Welt ... Aber sie hatte auch schöne Seiten, zum Beispiel Hildegard Knef in *Die Sünderin*. Oder die Traumhochzeit in Teheran: der Schah und die deutschstämmige Soraya. Auch die kleine Cornelia machte ihr Freude: *Pack die Badehose ein* ... Und es lohnte sich wieder, ins Kino zu gehen. Ihre neuen Lieblingsfilme waren *African Queen* mit Humphrey Bogart und Katharine Hepburn, *Weißes Gift* mit Ingrid Bergmann und Cary Grant und *Grün ist die Heide* mit Sonja Ziemann und Rudolf Prack. Im Juni hatte es die erste Berlinale gegeben.

Zum Glück hatte ihr Chef heute Verspätung. Gerda zog ihre Schranktür auf und sah in den Spiegel, der auf der Innenseite angebracht war. Nur nicht zu gut aussehen! Und aufpassen, daß die Knöpfe an der Bluse alle geschlossen waren, denn Kurt Klosterbruch galt als ein großer Schürzenjäger und war bekannt dafür, daß er nichts anbrennen ließ. Keine war sicher vor ihm. Dabei war er verheiratet und hatte drei Kinder zu Hause. »Eine reicht ihm nicht«, hieß es vom schönen Kurt, und auch seine größten Feinde und Neider konnten nicht abstreiten, daß er etwas von den alten UFA-Stars an sich hatte. Nicht selten drehten sich Menschen nach ihm um, weil sie ihn für Willy Fritsch hielten. Ein großer Poussierstengel war er auf alle Fälle, aber ob er wirklich so viele Eroberungen gemacht hatte, wie man ihm nachsagte, wußte niemand genau. Fest stand nur, daß seine Ehefrau ab und an auftauchte, um ihn vom Büro abzuholen, ehe er durch die Nachtklubs ziehen konnte, und daß immer wieder Mitarbeiterinnen zum Personalrat liefen, um sich über Kurt Klosterbruch zu beschweren. Er habe sie belästigt. Darüber konnte er nur lachen: »Die beschweren sich doch nur, weil ich sie *nicht* belästigt habe.«

Wie auch immer, jetzt, wo Klosterbruch als Landesvorsitzender kandidierte, mußte er sich alle Mühe geben, nicht als bloßer Weiberheld abgestempelt zu werden und daß sie ihm nicht nachsagten, er habe nichts im Kopf, sondern alles nur im ... na ja.

Gerda mochte Klosterbruch nicht. Er war ihr zu glatt, zu geschniegelt und gebügelt. Ein Aufschneider, ein Gigolo. Und zu großkotzig, wie er an seiner Zigarre nuckelte. Typisch Emporkömmling. Maurer oder Zimmermann war er nie gewesen. Nur Schreibstubenhengst bei der Wehrmacht und dann abkommandiert in eine Strafkompanie. Straßenbau. Daher seine Fachkenntnisse. Von der Pike auf gelernt hatte er nicht. Und jetzt wollte er Gewerkschaftsboß werden. Das einzige, was er konnte, war, große Reden zu schwingen. Das aber mit Meisterschaft. Ein glänzender Agitator sei er, hieß es, ein Mann, der vom Auftreten her den Unternehmern Paroli bieten konnte und bei Verhandlungen mit allen Wassern gewaschen war, und auf solche Männer käme es in diesen Zeiten an.

Erst kurz vor zehn Uhr erschien Klosterbruch in der Gewerkschaft. Als er ins Vorzimmer kam und sie mit einem charmanten »Guten Morgen, schöne Frau!« begrüßte, sah er sich, nachdem er die Tür wieder geschlossen hatte, vorsichtig um, ob sie wohl auch allein waren, und tat überaus konspirativ. »Ich komm' gerade aus einem – wie heißt das? – Antiquariat ... Sie sagen uns ja immer nach, daß wir anti sind ... Und da habe ich eine Kostbarkeit erworben, die ... Aber bitte nicht weitersagen, sonst ...« Er stellte seine neue braune Aktentasche, echtes Leder, auf ihren Schreibtisch und öffnete sie. Nachdem er nochmals zur Tür geblickt hatte, ob auch ja keiner käme, griff er hinein und zog einen abgegriffenen Bildband von der Größe einer Aktenmappe heraus. »Hier ...«

Mit Entsetzen las Gerda: *Heinrich Zille, Hurengespräche*. Sie empfand das wie einen Schlag ins Gesicht. Über solche Sachen zu reden war in ihrer Familie, in ihrem Freundeskreis und auch im Büro ziemlich verpönt. Man tuschelte lediglich darüber und zeigte anderen die »Stellen« in den Büchern, die man las. Als sie die Seiten mit der Bollenguste aufschlug und die fünf Zeilen eines kleinen Gedichtes überflogen hatte, wäre sie fast in Ohnmacht gefallen: »Den Kopf mußt du gesenkt nach hinten überhalten,/ Recht weit die Beine auseinander spalten,/Und untern Hintern dir viel Polster stecken,/Damit die Gegend um die Scham recht hoch/Bequem und frei daliegt das Loch!«

Kurt Klosterbruch grinste frech. »Na, wie finden Sie das?«

Sie wandte sich ab, sprang auf und lief zum Fenster. »Hauen Sie ab, und belästigen Sie mich nicht weiter mit diesen Sauereien!«

»Das sind keine Sauereien, das ist hohe Kunst.« Kurt Klosterbruch packte seinen Schatz wieder ein.

Gerda war noch immer empört. »Sie sollten sich was schämen. Wenn Ihre Frau das wüßte.«

Klosterbruch zeigte sich völlig unbeeindruckt. »Ach, was seid ihr alle verklemmt, liebe Kolleginnen und Kollegen! Ihr müßtet alle mal ein Seminar bei Wilhelm Reich mitmachen. Wenn die Deutschen sexuell nicht so verklemmt gewesen wären, hätte es bei uns keinen Faschismus gegeben, sagt Reich. Darüber sollten wir alle mal nachdenken. Was Reichs Motto ist, das verschweige ich Ihnen lieber, dafür ist die Zeit noch nicht reif. Oder wollen Sie's doch wissen?«

»Nein«, erwiderte Gerda und hatte damit etwas, worüber sie abends mit Herbert rätseln konnte. Aber nicht nur das, auch wenn sie mit befreundeten Ehepaaren zusammensaßen, brachte sie es zur Sprache. Doch keiner wußte wirklich, mit welchen drei Worten Wilhelm Reich seine ganze Lehre zusammengefasst hatte: »Fick dich frei!« Und auch Gerda Neutig sollte es nie erfahren.

Kurt Klosterbruch trug die Aktentasche mit den *Hurengesprächen* in sein Zimmer und kam mit ein paar Briefen wieder heraus. »So, Kollegin Neutig, dann werden wir mal ... Sind Sie bereit?«

Das fragte er derart grinsend und zweideutig, daß Gerda unwillkürlich rot wurde. »Ich muß nur noch meinen Block holen und meinen Bleistift anspitzen.« Sie tat es und konzentrierte sich dann auf ihre Arbeit. Gleichzeitig war das auch immer Training für die Deutschen Meisterschaften im Schnellschreiben, und dort einmal zu siegen war ihr großer Traum.

Ihr Rock war etwas hochgerutscht, und Gerda merkte, wie Klosterbruch die Augen aus dem Kopf fielen, als er einen Blick auf ihre Strumpfbänder erhaschen konnte.

»Wenn ich Sie so sehe«, sagte Kurt Klosterbruch, »dann tut es mir wirklich leid, daß ich Sie nicht mitnehmen kann.« Schon lange war herum, daß er Dorothee Rethmann, einer alten Bekannten aus Vorkriegstagen, versprochen hatte, sie zu seiner rechten Hand zu machen, wenn man ihn zum neuen Landesvorsitzenden gewählt hatte. »Und außerdem, das ist ja kein Geheimnis, sind Sie so auf meinen Konkurrenten eingeschworen, daß Sie sicherlich auch nicht mitkommen würden.«

»Vielleicht läuft die Sache auch anders, und Werner gewinnt«, sagte Gerda Neutig.

Klosterbruch lachte. »Ja, klar gewinnt der: an Erfahrung. Sie wissen doch selber, daß er kaum mehr als zwanzig Prozent der Stimmen bekommt.«

Ja, das wußte Gerda. Klosterbruch hatte im Vorfeld ganze Arbeit geleistet, und Werner Seifert war einfach zu bieder und zu treuherzig, um ihm Paroli bieten zu können. Mit Seiferts Seilschaft aufzusteigen, das konnte sie sich abschminken.

Werner Seifert war das genaue Gegenteil von Kurt Klosterbruch. Man sah ihm an, daß er jahrelang auf dem Bau geschuftet hatte. Seine Hände, besser: Pranken, waren hart und voller Schwielen, ihre Haut wie Sandpapier, und man mußte aufpassen, daß er einem bei der Begrüßung nicht die Finger zerquetschte. Er hatte die Figur eines Diskuswerfers, und seine Stimme dröhnte derart, daß manche lästerten, er bräuchte an sich einen Waffenschein für sie und die Alliierten dürften so etwas gar nicht zulassen. Er hatte an der Ostfront gekämpft und war mehrfach verwundet worden. Nach drei Jahren war er wegen einer schweren Tbc aus sowjetischer Kriegsgefangenschaft entlassen worden. Er kam aus der SPD, hatte im Reichsbanner gegen die Nazis gekämpft, galt als »Poltergeist« und sagte immer das, was er dachte. Womit er sich natürlich viele Feinde gemacht hatte.

Winkelzüge und Ränkespiele waren ihm fremd, er kämpfte stets mit offenem Visier. Leitspruch: Rauh, aber herzlich. Rhetorisch war er nicht sonderlich begabt und erzielte seine Wirkung hauptsächlich dadurch, daß er sich als Dampframme gab. Auch trank er jeden unter den Tisch. Das war sicherlich sein größtes Plus. Außerdem, daß man sich auf sein Wort voll und ganz verlassen konnte. Werner Seifert war glücklich verheiratet. Mit einer Lehrerin. Und die versuchte, ihm alles beizubringen, was er in der Schule versäumt hatte.

Gerda Neutig betete ihn an, und öfter sagte sie zu einer Kollegin: »Der könnte mir gefährlich werden, wenn ich nicht meinen Herbert hätte.«

In der Kantine trafen sie sich und setzten sich an denselben Tisch. Ihre Stimmung war eher gedrückt.

»Deine Chancen stehen wirklich nicht gut«, sagte Gerda, während sie ihre Brühnudeln löffelte. Obwohl sie alle denselben Stallgeruch hatten, duzten sich längst nicht alle. Was die Männer anging, war Werner Seifert einer der wenigen, den sie nicht förmlich mit »Sie« anredete. Duzten sich ein Mann und eine Frau, gerieten sie sofort in den Verdacht, etwas miteinander zu haben. Und sosehr Gerda auch dagegen ankämpfte, sie mußte sich immer wieder eingestehen, daß sie schon gern Werner Seiferts Geliebte gewesen wäre. Einerseits. Andererseits war ihr der Gedanke unerträglich, ihren Herbert zu betrügen. Nie hätte sie es wirklich getan. Aber sich vorstellen, wie es denn wäre, wenn ... Nein, auch das war Sünde. »Du sollst nicht begehren Deines Nächsten Weib ...« Oder Mann. Das galt auch für sie, die sie nicht getauft worden war, sondern »nur« die Jugendweihe erhalten hatte.

Werner Seifert rührte mit dem Löffel in seinen Brühnudeln und suchte nach dem Rindfleisch, das laut Verfügung in seiner Portion enthalten sein mußte, das jedoch nicht aufzufinden war. »Ja, was bleibt mir, als mit Anstand unterzugehen.«

»Du bist der bessere Mann, du kannst die Leute besser führen als er.« Gerda versuchte ihm Mut zu machen. »Also: Kämpfen, kämpfen, kämpfen!«

Werner Seifert verzog das Gesicht. »Wenn ich schon das Wort kämpfen höre! Nicht mehr nach *Mein Kampf*. Und wenn ich in der Straßenbahn lese: ›Die Unterhaltung mit dem Wagenführer ist verboten‹, dann zucke ich immer zusammen. Ich will nirgendwo mehr einen Führer haben und niemanden führen. Verführen.«

»Wir können uns doch nicht Germany statt Deutschland nennen und alle nur noch englisch sprechen«, sagte Gerda. »Schuld an Auschwitz bleiben wir trotzdem.«

»Auch die, die Auschwitz überlebt haben?« fragte Werner Seifert. »Das ist doch absurd.«

Sie redeten noch über dieses und jenes, was in der Gewerkschaft, was in der Politik, was in Berlin und was bei ihnen zu Hause alles passierte, und verstanden sich prächtig. Es gab so viele Themen. Zum Beispiel die »III. Weltfestspiele der Jugend und Studenten« drüben in Ost-Berlin mit rund zwei Millionen Teilnehmern. In einer Grußbotschaft an Josef W. Stalin hatten die Teilnehmer versprochen, die Welt »über die revanchelüsterne Politik der westdeutschen Revanchisten aufzuklären«, während Bundeskanzler Konrad Adenauer von einem »kommunistischen Zwangsaufmarsch« gesprochen hatte. Werner Seifert hatte jungen West-Berliner Gewerkschaftern beim Verteilen von Flugblättern geholfen, in allem unterstützt vom Regierenden Bürgermeister Ernst Reuter. Lange diskutieren konnte man auch über die peronistischen Gewerkschaften in Argentinien und die charismatische *Presidenta* Evita Perón. »Als die hätte ich auf die Welt kommen mögen«, sagte Gerda Neutig. Was sie am meisten bewegte, war aber die Meldung, daß man in London ein geheimes Tunnelnetz anlegte, in das sich die Menschen bei einer Atombombenexplosion zurückziehen sollten.

Werner Seifert stöhnte auf und wurde philosophisch. »›Man kann nicht zweimal in denselben Fluß treten‹, hat Heraklit gesagt, aber man kann hundertmal dieselbe Scheiße bauen. Was den Krieg betrifft.«

»Glücklich ist, wer vergißt, was doch nicht mehr zu ändern ist«, sagte Gerda und zerbrach sich noch lange vergeblich den

Kopf darüber, aus welcher Operette oder woher auch immer das stammte.

Auf dem Weg von der Kantine zurück an ihre Schreibmaschine kam sie am großen Sitzungssaal vorbei. Eine Kommission hatte getagt, und man war gerade beim Aufbruch. Neugierig, wie sie war, schaute sie durch die offenstehende Doppeltür und entdeckte vorn am Rednerpult Gisela Kolochau, ihre beste Freundin. Sie kannten sich seit ihrer Schulzeit, obwohl Gerda drei Jahre älter war. Gisela hatte Jura studiert und war nun Expertin für Arbeitsrecht beim Berliner DGB, so daß sie auch beruflich miteinander zu tun hatten. Ein Leben lang hatte Gerda Gisela bewundert. Wegen ihrer intellektuellen Fähigkeiten ebenso wie wegen ihrer äußeren Erscheinung. Keine Kollegin weit und breit war so gepflegt wie sie, und ihre Figur war makellos. Saß sie in einem Café, wurde sie von allen Seiten angestarrt und für einen Filmstar gehalten. Auch heute wieder trug Gisela Kolochau ein Kostüm, das furchtbar viel Geld gekostet haben mußte. Obwohl die Männer sie umschwärmten, war sie nicht verheiratet, und in der Gewerkschaft wurde getratscht, sie habe etwas mit anderen Frauen, was Gerda aber nicht bestätigen konnte. Oft zerbrach sie sich mit Herbert den Kopf darüber, wie das Liebesleben Giselas eigentlich beschaffen war, doch sie fanden keine Antwort außer der, daß sie nach Martin keinen anderen Mann mehr haben wollte. Martin, ihr Verlobter, war in Stalingrad gefallen. »Sie hat entsagt«, brachte es Herbert mit einer alten Wendung auf den Punkt, »jeden anderen würde sie als Verrat ansehen.« Die Kollegen waren drastischer und verpaßten ihr den Vornamen Mariamachtalleene. Abgeleitet von Maria Magdalena. Ihre Phantasien, wie Gisela Kolochau das anstellte, waren entsprechend säuisch, und immer wieder kam es vor, daß erwachsene und hochgeachtete Männer sich pubertäre Verse zuflüsterten, in denen Kerzen, Möhren und Bananen eine Rolle spielten. Gerda hatte es neulich selber gehört. So waren sie eben, die Männer, alles Schweine.

»Schön, dich mal wieder zu sehen.« Gerda sah der Freundin zu, wie sie ihre Unterlagen in die Aktentasche steckte.

»Im Augenblick habe ich wirklich viel zu tun.«

»Ein Privatleben hast du wohl gar nicht mehr.«

»Doch.« Die braunen Augen der Freundin leuchteten. »Ich verreise. Mit meiner Mutter nach Capri. Bis München mit dem Flugzeug, dann mit Zug und Fähre.«

»Capri, ah ...« Es war ein Reflex, der sich nicht unterdrücken ließ, und so begann Gerda sofort zu singen: »Wenn bei Capri die rote Sonne im Meer versinkt/und vom Himmel die bleiche Sichel des Mondes blinkt,/zieh'n die Fischer mit ihren Booten aufs Meer hinaus,/und sie legen im weiten Bogen die Netze aus.«

Gisela Kolochau klatschte Beifall. »Du hättest wirklich Schlagersängerin werden sollen. Und wie geht's Herbert?«

»Danke, gut.« Gerda wurde etwas einsilbig, denn sie hatte immer ein wenig Angst, daß Gisela ihr eines Tages ihren Mann einmal wegnehmen könnte.

»Na, seitdem er nicht mehr arbeitslos ist und auch nicht mehr als Vertreter für Glasaugen durch die Lande ziehen muß, ist er wieder richtig aufgeblüht.«

»Das war auch eine schwere Zeit gleich nach dem Krieg. Keine Landmannbank mehr.«

Gisela Kolochau sah auf die Uhr. »Du, ich muß zurück in den DGB.«

»Wann treffen wir uns denn wieder mal?«

»Gleich, wenn ich aus dem Urlaub zurück bin und die Fotos habe.« Schnell verabschiedete sie sich.

Gerda Neutig kehrte an ihre Schreibmaschine zurück und tippte das ab, was ihr Kurt Klosterbruch vor der Mittagspause diktiert hatte. Sie liebte ihren Beruf und das rein Handwerkliche an ihm. Sie hatte ein Wort im Kopf ... dann zuckte es in ihren Fingern ... und schon standen die Buchstaben auf dem Papier. Es war wie Zauberei, und ein kindliches Staunen erfüllte sie ein jedes Mal, wenn sie an der Schreibmaschine saß. Dazu kam der sportliche Ehrgeiz, immer schneller zu tippen und neue persönliche Bestleistungen aufzustellen.

Nach Büroschluß machte sie sich auf den Weg, um Herbert abzuholen. Bis zur AOK am Oranienplatz war es nicht weit. Sie freute sich auf Herbert, und sie genoß es, daß sie ihn jetzt abholen konnte, ohne Angst zu haben – Angst davor, ihn mit in den Strudel zu reißen. »Sippenhaft … Wenn du dich mit mir einläßt, kommst du eines Tages auch noch ins KZ.« Er hatte sich trotzdem mit ihr eingelassen.

Da er gelernter Bankkaufmann war, hatten sie Herbert Neutig in der AOK an die Kasse gesetzt. Einzahlungen. So hatte er wieder mit Geld und mit Zahlen zu tun, und das liebte er ja. Der alte Berliner Spruch »Religion gut, Kopfrechnen schwach« hatte für ihn keine Gültigkeit, und manche sagten, mit seiner Fähigkeit, schnell mal eben im Kopf auszurechnen, wieviel 5234 mal 784 sei – »Moment … 4 103 456« –, hätte er im Varieté auftreten können.

Herbert war alter Fußballer und nahezu süchtig nach den Tabellen mit ihrem steten Auf und Ab der einzelnen Vereine. Auch ihre Freundschaften hatte er in einer solchen Tabelle festgehalten, und am Ende eines jeden Monats besprach er mit Gerda, wie die befreundeten Paare einzustufen waren. Mitte 1951 hatten die Matuschewskis aus Neukölln die Spitze übernommen – und die sollten sie auch über Jahrzehnte hinweg nicht wieder abgeben. Margot Matuschewski saß ein Stockwerk tiefer als Herbert am Wochenschalter der AOK, war also seine Kollegin. Otto Matuschewski war Technischer Fernmeldesekretär bei der Post und das, was die Berliner einen »Gemütsathleten« nannten. Er war mit einer Hüftgelenks-Tbc aus sowjetischer Kriegsgefangenschaft heimgekehrt und ging noch immer am Stock. Wie Herbert kam er aus einfachen Verhältnissen und hatte sich mühsam hochgearbeitet in die Welt der Weißen Kragen. Beide hatten sie ihr Ziel erreicht, waren aber dennoch unzufrieden, denn über ihnen, bei der AOK ebenso wie bei der Post, saßen zu viele, die eigentlich viel schlechter waren als sie, dümmer und dumpfer vor allem, die aber im Leben mehr Fortune gehabt hatten – oder die besseren Beziehungen, das berühmte »Vitamin B«. Dieses Schicksal vereinte Herbert und Otto. Was Gerda Neutig und Margot Matuschewski verband, war die Tatsache, daß beide »von de Leit« abstammten, wie Herbert immer sagte, also jüdische Vorfahren hatten. Bei Margot waren es die Großeltern väterlicherseits. Ihre

Großmutter Albertine war eine geborene Wolfsohn, und ihr Mann, Carl Schattan, war ihretwegen zum mosaischen Glauben übergetreten. So war auch Margot Matuschewski im Dritten Reich »gemaßregelt« worden und hatte nicht mehr in der Krankenkasse arbeiten dürfen. Die Matuschewskis hatten einen Sohn, den 1938 zur Welt gekommenen Manfred, und Gerda mußte immer daran denken, wie gut er doch zu ihrer Ingrid passen würde. Dann lag sie nächtelang wach und fragte Herbert immer wieder, ob man nicht doch ...?

»Nein! Sie ist noch zu jung dazu, das verkraftet sie nicht.«

Einmal im Monat in einem der besseren Restaurants in Kudammnähe essen zu gehen, war für die beiden Ehepaare der Inbegriff des Wohllebens.

Otto Matuschewski verwies dabei auf seine adligen Vorfahren. Es hatte einmal einen Johann und einen Erdmann von Bosetzki gegeben, die sich unter Friedrich dem Großen hochgedient hatten. Später war der Adelstitel dann wieder verlorengegangen. »So wie Erdmann, so fühle ich mich jetzt«, sagte Otto Matuschewski, als er in der feudalen Speisekarte blätterte. »Wie der Herr Baron von und zu – und nicht mehr nur wie der Graf Koks von der Gasanstalt.« Allein das Wort »Menü« versetzte alle vier in helles Entzücken. Es war das Glück, sich nun alles leisten zu können. Die Urlaubsreise, das Speisen im Restaurant, die Fahrt mit der Taxe nach Hause.

»Wenn ich vor zehn Jahren jemandem gesagt hätte, daß wir jetzt hier sitzen und schlemmen, dann hätten sie mich ins Irrenhaus gesteckt«, sagte Herbert.

»Daß wir davongekommen sind, ist schon ein Wunder«, fügte Otto Matuschewski hinzu. »Aber ein doppeltes ist es, daß es uns nun besser geht als jemals zuvor, viel besser als 1933, bevor die Nazis gekommen sind.«

»Alles von dem Geld, das die Amerikaner in Deutschland reingesteckt haben«, sagte Gerda.

»Um ihre Gewinne zu machen, nicht nur aus reiner Nächstenliebe.«

»Das ist immerhin besser als das, was die Russen in der Zone gemacht haben: nichts reinstecken, sondern alles rausholen ... an Reparationen.«

»Ja, von nichts kommt nichts.«

Nachdem sie die Weltlage analysiert und kommentiert hatten, konnten sie sich ihren privaten Themen zuwenden. Da war zuerst die Urlaubsreise im nächsten Jahr, dann kam die Suche nach einer Neubauwohnung und schließlich das, worüber sie sich bei der Arbeit am meisten geärgert hatten.

Nachdem sie in diesem Juli gemeinsam in Bad Reichenhall gewesen waren, standen für 1952 Ramsau, Reit im Winkl und Farchant zur Wahl, doch sie konnten sich nicht einigen, zumal Otto ein wenig maulte, weil er am liebsten an die Nordsee wollte. »Ich bin nun mal auf dem Wasser groß geworden.« Auf einem Oderkahn. Außerdem hatte er am 24. Januar Geburtstag, war also Wassermann.

»Ich will aber wieder in die Berge«, sagte Gerda und wußte Herbert wie auch Margot auf ihrer Seite. »Fahren wir nach Berchtesgaden, dann hast du den Königssee, und das ist ja auch wie ein kleines Meer.«

Gegen Berchtesgaden hatte aber Herbert etwas einzuwenden. »So dicht an der Residenz des Führers – ich weiß nicht, ob ich mich da wohl fühlen kann.«

Sie kamen heute abend nicht weiter und gingen über zur Wohnungssuche. Gerda und Margot berichteten von ihren vergeblichen Versuchen, an die Männer heranzukommen, die in den städtischen Wohnungsbaugesellschaften das Sagen hatten.

»Ich kenne da einen von früher aus der Muskauer Straße, der würde mir schon eine Drei-Zimmer-Wohnung besorgen können, wenn ich mich ihm einmal erkenntlich zeigen würde.«

Gerda lachte. »Dafür würde mir mein Herr Vorgesetzter ein ganzes Schloß schenken.«

»Dann werden wir euch mal die Keuschheitsgürtel abnehmen«, sagte Herbert.

Damit waren sie bei dem, was Gerda in letzter Zeit am meisten quälte. »Das mit Klosterbruch läßt mich nicht schlafen. Wenn er wirklich zum Landesvorsitzenden gewählt wird, nimmt er mich nicht mit in die Chefetage, sondern die Rethmann. Die ist nicht verheiratet, und von der verspricht er sich mehr als von mir. Kriegt aber Werner Seifert die meisten Stimmen, dann nimmt er mich mit. Das hat er mir hoch und heilig versprochen, und darauf kann ich mich voll und ganz verlassen. Außerdem bin ich felsenfest davon überzeugt, daß er der bessere Mann ist. Ein echter Gewerkschafter. Seifert hat das Wohl unserer Mitglieder im Auge, Klosterbruch nur die eigene Karriere. Das ist der Unterschied.«

»Und es gibt kein Mittel, Klosterbruch zu verhindern?« fragte Otto Matuschewski.

»Nein.« Gerda hatte schon resigniert. »Im Augenblick sieht es so aus, daß Klosterbruch sechzig Prozent der Stimmen kriegen würde und Seifert nur den Rest.«

Herbert griff zum Aperitif. »Na dann: Auf unser Wohl und darauf, daß die Zeiten vorbei sind, in denen wir hierfür Vortrunk sagen sollten. Und daß sich euer Klosterbruder bis zur Wahl totge...« Für das Wort, das nun folgen sollte, setzte er in vorauseilender Selbstzensur einen Pfeifton ein. »... hat.«

»Der nicht«, gab Gerda zu bedenken. »Der schafft zehn Frauen hintereinander ... ohne Ermüdungserscheinungen.«

»Woher weißt du denn das?« fragte Herbert. »Gestehe es: Du warst die zehnte.«

»Die erste und die zehnte.«

Die Suppe kam, und als sie beim Dessert waren, liebten sie das Leben. Der Wein tat ein übriges. Er kam aus Frankreich, und Herbert hing dem Gedanken nach, ob er wohl von den Weinstöcken kam, die er als Kriegsgefangener gepflanzt hatte. »Im Schweiße meines Angesichts, hungrig und den Posten mit seinem Gewehr ständig hinter mir. Und die Einheimischen haben mit Steinen nach uns geworfen. Von den Brücken runter.«

»Ich hätte gern mit dir getauscht«, stellte Otto Matuschewski fest. Er hatte in Rußland im Steinbruch geschuftet. »Immer mit Blick auf den Fluß, die Oka ... Ich als alter Paddler. Aber die Russen an sich waren immer freundlich zu mir.«

»Zu mir weniger«, sagte Margot Matuschewski und erzählte

von den Vergewaltigungen 1945 beim Einmarsch der Roten Armee. »In Groß Pankow haben wir alle dran glauben müssen.«

»Immer noch besser, als im KZ vergast zu werden.« Gerda Neutig war diesem Schicksal nur knapp entgangen. Mit ihrer Ingrid zusammen hatte sie sich schon im Güterwagen gesehen.

»Trinken wir auf das Vergessen und Vergeben«, sagte Otto Matuschewski und hob sein Glas. »Und darauf, daß wir jetzt hier sitzen und noch viele schöne Jahre vor uns haben.«

Doch schon eine Woche später war Gerda Neutig in Tränen aufgelöst. Maria Kolochau, Giselas Mutter, hatte sie frühmorgens im Büro angerufen.

»Ich bin gerade aus Capri zurück. Es ist etwas ganz Schreckliches passiert. Gisela ist beim Schwimmen ertrunken.«

Gerda hatte mit einem schweren Migräneanfall nach Hause gehen müssen und war zwei Tage lang nicht mehr aufgestanden. »Da hat sie nun den Krieg und alles überlebt, macht die erste große Urlaubsreise und ...« Der Gedanke, die Freundin nie mehr sehen zu können, war unerträglich. Es dauerte eine Weile, bis das nach Berlin überführt worden war, was man mit einem fürchterlichen Ausdruck als »die sterblichen Überreste« bezeichnete.

Die Beisetzung fand auf dem Tegeler Friedhof statt, hinten an der Hatzfeldtallee, und der Pfarrer hielt eine zu Herzen gehende Rede.

»Wir sind traurig, Herr, denn wir müssen für immer Abschied nehmen von einem Menschen, der uns so vertraut war. Mit seinem Tod geben wir auch einen Teil von uns selbst dahin.«

Nach der Trauerfeier, als sie zum sogenannten Leichenschmaus in einem Café in der Berliner Straße saßen, steckte Giselas Mutter Gerda einen sorgfältig zugeklebten Briefumschlag zu. »Den habe ich zu Hause in ihrem Schreibtisch gefunden. Er trägt Ihre Adresse, Frau Neutig. Ich weiß nicht, was drin steht. Offensichtlich hatte Gisela vergessen, ihn abzuschicken. Oder aber nicht abschicken wollen.«

Gerda maß diesem Brief keine besondere Bedeutung bei und ließ ihn zwei Tage in der Tasche stecken. Wahrscheinlich war es die Einladung zur anstehenden Geburtstagsfeier oder zu einem Ausflug nach Potsdam, mehr nicht. Als sie ihn dann aber doch aufgerissen hatte, abends, als sie mit Herbert RIAS hörte, erschrak sie so sehr, daß sie sofort heftige Magenschmerzen bekam, denn schon nach den ersten Zeilen war ihr klargeworden, daß es eine Art Abschiedsbrief war.

Meine liebe, liebe Gerda! Wenn Du diese Zeilen liest, werde ich schon wissen, wie es ist, das Sterben. Da bin ich weit ins Meer hinausgeschwommen, zu weit. Aber ich konnte nicht anders. Laß es für meine Mutter ein Unfall bleiben, bitte. Auch Kurt soll das glauben. Ach ja, meine liebe Gerda, da bin ich schon an dem Punkt, wo ich Dich um Verzeihung bitten muß, denn Dich hätte ich unbedingt ins Vertrauen ziehen müssen, wenigstens Dich. Aber Kurt hatte sich mit Händen und Füßen dagegen gewehrt, denn schließlich ist er Dein Vorgesetzter, und ihr habt jeden Tag miteinander zu arbeiten. Und das wäre schwer geworden, wenn Du die Wahrheit gekannt hättest. Nun ist es heraus: Seit vier Jahren schon habe ich ein Verhältnis mit Kurt, Kurt Klosterbruch. Aber er ist verheiratet, hat eine liebe Frau und drei reizende Kinder, und die konnte und wollte er nicht in Stich lassen. Doch auch von mir konnte er nicht lassen, wie ich nicht vom ihm. Er ist meine große Liebe – und ich bin sein Ein und Alles. Daß er jeder Frau nachsteigt, tut er nur zur Tarnung, damit nicht herauskommt, daß er quasi eine Doppelehe führt, ein Bigamist ist. Doch damit nicht genug … Um seinen Lebenswandel zu finanzieren, hat er auch in die Gewerkschaftskasse gegriffen, Belege gefälscht und sich Geld, das ihm gar nicht zustand, auf ein geheimes Konto überwiesen. Und ich habe davon gewußt und es billigend hingenommen, denn immer wieder hat er ausgerufen: »Laß uns doch endlich was vom Leben haben! Um unsere Jugend sind wir schon betrogen worden.« Nun, meine liebe Gerda, verdamme mich, verstehe mich und entscheide selber, ob Du Kurt anzeigst oder nicht. Ich schaffe es nicht. Aber so wie bisher kann ich nicht weiterleben, nicht mit dieser Lüge. Jeden Tag muß ich mich verstellen und die Frau spielen, die gefühlskalt ist und alle Männer haßt.

Die Kraft dazu habe ich nicht mehr. Und einen Ausweg für uns gibt es nicht, keine Flucht nach vorn, damit würden wir nur das Leben unschuldiger Menschen zerstören. Es gibt nur eine ehrliche Lösung: meinen Unfalltod. Ich hoffe, daß die Strafe, die ich mir selber zugemessen habe, hoch genug ist und meinem Schöpfer dies als Buße genügt. Ich glaube an das Jenseits und daran, daß ich Dich dort wiedersehe. Ich umarme Dich. Deine Gisela.

Als Gerda dies gelesen hatte, bekam sie einen Herzanfall, und Herbert mußte zum Nachbarn eilen, um von dort aus die Feuerwehr zu alarmieren. Gerda wurde abgeholt und verbrachte die Nacht im Virchow-Krankenhaus. Anschließend wurde sie eine Woche krank geschrieben und hatte Zeit genug, über alles nachzudenken. Jeden Abend, wenn Herbert vom Dienst in der AOK nach Hause kam, diskutierten sie über die Sache, und immer wieder fragte Gerda unentschlossen, wie das sonst nie ihre Art war: »Was soll ich denn bloß machen?«

»Klosterbruch anzeigen, und dem ganzen Spuk ein Ende machen!« rief Herbert.

Doch das konnte Gerda nicht, das wollte Gerda nicht. Da war zuerst ihr ausgeprägtes Gefühl für Loyalität. »Schließlich ist er noch mein Chef, und ich kann ihn nicht so einfach in die Pfanne hauen.«

»Trotzdem. Er hat Gelder unterschlagen, und er gehört vor Gericht.«

Genau das wollte Gerda aber nicht. »Nein. Er hat Frau und Kinder, und die müssen das dann ausbaden. Als Unschuldige. Und außerdem hat Gisela ihn ja geliebt, über alles, und es wäre nicht in ihrem Sinne, wenn er eines Tages in der Gosse landet.«

»Nein, lieber soll er Gewerkschaftsboß werden und vielleicht mal Minister, wenn die Sozis Adenauer eines Tages ablösen.« Herbert konnte nicht anders, als ihr hohnlachend zu antworten. »Und das ist dann sozusagen dein Verdienst.«

Gerda konnte nur noch die Augen schließen und stöhnen. »Mir wäre ja auch lieber, Werner Seifert würde neuer Landesvorsitzender.«

»Dann geh morgen zu eurem amtierenden Chef – oder geh zur Polizei –, und laß Klosterbruch auffliegen.«

»Nein, das kann ich nicht.« Sie haßte Denunzianten. »Davon hatten wir in Deutschland genug.«

Herbert wandte ein, daß es ja wohl ein Unterschied sei, ob jemand in einer Diktatur unschuldige Menschen bei der Gestapo anschwärzen würde oder in einer Demokratie einen Gesetzesbrecher bei der Kripo, doch sie blieb bei ihrem kategorischen Nein. Da sah er nur noch einen Ausweg: »Dann schreib doch wenigstens einen anonymen Brief an Klosterbruch, daß er seine Konsequenzen ziehen soll.«

Auch das war ihr zu schmutzig. »Und außerdem ... wenn er sich dann erhängt, dann bin ich schuld dran.«

»Quatsch!« rief Herbert. »Er löffelt nur das aus, was er sich selber eingebrockt hat.« Und dann wurde er richtiggehend politisch. »Aber das ist typisch für uns Deutsche: unser Mitleid mit den Tätern. Die Armen, die können ja nichts dafür, die sind ja alle verführt worden. Das sind ja alles nur Opfer. Im Großen wie im Kleinen. Der arme Kurt, der ist doch unschuldig. Seine Frau ist eine richtige Xanthippe und hat ihn aus dem Haus getrieben, und Gisela, die Sirene, die hat ihn verhext und verführt. Was kann er dafür, daß er so wild ist nach schönen Frauen und allen auf den Leim geht. Nee, du, mein Mitleid mit Klosterbruch hält sich in Grenzen. Und da kämpfe ich auch mit offenem Visier.«

Damit ging er aus dem Zimmer und legte sich schlafen. Am nächsten Vormittag aber, als es an seiner Kasse nichts zu tun gab und niemand mithören konnte, griff er zum Telefon, um mit Kurt Klosterbruch zu sprechen. Erst als er gewählt hatte, fiel ihm ein, daß ja Gerda abnehmen würde. Da legte er den Hörer schnell wieder auf die Gabel und setzte sich hin, um einen Brief zu schreiben. Darin teilte er Klosterbruch mit, daß ihm der Abschiedsbrief Gisela Kolochaus an seine Frau durch Zufall in die Hände gefallen sei und Gerda keine Ahnung habe, daß er sich nun an ihn wenden und ihn bitten würde, die nötigen Konsequenzen zu ziehen.

… und diese sehe ich darin, daß Sie Ihre Kandidatur zum Landesvorsitzenden zurückziehen und den Ihrer Gewerkschaft zugefügten finanziellen Schaden Schritt für Schritt wiedergutmachen. In diesem Falle werde ich darauf verzichten, die Sache an die große Glocke zu hängen, also Ihrer Frau wie Ihren Vorgesetzten gegenüber Stillschweigen bewahren. Dies nicht zuletzt auch deswegen, weil ich der Meinung bin, daß der Tod Giselas für Sie Strafe genug ist. Mit vorzüglicher Hochachtung, Ihr Herbert Neutig.

So kam es, daß zur Wahl des neuen Landesvorsitzenden nur noch einer antrat: Werner Seifert. Und der wurde dann auch mit 95,6 Prozent aller Stimmen gewählt und machte Gerda Neutig zu seiner persönlichen Referentin und Chefsekretärin.

Der Enkel II

Paco liebte es, allein durch die großen Städte zu wandern. Oder sollte er flanieren sagen? Nein, als einen Flaneur konnte er sich nur einen älteren Herren vorstellen. Sich treiben lassen, sich seinen Assoziationen hingeben – das traf es wesentlich besser. Das ging nicht, wenn man mit Freunden unterwegs war, denn irgendeiner plapperte immer, und schon gar nicht mit einer Freundin, wenn man andauernd balzen mußte und eigentlich immer nur das eine im Kopf hatte. Also hatte er heute vormittag auf die Begleitung Roberts verzichtet und war alleine losgezogen, um sich die Gegenden anzusehen, in denen seine Berliner Großeltern nach dem Krieg gelebt hatten. Zum Mittagessen wollte er sich dann am Hermannplatz mit Manfred Matuschewski treffen.

Sein erstes Ziel war der Sparrplatz in Wedding. Mit der bunten Netzspinne der öffentlichen Verkehrsmittel in der Tasche war Paco mit der S-Bahn von Lichtenrade bis Gesundbrunnen gefahren und dort in die Ringbahn umgestiegen. Sozusagen in der Metro von Madrid aufgewachsen, freute er sich, in Berlin ähnliches vorzufinden. Daß man hier streng zwischen S- und U-Bahn unterschied und fast eine Weltanschauung daraus machte, begriff er nicht so schnell. Es mußte etwas mit der Geschichte dieser Stadt zu tun haben.

Am Sparrplatz angekommen, glaubte er, irgendwo in Istanbul zu sein. Kopftücher beherrschten die Szene. Türkische Mütter saßen auf den Parkbänken, plauderten und sahen zu, wie ihre Kinder spielten und die Männer Autos reparierten. Wer deutsch aussah, war zumeist im gesegneten Alter und schlurfte übers

Pflaster oder kam mit ziemlich viel Promille im Blut aus einer Kneipe, die den Namen »Zum Seemann« trug. Jüngere, die ihm über den Weg liefen, sahen sehr danach aus, als suchten sie nach einem Dealer. Es gab Neubauten und sanierte Fassaden, aber auch noch Häuser, die so aussahen, als sei der Krieg eben erst zu Ende gegangen. Was ihn aber am meisten störte, war das ungepflegte Aussehen der Leute, insbesondere der Deutschen. Ausgelatschte Sandalen trugen sie, schweißgetränkte Shirts und kurze Hosen, die leichenblasse und affenhaft behaarte Beine den Blicken preisgaben. Fürchterlich. In Madrid haßte man knappe Shorts und mehr noch Haare in den Achselhöhlen und an den Beinen. Die *depilación definitiva* war in, die definitive Enthaarung. Aber dieser Sparrplatz hier ... Und alles voller Hundekot. Man konnte keine zehn Meter laufen, ohne hineinzutreten. Manche Leute schienen die pastöse braune Masse als Gleitmittel zu benutzen, um meterweit zu schlittern. In Spanien war das anders, da rückten nachts Schlauchkolonnen an, die mit mächtigen Wasserstrahlen alles wegspülten. Doch hier schien erst der Dreck das auszumachen, was die Berliner als ihr Kiezgefühl bezeichneten.

Paco wußte, daß so ein Mikrokosmos, multikulturell und kraß, bei vielen als das Nonplusultra des coolen Lebens galt und er als Student und möglicher Schriftsteller eigentlich hier Quartier zu nehmen hatte, doch wahrscheinlich war er ein viel zu bürgerlicher Mensch, um sich am Sparrplatz auf Dauer wohlzufühlen. Und daß seine Großeltern hier gewohnt haben sollten, erschien ihm nahezu unmöglich.

Die Afrikanische Straße dagegen paßte hundertprozentig zu ihnen, zu Herbert, dem gelernten Bankbeamten und späteren Kassierer, und zu Gerda, der Sekretärin. Die Häuserblöcke waren locker im Grünen placiert, sahen aber auch ein wenig nach Kaserne aus. Wer hier lebte, war grundsolide und eine Stütze der Gesellschaft, fühlte sich wohl in seiner Haut – und wurde von den Intellektuellen verspottet. Als brav und bieder. Auch Paco ertappte sich dabei, Gerda und Herbert als langweilig abzutun, sagte sich aber immer wieder, daß ihr Leben doch so unendlich reicher und ereignisreicher gewesen war als das der meisten Spötter. Daß sie nach all dem Schrecken, bedroht von KZ und Tod, ab 1945 ein neues Biedermeier gesucht und gefunden hatten, erschien ihm nur allzu verständlich. Er erinnerte sich an einige Zeilen Hermann Hesses: »Im Leeren dreht sich, ohne Zwang und Not,/Frei unser Leben, stets zum Spiel bereit,/Doch heimlich dürsten wir nach Wirklichkeit,/Nach Zeugung und Geburt, nach Leid und Tod.« Das mochte für ihn gelten und für alle, die man in Deutschland mit dem Begriff »Generation Golf« zusammenfaßte, nicht aber für Gerda und Herbert: Die hatten übergenug an Zwang und Not und Leid und Tod am eigenen Leibe erfahren, die brauchten nicht danach zu dürsten, die sehnten sich nach einem Leben, das sich im Leeren drehte, also im Alltäglichen. Und irgendwie beneidete er sie um ihr Leben.

Rehberge stieg er in die U-Bahn und fuhr nach Neukölln. Karg erschienen ihm die U-Bahnhöfe zwischen Wedding und Mehringdamm, wo umzusteigen war. In Lichtenrade hatten sie ihm erzählt, daß seine »Oma Gerda« und sein »Opa Herbert«, wie Robert sie spöttelnd genannt hatte, diese Strecke oft gefahren waren, um die Matuschewskis zu besuchen. »Zu Mauerzeiten waren zwischen Reinickendorfer Straße und Kochstraße alles Geisterbahnhöfe, von Friedrichstraße abgesehen.« Sicherlich, es waren heute andere Wagen, in denen Paco jetzt saß, und andere Schienen, auf denen er fuhr, aber der Tunnel war immer noch derselbe wie damals. Wenn er eine Zeitmaschine hätte ... Er sah sich neben seinen Großeltern sitzen und ihnen zuhören. Sie sprachen über die Ruinen, aus denen Berlin noch nicht auferstanden war, über die Spaltung der Welt in Ost und West, über ihre neue Wohnung am Rande der Rehberge, über den tragischen Tod von Gisela Kolochau, über die Verwandten in Ost-Berlin, Friedrichshain, über die Matuschewskis. Und ihre Gedanken gingen nach Madrid, wo Ingrid in genau dieser Minute auch in der U-Bahn sitzen mochte ...

»Ich habe natürlich nicht das geringste von deiner Mutter gewußt«, sagte Manfred Matuschewski zu ihm, als sie eine halbe Stunde später über den Hermannplatz schlenderten. »Aber irgendwie habe ich immer das Gefühl gehabt, daß Gerda und

Herbert mir gegenüber die ganzen Jahre etwas befangen waren. Im nachhinein ist ja auch nur allzu verständlich, warum das so gewesen ist: Ich bin Jahrgang '38, und deine Mutter ist 1940 geboren worden, wir wären also im selben Alter gewesen, die idealen Spielkameraden, und hätten etwas verwirklichen können, von dem befreundete Ehepaare immer träumen: daß ihre Kinder einmal zusammenfinden und heiraten und ihrerseits Kinder kriegen, die beiden Stammbäume also zusammenwachsen. Nun ja, ich habe ja auch zwei Töchter, wenn auch die eine ein bißchen zu jung und die andere ein wenig zu alt für dich sein dürfte.«

Paco fiel es immer noch ein wenig schwer, Manfred Matuschewski zu duzen, so wie sie es beim ersten Treffen draußen in Lichtenrade vereinbart hatten, denn einmal gab es da den beträchtlichen Altersunterschied, und zum anderen gehörte es sich, Professoren, auch emeritierten, mit Respekt zu begegnen. Nun denn, in Berlin sahen sie das offenbar etwas lockerer. »Hier bist ... du also aufgewachsen ...?«

»Ja, und ich hänge noch an diesem Neukölln, obwohl ich immer nur den Wunsch gehabt habe: Raus hier!« Manfred Matuschewski begann zu erzählen. »Vor uns haben wir das Kaufhaus Karstadt. Vor dem Krieg ein Bau von amerikanischen Ausmaßen, ein Stück New York mit einem weltberühmten Dachgarten, dann in den letzten Kriegstagen von den Nazis gesprengt. Dahinter die Hasenheide, ein großer Park mit Trümmerberg und einem Denkmal für die Trümmerfrauen. Die deutsche Turn- und Sportbewegung hat hier ihren Anfang genommen, mit Turnvater Jahn. Früher ging's hier die Rollberge hinauf. Dann finden wir links die Karl-Marx-Straße mit der Albert-Schweitzer-Schule, in der ich mich bis zum Abitur durchgekämpft habe. Neukölln, die Kulturwüste ... Weit über vierzig Schüler waren wir in meiner Klasse, als wir aufs Gymnasium gekommen sind, und davon haben ganze acht das Abitur geschafft. Komm, gehen wir hinüber zur Sonnenallee. Aber Vorsicht!« Manfred Matuschewski lachte, als sie zwischen den Marktständen hindurchgingen, die sich auf der Mittelinsel zwischen den U-Bahn Eingängen ausgebreitet hatten. »Der Hermannplatz gilt bei der Kripo fast als *no go area*:

Er hat mit die höchste Kriminalitätsrate in ganz Berlin. Taschendiebstähle, Drogenhandel ...«

Paco staunte, daß der Einheimische das so heiter sagte, fast stolz darauf, daß Berlin dies aufzuweisen hatte, und fragte nach dem Grund.

»Irgendwie müssen wir ja zeigen, daß wir Metropole sind. Mit dem Fußball schaffen wir's nicht.« Hertha BSC hatte gerade sein viertes Bundesligaspiel in Folge hinter sich gebracht, ohne auch nur ein einziges Tor zu schießen. »Bis wir ein zweites Real Madrid geworden sind, werde ich mein drittes Leben abwarten müssen. Nun denn ... Wir kommen jetzt zur Sonnenallee, ehemals Kaiser-Friedrich- und Braunauer Straße. Braunau ist der Ort, in dem Adolf Hitler geboren worden ist, Österreichs fürchterliche Rache für das, was unser König Friedrich der Große ihrer Kaiserin Maria Theresia angetan hat: den Raub ihrer schönen schlesischen Lande. Am anderen Ende der Sonnenallee stand die Mauer, befand sich der legendäre Grenzübergang – über den der schöne Film *Sonnenallee* erzählt. Aber was ich da mal erlebt habe, das kannst du in keinem Film wiederfinden ...«

Und Manfred Matuschewski erzählte, während sie an der Haltestelle standen und auf den 241er Bus warteten, vom 14. September 1952. »Am frühen Nachmittag war da ein sowjetischer Panzerspähwagen aus Versehen in den amerikanischen Sektor geraten und kam von Baumschulenweg her die Sonnenallee herauf. Mehrere Polizeifunkwagen hinter ihm her, doch die Russen lassen sich nicht aufhalten. Am Hertzbergplatz aber ist Schluß für sie, denn ein Müllfahrer hat sein Fahrzeug quer über die Straße gestellt. Dreißig Polizisten umringen die Rotarmisten. Und sofort sind auch Hunderte von Neuköllnern da, unter ihnen auch ein gewisser Manfred Matuschewski, und die schreien im Chor ›Russki go home‹ und ›Iwan go home‹. Was machen die Sowjetsoldaten? Sie laden ihre Maschinenpistolen durch und bringen sie in Anschlag. Da sind die ersten Jeeps der Amerikaner zur Stelle und bewegen ihre ehemaligen Alliierten, die Waffen wieder zu senken. Das wollen wir Neuköllner nutzen und machen uns daran, den Panzerspähwagen umzustürzen. Nun geht unsere eigene Polizei auf uns los und drängt uns zurück. Die Sowjets werden schließlich von den amerikanischen Jeeps und den West-Berliner Funkwagen zur Grenze in Baumschulenweg zurückgeleitet. Eine Schar von Radfahrern hinter ihnen her, klingelnd und pfeifend. Was für ein Top-Event, wie man heute sagen würde.«

»Und du bei den Radfahrern dabei?«

»Nein. Diese Kunst habe ich erst im hohen Alter von fast zwanzig Jahren erlernt.«

Wenig später hatten sie den Hertzbergplatz erreicht, stiegen aus dem Bus und gingen zur Treptower Straße hinüber, denn ihr erster Programmpunkt war ein Besuch bei Manfreds Mutter und das gemeinsame Mittagessen gegenüber im Restaurant Ramona. Margot Matuschewski wohnte trotz ihrer mittlerweile 93 Jahre noch immer allein in ihrer Zweieinhalb-Zimmer-Wohnung an der Treptower Brücke.

»1954 sind wir da eingezogen«, sagte Manfred Matuschewski. »Und deine Großeltern sind x-mal hier gewesen. Zu Feiern, zum Spieleabend. Erst in der Ossastraße, wo wir anschließend hingehen, dann hier in der Treptower Straße 79. Das gehört also unbedingt zur Familiengeschichte der Neutigs, so eng wie Gerda und Herbert und Otto und Margot zusammengehangen haben. Zu Zeiten der Teilung war die Treptower Straße eine stille Sackgasse, geradeaus hinter dem Kanal stieß man auf die Mauer, heute kommt man hier vor lauter Autos kaum noch auf die andere Straßenseite. Dafür sind die Bürgersteige verödet. Da, wo meine Mutter wohnt, stehen fast alle Läden leer.«

Paco fand, daß die Tristesse hier weniger Charme aufwies als in den entsprechenden Vierteln Madrids. Die Deutschen hatten für Stadtlandschaften wie diese einen Begriff, der alles auf den Punkt brachte: Steinwüste. Dabei gab es alle dreißig Meter einen Baum und um den Kanal herum einen Streifen dichten Buschwerks. Aber alles wirkte irgendwie so öd und leer. Alle, die diese Straße betraten, schienen nur den einen Wunsch zu haben: Schnell wieder weg von hier! Die Jüngeren hasteten zur nächsten Ecke, die Älteren schlurften mit letzter Kraft übers staubige Pflaster. Wahrscheinlich heim zum Fernseher, um am Leben teilzuhaben.

Während Manfred Matuschewski in das Wohnhaus trat, um seine Mutter abzuholen, setzte sich Paco schon ins Ristorante. Es war als dunkle Grotte gestaltet, ein Brunnen plätscherte. Es mußte in den Tagen eingerichtet worden sein, als seine Großeltern die Matuschewskis zum ersten Mal zu Hause besucht hatten. Der Wirt war ein liebenswürdiger Libanese, die Gäste ausnahmslos Deutsche, obwohl der Häuserblock schon fest in türkischer Hand zu sein schien.

Manfred Matuschewski kam mit seiner Mutter, und Paco stellte sich vor, wie sie vor fünfzig Jahren mit ihrer Freundin Gerda Neutig hier eingetreten war, um einen Tisch zu reservieren. Beide attraktive Frauen um die Vierzig herum. Heute hatte Margot Matuschewski Mühe, eine kleine Stufe zu nehmen, und ihr heller Mantel war schmuddelig. Oben fehlte ein Knopf. Ihre viel zu mondänen Schuhe waren zwei Nummern zu klein, was wohl an ihren geschwollenen Beinen liegen mochte.

Sie sah Paco an. »Ah, Sie sind der neue Bücherrevisor ...?«

»Nein, Mutti, das ist nicht der Steuerberater.« Manfred Matuschewski war ebenso verständnisvoll wie ungeduldig. »Das ist der Enkel von Gerda Neutig.«

»Die hatte doch gar keinen Enkel. Du willst mich nur wieder verkohlen.«

»Doch, sie hatte einen, aber das wußte keiner.« Er erklärte ihr noch einmal die Zusammenhänge. »Du hast Paco doch auch schon bei Robert Kurz in Lichtenrade gesehen.«

Margot Matuschewski bekam von ihrem Sohn den Stuhl untergeschoben und setzte sich. »Woher kenne ich Gerda Neutig eigentlich?«

»Mutti, von der AOK. Herbert war dein Kollege, und Herbert war ihr Mann.«

Langsam erinnerte sie sich wieder. »Ja, am Oranienplatz. Ich bin ja früher immer jeden Morgen zu Fuß ins Büro gegangen. Aber jetzt gehe ich gar nicht mehr runter. Und wo kommen Sie her?«

»Aus Madrid. Herbert Neutigs Bruder Gerhard ist ja vor dem Krieg nach Spanien gegangen, und ihn habe ich für meinen Großvater gehalten.«

»Ja, da war bei Gerda und Herbert immer was mit Spanien.« Daran konnte sich Margot Matuschewski erinnern. »Gerhardo und Margarita. Die waren ja auch mal in Berlin. Und eine Tochter hatten sie.«

»Das war meine Mutter.«

»Ich habe ja auch mal Spanisch gelernt, auf der Höheren Handelsschule. *Uno, dos, tres. Leche* – die Milch, *lechero* – der Milchmann, *lechera* – die Milchfrau.«

»Bravo!« Paco klatschte in die Hände. »Sehr gut.« Was so alles hängenblieb! 75 Jahre lang.

Der Wirt kam, um die Bestellung aufzunehmen, und sah Manfred Matuschewski an. »Für Ihre Mutter 387, für Sie 388, und auch die Getränke wie immer ...?«

Manfred Matuschewski nickte. Er fuhr jede Woche einmal nach Neukölln, um mit seiner Mutter im Ristorante Ramona zu essen und anschließend ihre Pillenbox für die nächste Woche zu füllen, ihre Post durchzusehen und dann mit ihr eine Stunde Kniffel zu spielen. Immer freitags. Am Dienstag kam Joscha, ihr Enkel, um für sie einzukaufen und ihr etwas vorzulesen.

»Alle sind so lieb zu mir«, sagte sie.

»Sie haben's ja sicher auch verdient«, stellte Paco fest.

»Wir tun alles, damit sie hundert wird«, sagte Manfred Matuschewski. »Einmal ist das gut für mein Institut, weil wir dann auch in die Medien kommen, und zum anderen finanziert sie ja ihren Enkelkindern mit ihrer Pension zum großen Teil das Studium.«

Paco staunte, wie locker die Deutschen inzwischen mit Themen wie Geld und Sterben umgehen konnten. Und Margot Matuschewski und ihr Sohn taten ihm den Gefallen, nun ausführlich über das Damals zu reden, den Beginn der fünfziger Jahre.

»Ich weiß gar nicht, wann Gerda und Herbert zum ersten Mal bei uns gewesen sind ...« Margot Matuschewski schloß die Augen, um besser nachdenken zu können. »Es muß aber noch in der Ossastraße gewesen sein. Bei Manfreds Einsegnung sind sie ganz sicher dabeigewesen ...«

»Sind sie, Mutti, sind sie.«

»Werde du erst mal so alt wie ich.«

»Bei meiner Einsegnung war ich jedenfalls vierzehn Jahre alt.«

Und nun erzählten sie so viel von diesem Großereignis, daß sich Paco nachher ganz genau vorstellen konnte, wie es damals so gewesen war. Als er am Abend in Lichtenrade darauf zu sprechen kam, fügte Gerdas Schwester noch etwas hinzu, das mehr als ein Detail war, von dem aber die Matuschewskis nichts wissen konnten. Als er einschlief, hatte er das Gefühl, selber dabeigewesen zu sein ...

Saure Wochen, frohe Feste

1952

»Der Zufall macht vor keinem halt«, sagte Herbert des öfteren, und so kam es auch, daß Gerda die Einsegnung von Manfred Matuschewski in schrecklicher Erinnerung behalten sollte …

Die Matuschewskis wohnten in Neukölln, und zwar in der Ossastraße 39, die sich auf kaum mehr als zweihundert Metern Länge zwischen der Weichsel- und der Fuldastraße erstreckte. Besuchern, denen das zur Orientierung nicht reichte, wurde noch gesagt, daß sie auf dem Berliner Stadtplan zwischen der Sonnenallee und dem Neuköllner Schiffahrtskanal zu suchen hätten, Nähe Lohmühlenbrücke. Kleine Angestellte und Beamte wohnten hier, auch ehrbare Handwerker, und es war durchaus keine Arme-Leute-Gegend, derer man sich zu schämen hatte. Auf der nördlichen Seite standen vorwiegend ältere Mietshäuser, alle mit je einem Laden links und rechts des Eingangs. Eine Zigarettenhändlerin gab es, die Frau Scheinert, Wolter, den Schuster, Fräulein Krahl mit dem Milchgeschäft, Kraft, den Drogisten, Frau Fischer mit Obst und Gemüse, Alfons Kuhnitz, den Bäcker, und an der Ecke einen Laden, in dem Lampenschirme hergestellt wurden. Auf der Südseite der Straße erstreckte sich in leichtem Bogen ein durchgehender Neubaublock, von dem Otto Matuschewski immer behauptete, das Bauhaus hätte Pate gestanden. Nur die beiden Eckhäuser waren dem Handel vorbehalten. Ecke Fuldastraße war Elektro-Krause eingezogen und an der Weichselstraße Blumen-Kuschel zu Hause. Lichte Akazien waren gepflanzt worden, und die Fahrbahn mit Asphalt gedeckt. Das Besondere an dieser kleinen Straße aber war die Tatsache, daß alle ihre Gebäude den Krieg ohne Bombenschäden überstanden hatten. Nein, nur bei Nummer 37 im Hinterhaus hatte es gekracht, aber das war vergleichsweise ein Klacks.

Doch die Matuschewskis waren über die Ossastraße gar nicht so glücklich, wie sie es eigentlich hätten sein müssen, denn sie wohnten im Hinterhaus, drei Treppen hoch, Mitte links, und für Margot galt an sich nur der etwas, der im Vorderhaus wohnte, ersatzweise auch im Neubau, jedenfalls in einer Wohnung mit eigenem Badezimmer. Wollte sie in die Badewanne steigen, dann mußte sie bei der Hauswartsfrau einen Tag vorher Bescheid sagen und bekam dann den Schlüssel zur Badestube hoch oben unterm Dach ausgehändigt. Vor Festtagen, wenn das Baden in Deutschland quasi rituell vorgeschrieben war, kämpften neunzehn Mietparteien mit teilweise vier Personen um einen Platz in der Wanne. Aber auch ansonsten war die umfassende Körperhygiene sehr mühsam, so daß es zumeist bei der berühmten »Etagenwäsche« in der eigenen Küche bleiben mußte.

»Wir haben aber wenigstens eine Innentoilette«, sagte Margot Matuschewski.

»Dafür haben wir schon eine Neubauwohnung in Aussicht«, konterte Gerda.

»Wieso in Aussig?« fragte Otto Matuschewski. »Das liegt doch in der Tschechoslowakei, und da kommt ihr doch gar nicht mehr hin. Außerdem heißt es jetzt Ústí nad Labem. Na, dann wollen wir uns mal laben – am Kartoffelsalat.«

»Otto immer mit seinen Kalauern!« Margot hätte die Konversation gern etwas gehobener gehabt, doch sofort war Stimmung da.

Allmählich gehörten Gerda und Herbert zur Familie, und so war es auch nicht weiter verwunderlich, daß sie zu Manfreds Einsegnung eingeladen wurden. Am Sonntag, den 2. März 1952 sollte die große Feier steigen.

»Was schenken wir denn bloß?« Nicht daß Gerda deswegen schlaflose Nächte gehabt hätte, aber es verging kein Abend, an dem sich Herbert und sie über diese Frage nicht den Kopf zerbrachen. »Vielleicht einen Fußball?«

»Er spielt doch beim 1. FC Neukölln, und da haben sie schon welche.«

»Aber er hat keinen für sich allein.«

»Fußball ist nun mal ein Mannschaftsspiel. Und außerdem schreien sie da, wenn einer am Ball ist, immer nur: ›Abgeben!‹«

»Gott, ich muß ja zum Training!« Gerda Neutig spielte auch mit 38 Jahren noch in der ersten Mannschaft des Volkssport Nord 49, allerdings war das nicht Fuß-, sondern Handball. Lieber wäre sie zum Basketball gegangen, doch dies verbot sich wegen ihrer geringen Körpergröße. Herbert meinte, Basketball würde nur gehen, wenn man ihr das Mitführen einer Leiter während des Spiels gestatten würde. Daß ihr Spitzname »Krümel« war, sagte alles. Sie konterte immer mit: »Klein, aber oho.« Was auch stimmte, denn als Kreisläuferin verstand sie es durchaus, sich gegen Gegnerinnen durchzusetzen, die zwei Köpfe größer waren als sie. Nicht daß sie ihnen zwischen den Beinen durchgelaufen wäre, aber sie konnte sich durchwühlen wie keine Zweite. Ehe die anderen sich nach ihr gebückt hatten, war sie auch schon an ihnen vorbei. »Unser kleiner Wirbelwind!« rief denn auch ihr Trainer immer wieder. An sich mochte sie Günther Blönsdorf nicht, da er kurzgeschorene blonde Haare und einen kantigen Schädel hatte und so richtig nach SS aussah. Seinetwegen hatte sie schon öfter den Verein verlassen wollen, doch in ihrem Alter hätte sie woanders keine Chance gehabt, in der ersten Mannschaft zu spielen. Und außerdem hing sie an ihren Mannschaftskameradinnen. So nahm sie den Trainer hin wie schlechtes Wetter und reagierte sich, wenn sie sich über ihn wieder einmal geärgert hatte, höchstens damit ab, daß sie ihn »Blödsdorf« nannte.

Heute abend fehlte die Torfrau, weil deren Tochter eingesegnet wurde und die Vorbereitungen alle Kraft in Anspruch nahmen, und so ging Blönsdorf beim abschließenden Spielchen selbst ins Tor. Von da aus ließ sich auch ganz gut kommandieren. Gerda hatte er heute ganz besonders auf dem Kieker.

»Nun werfen wir mal die kleinen Dackelbeinchen und schlafen nicht ein!« schrie er, als sie einmal unschlüssig war, wen sie anspielen sollte. »Und dann auch noch ein Fehlpaß! Oma Gerda, das hätte dir in deinem Alter nicht passieren dürfen.«

Da war sie schon auf hundert und so wütend auf ihn, daß ihr beim nächsten Wurf aufs Tor der Ball über die Finger rutschte und in der Luft fast stehenblieb, ehe ihn Blönsdorf lässig mit einer Hand herunterfischte.

»Liebe Gerda, Sinn des Spiels ist es, den Ball ins gegnerische Tor zu befördern«, belehrte er sie. »Und wem die Kraft dazu fehlt, der sollte lieber zu Hause in der Küche bleiben und die geschälten Kartoffeln in den Kochtopf werfen – das sind nur ein paar Zentimeter.«

Zehn Minuten später lag der Trainer am Boden, blutete heftig und beklagte ein gebrochenes Nasenbein. Gerda Neutig hatte ihn bei einem Sprungwurf voll ins Gesicht getroffen.

»Aus Versehen«, versicherte sie immer wieder, aber niemand glaubte ihr.

Auch Herbert war da skeptisch. »Hast du das wirklich nicht mit Absicht gemacht?«

»Ich weiß es nicht.« Den Begriff kannte sie nicht, aber sie erklärte ihr Handeln mit dem, was bei Freud das Unbewußte war.

Daß sie beim nächsten Training nicht erschien, hatte aber nichts mit Blönsdorf zu tun, sondern lag einzig und allein daran, daß sie dank der guten Kontakte von Werner Seifert, ihrem neuen Chef, eine Neubauwohnung in der Afrikanischen Straße bekommen konnten und sich vorher mit dem Geschäftsführer der Wohnungsbaugesellschaft treffen mußten. Es schien alles zu laufen.

Da sie sich so intensiv um die neue Wohnung kümmern mußten, hätten sie beinahe vergessen, ein Einsegnungsgeschenk für Manfred Matuschewski zu kaufen.

»Was wünscht er sich denn?« Gerda sah Herbert erwartungsvoll an, als sie am Freitag vor dem großen Tag beim Abendbrot saßen.

»Woher soll ich das wissen?« fragte Herbert zurück.

»Na, schließlich ist Margot deine Kollegin, und ihr redet jeden Tag miteinander.«

»Aber nur Dienstliches. Privatgespräche gibt es bei uns keine, dafür bezahlt man uns nicht.«

»Hör auf!« Gerda bekam zunehmend schlechte Laune. »Übermorgen ist es soweit, und wir haben immer noch nichts für Manfred.«

Herbert grinste. »Schenken wir ihm doch ein Aufklärungsbuch. Das interessiert die Knaben in seinem Alter am meisten. Vielleicht über die Befruchtung bei den Bienen. Zusammen mit einem Mannschaftsfoto vom Volkssport Nord 49, wo ihr alle unter der Dusche steht.«

»Das hängt schon bei Blödsdorf überm Bett. Aber mal im Ernst: Wofür interessiert er sich denn so?«

»Für alles.«

»Dann geh du zu Karstadt und sag: ›Ich hätte gern für dreißig Mark alles.‹« Gerda roch an der Fleischwurst und legte sie wieder beiseite. »Die ist auch nicht mehr gut. Worüber freut er sich denn am meisten?«

Herbert dachte nach. »Wahrscheinlich über eine Zwei in Deutsch, da ist er ziemlich schwach auf der Brust.«

»Ich meine: Womit spielt er denn am liebsten?«

»Vermutlich mit dem, was er unterm Bauch zwischen den Beinen hat.«

Gerda überhörte es. »Kaufen wir ihm was für seine Eisenbahn.«

»Das mußt *du* aber machen, da weigere ich mich.« Diese Aussage konnte nur verstehen, wer wußte, daß Herbert und Manfred Matuschewski seit Jahren einen heftigen Glaubenskrieg darum führten, welches Modellbahnsystem der Nenngröße H0 das bessere war: das von Märklin mit Wechselstrom, bei dem immer nur ein Zug zur selben Zeit fahren konnte, das aber robuster war, oder das von Trix mit Gleichstrom, bei dem es möglich war, zwei Züge unabhängig voneinander über die Gleise flitzen zu lassen. Herbert schwor nun auf Märklin und Manfred auf Trix. Und natürlich war seine Anlage voll auf Trix ausgerichtet. Ihm nun Wagen von Märklin zu schenken, ging nicht, denn die hatten andere Räder und andere Kupplungen.

So zog denn Gerda am Sonnabend vormittag los, um für Manfred einen D-Zug- und einen Kühlwagen zu kaufen. »Für den Trix-Expreß H0.« Sie sprach das aus, was Herbert nicht über die Lippen brachte.

Während Gerda mit der Straßenbahn zum Spielwarenladen am Bahnhof Wedding fuhr, besorgte Herbert die Einkäufe für das Wochenende. Das machte er gerne, denn sein Motto war: Wer gut kochen will, der muß auch selber einkaufen. Und für das Mittagessen am Sonntag mußte noch gekocht werden, denn Manfred Matuschewskis Einsegnungsfeier sollte für Gerda und Herbert erst mit dem Kaffeetrinken um halb vier beginnen. Nur den beiden Großmüttern und Tante Trudchen wurde das Privileg zugesprochen, im Anschluß an die Feier in der Kirche gleich mit in die Ossastraße zu kommen und dort Mittag zu essen, die anderen sollten noch einmal nach Hause gehen.

»Dagegen muß ich schärfstens protestieren«, sagte Gerda. »Den Weg vom Wedding nach Neukölln zweimal zu machen, ist unzumutbar, Kolleginnen und Kollegen.«

Otto Matuschewski lachte. »Du hast nicht zu protestieren – du bist keine Protestantin. Und außerdem: Gleiches Recht für alle.«

Herbert, der immer sagte, er sei bekennender Atheist, nahm die Sache gelassener. »Da sparen wir eine Menge Geld, wenn wir nicht in der Kirche sind und nichts in den Klingelbeutel werfen müssen. Abgesehen mal davon, daß wir länger ausschlafen und ausgiebig Zeitung lesen können.«

Was sie dann auch taten. Berlin plante, Beethoven zu feiern, dessen Todestag sich am 26. März zum 125. Male jährte. In Neukölln war eine wilde Kuh durch die Straßen gerast und hatte eine Frau und zwei Feuerwehrleute verletzt, bevor man sie in der Nähe des Stadions erschossen hatte. Der erste Rosenmontagszug in Berlins langer Geschichte war durch die Stadt gezogen und von Hunderttausenden bejubelt worden. Das Leben der Bertha von Suttner hatten sie verfilmt, und überall gab es Vorankündigungen für *Herz der Welt* mit Hilde Krahl und Dieter Borsche.

»Die Waffen nieder!« Gerda kannte den Slogan der Suttner.

»Bis auf die Waffen der Frauen«, sagte Herbert.

Im Sportteil gab es Nachbetrachtungen zu den Olympischen Winterspielen in Oslo, die vor einer Woche zu Ende gegangen waren. Für die Deutschen hatte es drei Goldmedaillen gegeben: durch Ria Baran und Paul Falk im Eiskunstlauf der Paare sowie in den beiden Bobdisziplinen.

Herbert bemerkte, daß Gerda unter ihrem Bademantel nichts anhatte, und ging zu ihr hinüber. »Der schönste Sport ist immer noch der Matratzensport ...«

Erst um 14 Uhr 30 machten sie sich auf den Weg zum Bahnhof Wedding. Herbert, der sich gern snobistisch gab, wäre liebend gern im eigenen Wagen angereist, doch das nötige Kleingeld dafür hatten sie noch lange nicht beisammen. Blieben ihnen also nur die U- und die S-Bahn. Mit der U-Bahn war es einfacher, da brauchten sie nur am Bahnhof Wedding einzusteigen und mit der Linie C, Seestraße–Grenzallee, bis Rathaus Neukölln zu fahren und dann die Fuldastraße hochzulaufen, mit der S-Bahn aber war Sonnenallee umzusteigen in die 95.

»Ich bin für die S-Bahn«, sagte Herbert. »Da sieht man wenigstens was.«

»Und ich für die U-Bahn. Weil das schneller geht.«

Also fuhren sie mit der U-Bahn, denn Gerda hatte es gerne, wenn man die Richtung einschlug, die sie vorgegeben hatte.

Die »Tunneleule«, wie der Zug mit den beiden ovalen Führerstandsfenstern bei den Berlinern hieß, kam alsbald in den Bahnhof gerauscht, und sie fanden auf den Längssitzen noch zwei freie Plätze. Schon beim Einsteigen hatten sich alle Blicke auf Herbert Neutig gerichtet, und als er dann saß, wurde er von einigen Frauen unaufhörlich angestarrt. »Du bist der Traum aller Kriegerwitwen«, frotzelte Otto Matuschewski immer. Und Frauen, deren Mann gefallen war, gab es viele in Berlin. Aber auch die jüngeren Semester schwärmten für ihn, galten doch ältere und erfahrene Männer in gesicherter Stellung als ideale Ehepartner.

Worauf beruhte Herbert Neutigs Ausstrahlungskraft, sein Hauch von Charisma? Otto Matuschewski hatte sich das immer wieder gefragt, denn auch seine Margot war Herbert geradezu hörig, wenn auch nur platonisch. Unbestreitbar war seine lässige Arroganz, eine Folge seiner Zeit in der Bank. Da mußte man sich so hochnäsig geben, wollte man nach oben kommen. Wovon er aber am meisten profitierte, war seine äußerliche Ähnlichkeit mit Humphrey Bogart. Nun sollten die großen Publikumserfolge des Amerikaners wie *Sabrina*, *Die Caine war ihr Schicksal* und *An einem Tag wie jeder andere* erst in den Jahren 1954/55 in die deutschen Kinos kommen, aber mit *Die Spur des Falken*, *Tote schlafen fest* und *Der Schatz der Sierra Madre* war er auch zwei Jahre davor schon ein Weltstar und in Deutschland bestens bekannt. Vor allem aber durch *Casablanca* und die berühmte Szene mit Ingrid Bergmann und dem unsterblichen: »Ich seh' dir in die Augen, Kleines.« Seine Ehe mit Lauren Bacall tat ein übriges, denn deren Fotos fanden sich in jeder Illustrierten.

Gerda genoß den Erfolg, den ihr Mann bei Frauen hatte, denn es war ja »ihr Herbert«, der da angehimmelt wurde, sie hatte ihn abgekriegt, sie teilte Tisch und Bett mit ihm, sie verstand es, ihn um den Finger zu wickeln. Und das, was sie gemeinsam durchgemacht hatten, schweißte sie für immer und ewig zusammen.

Heute aber war Herbert ein wenig knurrig, denn er fuhr nicht gern mit der U-Bahn. Irgendwie wurde er unten im Tunnel immer an die Zeit im Luftschutzkeller erinnert. Und seine ewige Angst, einmal verschüttet zu werden. Aber die Sache hatte auch ihr Gutes: »Da sieht man wenigstens die Ruinen nicht.« Auch sieben Jahre nach Kriegsende war Berlin in vielen Stadtteilen noch immer eine Trümmerwüste. Nur langsam kam der Wiederaufbau in Gang. So ganz wohl war ihnen auch nicht, als sie in der Station Reinickendorfer Straße über Lautsprecher gewarnt wurden: »Letzter Bahnhof im Westsektor.«

Gerda legte Herbert die Hand auf die Knie. »Du brauchst doch keine Angst zu haben, wir haben ja nichts zu verbergen.«

»Das ist ganz instinktiv. Immer wenn ich einen Uniformierten sehe.« Und die Uniformen der DDR-Soldaten glichen denen der Wehrmacht auffällig.

Gerda hatte das, was damals gewesen war, besser verkraftet als er. »Schließlich bin ich 'ne Frau, und wir sind das starke Geschlecht.« Sowenig wie möglich wollte sie an die Jahre denken, die so schrecklich gewesen waren. Ihre Mutter im KZ in Theresienstadt, sie und ihre Schwester in ständiger Angst, auch abgeholt zu werden. Sie konnte bis heute nicht verstehen, weshalb ihnen das Schlimmste erspart geblieben war. Möglicherweise, weil ihr Vater kein Jude war. Aber der lag ja schon lange auf dem Friedhof. Wahrscheinlicher war, daß man sie als Zwangsarbeiterinnen an der Heimatfront gebraucht hatte. Zum Schneidern von Volkssturmuniformen.

Kochstraße waren sie wieder im Westen und atmeten auf. Keine Kontrollen, keine Schnüffler. Na ja, es war Sonntag heute. Rathaus Neukölln stiegen sie aus, verließen die U-Bahnstation durch den hinteren Ausgang und gingen die Fuldastraße hinauf. »Magst du Manfred eigentlich?« fragte Gerda.

Herbert zögerte mit seiner Antwort. »Das ist schwierig. Manchmal denke ich, das könnte unser Sohn sein, wenn du noch Kinder bekommen hättest, und dann möchte ich ihn am liebsten in den Arm nehmen. Wie er sich so prächtig entwickelt hat. Dann aber wieder ... Manchmal bin ich richtig neidisch auf ihn. Wie er sich so entfalten kann. Seine Eltern blasen ihm Puderzucker in den Hintern, das Abitur kann er machen und studieren. Und wir dagegen: Ich, Otto aber auch, wir waren genauso begabt – und durften nicht bis zum Ende zur Schule gehen, sondern wurden in die Lehre gesteckt. Dann kamen die Nazis, dann kam der Krieg ... Na ja, der kann auch heute wieder kommen. Wenn die Russen uns schlucken wollen.«

»Wir haben ja die Amerikaner in Berlin.«

»Dein Wort in Gottes Ohr. Aber in das des richtigen.« Damit blickte er zum Turm der Martin-Luther-Kirche hinauf, in der Manfred Matuschewski am Vormittag eingesegnet worden war.

In der Ossastraße 39 waren sie die letzten Gäste, die eintrafen, und wurden folglich von Otto Matuschewski klassisch begrüßt: »Ihr kommt zwar spät, doch ihr kommt.« Sie gratulierten Manfred, wünschten ihm viel Glück und Erfolg auf seinem weiteren Lebensweg und drückten ihm sein Geschenk in die Hand.

»Damit du immer einen fahren lassen kannst«, sagte Herbert,

als der Junge die beiden Wagen ausgepackt hatte. Dann wurden sie ins Wohnzimmer geschleust und drückten den anderen sechzehn Gästen reihum die Hand. Die meisten kannten sie schon.

Margot Matuschewskis Mutter kam aus Schmöckwitz und war in der Familie so etwas wie eine Heilige. Sie hatte ein liebes Gesicht, war herzensgut, konnte sich in alle Menschen hineinversetzen und half, wo sie nur konnte. Besonders Manfred vergötterte seine Schmöckwitzer Oma, und auch Otto hielt große Stücke auf seine Schwiegermutter, während Margot selber mit ihrer Mutter nicht so ganz klarkam. Gerda und Herbert teilten diese Bedenken. »In der SED ist sie. Und wer für Stalin und für Ulbricht ist, der ...« Sie sprachen es nicht aus, aber sie hatten ihre Schwierigkeiten, mit einem solchen Menschen wie dieser Marie Schattan an einem Tisch zu sitzen. »Man muß ja jedes Wort auf die Goldwaage legen.«

Anders war es mit Ottos Mutter, Anna Matuschewski. Vor dem Krieg hatte sie einen eigenen Kohlenkeller gehabt, in Kreuzberg in der Manteuffelstraße, und nachdem sie 1945 ausgebombt worden war, hatte sie bis zu ihrer Rente in einer Kohlenhandlung auf dem Gelände des Görlitzer Güterbahnhofs gearbeitet. Noch immer roch ihre Kleidung nach Braunkohle. Gerda mochte sie, denn von der Körpergröße glich sie ihr und ihrer eigenen Mutter, und man erzählte von ihr, daß sie einen verfolgten Juden bei sich im Keller versteckt hatte.

Neben Anna Matuschewski saß Helmut, ihr zweiter Sohn, Ottos Halbbruder und sechzehn Jahre jünger als dieser. Dennoch hatte er schon eine ziemliche Glatze. »Wo Verstand und gute Sitten walten, können sich auf Dauer keine Haare halten«, sagte er immer, wenn man seinen frühen Haarausfall auf übermäßigen Geschlechtsgenuß zurückführen wollte. Nein, es läge daran, daß er in französischer Kriegsgefangenschaft gewesen war. »Und immer im Bergwerk unten mit'm Helm uff.« Jetzt arbeitete er bei der AEG in Oberschöneweide als Dreher. Und das, obwohl er im Westen wohnte.

Seine Frau hieß Irma, hatte ein breites Fahrgestell, wie Otto immer sagte, war ausschließlich Hausfrau und bekannt für ihre

Koch- und Backkünste. Wenn alle davon schwärmten, wurde Margot Matuschewski immer wütend. »Die soll sich erst einmal im Büro versuchen.«

Ihr Sohn aus erster Ehe hieß Peter und war ein kleiner Filou. Schule war für ihn vornehmlich zum Schwänzen da, und für jeden Streich war er zu haben. Die Erwachsenen fanden ihn drollig.

Neben Peter saß Tante Trudchen, und Gerda hatte zuerst angenommen, sie sei dessen Großmutter, denn beide hatten dieselben lustigen braunen Augen und ein Gesicht, das an einen Faun erinnerte oder einen Kobold. Tante Trudchen war aber die Schwägerin von Margots Mutter, trug also auch den Namen Schattan, fiel aber in der Familie ein wenig aus dem Rahmen, was Beruf und Status betraf, denn sie war »nur« Putzfrau. Bei sich in Siemensstadt säuberte sie Arztpraxen, Gaststätten und Bäkkereien, kam aber auch einmal in der Woche nach Neukölln, um bei den Matuschewskis sauberzumachen. »Natürlich nicht umsonst«, wie Margot versicherte. Klein war Tante Trudchen und mit klassischen O-Beinen gesegnet, Folge einer Rachitis in der Kindheit. Das jedenfalls war Gerda erspart geblieben.

An der festlichen Tafel folgten zwei Gäste, auf die Margot Matuschewski mit besonderem Stolz hingewiesen hatte, schmückten sie doch ungemein und hoben »det Janze«, wie Otto sagte. »Es kommt was Großbürgerliches in unsere Familie.« Vorgestellt worden waren sie Gerda und Herbert als Onkel Erich und Tante Martha. »... die jüngere Schwester meiner Mutter ... Ihr Mann ist Oberingenieur bei Siemens.«

»Dennoch verehrt er August Bebel sehr«, sagte Margots Mutter.

»Mutti, laß doch mal!«

Gerda fand, daß Onkel Erich dem großen Maler Max Liebermann zum Verwechseln ähnlich sah. Nur daß er auf dem fast kahlen Schädel einen Grützbeutel sitzen hatte, was die Kinder flüstern ließ: »Onkel Erich mit'm Klingelknopp uff'm Kopp.«

Tante Martha hätte man glatt für eine englische Gouvernante halten können. Sie hatte etwas Vornehmes an sich und sprach mit spitzem Mund lupenreines Hochdeutsch. Das war an sich verwunderlich, da sie im tiefsten SO 36 aufgewachsen war, in Kreuzberg also, wo zwar nicht Zilles Milieu und die mehr oder minder kriminellen Ring- und Sparvereine anzutreffen waren, aber ganz sicher auch nicht die höheren Stände. Sie hatte als Verkäuferin in einem Wäschegeschäft gearbeitet und sich ihr »Gehabe«, wie viele das nannten, bei den Offiziersgattinnen abgeguckt, wenn die in ihr Geschäft kamen, um Spitzenunterwäsche einzukaufen. »Mit den Augen darf man stehlen«, betonte sie dann auch gelegentlich.

Neben Tante Martha saß eine weitere Schwester der Schmöckwitzer Oma: die Tante Claire, noch ein Original. Obwohl – oder weil – ihr Vater zu den Roten gehört hatte, war sie glühende Monarchistin, wünschte sich den Kaiser Wilhelm zurück und verehrte ersatzweise das englische Königshaus. Gekleidet war sie allerdings weniger wie die Queen, sondern eher wie eine Zigeunerin. Das nun lag vor allem daran, daß sie Claire Waldoff verehrte und in allem gleichen wollte, aber auch an ihrer dürftigen Rente. Nach dem Krieg war vom Vermögen ihres Mannes nichts geblieben. »Der Dicke«, wie sie ihn nannte, war lange tot, was Otto Matuschewski und andere Familienmitglieder nicht gerade traurig stimmte. Der »bekotzte Herr Generaldirektor« hätte es bestimmt nicht zugelassen, daß sie hier bei den Proleten saß und feierte.

Damit war die Verwandtschaft abgehakt, und Gerda kam zu den anderen Freundschaften der Matuschewskis, an der Spitze die Bugsins, die mit Büromöbeln handelten. Irma Bugsin war Margots älteste Freundin und schon mit ihr zusammen zur Schule gegangen. Max war gelernter Beizer und hatte das Zeug zum Komiker und Volksschauspieler. Gerda mochte ihn nicht besonders, denn wo Max war, kam kein anderer zur Geltung. Zwei Kinder hatten die Bugsins. Einmal den Gerhard, der etwas jünger war als Manfred, und zum anderen Inge, die mit ihren achtzehn Jahren schon eine junge Dame war und nur noch ungern mit den Kleinen Schwarzer Peter spielte. Gerda mochte gar nicht zu ihr hinsehen. Zu ähnlich sah sie ihrer Ingrid.

Am Ende des ausgezogenen und mit einer ausgehakten Tür verlängerten Tisches saßen die Rahnsdorfer, die Blöhmers: Waldemar und Erna. Er war gelernter Feinmechaniker, hatte vor dem Krieg bei Siemens gearbeitet und nach seiner Heimkehr aus kurzer Kriegsgefangenschaft umgesattelt und sich im Schnellverfahren zum Lehrer ausbilden lassen. Jetzt unterrichtete er, obwohl er im Osten wohnte, an einer Art Gewerbeschule in Neukölln, war also »Grenzgänger«, genau wie Helmut Matuschewski, nur daß es bei dem umgekehrt war. Über die Schwierigkeiten beim Umtausch ihres Westgeldes in Ostgeld beziehungsweise Ostgeldes in Westgeld und die damit verbundenen Ungerechtigkeiten konnten sie stundenlang diskutieren. Gerda hatte Mühe, Waldemar Blöhmer länger als zehn Minuten zu ertragen, denn er hielt sich für einen unvergleichlich gebildeten und geistvollen Menschen und dozierte in einem fort. Auch Bienenzüchter war er. »Kein Wunder«, lästerte Herbert, »denn was er sich da als Ehefrau an Land gezogen hat, ist nun bestimmt keine schicke Biene.« Und in der Tat war seine Erna ein Landei, wie es im Buche stand. Sie hatte mit Margot zusammen bei der AOK gearbeitet, und die Blöhmers und die Matuschewskis war früher viel zusammen gewandert und auf dem Wasser unterwegs gewesen.

Der letzte Gast mußte Herbert nicht extra vorgestellt werden: Es war Lenchen Behnke, seine Kollegin aus der AOK am Oranienplatz. Margot und Lenchen saßen dort am selben Schalter. Lenchen war von einer derartigen Körperfülle, daß man sie bei der Frage »Wie viele Stühle brauchen wir denn?« doppelt gezählt hatte. »Die hätte Kugelstoßerin werden sollen«, sagte Manfred Matuschewski, »dann hätten die Deutschen endlich eine Chance gegen die Russinnen, gegen Galina Zybina.«

Gerda hätte gern ein paar Kilo von Lenchen abgehabt. »Mit deren Masse wäre ich glatt in die Nationalmannschaft gekommen.« Nicht daß sie nun die ganze Feier über still und in sich versunken dagesessen hätte, nein, sie beteiligte sich durchaus hin und wieder an der Unterhaltung, aber irgendwie kam sie sich als Fremde vor und hätte viel lieber zu Hause auf dem Sofa gesessen und in den Illustrierten ihres Lesezirkels geblättert. Woran lag es nur, daß sie sich so unwohl fühlte? Sie wußte es nicht. Vielleicht daran, daß Lenchen Behnke sie andauernd so verstohlen musterte? Mit einem richtigen Gestapo-Blick, wie Herbert das nannte. Quatsch, Lenchen hatte mit den Nazis nie etwas am Hut gehabt. Aber ... auch wenn sie Herbert von der AOK abholte, guckte die Behnke so komisch. Da war bestimmt etwas ... Gerda bekam richtige Gänsehaut. Sollte das mit dem zu tun haben, was sie bei der Gewerkschaft eingefädelt hatte, steckte Lenchen Behnke zufällig mit Kurt Klosterbruch unter einer Decke? Möglich war alles, zumal sie Kriegerwitwe war und nach einem neuen Kerl Ausschau hielt. Gerade wieder kam ihr Standardsatz zu diesem Thema: »Mann ist Mann – und wenn er im Bett sitzt und hustet.«

Irgend etwas war da, etwas sehr Bedrohliches, Gerda spürte es instinktiv und wurde immer stiller. Dabei ging es hoch her bei den Matuschewskis. Nach dem Kaffeetrinken klingelte es.

»Das wird Rudi sein!« rief Tante Claire, und alle schwiegen betreten, denn Rudi war ihr Sohn, hatte an der Ostfront gekämpft und galt seit 1944 als vermißt. Sie weigerte sich aber, ihn für tot erklären zu lassen, weil sie immer noch hoffte, er würde eines Tages aus sowjetischer Kriegsgefangenschaft zurückkommen. »Sie halten ihn versteckt, weil sein Vater ein großer Kapitalist gewesen ist.«

Geklingelt hatten indessen nur die beiden Musikanten, Akkordeon und Geige, die Margot Matuschewski engagiert hatte, »weil das alle so machen«. Eine halbe Treppe tiefer hatten sie sich aufgebaut. Manfred wurde von seiner Mutter nach vorn geschubst, um mit geneigtem Kopf verzückt zu lauschen, alle anderen standen hinter ihm auf dem Treppenpodest. Als das Ständchen beendet war, warf Peter einen Groschen nach unten, traf einen der Musiker am Kopf – und kassierte seine erste Backpfeife.

Die zweite folgte eine halbe Stunde später, nachdem er Waldemar Blöhmer in die Wade gebissen hatte. Als Hund. Die Jungen hatten Gladow-Bande gespielt und dabei einen Fotohändler überfallen. Dazu hatten sie Waldemars teure Leica als Requisit benötigt, und als der das bemerkt hatte, war er in unkontrolliertem Zorn auf Manfred losgestürzt, um ihm eine zu langen. Dies nun hatte Peter als Schäferhund zu verhindern versucht und war von seiner Mutter deswegen gezüchtigt worden. »Jede gute Tat rächt sich einmal«, sagte Herbert.

Erster Höhepunkt des Abends war das Festessen, dessen Krönung der Prager Schinken werden sollte. Nicht nur Gerda bekam feuchte Augen, als sie ihn erblickte, war doch allen noch gegenwärtig, wie sie noch vor nicht allzu langer Zeit gehungert hatten. »Jeden Tag nur Kohldampf schieben ...« Und zu trinken gab es kein Leitungswasser, keinen »Leitungsheimer«, sondern echten Eschendorfer Lump. Doch bevor alle so richtig zuschlagen konnten, klopfte die Schmöckwitzer Oma gegen ihr Glas und begann, als endlich Ruhe eingetreten war, ihr Gedicht vorzutragen.

»Wir sitzen heut fröhlich beisammen,/Zu feiern ein sehr schönes Fest!/Die Paten, Verwandten und Freunde/Gratulieren aus Ost und aus West.«

Gerda ließ alles an sich vorbeirauschen. »Wir wünschen zum heutigen Tage/Unserem *Manfred* viel Glück ...« An dieser Stelle mußte Gerda mit den Tränen kämpfen. Was würde ihre Ingrid gerade machen, in dieser Sekunde ...? Wahrscheinlich mit Gerhard und Margarita im Parque Retiro spazierengehen. »Wie leuchten die Augen der Eltern,/Schau'n heut ihren Jungen sie an ...« Gerda begann zu schluchzen, und Herbert mußte sie in den Arm nehmen. Sie fing sich erst wieder, als der Name Gerda fiel. »Wie gern möchte in unserer Mitte/Heut Tante Gerda aus Polen sein!« Bei der Gerda, die hier gemeint war, handelte es sich um Margots Schwester, die nach dem Krieg in Schlesien hängengeblieben war und einen polnischen Landarbeiter geheiratet hatte, den Leszek. »Konnt' nur ihren Glückwunsch uns schicken./Tante Gerda, wie denken wir dein!« Als alle nun das Glas hoben und Richtung Osten blickten, wendete sich Gerda Neutig nach Süden und dachte an ihre Ingrid. Wann endlich sagten sie ihr alles? Sollten sie oder sollten sie nicht? Es schien sie zu zerreißen. »Ein Hoch sei den lieben Eltern,/Ein Hoch unserm *Manfred* dargebracht.«

Alle stießen nun auf Manfred an, und Gerda suchte sich anschließend dadurch abzulenken, daß sie im ausgeräumten Schlafzimmer mit den Kindern spielte. »Schwarzer Peter« und »Jule hat ein Schwein geschlachtet«. Als ihr das zu langweilig wurde, versuchte sie, Inge Bugsin und den drei Jungen Skat beizubringen.

Nur Peter konnte schon reizen. »Wenn ick in die Kneipe jeh', Bier hol'n, kiek ick imma zu.« Und dann verriet er den anderen noch, was das schönste beim Bierholen war. »Wenn die ihre leeren Schnapsgläser noch uff'n Tisch steh'n ham, dann fahr' ick mit die Finga rin und schlecke det aus.« Als er das wenig später bei seiner Mutter versuchte, die gerade den ersten Cognac des Tages getrunken hatte, bekam er seine dritte Ohrfeige.

»Kleine Schläge auf den Hinterkopf erhöhen das Denkvermögen«, sagte Waldemar Blöhmer und hielt einen längeren Vortrag über die Schädlichkeit des Alkohols. »Jeder Schluck tötet Hunderte von Gehirnzellen ab.«

»Ich trinke jeden Tag eine halbe Flasche Weinbrand«, sagte Max Bugsin. »Immer wenn ein Kunde kommt, muß ich ja anstoßen mit ihm. Und das macht sich bei mir auch schon bemerkbar.« Er riß sich das Hemd auf, schlug sich wie ein Gorilla mit den Fäusten auf die Brust und schrie dabei: »Umba, umba!« Damit erreichte die Feier ihren ersten Höhepunkt.

Gerda und Herbert sahen sich an. Das war nun bestimmt nicht ihr Niveau. Aber um Margot und Otto nicht zu kränken, lachten sie mit. Auch Onkel Erich und Tante Martha litten nicht unerheblich. »Verwandte kann man sich nicht aussuchen«, flüsterten sie. Obwohl ja Max Bugsin strenggenommen keiner war.

Gerhard Bugsin legte nun Platten auf, und Margot Matuschewski rief: »Jetzt wird getanzt. Damenwahl!« Damit stürzte sie los, um sich Herbert zu sichern. »Los, Gerda, du auch. Such dir einen.«

Gerda zeigte sich ein wenig hilflos. Groß war die Auswahl nicht. Otto Matuschewski fiel ja wegen seiner steifen Hüfte ohnehin aus. Waldemar Blöhmer war ihr zu borniert. Helmut Matuschewski eilte schnell auf die Toilette, um nicht aufgefordert zu werden. Max Bugsin war zuzutrauen, daß er ihr beim

Tanzen sein Bein zwischen die Schenkel schob, sie also unsittlich berührte. Und Onkel Erich war ihr doch schon entschieden zu alt. Blieb eigentlich nur Manfred Matuschewski, eigentlich ja die Hauptperson an diesem Tage. Ein bißchen zögerte sie noch, als ihr Blick auf ihn gefallen war. Fast hatte sie das Gefühl, sie würde ihn verführen wollen. Zumal sie auch noch *C'est si bon* spielten, und Eartha Kitt sang ziemlich lasziv. Irgendwie war das prikkelnd. Für sein Alter war er recht groß und kräftig. Ob er wohl schon ... ? Sie verbot sich, in dieser Richtung weiterzudenken, war dann aber befangener als der Junge selber, als sie mit ihm tanzte. Er hatte wirklich keine Ahnung, wie man es machte, der Besuch der Tanzschule kam erst noch. Fast trat er ihr die Zehen ab. Als es vorüber war, verbeugte er sich und sagte: »Es war mir eine Ehre, gnädige Frau.«

Der nächste Schlager war *Winke, Winke*, und den Refrain sangen alle mit: »Winke, winke – winke, winke/Mit den Händen, mit den Augen, mit dem Mund!/Winke, winke – winke, winke,/ Denn zum Winken gibt es immer einen Grund!/Geh an Frauen nie vorüber,/ohne einen zarten Wink mit einem Blick,/Und doch führt ein kleines zartes,/Ganz diskretes und apartes ›Winke, winke‹ ins Glück!/Jede Katze braucht 'nen Kater,/Jedes Mädel einen netten jungen Mann!« Dabei schmuste Margot Matuschewski mit ihrem Otto und Gerda mit Herbert, während die Frauen, die ihre Männer schon verloren hatten, traurig guckten.

Dann entschied sich Gerhard für *Nimm uns mit, Kapitän, auf die Reise*, und Gerda wäre am liebsten aus dem Zimmer gelaufen, aber sie kam nicht durch, weil Max Bugsin und Helmut Matuschewski die Tür blockierten. »Nimm uns mit, Kapitän, auf die Reise!/Nimm uns mit in die weite, weite Welt./Wohin geht, Kapitän, deine Reise?/Bis zum Südpol, da langt unser Geld!« Und dann kam die Stelle, wo Gerda die Beine wegknickten und Herbert sie stützen mußte. »Fährst du heim, Kapitän, kehr'n wir gerne/In die Heimat zur Mutter nach Haus.« Ihre Ingrid, das wußte sie, würde nie zurückkehren zur Mutter nach Haus. Ihr wurde schwarz vor Augen, und als Margot sie zur Toilette geführt hatte, mußte sie sich übergeben. So laut, daß alle es hörten.

»Bekommt Ihre Frau noch ein Kind?« fragte Lenchen Behnke.

Herbert wurde sofort hellhörig. »Noch ein ...« Sollte sich das darauf beziehen, daß Gerda schon eines hatte, oder bezog es sich einzig und allein auf ihr Alter? Mit 38 war das immerhin noch möglich. »Nein, sie kann keine Kinder mehr bekommen.« Er erschrak. Jetzt hatte er sich selber verraten. Mit dem »mehr«. Schnell fügte er hinzu, daß sie eine schwere Unterleibsoperation hinter sich hatte.

Zum Glück spielte Gerhard nun *Das machen nur die Beine von Dolores*, und da gab es für alle kein Halten mehr.

»Schau, wohin die Caballeros geh'n,/Bei wem sie heute nacht um Liebe fleh'n!/Was erfüllt sie so mit Leidenschaft,/ja, wer hat die geheime Zauberkraft?/Was zieht die Männer/So mächtig an wie ein Magnet?!« Dann kam der Refrain, und alle sangen mit: »Das machen nur die Beine von Dolores,/Daß die Señores nicht schlafen geh'n!/Denn die Toreros und die Matadores,/Die woll'n Dolores noch tanzen seh'n./Und jeder wünscht sich dann nur das eine:/Sie möcht' alleine für ihn sich dreh'n.«

Alle anwesenden Frauen, außer Tante Martha und der Schmöckwitzer Oma, die das etwas unschicklich fanden, rafften nun ihre Röcke und gaben zu verstehen, daß sie es mit dieser Dolores allemal aufnehmen konnten. Max Bugsin geriet, als er Tante Trudchens O-Beine ansichtig wurde, förmlich in Ekstase und spielte das so hinreißend, daß sie sich vor Lachen in den Schlüpfer machte und zur Toilette stürzte. Als sie nach zehn Minuten noch immer nicht wiedergekommen war, wurde Manfred hingeschickt, mal zu klopfen. Er kam mit einer kleinen Bitte zurück: »Mutti, du möchtest ihr bitte ein Paar von deinen Schinkensäcken borgen.«

Als Tante Trudchen dann wieder auftauchte, war der Jubel so groß, daß die Mieter unter den Matuschewskis zum ersten Mal an diesem Abend mit dem Besenstiel gegen die Decke stießen und »Ruhe!« schrien. Daraufhin sprang Peter vom Stuhl. »Damit denen unten die Lampe vonne Decke fällt.« Obwohl die Intention seiner Handlung von vielen begrüßt wurde, war die vierte Ohrfeige fällig.

»Ein bißchen leiser, bitte«, bat Margot Matuschewski. »Wir haben noch keine neue Wohnung und müssen mit den Leuten hier auskommen.«

Ein bißchen leiser wurde es nun auch, bis *Die Capri-Fischer* an der Reihe waren. Da sangen alle wieder mit, und Gerda ganz besonders laut, war es doch eines ihrer Lieblingslieder.

»Wenn bei Capri die rote Sonne im Meer versinkt/Und vom Himmel die bleiche Sichel des Mondes blinkt,/Zieh'n die Fischer mit ihren Booten aufs Meer hinaus,/Und sie legen im weiten Bogen die Netze aus./Nur die Sterne, sie zeigen ihnen am Firmament/Ihren Weg mit den Bildern, die jeder Fischer kennt./Und von Boot zu Boot das alte Lied erklingt,/Hör von fern, wie es singt:/Bella, bella, bella, Mari,/Bleib mir treu, ich komm' zurück morgen früh!/Bella, bella, bella Mari,/Vergiß mich nie!«

Peter bekam dabei seine fünfte Ohrfeige an diesem Abend, weil er das »bella« gründlich mißverstanden und fortwährend gebellt hatte.

Dann wurde er mit Manfred zusammen aus dem Zimmer geschickt, weil die Erwachsenen begannen, »unanständige Witze« zu erzählen. Genug an Weinbrand, vorwiegend Dujardin und Asbach Uralt, hatten inzwischen alle getrunken. Es ging hoch her. Und deshalb erschrak auch keiner so richtig, als draußen Sturm geklingelt wurden. Klar, die Nachbarn, die sich beschweren wollten. Margot Matuschewski schrie auf den Flur, daß Manfred doch bitte einmal nachsehen solle, wer an der Tür war.

Nach zehn Sekunden kam die Meldung, daß es niemand aus dem Haus sei. »Nur Dirk Kollmannsperger mit seiner Schwester.« Dirk war Manfreds Freund und Klassenkamerad und heute selber eingesegnet worden. Schön, daß er trotzdem noch vorbeigekommen war.

Als Gerda Neutig wenig später auf die Toilette mußte und aufstehen wollte, merkte sie, daß sie viel getrunken hatte, zu viel. Sie schwankte und mußte sich an der Tischkante festhalten. Alles drehte sich vor ihren Augen. Nur mühsam schaffte sie es, ein paar Schritte zu gehen. Erst verwechselte sie die Balkon- mit der Zimmertür, dann schaffte sie es doch, sich so einigermaßen zu orientieren. Als sie den langen Flur entlangging, sah sie Dirk Kollmannspergers Schwester. Sie schrie auf und prallte zurück.

»Herbert!«

Es gab keinen Zweifel, da stand ihre Ingrid. Lenchen Behnke hatte sie herbeigeholt. Jetzt war alles egal. Gerda war nicht mehr zu halten. Sie lief auf das junge Mädchen zu. Daß sie dabei die beiden Eisenbahnwagen zertrat, die sie Manfred zur Einsegnung geschenkt hatten, merkte sie nicht.

»Mein Kind …« lallte sie.

Herbert riß sie zurück. »Du bist ja völlig betrunken! Komm sofort nach Hause, ehe du hier weiterphantasiert.« Er wandte sich an Margot Matuschewski. »Gerda ist furchtbar schlecht. Die Jungen sollen schnell mal in die Kneipe laufen und eine Taxe für uns holen.«

Nun sah es auch Herbert: Edith Kollmannsperger hätte Ingrids Zwillingsschwester sein können. Er fühlte sich bestätigt: Der Zufall macht vor keinem halt.

Der Enkel III

Paco Morientes wußte, daß die Optionalität – wie das neueste Modewort lautete – eine gefährliche Sache war. Die Menschen litten darunter, daß sie zu viele Möglichkeiten hatten und sich nicht für eine entscheiden konnten. Das Leben wurde so zur reinsten Qual. So ging es auch ihm jetzt bei der Frage, wo er denn in Berlin eine kleine Wohnung mieten sollte. Da, wo seine Großeltern gewohnt hatten, also am Sparrplatz oder in der Afrikanischen Straße? Oder draußen im Grünen, etwa in Heiligensee, wo seine Urgroßmutter ihre Laube gehabt hatte? Oder in einer der Gegenden, die bei Studenten gerade angesagt waren, etwa am Prenzl'berg, in der Gegend um das Ostkreuz oder im Neuköllner Kiez, Manfred Matuschewskis alter Heimat? Oder in den billigen Plattenbauten im Osten der Stadt, denn die DDR-Nostalgie ging ja gerade um, wie im Film *Good bye, Lenin*, den er auch noch schnell gesehen hatte, um mitreden zu können. Am besten, er blieb bei Robert Kurz in Lichtenrade. Nein, das war ihm zu weit weg vom Schuß.

Er rettete sich in ein luftiges *On-the-road*-Gefühl, indem er dauernd unterwegs war. Entweder er fuhr nach Dahlem und bemühte sich, die Formalitäten in Ordnung zu bringen, die mit der Aufnahme seines Studiums an der FU Berlin verbunden waren, oder aber er suchte all die Orte auf, die für seine Großeltern irgendwie bedeutsam waren, darin zumeist unterstützt von seinen Verwandten, alten Freundinnen Gerda Neutigs oder Manfred Matuschewski, der viel Zeit für ihn erübrigte. Auf dem Programm standen zunächst Schmöckwitz und Heiligensee.

In Schmöckwitz war Margot Matuschewski groß geworden und hatte dort bis zum Mauerbau am 11. Juni öfter ihren Geburtstag gefeiert – natürlich mit Gerda und Herbert. Außerdem hatte ihr Sohn so oft von diesem Schmöckwitz geschwärmt, daß Paco auch von daher neugierig geworden war. Und mit Margot Matuschewskis Schwester, auch eine Gerda, lebte dort noch jemand, der seine Berliner Großeltern *live* erlebt hatte, was immer ein Grund war, sich in S- und Straßenbahn zu setzen und zum Interview zu fahren.

Paco hatte sich vorher in der Oranienburger Straße und am Hackeschen Markt umgesehen und sich dann am Ostkreuz mit Manfred Matuschewski verabredet. Auf der Fahrt dorthin sah er neben sich auf dem Sitz eine Zeitung liegen. In Berlin schien es Brauch zu sein, ausgelesene Zeitungen nicht mitzunehmen und draußen auf dem Bahnsteig, im Büro oder zu Hause in den Papierkorb zu werfen, sondern im Zug zu hinterlassen. Vielleicht sogar in der Absicht, dem lieben Nächsten etwas Gutes zu tun und ihm beim Sparen zu helfen. Er war ja auch schon von einem jungen Mann angesprochen worden, ob er nicht dessen von der Zeit her noch nicht abgelaufenen Fahrschein für die Hälfte des ursprünglichen Preises kaufen wolle.

Als Paco die Zeitung durchblätterte, zuckte er zusammen. Das Wort Ringslebenstraße war ihm ins Auge gesprungen. Und in Ringsleben am Wentowsee, das wußte er von Marga Kurz, war seine Mutter in einer abgelegenen Scheune zu Welt gekommen. Es drängte ihn, dorthin zu fahren, aber Manfred Matuschewski hatte kein Auto und Robert Kurz nie Zeit. Die Ringslebenstraße, von der im Bericht die Rede war, lag im Neuköllner Stadtteil Buckow. Dort hatte ein psychisch gestörter Mann mit einem Schraubenzieher in der Hand Jagd auf Kinder gemacht und einen 13jährigen Jungen mit mehreren Stichen schwer verletzt. Und was hatte die Polizei gemacht? Das Protokoll geschrieben und ihn wieder nach Hause geschickt …

»Ostkreuz!« Paco sprang auf, um auszusteigen. Der Bahnhof gefiel ihm. Auch daß die Berliner ihn Rostkreuz nannten. Hier galt wirklich: *The time stood still*, und seit den Tagen, da seine

Großeltern hier umgestiegen waren, hatte sich ganz offensichtlich nur wenig verändert. Ostkreuz war ein schönes Freiluftmuseum. Nur die neuen S-Bahnzüge störten. Da hätten es die Berliner so machen sollen wie die Lissaboner mit ihren Straßenbahnen und nur Oldtimer fahren lassen.

»Na, wie gefällt dir Berlin, verglichen mit Madrid?« Manfred Matuschewski kam vom Südring her und sah ihn auf der anderen Bahnsteigseite warten.

Von allen wurde Paco Morientes dies gefragt, und langsam dachte er daran, ein schönes Statement schriftlich auszuarbeiten und dann auswendig zu lernen. Die Berliner erwarteten sicherlich, daß er ihre Stadt phantastisch fand, doch gemessen an Madrid erschien es ihm eher karg und langweilig. Madrid, das pulsierte, Madrid hatte wunderschöne Bauten, Madrid war ein Ganzes. Einst ein verschlafenes Kaff, hatte es sich durch die *movida* mächtig gemausert. »Ja, ich weiß nicht ... Berlin und Madrid zu vergleichen, das ist schwer auf den Punkt zu bringen, dazu müßte ich schon länger hier sein. Jedenfalls wird man bei euch kaum Stierkämpfe finden.« Er merkte, daß er wenig Talent zum Essayisten hatte und auch kein zweiter Siegfried Kracauer werden würde. Das, was er selber einmal »all diesen schöngeistigen Scheiß« genannt hatte, konnte er nicht hervorbringen. Vielleicht war es das, was ihn so erzürnte.

Der emeritierte Soziologieprofessor erwartete wohl auch keine tiefschürfenden Analysen, dazu war er viel zu sehr damit beschäftigt, über alles zu schimpfen, was ihm gerade in den Sinn kam. Dies schien Paco eine Leidenschaft aller echten Berliner zu sein. Manfred Matuschewski schimpfte über die neuen S-Bahnwagen, deren Kunststoffe in der Sommerhitze übelriechende Schadstoffe ausdünsteten. Über die Reformen des Bundeskanzlers Gerhard Schröder, die seiner Meinung nach die Konzerne und die Reichen schonten und ihn ausrufen ließen: »Nun bin ich vierzig Jahre in der SPD, aber beim nächsten Mal wähle ich zum ersten Mal eine andere Partei!« Aber dann zog er auch über alle anderen Parteien derart ätzend her, daß sich Paco nicht vorstellen konnte, wo er denn alternativ sein Kreuz machen würde.

Besonders intensiv schimpfte Manfred Matuschewski über die Sparmaßnahmen des Berliner Senats und den Finanzsenator.

»Wo granteln sie denn mehr im deutschen Sprachraum: in Wien oder in Berlin?« fragte Paco.

»Das wird unentschieden ausgehen«, meinte Manfred Matuschewski. »Aber das erst macht ja eine Metropole aus: daß nicht hochgejubelt wird, was in Wahrheit nur zweitklassig ist, sondern man über alles meckert, auch über das, was an sich hervorragend ist. Es gibt wohl kaum einen Berliner, der mit einem Osnabrükker tauschen würde – und Osnabrück ist laut Umfrage die glücklichste Stadt der Republik.«

Die S 8 Richtung Grünau rollte in den Bahnhof. Sie stiegen ein. »Das kommt mir hier alles so bekannt vor«, sagte Paco. »Aber kein Wunder: Meine Gene sind ja schon vor fast hundert Jahren mit der Berliner S-Bahn gefahren.«

»Und meine waren schon dabei, als Friedrich der Große König aller Preußen war, und auch später, als es gegen Napoleon ging.« Manfred Matuschewski kam auf die lange Geschichte seiner Familie zu sprechen. »Und gleich kommen wir in Baumschulenweg am Friedhof vorbei, wo viele der Meinen begraben sind, wie überhaupt die ehemalige Görlitzer Bahn, auf der wir jetzt fahren, irgendwie unsere Schicksalsstrecke ist.«

Paco fühlte sich ein wenig in den Hörsaal versetzt. Wenn Professoren erst einmal anfingen, ein Thema abzuhandeln ... Er fragte Manfred Matuschewski, über was Gerda und Herbert Neutig wohl geredet haben mochten, als sie Mitte der fünfziger Jahre hier entlanggefahren waren.

»1954 ganz sicher über den Fußball und Deutschlands Wiederauferstehung: Wir sind wieder wer, nämlich Weltmeister. Ansonsten solltest du mal in die Chroniken sehen, die es gibt: über Deutschland als Ganzes, über Berlin, über jedes Jahr. Privat werden sie zu tun gehabt haben, sich in ihrer neuen Wohnung einzurichten, wobei sie die Afrikanische Straße bestimmt als Übergangslösung angesehen haben, denn ihr Traum war ja wohl von Anfang an das berühmte Häuschen im Grünen.« Manfred Matuschewski machte eine kleine Pause und überlegte. »Wie hieß es bei den Wandervögeln immer: ›Aus grauer Städte Mauern zieh'n wir hinaus ins Feld …‹ Oder so ähnlich jedenfalls, ich war ja nicht dabei. Wenigstens ein Wochenendhäuschen mußte man haben, eine Laube. Meine Eltern hatten so etwas in Schmöckwitz, wo die Eltern meiner Mutter niedergekommen waren, und deine Großeltern sind zu Cäsar gefahren, raus nach Heiligensee. Das machen wir auch mal, damit du 'ne Ahnung von allem bekommst.«

In Grünau stiegen sie aus, liefen die Treppe hinunter, überquerten das Adlergestell und warteten am Waldesrand auf die Straßenbahn nach Schmöckwitz.

»Gleich kommen wir an der olympischen Regattastrecke von 1936 vorbei«, fuhr Manfred Matuschewski fort. »Aber schon zu Kaisers Zeiten wurde hier gerudert, bei Kaiserwetter. Und als Gerda und Herbert vor fünfzig Jahren hier standen, wo wir jetzt stehen, da befanden sie sich im Ausland und mußten ihre jeweils 20 Pfennig für den Fahrschein mit fremdem Geld bezahlen. Ostgeld für sie. Die Gefühle dabei waren sehr gemischte.«

»Immerhin ist euch der Bürgerkrieg erspart geblieben«, sagte Paco und erinnerte an das, was die Spanier durchgemacht hatten. »Und wir haben das nie so richtig aufgearbeitet. Wer pilgert heute noch ins *Valle de los Caídos*, ins Tal der Gefallenen? Da seid ihr uns um einiges voraus, was die Nazizeit betrifft, bis hin zum Holocaust-Mahnmal, das ihr bauen wollt.«

Damit stiegen sie in die Straßenbahn, und Paco mußte Manfred Matuschewski recht geben, daß diese Linie 68 die schönste Straßenbahn Berlins war. Er genoß den Blick auf den Langen See und die Müggelberge und bekam von seinem väterlichen Begleiter den Rat, auf alle Fälle Fontane zu lesen. »Der nennt die Müggelberge ein Mittelgebirge *en miniature* – und ist auch sonst unentbehrlich, wenn man die Stadt und die Mark verstehen will. Auch im Hinblick auf das, was du mit deinen Großeltern vorhast: ihr Leben nachzuvollziehen. Da gilt Fontane voll und ganz: ›Das Nebensächliche, so viel ist richtig, gilt nichts, wenn es bloß nebensächlich ist, wenn nichts drin steckt. Steckt aber was drin, dann ist es die Hauptsache, denn es gibt einem dann immer das eigentlich Menschliche.‹ Aus dem Roman *Frau Jenny Treibel* ist das. Treibel war Kommerzienrat in Berlin.«

Paco versprach, Fontane zu lesen. Dann erreichte die Bahn das Ufer der Dahme, und er, gewohnt an die Sahara-Töne des Madrider Umlandes, staunte über so viel dunkles Grün und helles Grün und bläuendes Grün, kam es nun von den Kronen der Kiefern oder dem Wasser des immer breiter werdenden Flusses. So hatte er sich immer Finnland vorgestellt.

Alt-Schmöckwitz war eine Idylle. Sehr dörflich sah es noch aus. Etliche Häuschen mit viel Schinkel an der Fassade säumten die Wendeschleife der Bahn. Mit Feuerwache, ehemaligem Rathaus und Straßenbahndepot ließ Kaiser Wilhelm grüßen. Vor der Remise stand eine restaurierte Straßenbahn, an die hundert Jahre alt. »Städtische Straßenbahn Cöpenick«, las Paco und hatte nun endlich das, was ihm an Lissabon so gefallen hatte.

Der Besuch bei Manfred Matuschewskis Tante war dagegen ein Alptraum. Krank war sie, die jüngere Schwester Margot Matuschewskis, hatte Krebs wohl überall im Körper, dazu Durchblutungsstörungen, und es war abzusehen, daß sie ihren nächsten Geburtstag, den neunzigsten, nicht mehr erleben würde. Sie war weit davon entfernt, ihr reiches Leben in mildem Licht zu sehen und von einer besonnten Vergangenheit zu sprechen, nein, sie war verbittert und klagte hart über die neuen Zeiten, seit die DDR verschwunden war, über ihre Schwester, über Kinder und Kindeskinder, wollte sich nicht abfinden mit ihrem Schicksal und dem Sosein der Welt. Paco hatte Verständnis für sie und dafür, daß sie sich derart auflehnte, und dennoch wurde es eine ziemlich qualvolle Stunde, die er auf ihrem Grundstück verbrachte.

»Ja, ich kann mich noch gut an Ihre Großeltern erinnern«, sagte sie zu Paco. »Ich bin ja noch nicht geistesschwach, auch wenn manche das meinen. Wenn Sie wüßten … Meine Schwester und ihr Mann haben ja sehr mit Ihren Großeltern harmoniert. Gerda hier, Gerda da … Ich hab' das nur zwei Jahre miterlebt, aber … 1959 bin ich mit meinem Leszek und den beiden Mädchen aus Polen zurückgekommen, aus einem Dorf in der Nähe von Breslau, und 1961 ist ja schon die Mauer gebaut worden. Ihren Großeltern hat es bei uns hier draußen nie so richtig gefallen, es war ihnen alles zu einfach. Und was ich gekocht und gebacken habe, hat Ihrer Großmutter auch nicht geschmeckt. Sie hat immer daran gerochen und es dann auf dem Teller liegen lassen. Alles, was aus dem Osten kam, war schlecht. Ihre Mutter war ja jüdischer Abstammung – wie mein Vater auch, aber da haben wir nie drüber gesprochen. Für meine Töchter hat sie nie einen Blick übrig gehabt.«

»Das ist doch aber auch verständlich, Tante Gerda«, sagte Manfred Matuschewski.

»Früher war ich immer deine Lieblingstante.«

Dieses Früher bezog sich auf die Zeit zwischen 1938 und 1944, und Paco war das eigentlich ebenso fern wie Caesars Gallischer Krieg. Daß er mit Manfred Matuschewski und dessen Tante zwei Zeugen dieser Jahre gegenübersaß, konnte er nur mühsam realisieren. Das Gewesene erschien ihm nur als virtuell, der Phantasie von Schriftstellern und Filmemachern entsprungen. Wirklich war für ihn nur, was gerade in dieser Sekunde geschah. Auch Gerda und Herbert Neutig waren reine Fiktion, und die Geschichte seiner Mutter erst recht, wie sie in Ringsleben auf die Welt gekommen sein sollte und man sie als Margaritas Baby nach Spanien geschmuggelt hätte. Nichts als ein Film für Cannes oder die Berlinale.

»*Lost in Berlin*«, schrieb Paco abends in sein Tagebuch. »Schwebend, wie in Trance. Zum Schlafwandler bin ich geworden.« Die Kraft, durch die Stadt zu ziehen und sich eine Wohnung zu suchen, hatte er noch nicht. »Schließlich komme ich aus einem Land, das der Welt etwas ganz Wunderbares geschenkt hat: das *mañana*-Prinzip.«

Ein nächster Programmpunkt stand nun an: Die Laube seiner Urgroßmutter Cäcilie in Heiligensee sollte in Augenschein genommen werden. Auch Robert wollte kommen. Als Manfred Matuschewski das hörte, schlug er vor, sich in Frohnau zu treffen und dann durch den Wald nach Heiligensee zu laufen. »In Frohnau bei mir im Haus ist Gerda auch öfter gewesen, noch mehr aber bei ihrer Freundin Bianca am Fürstendamm. Wenn du sie anrufst, lädt sie dich bestimmt zum Essen bei Pantalone ein.«

Und so kam es denn auch. Bianca Kadritzke sah man ihr Alter nicht an. Wohl aber, fand Paco, daß sie ein Leben lang als Lehrerin gearbeitet hatte. Schon ihr Gesicht, schon ihr Blick waren wie der Befehl »Alles hört auf mein Kommando!« Dabei aber strahlte sie durchaus menschliche Wärme aus, und ihre bernsteinfarbenen Augen hätte er mit dem Adjektiv »gütig« versehen.

Sie sah Paco Morientes prüfend an. »Ich finde es rührend, wie Sie sich bemühen, alles in Erfahrung zu bringen, was Gerda und Herbert betrifft. Was hätten Sie von den beiden lernen können, insbesondere von Ihrer Großmutter – wenn das Wörtchen wenn nicht wär', wenn es Hitler und das Dritte Reich nicht gegeben hätte, wenn Sie öfter mal ein Wochenende bei ihren Großeltern geblieben wären, hier in Berlin ... Ja, Gerda ... Unglaublich agil war sie, emsig, unruhig. Klein, aber oho. Aber immer auch ein bißchen depressiv gestimmt, Moll selbst beim Lachen. Ich habe das immer auf das Trauma zurückgeführt, das entstand, weil sie zusehen mußte, wie man ihre Mutter auf einen Lastwagen stieß, um sie nach Theresienstadt ins KZ zu bringen. Aber da war ja noch mehr: der Verlust ihrer Ingrid, Ihrer Mutter, Paco. Daß Gerda trotzdem das Leben gemeistert hat, das muß man ihr hoch anrechnen. Und nach dem Krieg hat es ja auch schöne Jahre für sie und Herbert gegeben.« Und sie erzählte ihm vieles, von dem er noch nichts gewußt hatte.

Dann kam Manfred Matuschewski, um ihn abzuholen. Sie gingen den Ludolfinger Weg hinunter zum Grünen Hof, wo sich eine Cousine von Margot Matuschewski 1954 ein Haus gekauft hatte. »Das hat sie dann ihren vier Cousinen vererbt, und meine Mutter hat uns ihr Teil geschenkt. Den Rest habe ich selber finanzieren müssen.« Jetzt wohnte Manfred Matuschewski, wie er Paco erzählte, eigentlich mit der Gefährtin seines Lebens und der kleinen Tochter in Wilmersdorf in der Detmolder Straße und kam nur noch einmal die Woche nach Frohnau in sein altes Arbeitszimmer. »Unten ist noch das Büro, wo meine Mitarbeiter am Wirken sind. FORMAT heißt mein kleines Institut – *For-*

schungsgruppe *Mat*uschewski. Aber die Geschäfte gehen nicht gut. Die Konzerne haben keine Gelder mehr für die empirische Sozialforschung – und die Verwaltung erst recht nicht. Aber ehe ich mich ganz zur Ruhe setze …«

Oben im Haus wohnte jetzt sein Sohn Joscha, der Indologie studierte und kurz vor dem Magister stand. Er war gerade mit seiner Freundin dabei, den reichlich verwilderten Garten wieder etwas auf Vordermann zu bringen. Man begrüßte sich.

»So richtig kann ich mich an deine Großmutter nicht mehr erinnern«, sagte Joscha Matuschewski. »Nur an das, was mir meine Großmutter mal erzählt hat: daß sie mit Gerda Neutig in Bayern gewesen ist und Gerda auf der Autobahn gewendet hat. Und dann hat ihr bei den Geburtstagsfeiern, wenn es Kaßler gab, immer einer das Fleisch schneiden müssen, weil sie Messer und Gabel nicht mehr richtig festhalten konnte.«

»Das war gleich nach ihrer Brustoperation«, erinnerte sich Manfred Matuschewski. »Als sie festgestellt hatten, daß es bei Gerda Krebs war, war meine Mutter sehr erschüttert, das weiß ich noch.«

»Und richtig mitgebracht hat sie mir nie was«, fügte Joscha hinzu.

Manfred Matuschewski lachte. »Ihrem eigenen Enkel ja auch nicht.«

Paco fand, daß Manfreds Humor manchmal etwas gewöhnungsbedürftig war. So drastisch bis makaber konnten wohl nur eingeborene Berliner sein. Mit Joscha verstand er sich prächtig. Schon saßen sie im Garten und diskutierten über die Kraftausdrücke, die *tacos*, die Joscha bei seiner Rucksacktour durch Spanien immer wieder unangenehm aufgefallen waren.

Paco mußte zugeben, daß es im spanischen Alltag nicht ohne *coño* und *cojones* abging. »Aber nicht nur beim Fluchen. *Cojonudo* ist hodenhaft phantastisch, also das Größte, und *a huevo* hodenhaft einfach.«

Auch die anale Fixierung sei nicht abzustreiten, fügte Joscha hinzu. »Man scheißt auf alles.«

»Ja, ja …« Paco nickte und mußte zugeben, daß ihm das alles ein wenig peinlich war. »*Me cago en* … zum Beispiel auf die Milch oder seine Mutter … *la leche* oder *mi madre*. Wenn Ärger, Wut und Verzweiflung am größten sind, kommt es am dicksten: *Me cagen en la Virgen* oder *Me cago en Dios*.«

»Hoffentlich dient das wirklich der Katharsis«, sagte Joscha.

»Weiß ich nicht. Jedenfalls ist die Sprache bei uns, gemessen am Französischen, hart und wenig herzlich.«

»Das wird es dir sehr erleichtern, in Berlin Fuß zu fassen«, sagte Manfred Matuschewski.

Paco verabredete sich mit Joscha für die nächsten Tage, dann machten sie sich auf den Weg nach Heiligensee. Vom Grünen Hof bis zu Cäsars Laube waren es an die vier Kilometer, und Paco wertete es als notwendiges Konditionstraining. Er wunderte sich über das hohe Tempo, das Manfred Matuschewski einschlug, kaum hatten sie den Sigismundkorso und die Straße Am Eichenhain erreicht.

»Beim letzten Bandscheibenvorfall war mein Nerv S 1 schwer geschädigt, und ich konnte links nur noch hinken«, wurde ihm erklärt. »Im Nu waren die Muskeln geschrumpft. Und um das wieder zu beheben, bin ich zum Walking gekommen. Planziel: jeden Monat 75 Kilometer.«

Nach zehn Minuten befanden sie sich im Bundesland Brandenburg und liefen auf der Asphaltstraße entlang, auf der bis zur Wende die Kübelwagen der DDR-Grenztruppen ihre Kontrollfahrten unternommen hatten. Das Rauschen der Autos auf der A 111 nach Hamburg wurde immer lauter. Sie überquerten sie, nun wieder auf Berliner Gebiet, auf einer schmalen Brücke.

»Vor dem Autobahnbau hatte ich hier meinen Übungsplatz fürs Diskuswerfen. Damals bin ich noch über dreißig Meter gekommen, heute muß ich darauf achten, daß mir der Diskus nach dem Wurf nicht auf den Zehenspitzen landet. Einmal, aber das war wohl in Schmöckwitz, hat deine Großmutter auch mal werfen wollen – als alte Handballerin und Tennisspielerin – und fast eine Spaziergängerin getötet.«

Paco stellte sich vor, wie das gewesen sein mußte: Manfred Matuschewski in seinem Alter und daneben Gerda Neutig mit, er rechnete kurz, gerade einmal 47 Jahren. Ob der sich einmal vorgestellt hatte, von ihr in die »Kunst der Liebe« eingeweiht zu werden …? Fast schämte er sich seiner Assoziationen. Erstaunlich war jedenfalls, was aus dem Unbewußten alles so aufstieg, wenn es die entsprechenden Stimuli gab.

Sie kamen nach Heiligensee, und Manfred Matuschewski erklärte ihm, woher Ort und See den Namen hatten: »Von der Pilgerstraße zum Heiligen Blut von Wilsnack. Dort steht die Wunderblutkirche. Als nämlich im 14. Jahrhundert die alte Dorfkirche abgebrannt ist, fand der Pfarrer in ihrem Schutt drei unversehrt gebliebene Hostien, und jede von ihnen trug einen Blutstropfen. Später gab es dann Wallfahrten nach Wilsnack und reichlichen Ablaßhandel. Aber ich will nicht weiter spotten, denn du als Katholik …«

»Bin ich einer?« fragte Paco, wollte das aber nicht weiter diskutieren.

Manfred Matuschewski zeigte ihm dann das Gelände, wo früher seine Laube gestanden hatte: Kolonie Dreieck, Parzelle 82. Dann gingen sie zurück zur Hennigsdorfer Straße, um auf Robert Kurz zu warten.

Als er kam, wagten sie sich in die Laubenkolonie am Niederneuendorfer See hinein und hatten die Laube der Cäcilie Friedrich bald gefunden. Ein rot gestrichenes, sehr bescheidenes Holzhäuschen, das Paco ein wenig an Schweden erinnerte, wie er es aus dem Buch *Petterson und Findus* kannte.

»Hier sieht es immer noch so aus wie früher«, befand Robert Kurz. »Als ich hier gespielt habe und Tante Gerda Schreibmaschine und Steno geübt hat. Bei dem Ehrgeiz, den sie hatte …«

Und ihm fiel noch eine Menge zu diesem Thema ein, so daß sich Paco später alles so genau vorstellen konnte, als wäre er selbst dabeigewesen.

Hinaus ins Grüne

1954

»Von einer Reise nach Afrika zurückgekehrt, mahnen der Zoologe Bernhard Grzimek und sein Sohn Michael die Menschen, ihren Egoismus zurückzustellen und die letzten Tierparadiese der Erde zu schützen ... zu schützen.«

»Nicht so schnell, ich komm' nicht mit!«

Cäcilie Friedrich, genannt Cäsar, schlug mit der flachen Hand auf die Zeitung, aus der sie eben vorgelesen hatte, und gab sich unerbittlich. »Kind, wenn man mit der Stenographie langsamer ist als mit normalen Buchstaben, hat das Ganze keinen Sinn.«

Gerda Neutig saß mit ihrer Mutter vor der rot gestrichenen Laube am Niederneuendorfer See und übte für den nächsten Wettbewerb im Schnellschreiben. Stenographie und Schreibmaschine. Sie würde zu gerne als Siegerin aus dem Raum gehen. »Gerda, die Größte!« spottete Herbert. Aber die Stenographie lag ihr sozusagen im Blut, denn ihre Mutter verdiente sich ihr täglich Brot, indem sie privat Stenographie und Schreibmaschine unterrichtete, und Richard, der Bruder ihres Vaters, hatte es sogar bis zum Reichstagsstenografen gebracht, was noch heute alle Familienmitglieder mit Stolz erfüllte. Zudem war er als Mitbegründer des Deutschen Stenografenverbandes in die Annalen eingegangen.

Man schrieb das Jahr 1954, und seit einem Jahr wohnten Gerda und Herbert nun schon in ihrer neuen Wohnung im sogenannten Afrikanischen Viertel. Das war mit die nobelste Gegend des Weddings, alles Neubauten und gegenüber der Volkspark Rehberge mit seinen ausgedehnten Grünflächen, seinen Sportanlagen und seinen kleinen Seen. Otawi, Sansibar, Togo, Windhuk und Transvaal las man auf den Straßenschildern, und das signalisierte: Hier ist die große weite Welt zu Hause. Für Gerda hatte sich wieder einmal ein großer Traum erfüllt. Margot Matuschewski war auch richtig neidisch: Die Matuschewskis noch immer im Neuköllner Hinterhaus, und die Neutigs nun in einer Neubauwohnung mit feudalem Badezimmer und einem Blick ins Grüne. »Wie im Urlaub.« Afrikanische Straße 118 lautete die neue Adresse. Und von dort nach Heiligensee zu kommen war auch kein Problem, denn über die Petersallee waren sie schnell an der Müllerstraße, wo sie in die Straßenbahn, die Linie 29, steigen konnten. Die fuhr direkt nach Alt-Heiligensee, und von dort waren es nur gut zehn Minuten zu Fuß. Es war also alles bestens.

Im Sommer traf sich der Kern der Familie, bestehend aus Cäcilies beiden Töchtern und deren Männern sowie dem einen Berliner Enkelkind, sonntags fast immer auf der kleinen Parzelle an der Hennigsdorfer Straße in Heiligensee. Gerdas Schwester Marga war zehn Jahre älter als sie und mit dem Industriekaufmann Karl-Heinz Kurz verheiratet. Einen Sohn hatten sie, den sechsjährigen Robert. Zwei fehlten und wurden schmerzlich vermißt: neben Ingrid, Gerdas Tochter, auch ihr Vater. Karl Friedrich, seines Zeichens Versicherungsvertreter, war 1943 an der Ostfront gefallen. Über beide sprach man aber nie, sosehr man an sie dachte, wie Cäcilie Friedrich auch nie erwähnte, daß man sie für zwei Jahre ins KZ Theresienstadt verschleppt hatte.

»Warum eigentlich?« war sie von Otto Matuschewski einmal gefragt worden.

»Es reißt die Wunden wieder auf, und ich habe Angst, daß meine Kinder und Enkelkinder nicht mehr lachen können.«

»Ich glaube aber auch, daß Sie alles verschweigen, weil Sie es irgendwie als Makel ansehen, als seien Sie schuld an allem. Das ist ja bei meiner Frau auch so. Wenn wir woanders über ihre jüdische Großmutter reden, macht sie nur ›Pssst!‹ und möchte sich am liebsten verkriechen. Als würden die Nazis schon morgen wieder an die Macht kommen.«

»Vielleicht haben Sie recht. Wer weiß schon, was in einem vorgeht. Ach, wenn Sie wüßten, Herr Matuschewski …«

Da war Gerda schnell dazwischengegangen, weil sie fürchtete, ihre Mutter würde nun doch anfangen, von Ingrid zu reden. Und davon sollte niemand etwas erfahren, nicht einmal die engsten Freunde. Gerda hatte einmal geträumt, ihre Tochter würde tot umfallen, wenn sie die Wahrheit erfuhr, und dieser Traum bestimmte ihr Handeln. In Deutschland waren nur ihre Mutter, Herbert und ihre Schwester in alles eingeweiht und in Spanien auch nur Gerhard und Margarita. Alle die, die bei der Geburt dabeigewesen waren und geholfen hatten, Ingrid nach Madrid zu bringen, lebten nicht mehr oder hatten die Familie völlig aus den Augen verloren. Natürlich mußte man noch immer den Zufall fürchten, wie Lenchen Behnkes forschender Blick bei Manfred Matuschewskis Einsegnung zeigte, war aber eigentlich entschlossen, für immer zu schweigen. Wurde indes die Gegenströmung zu stark, flüchtete sich Gerda in ein »Später ...«. Ingrid sollte erst einmal erwachsen werden und eine gefestigte Persönlichkeit sein.

Heute blieb es nicht bei der Kernfamilie, heute rückte die ganze »Mischpoke« an, wie Herbert immer sagte, denn es galt, Cäcilie Friedrichs Geburtstag nachzufeiern. 73 Jahre war sie geworden.

»Kurzens« fuhren schon vor, als Cäsar noch ihr Mittagsschläfchen hielt. Sie waren die ersten weit und breit, die ein Auto hatten, und zwar einen Lloyd-Leukoplastbomber, von dem es hieß: »Wer den Tod nicht scheut, fährt Lloyd.«

Um halb vier rief Herbert dann: »Achtung, die Invasion aus dem Osten!« Sein Bruder Kurt kam aus dem Bezirk Friedrichshain und brachte nicht nur seine Frau mit, Käthe, sondern noch fünf Kinder: Gisela, Edeltraut, Barbara, Konstantin und Eckhard. Einmal hatte Gerda einen Brief nach drüben geschrieben und sich dabei einer biblischen Wendung bedient: »Seid furchtbar und mehret euch.« Furchtbar statt fruchtbar. »Natürlich ein Tippfehler.« – »Nein, eine Freud'sche Fehlleistung.« Denn eine so geübte Schreibkraft wie Gerda, fast schon deutsche Meisterin auf der Schreibmaschine, vertippte sich nicht. Man hatte sich lange darüber gestritten, und Gerda versuchte seither, ihren Lapsus dadurch wiedergutzumachen, daß sie die Verwandten im Osten nach Kräften unterstützte. Nicht nur für Waschpulver, trinkbaren Kaffee und Dinge wie Schrauben, Nägel oder Dachpappe sorgte sie, viel mehr zählte, daß sie sich rührend um ihre Nichten kümmerte, ihren »Ingrid-Ersatz«, wie Herbert des öfteren anmerkte.

Gerda war eine schlechte Esserin, an allem mäkelte sie herum, und wenn irgendwo Käse auf dem Tisch stand, dann musterte sie den wie reines Rattengift. Man spottete aber nur hinter vorgehaltener Hand über diese ihre »Macke«, denn alle wußten, woher sie kam: von Gerdas phobischer Angst, daß die Nazis allen Juden Gift ins Essen mischten, um sie loszuwerden. Das saß so fest, daß sie es auch fast zehn Jahre nach Ende des Dritten Reiches nicht vollständig niederringen konnte. Es war eine Sache des Bauches, nicht des Verstands. So kam es auch, daß in ihrer Ehe das Einkaufen und vor allem das Kochen und Backen fast ausschließlich Herberts Sache war. In den Läden rings um die Müllerstraße und in der großen Markthalle zwischen Kongo- und Transvaalstraße war er gefürchtet wie kein zweiter Kunde, denn in der Bank hatte er sich zu einem wahren Künstler entwickelt, was das Kopfrechnen betraf, und wenn ihn ein Händler reinlegen wollte, dann schlug er sofort Alarm. »Wenn 50 Gramm 88 Pfennig kosten und Sie wiegen mir 53 Gramm ab, dann macht das 93,28 und nicht 95 Pfennige. So wollen wir mal nicht aufrunden.« Wenn er dann zu Hause an Herd und Ofen stand, war es sein Ehrgeiz, als Hobbykoch zu glänzen. Seine Spezialität als Konditor waren große Buttercremetorten. Auch heute wieder wurde seine Kreation mit lauten Ohs und Ahs begrüßt, hatte er doch eine Nachbildung von Cäsars Laube hinaufgezaubert.

»Robert, du kannst dich beim Raustragen mal nützlich machen. Trägst du bitte mal den Tee und den Kaffee in den Garten raus?«

»Ja, gerne, Onkel Herbert.«

Robert hatte seinen Cousinen und Cousins gerade gezeigt, wie man richtig Schlagzeug spielte. Mit Töpfen, Deckeln und hölzernem Löffel. Die ersten Nachbarn hatten schon die Flucht ergriffen, andere machten sich daran, ihre Luftdruckgewehre durchzuladen.

Nun herrschte endlich Ruhe. Gerda goß den Kaffee ein. Ihre Mutter und die Kinder bekamen Kräutertee der Marke »Rund um Heiligensee«.

»Oh, deine Buttercreme duftet ja verführerisch!« rief Käthe, Herberts Schwägerin.

Gerda zog die Luft in die Nase. »Ich finde eher, es riecht hier nach Kloake.«

»Wer'n zuerst gerochen, dem ist er aus'm Po gekrochen«, sagte Robert – und bekam fast eine gelangt, obwohl er das Wort »Arsch« vermieden hatte.

»Das muß vom Wasser herkommen«, sagte Herbert. »Im Osten drüben leiten sie ihren ganzen Mist in den Niederneuendorfer See.«

»Wem gehört denn die große Tasse da in der Mitte?« fragte Cäcilie Friedrich.

»Das ist doch deine, Oma.«

»Ach so …« Cäsar nahm die Tasse, setzte sie an den Mund und hätte fast getrunken. »Bäh, was ist denn das für 'ne Brühe?!«

Man kam schnell darauf, daß es Jauche war. Robert hatte sie heimlich aus der Tonne geschöpft und beim Servieren unter den Tee geschmuggelt. Wieder einmal einer seiner berühmten Streiche. Statt daß man ihm Beifall spendete und seinen Einfallsreichtum lobte, wurde er des Platzes verwiesen und hatte zur Strafe im Toilettenhäuschen zu hocken. Erst als sie alle »Schlesische Lotterie« spielten, bei Gerda und Herbert noch immer »Gottes Segen bei Cohn«, wurde ihm eine Amnestie zuteil.

Cäsar erzählte von ihren Freundinnen. Eine von ihnen war die bekannte Schauspielerin Rotraud Richter, das »Veilchen vom Potsdamer Platz«. »Und meine Schwester Sarah Schmul ist eine Kampfgefährtin von Rosa Luxemburg gewesen«.

»Du solltest nach Ost-Berlin rübergehen«, sagte Herbert. »Da kriegste vielleicht deinen Ehrensold und 'ne große Wohnung am Rosa-Luxemburg-Platz, wo du keine Miete zahlen mußt.«

»Ich will bei mir in Wedding bleiben.«

»Und wir bleiben in Friedrichshain«, betonte Kurt Neutig. »Jeder sollte in dem Kiez bleiben, in den er hineingeboren worden ist. Was Gerhard da gemacht hat, nach Spanien gehen ... Ich weiß nicht, Madrid ... Das wär' nicht meine Hutnummer. Wie geht's ihm denn?«

»Gut«, antwortete Herbert und wollte schnell wieder weg vom Thema, denn nicht einmal sein Bruder Kurt war in das Geheimnis Ingrid eingeweiht, auch nicht Margas Mann. Nur Gerda, Cäsar, Marga und er wußten davon.

»Warum kommt denn Gerhard mit seiner Familie nicht mal nach Berlin?« fragte Käthe. »Das geht doch jetzt wieder.«

»Ein Auto haben sie noch nicht, mit dem Flugzeug ist es ihnen zu teuer, und mit dem Zug dauert es ihnen zu lange«, antwortete Herbert.

»Schade«, sagte Kurt und genehmigte sich noch ein Stück Buttercremetorte. »Ich habe Gerhardo seit fünfzehn Jahren nicht mehr gesehen, und seine beiden Töchter auch nicht, Barbie und Ingrid. Wie geht's denen denn?«

Herbert wich der Frage aus. »Erzähl mal lieber, wie's euch so geht, euch und den Kindern.«

Und Käthe fing den Ball auch bereitwillig auf. »Sportlich sind sie alle. Besonders Edeltraut, die ist im Basketball die Beste, und Konstantin, der wird mal ein großer Radfahrer. Und Barbara ist unser Sprachgenie. Die will mal Sprachen studieren.«

»Ja, Russisch«, kam es aus dem Toilettenhäuschen, wo Robert alles mithören konnte. »Zappzarapp, alle Uhren her!«

»Hör auf!« rief Kurt. »Wir müssen sehen, was das deutsche Volk den Russen alles angetan hat.«

»Nicht bei mir die ganzen alten Geschichten!« rief Cäsar. »Laßt die Toten ruhen. Wir gehen mal alle zum See runter. Ich hab da 'n Angelkahn gekauft, und die Kinder können Seeräuber spielen.«

Gerade hatten sie das Gartentor hinter sich geschlossen, da kamen Margot und Otto Matuschewski zu Besuch. Sie legten nur kurz ab, dann folgten sie den anderen zum See hinunter.

»Ich als alter Paddler bin sowieso von steter Seensucht erfüllt«, sagte Otto Matuschewski.

Die Kinder waren schon vorausgeeilt. Da noch nicht alle richtig schwimmen konnten, mußte ihre Brigantine allerdings am Steg verbleiben, was Robert indessen nicht hinderte, ins Wasser zu fallen und unterzugehen. Panik kam auf, denn Herbert und sein Schwager sprangen gleichzeitig ins Wasser und stießen so heftig mit den Köpfen zusammen, daß sie alle Mühe hatten, sich erst einmal selber zu retten. Gerda schließlich gelang es, Robert aus dem Wasser zu ziehen.

»Die Wiederbelebungsversuche wurden sehr bald eingestellt«, kommentierte Otto Matuschewski später das Geschehen. »Denn der Knabe war außerordentlich lebendig, als man ihn an Land gebracht hatte. Lediglich einen Splitter hatte er sich eingerissen – als er sich unter dem Steg festgehalten hatte. Nichts mit: Gluck, gluck, weg war er.«

Es wurde nachher noch ein schöner Abend bei Kerzenlicht und Santa Lucia, dem süßen Rotwein aus Italien, den Gerda so mochte. Und bei dieser Gelegenheit wurden Gerda und Herbert auch zu Margots Geburtstag eingeladen. »Ich hab' zwar schon am Freitag, aber wir feiern erst am Sonntag draußen in Schmöckwitz, auch wenn's ein 13. ist.«

Schmöckwitz paßte Gerda und Herbert gar nicht ins Konzept, und nur Margot zuliebe machten sie sich auf den Weg. Herbert hatte wie immer Hemmungen, in den Ostsektor zu fahren.

»Irgendwie hab' ich Angst, daß sie mich mal dabehalten.«

Gerda hatte kein Verständnis dafür. »Meinst du, die brauchen dich, weil sie mit ihrer Krankenkasse nicht klarkommen?«

»Nein, aber sie werden eine Menge gegen uns haben. Du bist jüdischer Abstammung, und mit Israel haben sie ja überhaupt nichts am Hut, und ich bin Gerhardos Bruder, und der arbeitet ja für die Post von General Franco. Da halten sie mich sicher für einen Spion oder denken, daß ich Kurt in den Westen rüberholen will.«

»Du siehst ja Gespenster.«

Herbert mußte zugegeben, daß das schon ein wenig irrational war, was er da geäußert hatte, aber möglich war alles. Seine Ängste teilten viele West-Berliner. Und zu seiner Verteidigung kramte er einen Zeitungsartikel vom Dezember 1952 hervor und hielt ihn Gerda unter die Nase:

dpa – Bei einem Feuergefecht zwischen sowjetischen Soldaten und Westberliner Polizisten wurde in den frühen Morgenstunden des ersten Weihnachtsfeiertages im französischen Sektor Berlins der 28jährige Westberliner Schutzpolizei-Oberwachtmeister Herbert Bauer tödlich verletzt. Eine Gruppe bewaffneter sowjetischer Soldaten war gegen 4.30 Uhr etwa 150 Meter weit nach Berlin-Frohnau in den französischen Sektor eingedrungen. Nach Mitteilung der Westberliner Polizei hatten die Sowjets versucht, drei Menschen zu entführen. Ein Polizeikommando schritt gegen die Sowjetsoldaten ein und konnte ihr Vorhaben verhindern. Dabei kam es zu einem Feuergefecht, in dessen Verlauf der Polizist durch eine Schußgarbe aus einer Maschinenpistole so schwer verletzt wurde, daß er kurze Zeit darauf starb. Die Sowjetsoldaten konnten unerkannt entkommen.

»Auch ein Herbert, und in unserem Sektor.« Das bezog sich darauf, daß der Wedding, ihr Heimatbezirk, ebenfalls zum französischen Sektor gehörte. Herbert Neutig liebäugelte immer wieder mit dem Gedanken, Berlin zu verlassen und nach Bayern zu ziehen. »Endlich fern vom Schuß.«

Gerda aber war strikt dagegen. »Ich kann doch meine Mutter nicht allein lassen.«

»Die hat doch noch deine Schwester.«

»Trotzdem.« Für Gerda war es ein unvorstellbarer Gedanke, woanders als in Berlin zu leben. Hier war sie zu Haus, hier kannte sie sich aus. Urlaub in Bayern, prima, aber immer und für immer dort – nie und nimmer! Auch wenn man hier in West-Berlin immer Angst habe mußte, eines Tages von der DDR geschluckt zu werden. Und wenn schon. Wer die Nazis, den Bombenkrieg und die Blockade überstanden hatte, der war durch nichts mehr zu erschüttern. Wie war doch ihr Leitspruch? »Mir kann keena.« An ihr, da war sie sich sicher, würden sich auch die Kommunisten drüben die Zähne ausbeißen.

Herbert bezeichnete die Fahrt nach Schmöckwitz als »Weltreise«, obwohl es auch noch zu Berlin gehörte, zu Ost-Berlin, zur Hauptstadt der DDR. Deren südöstlicher Zipfel war es – nein, nicht ganz, dahinter kam noch Rauchfangswerder. Gerda war in Reinickendorf groß geworden und Herbert in Prenzlauer Berg, und von daher waren Köpenick, Grünau, Schmöckwitz, Eichwalde, Zeuthen und Königs Wusterhausen für sie gleichsam weiße Flecke auf der Landkarte. Als Kinder waren sie zum Baden nie an den Müggel-, Seddin-, Langen oder Zeuthener See gefahren, sondern nach Tegel, Heiligensee, Summt oder Wandlitz und an die dortigen Gewässer. Man war ewig unterwegs. Allein die S-Bahn-Fahrt von Friedrichstraße nach Grünau dauerte um die vierzig Minuten, und sowohl Gerda als auch Herbert neigten manchmal ein wenig zur Bequemlichkeit. Bei Herbert ging das so weit, daß er sich sogar seinen Friseur zum Haareschneiden nach Hause kommen ließ, und zwar jeden zweiten Sonnabendnachmittag. Beider Scheu davor, mit fremden Menschen über längere Zeit im selben Raum oder Zugabteil zu sitzen, war manchmal schon phobisch, und vierzig Jahre später hätte man von einem posttraumatischen Belastungssyndrom gesprochen. Ihr Gegenüber, war das nicht der, der Cäcilie Friedrich ins KZ gebracht hatte? Und die Frau mit den Glubschaugen, hatte die nicht von Gerda verlangt, auch den gelben Stern zu tragen? Und der Alte da in der Ecke, war der nicht in Ringsleben zum Ortsbauernführer gelaufen, um zu melden, daß in der Scheune hinten jemand ein Kind zur Welt gebracht hatte? »Das ist bestimmt Rassenschande gewesen!« Nein, sie mischten sich nicht gerne unter fremde Menschen. Galten die auch hundertmal als entnazifiziert.

Wie auch immer, sie machten sich auf den Weg nach Schmöckwitz. Zuerst ging es mit der Straßenbahn, der Linie 25, zum Bahnhof Wedding, sozusagen in ihre alte Heimat, und von dort mit der U-Bahn zur Friedrichstraße, wo ein neuer Fahrschein für die S-Bahn zu lösen war. Seit 1951 fuhr der Zug von Falkensee nach Königs Wusterhausen, aber dahin durften sie als West-Berliner nicht. Grünau war Endstation, und wer als West-Berliner in Eichwalde, dem ersten Bahnhof in der Zone, in eine Kontrolle geriet, konnte sich auf ein paar gemütliche Stunden bei der Volkspolizei gefaßt machen. Die meisten Verhafteten waren am Abend wieder zu Hause, aber Horrorgeschichten machten die Runde. Daß man vom Staatssicherheitsdienst gezwungen wurde, als »Kundschafter«, sprich: Spion für die DDR zu arbeiten, daß man zur Zwangsarbeit nach Sibirien kam. So zuckte Herbert, als er oben auf dem Bahnsteig »Königs Wusterhausen« auf dem Zugzielanzeiger las, ein wenig zusammen.

»Es ist schon was Schönes, als Deutscher mit der Berliner S-Bahn ins deutsche Ausland zu reisen«, sagte er zu Gerda.

»Pssst! Du bist am besten still, sonst sperren sie dich noch als Nazi ein.«

Beiden fiel es aber schwer, den Mund zu halten, als sie auf dem Viadukt durch die Innenstadt fuhren und sie in Richtung jener Plätze blickten, auf denen die Kämpfe des 17. Juni stattgefunden hatten. Mit Steinen gegen Panzer. Gerade mal ein Jahr war das nun her, und es kam ihnen vor wie eine Ewigkeit. Nun saß Walter Ulbricht fester im Sattel als je zuvor.

»Was wir schon so alles durchgemacht haben«, sagte Gerda. »Als ich auf die Welt gekommen bin, gab's noch den Kaiser. Dann die Weimarer Republik, Adolf Hitler, der Krieg, die Blokkade ...«

»Und die Spaltung Deutschlands«, ergänzte Herbert. »Und die Wiedervereinigung wirst *du* nicht mehr erleben.«

»Pssst!« Gerda hätte ihm am liebsten den Mund zugehalten. Die ersten Leute drehten sich schon nach ihnen um.

Herbert wollte ihr den Wind aus den Segeln nehmen und gab sich als linientreuer Mensch. »Die amerikanischen Kriegstreiber verhindern doch, das gemacht wird, was überall auf den Transparenten steht: ›Deutsche an einen Tisch‹.«

So kamen sie glücklich nach Grünau, gelangten über den hinteren Ausgang auf die Straße hinunter, überquerten das Adlergestell und nahmen Kurs auf die Haltestelle der 86. Vielleicht kam ein Einsetzer, und sie brauchten keine zwanzig Minuten zu warten. Es war ziemlich heiß heute. Ja, da stand ein Straßenbahnzug bereit und sollte gerade »abgeklingelt« werden. Sie schafften es gerade noch so, in den Beiwagen zu springen. Einen einzigen freien Sitzplatz gab es noch. Gerda lief hin, denn eine der alten Berliner Weisheiten lautete: »Besser schlecht gesessen als gut gestanden.« Sie fiel auf das rote Kunstleder und wollte sich gerade beschweren, daß die Dame, die mit ihrem breiten Arsch gut zwei Drittel des Doppelsitzes einnahm, nicht zur Seite rutschen wollte, da bemerkte sie, daß es sich dabei um Lenchen Behnke handelte. »Tusch!« dachte Gerda. »Auch das noch.« Was blieb ihr aber, als scheißfreundlich zu sein? Es fiel ihr schwer. »So trifft man sich wieder ...«

»Ja.« Lenchen Behnke musterte sie sekundenlang. »Margot hätte ja auch bei mir auf der Laube feiern können, Kiefholzstraße.«

»Ah, auf dem Friedhof.« Kiefholzstraße war bei Gerda das Synonym für Friedhof.

»Nicht in Baumschulenweg am Krematorium, sondern in Treptow. Die Kiefholzstraße fängt da schon an, und der Friedhof ist erst ganz hinten am anderen Ende.« Lenchen Behnke erzählte zuerst von ihrem im Krieg gefallenen Mann und ihrer Schwiegermutter und kam dann auf ihren Sohn und ihre Tochter zu sprechen. »Mein Sohn lernt bei der Gasag, und meine Tochter macht gerade das Abitur. Beide haben immer gute Noten nach Hause gebracht. Aber es ist nicht leicht, sie alleine durchzubringen, so ohne Mann.« Damit sah sie Gerda schräg von der Seite an. »Aber Sie haben ja einen Mann. Bei Manfreds Einsegnung hat er mir erzählt, daß sie keine Kinder mehr kriegen können.«

»Ich habe nie welche bekommen können.« Gerda sah auf den Langen See hinaus, an dessen nördlichem Ufer sich die Müggelberge entlang zogen. »Es soll an meiner Gebärmutter liegen.«

»Wenn's ein Knick ist, das kann man doch operieren.« Lenchen Behnke zählte ihr eine Reihe von Frauen auf, bei denen es hinterher geklappt hatte. »Beil welchem Arzt waren Sie denn?«

Gerda fühlte sich an ein Verhör erinnert. »Bei uns in Wedding bei einem.«

Lenchen Behnke fixierte sie. »Was ich Ihren Mann im Dienst

schon immer fragen wollte: Kommen Sie vielleicht aus Ringsleben?«

Gerda zuckte zusammen. So wie damals, als ihr Vater sie aus Versehen mit dem Luftdruckgewehr in den Hals getroffen hatte. »Ich und Ringsleben ...? Nie gehört.« Dabei war sie dort von Ingrid entbunden worden. »Wo soll denn das sein?«

»Im Norden von Berlin, am Wentowsee«, erklärte ihr Lenchen Behnke. »In der Nähe von Zehdenick. Mir ist so, als hätte ich Sie da im Krieg ein paar Mal gesehen.«

»Wie kommen Sie denn darauf?«

»Meine Schwiegereltern hatten da ihren Bauernhof, und ich bin im Sommer öfter dagewesen, bei der Ernte helfen.«

»Ausgeschlossen. Da müssen Sie mich mit jemandem verwechseln.« Gerda wandte sich schnell zu Herbert um. »Komm, hier ist 'n Platz frei, du kannst dich setzen.« Sie drehte sich zu Herbert hin, der zu Krampfadern neigte.

»Das ist nett von dir.«

»Was denn, Frau Neutig?!« rief Lenchen Behnke. »Sie wollen Ihren Mann sitzenlassen?«

»Nie!« schwor Gerda. »Wo sind wir eigentlich hier?«

»In Karolinenhof.«

»Da wohnen doch die Bugsins.« Gerda hoffte, daß sich Lenchen Behnke mit dem dicken Max ablenken ließ. »Wie finden Sie denn den?«

Und es klappte. Bis sie in Schmöckwitz an der Goulbierstraße ausstiegen, kam Lenchen Behnke nicht wieder auf Ringsleben zurück. Noch einmal gerettet, dachte Gerda. Zugleich fand sie es absurd, sich so in die Enge treiben zu lassen. Als hätte sie ein Verbrechen begangen. Die eigentlichen Verbrecher machten sich schon wieder einen schönen Lenz, und ihr Leiden ging weiter.

Margot Matuschewski stand schon am weißen Gartenzaun und wartete auf ihre Gäste. Umarmungen, Küßchen. Bei Herbert und Margot dauerte es ganz besonders lange, und Gerda wußte, daß die Freundin wie ein Backfisch für Herbert schwärmte. Es störte sie nicht, denn unter Eifersucht hatte sie noch nie gelitten. Im Gegenteil, es freute sie, wenn andere Frauen ihrem Herbert schöne Augen machten. Sie war es schließlich, die ihn erobert hatte, und das, was sie gemeinsam durchgemacht hatte, schweißte sie zusammen bis ans Ende aller Tage. Und ebenso eng hingen ja auch Otto und Margot zusammen. Es war also ausgeschlossen für sie, daß aus der Turtelei zwischen Herbert und Margot etwas Ernsthaftes werden konnte. Sollten sie sich also gegenseitig anhimmeln.

Sie begrüßten die anderen Gäste, vor allem aber Margots Mutter, die sie herzlich willkommen hieß in ihrem schönen Schmöckwitz.

»Wenn ich Sie sehe, Frau Neutig, muß ich immer an *meine* Gerda denken. In Polen ... Es zerreißt mir manchmal das Herz, daß ich meine Tochter nicht um mich haben kann.«

Da brach Gerda in Tränen aus und ließ sich von Margots Mutter in die Arme nehmen. Marie Schattan glaubte, daß das echte Anteilname an ihrem Schicksal war, und fortan hatte Gerda Neutig bei ihr ein Stein im Brett. Bei aller Tragik dieser Szene konnte sich Herbert wegen dieses Mißverständnisses ein leichtes Grinsen nicht verkneifen. Gerda fühlte sich bei Margots Mutter unsagbar geborgen, und gern hätte sie eine Weile mit ihr geredet, doch nun wurde es auf dem stillen Schmöckwitzer Grundstück laut wie auf einem Rummelplatz, denn die Bugsins stürmten herein.

»Hallo, Margot!« rief Max. »Herbstlichen Glückwunsch zum Geburtstag! Mit einem warmen Hundedreck, äh ... Händedruck und einem Bus auf die Kacke, äh ... Kuß auf die Backe.«

Von Irma und den Kindern wurde das Geburtstagskind zwar weniger emphatisch begrüßt, dafür aber stürzten sich Manfred und Peter mit fürchterlichem Indianergeheul auf Gerhard Bugsin und schleppten ihn zur Kiefer an der elektrischen Pumpe. »Das ist der Marterpfahl, da kommst du jetzt ran!« Sie spielten gerade Karl May. Manfred Matuschewski war der große Old Shatterhand und Peter der drollige Sam Hawkins. Inge mit ihren langen dunklen Haaren brauchten sie als Winnetou, und für Gerhard hatten sie die Rolle des Schurken Santer reserviert.

Alle wurden nun zum Kaffeetrinken an die festliche Tafel

gerufen. Manfred hatte seine Tischtennisplatte opfern müssen. Zwei weiße Bettlaken dienten als Tischdecke. Sie wiesen nicht nur einige kleine und zwei große kunstvoll gestopfte Löcher auf, sondern auch mehrere Flecke, die für anzügliche Deutungen herhalten mußten.

»Die sind noch aus Ottos und Margots Jugend«, sagte Max. »Sportflecken. Als Manfred kein Schwesterchen bekommen sollte.«

»Nee, als Otto mal Durchfall hatte«, fiel Anna Matuschewski ein. »Da hat er mal Pilze gegessen und hinterher zuviel kaltes Bier getrunken. Das sind braune Flecke.«

»Mutter!« Margot Matuschewski schämte sich wieder einmal.

Herbert kam ihr zur Hilfe. »Nein, das rührt daher, daß der Junge immer Nasenbluten hatte.«

»Ich hätte doch zu Hause feiern sollen«, sagte Margot.

»Oder im Schloß Charlottenburg«, sagte Otto Matuschewski. »Aber das war ja gerade anderweitig vergeben.«

Dann wurde es doch noch so richtig gemütlich, und Gerda kam wieder aus ihrem Stimmungstief heraus. Die Kinder und die Hausherrin mitgerechnet, waren es fünfzehn Gäste, die sich um das Geburtstagskind versammelt hatten.

»Keiner irrt sich: Tante Margot ist heut 44«, reimte Gerhard Bugsin.

»Es ist kein schönes Gefühl, auf die Fünfzig zuzugehen«, sagte Margot Matuschewski. »Wir werden langsam alt.«

Gerda lachte. »Dann paß bloß auf, wenn ihr im August in eure neue Wohnung zieht, denn alte Bäume soll man ja nicht verpflanzen.«

»Vorher verreisen wir ja noch nach Bayern, und vielleicht fällt mir da ein Stein auf den Kopf.«

»Kind, wie kann man nur so pessimistisch sein«, schimpfte ihre Mutter.

»Nimm dir an mir ein Beispiel«, sagte Max Bugsin. »Hab Sonne im Herzen und Zwiebeln im Bauch, dann kannste gut ferzen – und stinken tut's auch.«

»Hier stinkt's wirklich«, befand Herbert.

»Ich war's nicht«, verwahrte sich Otto Matuschewski.

Was stimmte, denn es kam so dicke herangeweht, daß man einen einzelnen Verursacher ausschließen konnte.

»Da düngt jemand«, stellte Tante Trudchen fest.

Und richtig, es stellte sich heraus, daß Otto Wegener, der Nachbar zur Rechten, seine Jauchegrube geöffnet hatte. Er war bekennender SED-Genosse und hatte etwas dagegen, daß der Klassenfeind im sozialistischen Lager Geburtstag feierte. Alle Gäste kamen aus dem Westen.

»... uns hier alles wegfressen«, hörte man ihn murmeln.

»Kuchen und Kaffee habe ich mitgebracht«, sagte Margot Matuschewski. So laut, daß er es hören konnte.

»Und ich lasse meine Kacke als Dünger hier«, rief Max Bugsin und machte sich auf den Weg zum hölzernen Toilettenhäuschen.

»Nein!« schrie Manfred Matuschewski. »Bitte nicht, ich muß den Eimer nachher wieder auf den Kompost tragen.« An die Kanalisation war man in Schmöckwitz noch nicht angeschlossen.

So beließ es Max Bugsin beim Pinkeln. Um den Männern das Harnlassen zu erleichtern, hatte Manfred einen Trichter an die Wand geschraubt, und der Urin floß dann durch ein Stück Gartenschlauch in den besagten Eimer. Allerdings nicht bei Max, jedenfalls nicht sein ganzer Blaseninhalt, denn er hatte anfangs vergessen, den Deckel hochzuklappen. Seine Schuhe und seine helle Hose sahen dementsprechend aus, als er wieder ins Freie trat. Der Jubel war groß.

Nach dem Kaffeetrinken wollte sich Gerda ein wenig die Beine vertreten und schlug vor, einen kleinen Spaziergang zur Schmöckwitzer Brücke zu machen, aber nur Herbert und Otto Matuschewski hatten Lust, sie zu begleiten. »Üben wir schon ein bißchen für Farchant«, sagte Herbert. Das war der kleine Ferienort an der Loisach, ein paar Kilometer vor Garmisch-Partenkirchen gelegen, in dem sie den diesjährigen Urlaub verbringen wollten.

Gerda wollte über die Straße gehen und die Karnickelberge besteigen, einen mit Kiefern und Birken bestandenen Hügel von vielleicht zehn Metern Höhe, doch Otto Matuschewski warnte sie. »Da oben verläuft die Grenze zwischen Ost-Berlin und der Zone, und wenn sie uns da in der DDR erwischen ... Da dürfen wir doch nicht hin. Tante Trudchen hat sich mal beim Kienäppelsammeln verlaufen und ist postwendend festgenommen worden. In Kittelschürze und Klotzpantinen zum Verhör.«

Sie gingen das Adlergestell hinunter, den Schmöckwitzer Boulevard, in ihrem Gespräch immer wieder unterbrochen von den vorbeirauschenden Straßenbahnzügen der 86. Links ging es zum Langen See hinunter, rechts nach Zeuthen und Eichwalde. Aber dort, wo es weiterging nach Cottbus, stand das schwarz-rot-goldene Schilderhäuschen des Grenzpostens.

»Da ist nun die Welt für uns zu Ende«, stellte Gerda fest.

»Dem Führer sei Dank«, sagte Otto Matuschewski.

»Und Stalin auch«, fügte Herbert hinzu.

Schmöckwitz hatte viel zu bieten. Erst die Läden von Konsum und HO, dann das alte Rathaus, die Feuerwache, die Straßenbahnremise, die kleine Dorfkirche und schließlich das legendäre Gasthaus Zur Palme unten an der Brücke. Auf der standen sie eine Weile und sahen erst auf die Badewiese hinunter und nach Zeuthen hinüber, dann Richtung Seddinsee und Müggelberge.

Otto Matuschewski geriet ins Sinnieren. »Wie oft bin ich hier unter der Brücke durchgefahren ... Zuerst auf dem Oderkahn, auf dem ich groß geworden bin, dann in unserem Faltboot. Alles nur noch Erinnerung ...«

»Wohl dem, der solche Erinnerungen hat«, sagte Gerda. »Ich habe ganz andere, und für mich sind das jetzt die schönsten Jahre meines Lebens.«

Langsam gingen sie zum Grundstück zurück. Tante Trudchen hatte inzwischen alles Geschirr und alle Kuchengabeln und Teelöffel fein säuberlich abgewaschen und abgetrocknet. Das war ihre große Leidenschaft, und alle liebten sie dafür. Die Tischtennisplatte konnte also wieder ihrer eigentlichen Funktion zugeführt werden, und Manfred organisierte ein großes Turnier. Als ersten Preis hatte seine Mutter ein blinkendes Fünfmarkstück ausgesetzt, und alle sagten, das könnte sie ihrem Sohn gleich in die Sparbüchse stecken, zu groß wäre seine Überlegenheit. So hatte er auch keine Mühe, Gerhard, seinen Onkel Helmut und schließlich seinen Vater zu besiegen. Letzteres war allerdings auch kein großes Kunststück, denn Otto Matuschewski hatte ja aus sowjetischer Kriegsgefangenschaft eine steife Hüfte mit nach Hause gebracht und war nicht mehr sonderlich beweglich. Zwar bekam er für sein Handicap Punkte gutgeschrieben, führte also beim ersten Aufschlag schon mit 10:0, unterlag aber dennoch mit 16:21. Im Endspiel trafen dann Gerda und Manfred aufeinander.

»Du bist doch hoffentlich Kavalier und läßt Gerda gewinnen«, sagte Margot Matuschewski.

»Bestimmt nicht«, bemerkte Inge Bugsin. »Denn wenn Manfred alles kann, verlieren kann er nicht.«

»Ich lasse mir auch nichts schenken«, sagte Gerda und stürzte sich mit einiger Verbissenheit ins Gefecht. Zwar war ihr der Junge an Schnelligkeit und Kraft weit überlegen, doch nicht an Raffinesse. Er verließ sich voll auf seine Schmetterbälle, und die waren wirklich unerreichbar für sie, zumal er mit einem alten Schläger spielte, der seinen gesamten Korkbelag verloren hatte, also nur noch aus glattem Sperrholz bestand. Aber das hatte auch seine Nachteile. Wenn sie ihre Bälle nur stark genug anschnitt, dann gingen seine Returns in hohem Bogen ins Aus. Damit trieb sie ihn schier zur Verzweiflung. 21:20 führte sie schließlich und hatte ihren ersten Matchball. Stark unterschnitten kam ihr Aufschlag, und Manfred konnte den Ball nicht richtig nach oben ziehen, so daß er an der Netzkante hängenblieb.

»Spiel, Satz und Sieg!« rief Herbert und warf seine Frau in die Luft. Alles jubelte.

So liebte Gerda das Leben.

Zum Abendbrot hatte Margot aus Neukölln einen großen Räucherlachs mitgebracht.

»Deutsche, an einen Fisch«, sagte Otto Matuschewski.

Um 20 Uhr brachen alle wieder auf. Die 86 und die S-Bahn waren noch immer so voll, daß sie sich wie die Heringe vorkamen. Aber ein schöner Geburtstag war es auf alle Fälle.

Drei Höhepunkte sollte der Sommer 1954 noch bringen. Erstens die Sonnenfinsternis vom 30. Juni, dann die Fußballweltmeisterschaft in der Schweiz und schließlich die Berliner Meisterschaft der Sekretärinnen in Stenographie und Schreibmaschine, und für Gerda Neutig gab es zwischen den beiden letzten Ereignissen, so erstaunlich das war, einen engen Zusammenhang.

Obwohl sich Herbert gern als unpolitischer Konservativer sah, war seine nationale Gesinnung nicht sonderlich ausgeprägt, und er wünschte sich mitunter sehr heftig, lieber Schweizer, Schwede oder Däne zu sein und nicht Deutscher. Aber als feststand, daß die Nationalmannschaft ins Endspiel gegen die Ungarn einzog, sprang auch er im wahrsten Sinne des Wortes vor Freude an die Decke. Sehr hoch war die in ihrer Neubauwohnung nicht. Gern hätte er sich am 4. Juli in der Müllerstraße vor ein Fernsehgeschäft gestellt oder in eine der Kneipen gesetzt, die sich schon einen TV-Empfänger angeschafft hatten, um die Übertragung des großen Spiels zu sehen und nicht nur im Radio zu hören, doch auch an diesem Sonntag hieß es unerbittlich: »Wir fahren raus nach Heiligensee.« Da war nichts zu machen. Immerhin hatte Cäsar in der Laube einen Volksempfänger stehen, eine sogenannte »Goebbels-Schnauze«.

Und vor diesem kleinen schwarzen Kasten aus Bakelit saßen sie dann zu dritt und waren von einer nie gekannten Spannung erfüllt. Allen war klar, was hier geschah: Neun Jahre nach der vernichtenden Niederlage von 1945 konnte es sein, daß die Deutschen alle wieder jubelten und sich als die Größten fühlten.

»Von daher hoffe ich, daß sie haushoch verlieren«, sagte Gerda. »Aber schön wäre es doch, wenn sie gewinnen würden.«

»Ja, ja«, fügte Herbert hinzu. »Die beiden Seelen in unserer Brust.«

Die Aufstellung der Herberger-Elf konnte sogar Cäsar herunterbeten: »Turek; Posipal, Kohlmeyer; Eckel, Liebrich, Mai; Rahn, Morlock, Ottmar Walter, Fritz Walter, Schäfer.«

Schweigend erlebten sie den katastrophalen Start der deutschen Mannschaft. Schnell lag sie 0:2 zurück, und Herbert stellte fest, daß die Ungarn um den Major Ferenc Puskás wirklich unbesiegbar seien. Dann aber wurde aufgeholt. Maxl Morlock erzielte den Anschlußtreffer und Helmut Rahn den Ausgleich.

Der Reporter war Herbert Zimmermann, und seine überrissene Stimme ließ den Volksempfänger fast auseinanderfliegen: »... Puskás schießt, gehalten auf der Torlinie ... Toni, Toni, du bist Gold wert ... jetzt Deutschland am linken Flügel, Schäfer flankt nach innen, Kopfball, abgewehrt, aus dem Hintergrund müßte Rahn schießen, er schießt, Tor, Tor, Tor, Tor für Deutschland, halten Sie mich für verrückt, halten Sie mich für übergeschnappt, ich glaube, auch Fußball-Laien sollten ein Herz haben, sollten jetzt Daumen halten, viereinhalb Minuten Daumen halten in Wankdorf, 3:2 für Deutschland nach dem Linksschuß von Rahn ...«

Gerdas Blutdruck schnellte derart nach oben, daß es ihr fast den Atem nahm und sie befürchtete, einen Herzschlag zu erleiden und tot umzufallen. Um sich etwas abzulenken, griff sie darum zu ihrem Nähzeug und machte sich daran, ihre Hose zu flicken. Da hatte sie sich vorhin am Zaun einen Dreiangel eingerissen.

Herbert Zimmermann geriet immer mehr in Ekstase. »... und Kocsis flankt, Puskás abseits, Schuß ...«

Da dachte Gerda, daß die Ungarn das 3:3 erzielt hätten, und stach sich die Nähnadel tief in den Mittelfinger der rechten Hand, ohne auf den Schmerz zu achten, dicht neben dem Nagel.

»... aber nein, kein Tor, kein Tor, Puskás abseits ... der Sekundenzeiger, er wandert so langsam, wie gebannt starre ich hinüber ... jetzt spielen die Deutschen auf Zeit ... und die 45. Minute ist vollendet ... aus, aus, aus, aus, das Spiel ist aus! Deutschland ist Weltmeister!«

Gerda und Herbert rissen die Arme hoch und schämten sich sogleich dafür, denn sie bemerkten Cäsars versteinertes Gesicht. »War der Herberger nicht auch schon Trainer unter den Nazis?« fragte sie.

»Ja, war er.« Herbert mußte es ihr bestätigen. »Seit 1936.« Damit war alles gesagt.

Gerda machte sich daran, ein Stückchen vom Kräuterbeet ihrer Mutter vom Unkraut zu befreien und umzugraben, um später Radieschen auszusäen. Dabei muß es dann passiert sein: Keime gelangten in die kleine Wunde am Finger, und sie bekam die schönste Nagelbettvereiterung.

»Und in zwei Wochen ist die Meisterschaft!« Sie brach in Tränen aus. Und ihre Verzweiflung wuchs noch, als der Chirurg nicht anders konnte, als ihr die Hälfte des Nagel abzulösen. »Wie soll ich denn damit stenographieren und tippen können?!« Zwar ließ sie sich nicht krank schreiben, denn im Büro war unendlich viel zu tun, und in ihrer Abwesenheit hätte manches entschieden werden können, was ihr nicht paßte, aber beim Tippen der wichtigsten Briefe hatte sie erhebliche Schwierigkeiten. Mit dem verbundenen Finger ließ sich nicht vermeiden, daß sie manchmal zwei Tasten auf einmal traf und sich manches recht komisch las: »Auch wenn die Bauunternehmer nopch so klöagen, daß die Löähne steiogen ...« Sie brauchte manchmal fünf Versuche, ehe sie einen Brief in die Unterschriftenmappe tun konnte. Und auch beim Stenographieren sorgte der verbundene Finger für manche Irritation, geriet doch ein Strich immer wieder länger oder dicker als gewollt und rutschte ein Buchstabe etwas tiefer oder höher, so daß sie dann nachher nicht »Tür« las, sondern »Tier«. Und der Tag der Entscheidung rückte immer näher.

Als es dann soweit war, konnte sie eigentlich alle Hoffnung fahren lassen. Zwar mußte sie keinen Verband mehr tragen, doch der verletzte Finger war immer noch etwas geschwollen, und vor allem hatte sie ja nicht mehr trainieren können.

Am Tag des Wettkampfs stand sie schon um vier Uhr auf, um noch Eilschrift zu üben. Anlautkürzungen mit o, ö, i und ei, Kürzungen für Fremdwörter und Eigennamen, Auslautkürzungen, Kürzung auf Formteile: außerordentlich, Gesellschaft, Gesetzwesen ... Es lief ganz gut. Dann ging sie zur Schreibmaschine. Man mußte jeden Tag üben, die Finger geschmeidig halten. Wie ein guter Pianist. Sie hörte erst auf, als die Leute unter ihr mit dem Besenstiel gegen die Decke stießen.

Herbert wurde wach und machte ihr das Frühstück. Er brachte sie auch mit der Taxe zur Industrie- und Handelskammer. Im

Saal saßen an die hundert Konkurrentinnen. Aber Gerda ließ sich nicht einschüchtern. Sie war in vielen Wettkämpfen erprobt. *Bange machen gilt nicht.* Das war schon immer ihre Devise gewesen. Wenn nur ihr geschwollener Finger nicht gewesen wäre ...

Schon fiel der Startschuß, und die Vorsitzende ihres Verbandes begann mit der weihevollen Stimme eines Nachrichtensprechers, den ersten Text vorzulesen. Den hatten sich die Teilnehmerinnen in den Stenoblock zu notieren und dann möglichst schnell und fehlerfrei mit der Maschine abzuschreiben.

»Vom Recht. Das Recht versucht, das menschliche Zusammenleben zu ordnen. Jeder Mensch sucht auf seine Weise nach seinem Glück. Er hat deshalb ein Recht auf Freiheit. Weil der Mensch aber mit seinem Nachbarn leben muß, ergibt sich die Notwendigkeit, die Freiheit durch Vorschriften und Ordnungsregeln, woran jeder gleichermaßen gebunden ist, zu beschränken ...«

Gerda hatte keine Schwierigkeiten, dabei mitzukommen, war ihr doch die Kunst des Stenographierens sozusagen in die Wiege gelegt worden, und auch anschließend an der Maschine vertippte sie sich trotz ihres hohen Tempos nur einmal: Statt »Mensch« schrieb sie »Mench«. Das lag daran, daß sie in diesem Augenblick gerade an einen Mitschüler gedacht hatte, an den Rudi, der Jurist geworden war, also jemand, der viel mit dem Recht zu tun hatte. Rudi hatte sie angebetet, doch sie hatte ihn immer wieder abgewiesen – wegen seines kleinen Sprachfehlers, über den alle gelacht hatten: Er konnte kein »sch« aussprechen, sondern sagte immer: »Gechichte« und »Mench«. Nun hatte er sich also gerächt.

Dennoch siegte Gerda, und als Herbert und ihre Mutter sie abholten, fuhren sie hinauf ins Funkturmrestaurant, um dort zu feiern.

Der Enkel IV

Paco saß mit Robert und dessen Mutter draußen in Lichtenrade am Frühstückstisch. Nach dem heißesten Sommer seit Jahrzehnten schien nun schon Ende August der Herbst Einzug zu halten, so daß es ihnen auf der Terrasse nach der ersten Schluck Kaffee zu kalt geworden war. Also saßen sie in der Küche. Paco unternahm einen erneuten Versuch, der Schwester seiner Großmutter etwas über Ringsleben zu entlocken. »Erzähl doch mal, wie das damals alles war mit der Geburt meiner Mutter …«

Marga Kurz verschluckte sich prompt an ihrer Schrippe, und ihr Sohn lästerte, sie möge doch bitte nicht den gleichen Tod sterben wollen wie der legendäre Boxer Bubi Scholz. »Der ist nämlich an seiner Schrippe erstickt.«

»Junge!« Das klang eher verzweifelt als drohend. »Manchmal möchte man eben alles vergessen und ist zu Tode erschrocken, wenn einer danach fragt.«

»Aber es ist doch alles noch vergleichsweise gut abgegangen«, sagte ihr Sohn. »Und Paco ist extra nach Berlin gekommen, um zu erfahren, wie es gewesen ist.«

»Schrecklich ist es gewesen.« Die alte Dame schloß die Augen. »Als Gerda schwanger war, dachten wir, daß sie ihr das Kind wegnehmen und in irgendein Naziheim stecken und wir alle ins KZ kommen. Herbert auch, wegen ›Rassenschande‹. Da ist er dann auf die Idee mit Margarita und Gerhard gekommen, denn Gerhard hatte ja in Spanien seine Beziehungen. Und ich welche nach Ringsleben. Unser Glück war, daß man bei Gerda kaum was gesehen hat. Sie hat auch immer weite Kleider getragen. Margarita ist sechs Wochen vorher nach Berlin gekommen und hat sich immer ein Kissen untergebunden, wenn sie außer Haus war. Das mit den gefälschten Papieren hat eine Menge Geld gekostet, aber das hatten wir ja. Wie sie das im einzelnen gedeichselt haben, das weiß ich nicht mehr. Aber es muß ja irgendwie gegangen sein, sonst wären Gerhard und Margarita nicht mit Ingrid in Spanien angekommen. Mit dem Zug. Gerda war drei Wochen lang krank geschrieben. Wir kannten da einen Arzt ... Wegen eines Sturzes.«

»Und wie seid ihr auf Ringsleben gekommen?«

Marga Kurz wußte es auf Anhieb nicht zu sagen. »Ja, wie ...?«

Ihr Sohn suchte ihr zu helfen. »In Zehdenick hast du doch eine Tante gehabt, Tante Selma, und die war Hebamme.«

»Ja, stimmt. Die ist dann in Auschwitz ermordet worden.«

Sie schwiegen einen Augenblick, bis Robert Kurz sagte, daß Zehdenick seines Wissens nur ein paar Kilometer von Ringsleben entfernt sei.

»... da war eine Scheune, eine Feldscheune ... hinter Ringsleben ... Und Selma hatte ein Auto zur Verfügung, mit dem sind wir dann hin ... Bei ihr zu Hause ging es nicht ... wegen der Schreie bei der Entbindung.«

Paco tat sich noch immer schwer damit, der Schwester seiner Großmutter Glauben zu schenken, obwohl ... Sie war geistig noch völlig auf der Höhe, und alles, was sie sagte, deckte sich voll und ganz mit dem, was Pater Bartolomé ihm offenbart hatte. 1940 war alles möglich gewesen, auch in der Hitler-Diktatur. Er erinnerte sich an die vielen Juden, die in Verstecken überlebt hatten, an den Widerstand gegen Hitler, an die Möglichkeiten, mit den Nazis Geschäfte zu machen. Auch in der totalen Ordnung gab es eine Grauzone des Handelns, gab es eine Hinterbühne mit ihren Nischen und Geheimnissen, gab es Chaos. Seine Großeltern, seine deutschen wie seine spanischen, und Marga hatten das genutzt. Aber trotz allem war er auf Fakten erpicht. »Ich möchte morgen mal nach Ringsleben fahren und sehen, ob ich da noch was an Spuren finde.«

Marga Kurz winkte ab. »Selma ist 1944 gestorben, und ihre Familie ist vorher ab nach Amerika.«

»Aber die Scheune bei Ringsleben müßte doch noch stehen.«

»Was, nach sechzig Jahren noch …?«

»Das Kolosseum steht seit zweitausend Jahren«, wandte Paco ein. »Wenigstens als Ruine.«

»Wegen einer Ruine fahre ich nicht nach Ringsleben«, sagte Robert Kurz. »Außerdem muß ich die nächsten Tage arbeiten, beinahe rund um die Uhr.«

So kam es, daß sich Paco mit Manfred Matuschewski auf den Weg nach Ringsleben machte. Da der Soziologe weder Führerschein noch Auto hatte und sich Paco, vor den Rasern auf den brandenburgischen Chausseen schon gewarnt, keinen Wagen mieten wollte, fuhren sie mit der Bahn. »Du mußt Friedrichstraße 8 Uhr 22 in den RE 5 steigen«, wies ihn Manfred Matuschewski an. »Ich komme 8 Uhr 28 am Zoo dazu. Dann fahren wir bis O-Burg und steigen dort in die RB 12 um. 9 Uhr 54 sind wir dann in Zehdenick.« Paco nickte, obwohl Robert Kurz noch kein Telefon mit Bildübertragung besaß, und versprach pünktlich zu sein, was ihm dann auch tatsächlich gelang. Nur eine Stadt mit Namen Oburg fand er auf keiner Karte und »kam erst auf den Trichter«, wie die älteren Berliner sagten, als sie in Oranienburg waren.

Während der Fahrt hätte er sich lieber in die Landschaft vertieft, obwohl die nicht eben mannigfaltig war – immer wieder Felder und Wälder –, mußte aber mit Manfred Matuschewski komparative Gesellschaftswissenschaft betreiben: Bei uns, da … – bei euch, da …

»Bei uns in Deutschland sind die Nichtraucher zum Glück auf dem Vormarsch.«

»Bei uns in Spanien nehmen die Raucher keine Rücksicht auf die Nichtraucher und paffen weiterhin ihr fürchterliches Kraut, ihre Billigmarken: *Ducados* und *Fortuna*.«

»Bei uns sind die Beamten an allem schuld.«

»Bei uns ist es die *Telefónica*, die alle hassen.«

In Zehdenick angekommen, wurde Paco Morientes mit einem

guten alten deutschen Brauch vertraut gemacht: die Fernbahnhöfe möglichst weit entfernt vom Stadtzentrum anzulegen. »Zum einen gab es vor 150 Jahren, als es losging bei uns, in den Altstädten keinen Platz, und die Grundstücke waren für die Eisenbahngesellschaften zu teuer, zum anderen wollten sie bei kleineren Ortschaften keine großen Umwege machen, sondern in gerader Linie möglichst schnell von A nach B gelangen.« So mußten sie auch im Falle Zehdenick ein gehöriges Stück laufen, ehe sie den Markt erreichten.

»Die Apotheke da müßte eigentlich meinem Cousin gehören«, sagte Manfred Matuschewski. »Uralter Familienbesitz, mal als ›Drogenhandlung‹ gegründet. Dann aber ist seine Familie von der DDR unter fadenscheinigen Gründen enteignet worden, und nach der Wende hat in seinem Falle das hehre Prinzip Entschädigung vor Rückgabe Geltung gehabt. Ich gehe aber trotzdem einmal hinein und frage die Leute, ob sie zufällig etwas von einer Hebamme namens Selma Meier gehört haben.« Nein, hatten sie nicht. Man solle einmal im Rathaus gegenüber fragen.

»Heute nicht«, sagte Paco. »Ein andermal. Wir sollten sehen, daß wir uns irgendwo ein Fahrrad leihen, und dann nach Ringsleben fahren.«

»Eins nur? Zwei wären vielleicht besser.«

Sie streiften kurz durch Zehdenick, warfen einen schnell Blick auf die Reste des Zisterzienserklosters von 1249, auf das Amtshaus von 1750 und die moderne Zugbrücke über die Havel. Dann fanden sie einen Verleih und radelten los, anfangs durch die sogenannte Zehdenicker Tonstichlandschaft hindurch, vorbei an vollgelaufenen Gruben und stillgelegten Ziegeleien. Paco genoß es. »Schließlich sind wir eine große Radsportnation, man denke an Miguel Induraín, Pedro Delgado, Luis Ocaña und – na, wie heißt er? – Bahamontes.«

»Federico Bahamontes«, ergänzte Manfred Matuschewski. »Tour-de-France-Sieger 1959.«

Ganz so schnell wie die genannten Helden der Landstraße fuhren sie zwar nicht, kamen aber doch zügig voran, passierten Burgwall und Marienthal und erreichten hinter Tornow den langgestreckten Wentowsee, an dessen nördlichem Ufer das kleine Ringsleben gelegen war.

»Die Spannung wächst«, sagte Paco, als sie durch das Dörfchen hindurchgefahren waren.

Und in der Tat: Am Weg nach Dannenwalde fanden sie die alte Feldscheune, wenn auch weitestgehend als Ruine.

Paco fuhr mit einem Gefühl nach Berlin zurück, das er in dem Satz zusammenfaßte, ihm sei so, als habe er eben das verschüttete Troja entdeckt. »Sie ist also keine Sage, kein Phantasiegebilde, sondern hat wirklich existiert.«

Beim Abendessen versuchte sich Marga Kurz geradezu verzweifelt an das zu erinnern, was sich im Herbst 1956 ereignet hatte. »Ich bin mir nicht ganz sicher, aber da müssen die Spanier in Berlin gewesen sein.«

Paco mochte es nicht glauben, sosehr er die Geschichte von der Geburt seiner Mutter in einer abgelegenen Scheune als Tatsache verifiziert hatte, aber Robert ging hinunter ins Souterrain, wo die alte Dame ihre Einliegerwohnung hatte, und holte ein Fotoalbum aus dem Schrank. Und tatsächlich: Da standen sie alle drei lachend vor der Ruine der Gedächtniskirche. »Gerhardo und Margarita mit ihrer Ingrid«, lautete die Bildunterschrift. Offensichtlich mit Absicht so dick aufgetragen – mit *ihrer* Ingrid –, um ja bei keinem einen Verdacht aufkommen zu lassen, daß es nicht so war. Paco fand den Gedanken irgendwie absurd, daß seine Mutter zu ihrer leiblichen Mutter »Tante Gerda« gesagt hatte und zu ihrem richtigen Vater »Onkel Herbert«. Warum denn dieses Versteckspiel elf Jahre nach Ende des Tausendjährigen Reiches, wollte er wissen.

»Um das Kind zu schonen, deine Mutter. Wir hatten Angst, daß sie die Wahrheit nicht verkraften kann.« Marga Kurz erklärte ihm die Beweggründe.

Paco konnte sich aber die ganze Zeit über eines ketzerischen Gedankens nicht erwehren: Möglicherweise hatten seine Großeltern auch Angst davor gehabt, von einem Kind in ihrer trauten Zweisamkeit gestört zu werden, denn es war ja nicht ausgeschlossen, daß seine Mutter, daß Ingrid den Wunsch geäußert hätte, nach Deutschland zurückzukehren. Er konnte sich noch genau erinnern, wie sie von Deutschland geschwärmt hatte, und streng genommen hatte sie ja in der Botschaft Tag für Tag auf deutschem Boden gelebt und gearbeitet.

»Und warum sind Tante Gerda und Onkel Herbert nie nach Spanien geflogen?« fragte Robert Kurz seine Mutter.

»Das weiß ich doch jetzt nicht mehr. Da müßt ihr Edda Bollberg fragen, das war ihre beste Freundin, noch vor Margot Matuschewski und Bianca Kadritzke. Edda, die hat unter den Nazis mit uns zusammen Uniformen nähen müssen. Nachher ist sie richtig reich geworden.« Die Art und Weise, in der das geschehen war, schilderte sie nun mit so drastischen Worten, daß Paco schnell auf den Begriff *puta* kam. »Abgefallen sind dabei auch zwei Blumengeschäfte. Ich glaube, eins davon hat ihre Tochter noch, das in der Müllerstraße.«

Das war das Stichwort für Paco, und so machte er sich am nächsten Tag auf zur Müllerstraße. Mit der S-Bahn von Lichtenrade bis zur Friedrichstraße, dann mit der U-Bahn Richtung Alt-Tegel. Das Berliner Netz war ihm schon so vertraut, daß er keine große Mühe hatte, jeweils die optimale Route zu finden. Mit dem kleinen Unterschied, daß er hier in Berlin im Innenstadtbereich genau das Doppelte wie bei sich zu Hause in den Automaten werfen mußte. Er erschrak, denn er brauchte gut zwei Sekunden, bis ihm eingefallen war, wie in Madrid sein Heimatbahnhof hieß: Diego de León. Wie in Berlin der Alexanderplatz war das ein großer Umsteigebahnhof. Von dort kam man auch nach Ventas zur großen Stierkampfarena, das war gleich die nächste Station. Ohne nun der Tauromanie verfallen zu sein, ging er doch mit seinen Freunden ab und an zum Stierkampf. Es gehörte in Spanien eben dazu, und für alle, die sich aufregten, daß hier Tiere abgeschlachtet wurden, aber selber Fleisch in Mengen aßen, hatte er wenig Verständnis.

Rehberge stieg er aus – wie seine Großeltern unzählige Male. Die Kacheln der Station waren grün und sollten an den Volkspark denken lassen. Werbefachleute von heute hätten geschrieben: »Rehberge – der Wohlfühlbahnhof«. Er wandte sich in Richtung

Seestraße und hatte den genannten Laden schnell gefunden. Das Schild »Blumen-Bollberg«, schön in alter Tannenberg-Fraktur geschrieben, war nicht zu übersehen. Die Tür stand offen, und als Paco mit einem freundlichen »Guten Tag« eingetreten war, erblickte er im Hintergrund eine korpulente Floristin, die Mitte der Fünfzig sein mochte. Sie stand an einem langen, mit nichtrostendem Stahl beschlagenen Tisch und war damit beschäftigt, einen dicken Strauß zu binden. Wahrscheinlich für eine große Feier. Das beschäftigte sie in so hohem Maße, daß sie Paco gar nicht wahrnahm oder wahrnehmen wollte. Es störte ihn nicht sonderlich, aber nach gut einer Minute begann er dennoch, auffällig zu husten.

»Ah, Lungenkrebs«, sagte die Blumenhändlerin. »Woll'n Se 'n Kranz für Ihre Beerdigung?«

Paco schluckte und suchte nach einer ebenso patzigen Bemerkung, bis ihm einfiel, daß das wohl die berühmte »Berliner Schnauze« war, die man zu bewundern hatte. Also beließ er es bei einem leise gemurmelten *»hija de puta«* und bemühte sich, charmant zu wirken, war er doch quasi als Bittsteller ins Geschäft gekommen. »Verzeihen Sie bitte die Störung, aber ich komme aus Madrid und suche jemanden, der mir etwas von der besten Freundin meiner Großmutter erzählen kann: von Edda Bollberg.«

Die Blumenhändlerin sah ihn an. »Det war meine Mutta. Wat is mit die? Und wenn Se det allet wieder uffwärmen woll'n, wat da jewesen is': nich' mit mir. Laß die Toten ruh'n.«

»Meine Großmutter war die Gerda Neutig ...«

»Mensch, die kenn' ick doch ooch noch: die kleine Betriebsnudel, die. Immer bott-bott, die kleenen Beenchen jeschmissen. Also, ick bin die Edda Bollberg ihre jüngste Tochter, die Helga Golumbiewski, und hab' det Jeschäft von ihr übanommen. Vor zwanzig Jahren isse jestorben: Untaleibskrebs. Wat ooch anders bei ihr. Wissen Se, wat se imma jesagt hat: Ick bin eene, die roocht oben und unten roocht se ooch. Wenn Se vasteh'n, wat ick damit meine ...« Sie lachte dröhnend und entblößte dabei ihre nikotingelben und schiefstehenden Vorderzähne.

Paco verstand und konnte nicht verhindern, daß ihm ein wenig heiß wurde. Womit Edda Bollberg ihr Geld verdient hatte, war ihm schnell klargeworden, etwas länger brauchte er aber, um zu realisieren, daß seine Berliner Großmutter eine Freundin wie sie gehabt hatte. Unwillkürlich war er einen halben Meter zurückgewichen. Endlich wußte er, was die Deutschen meinten, wenn sie sagten, eine Frau habe ein Pferdegebiß. Außerdem litt Helga Golumbiewski unter einer ansehnlichen Logorrhöe, das heißt, sie redete ohne Unterlaß auf ihn ein. Doch das kam ihm im Augenblick ja eher zupaß, denn als er sie nach seinen Großeltern fragte, kam da einiges zutage, was er so noch nicht gewußt hatte. Eine halbe Stunde lang konnte er nichts anderes hervorbringen als ein leicht debiles »Ah ja …«.

Dann betrat eine junge Frau den Laden, die ihn automatisch denken ließ: »*Manda huevos!*« Ob er wirklich so mutig gewesen wäre, sie anzusprechen, mag dahingestellt sein, aber da sie Helga Golumbiewskis Tochter war, kamen sie schnell ins Gespräch, kaum daß man sie miteinander bekannt gemacht hatte. Sie hieß Ariane, und er lachte nur: »Da geht man ja ab wie eine Rakete.« Sie verabredeten sich für den Freitag abend.

Als Paco wieder auf dem Bahnhof Rehberge stand und auf den Zug nach Alt-Mariendorf wartete, sah er auf der großen Netzspinne von U- und S-Bahn, daß die U 6 zum Flughafen Tempelhof führte, auszusteigen war wohl, wenn das Symbol nicht trog, am Bahnhof Platz der Luftbrücke. Spontan entschloß er sich, dorthin zu fahren und sich die Stelle anzusehen, an der seine Mutter und seine spanischen Großeltern im November 1956 angekommen waren.

In dieser Halle also hatten sie gestanden. Paco fühlte sich an Hitlers Reichskanzlei erinnert. Zugleich hatte alles etwas Intimes, verglich man es mit anderen Flughäfen. Schade, dachte er, daß keiner ihre Ankunft und ihre Abreise mit der Videokamera festgehalten hatte. Heutzutage wäre es undenkbar gewesen, einen solchen Top-Event in der Saga einer Familie nicht in allen Einzelheiten zu dokumentieren. Oma Gerda mit keckem Tiroler Hütchen, Opa Herbert mit Trenchcoat und Schlapphut.

Was mochten sie gedacht und gefühlt haben, als sie ihre Tochter durch die Paßkontrolle kommen sahen? Ein fremdes Kind und doch ihr eigenes. Und voller unerträglicher Spannung, sich nicht zu verraten, nicht zu verplappern, die Katastrophe fürchtend, Nervenzusammenbrüche, Traumatisierungen. Auch ihn nahm das alles noch mit, jetzt noch, nach fast fünfzig Jahren und obwohl er nicht einmal direkt betroffen war. Schnell verließ er den alten Berliner Airport.

Wieder in Lichtenrade, ging er zur Schwester seiner Großmutter hinunter. »Tante Marga, denk doch mal bitte noch einmal intensiv nach: Was habt ihr denn alles gemacht, als meine spanischen Großeltern und meine Mutter hier in Berlin gewesen sind ...?«

»Ja, laß mich mal überlegen ...« Einiges bekam sie anhand der Fotos und des über die Zeit geretteten Taschenkalenders von 1956 doch noch zusammen. Jedenfalls reichte es für Paco, als er abends im Bett lag und nicht einschlafen konnte, im Kopf einen Film darüber zu drehen ...

Besuch aus Spanien

1955/56

Mit jedem Tag wuchs Gerdas Sehnsucht nach ihrer Tochter. So schön die letzten Jahre auch waren, ein Hauch von Melancholie lag über allem, was sie erlebte. Für die verlorene Zeit als Mutter gab es keinen Trost. Nun war Gerda viel zu quirlig und dem Leben zugewandt, um in Schwermut zu versinken und mit der Diagnose Depression in eine Klinik eingewiesen zu werden, aber dennoch gab es Tage, an denen sie am liebsten im Bett geblieben wäre. Meist verstand sie es noch, sich einen Ruck zu geben und ins Büro zu eilen, wo immer Trubel herrschte. Ließ sie sich jedoch fallen und bat Herbert, bei Werner Seifert anzurufen und ihm zu sagen, sie habe wieder ihre schreckliche Migräne, dann lag sie den ganzen Tag wie leblos da, starrte gegen die Decke und suchte in ihrem Kopf Bilder zu erzeugen, die sie als Familie zeigten: mit Ingrid beim Spaziergang in den Rehbergen, mit Ingrid im Kino, mit Ingrid draußen in Heiligensee, mit Ingrid in Ost-Berlin, mit Ingrid bei Matuschewskis ...

Außer Gerda wußten nur fünf Menschen auf der Welt von der Sache mit Ingrid: Herbert, ihre Mutter, ihre Schwester und die beiden Verwandten in Spanien, Gerhard und Margarita. Auch ihre beiden besten Freundinnen, Margot Matuschewski und Edda Bollberg, hatten keine Ahnung davon, daß sie Mutter war wie sie.

Gerda kannte Edda Bollberg seit 1944, als sie nebeneinander Uniformen genäht hatten. Nicht das aber schweißte sie zusammen, sondern ein Schicksal, das so ähnlich war, genauer gesagt: die Angst, im KZ zu landen und ermordet zu werden. Obwohl die Gründe dafür ganz verschiedene waren: bei Gerda die jüdische Mutter und bei Edda die Tatsache, daß sie nicht lesen und nicht schreiben konnte. Es mußte ja damit gerechnet werden, daß die Nazis alle Legastheniker als »unwertes Leben« definierten und aus der Welt schaffen wollten. Also hatte Gerda der anderen geholfen, wo immer ihr Mangel verborgen bleiben mußte. »Komm, ich schreib' das schnell für dich.« Oder: »Das lassen Sie mich mal machen, Fräulein Bollberg hat eine solche Sauklaue, daß das keiner lesen kann.«

Nun, Edda hatte überlebt und es nach dem Krieg zu einigem Wohlstand gebracht, insbesondere dadurch, daß sie es amerikanischen Soldaten erleichtert hatte, ihren Samen im Rahmen heterosexueller Kontakte loszuwerden und nicht durch Sex mit sich selber, Tieren oder Kameraden. »Das ist 'ne Tätigkeit, wo man auch ohne Lesen und Schreiben eine Menge Geld verdienen kann.« Mit ihren Ersparnissen hatte sie dann zwei Blumenläden eröffnet, einen in der Müller- und einen in der Residenzstraße, und sich zu einer Berliner Frohnatur entwickelt, so richtig mit Herz und Schnauze. Heiraten wollte sie nie. »Ick hab' mein Glück als Frollein jemacht, und ick will Frollein bleiben.« Zwei Kinder hatte sie, Väter beide unbekannt, und von Männern im Bett ein für allemal die Nase voll. »So ausjeleiert, wie ick unten bin.« Statt »die Nase voll« sagte sie immer »die Schnauze voll« und lachte dann wiehernd los: »Wenn du vastehst, wat ick damit meine.« Mit Bemerkungen wie diesen lief sie immer wieder in Gefahr, aus ihrem und Gerdas Tennisclub ausgeschlossen zu werden, aber dann ließ man es doch jedesmal bei einer Abmahnung bewenden, denn sie war eine fabelhafte Spielerin.

Ein besonderes Gedächtnis hatte Gerda Neutig für Reklame, und wenn sie einmal bei ihrer Freundin Edda im Blumenladen war und mit ihr hinten im Kontor saß und »quatschte«, dann gab es schon des öfteren Dialoge wie diesen:

Edda: »Möchtest du eine Tasse Kaffee?«

Gerda: »*Wenn ihr besten Kaffee wollt, nehmt nur immer Onko-Gold.*«

Edda: »Den hab' ick im Augenblick nich' da.«

Gerda: »Macht nichts, dann: *Überall ist man sich klar – Jacobs Kaffee wunderbar.*«

Edda: »Du mußt schon entschuld'jen, ick bin nich' mehr zum Waschen jekomm'n – meine Tischdecke sieht nich' mehr janz sauba aus.«

Gerda: »*Das strahlendste Weiß meines Lebens – Sunil.*«

Edda: »Jut, denk' ick dran. Eh der Kaffee fertich is', willste erst mal 'ne Coca?«

Gerda: »*Mach mal Pause – trink Coca-Cola.*«

Edda: »Und zwar eisjekühlt. Inne Wohnung hinten hab' ick jetz 'n neuen Kühlschrank.«

Gerda: »*Kühlschrank-Wünsche – langgehegt – nun nicht mehr auf Eis gelegt – KaDeWe.*«

Edda: »Willste mein'n alten jeschenkt ham – für deine Mutta ihre Laube?«

Gerda: »*Schenken nennt man das Vergnügen an Dingen, welche andere kriegen ... Darauf einen Dujardin.*«

Edda: »Ick hab' nur 'n Jacobi da.«

Gerda: »*Wer Jacobi 1880 trinkt, freut sich länger!*«

Edda: »Machen wir nachher ... Uff meinen neuen Wohnzimmerschrank!«

Gerda: »*Der Weg zum Glück beginnt bei Möbel-Hübner.*«

Edda: »Nee, der is' von Krieger.«

Gerda: »*Wer zum Feste Möbel schenkt – vorher den Schritt zu Krieger lenkt!*«

Edda: »Ick hab' Platz für meine neuen Kleida jebraucht.«

Gerda: »*Prüfe hier, prüfe da – kaufe dann bei C&A.*«

Edda: »Merkste nich', wieviel ick abjenomm'n hab?«

Gerda: »*Triumph krönt die Figur.*«

Während es beim Zusammensein mit Margot Matuschewski immer gehoben zuging, war doch die Neuköllner Freundin einmal auf ein Lyzeum gegangen und hatte einen gewissen Hang zum Höheren, so legte sich Edda Bollberg nie Zügel an und pflegte ihren Ruf, eine aus dem Volke zu sein, frei nach dem Motto: »Ist der Ruf erst ruiniert, lebt sich's wirklich ungeniert.« Wenn sie einmal Lust auf die Liebe hatte, schickte sie ihre beiden Kinder zu ihrer Mutter »uffs Land«, sprich: nach Jüterbog, und holte sich »wat Kleenet, Schnucklijet« ins Bett, zumeist eine ihrer Verkäuferinnen. Stellte sie eine ein, dann schon mit dem Hintergedanken an spätere Zärtlichkeiten. Sie hatte den sechsten Sinn dafür, ob es klappen würde oder nicht.

Als sie ihre Torte aßen, platzte Edda Bollberg mit *der* großen Neuigkeit heraus: »Du, Gerda, ick bin mal wieda valiebt, mir hat et awischt.«

»Ist es die, dir mir neulich das Alpenveilchen verkauft hat?«

»Die Miezi, nee, det is 'ne Dunkelhaarige, die hab' ick kennenjelernt, als wa Blumen für die Jrüne Woche jeliefert ham, uff'n spanischen Stand. Conchita heißt se.«

Gerda horchte auf. »Was denn: eine Spanierin?«

»Ja, eene aus Madrid. Und weeßte wat: Die hat ma einjeladen zu sich nach Hause.«

»Wohin – nach Madrid?« Gerda glaubte, sich verhört zu haben.

»Du hast doch ooch Verwandte da ...?«

»Ja, Herberts Bruder mit seiner Familie.«

»Na, dann kommta beede mit. Ick zahl' euch die Flüge, Jeld hab' ick jenuch.«

Als Gerda zu Hause von dieser Einladung berichtete, fiel Herbert fast die Zigarette aus der Hand. »Wenn das kein Wink des Schicksals ist.«

»Und führe mich nicht in Versuchung ...« Gerda sah es erst einmal anders.

»Es ist doch keine Todsünde, wenn man sein Kind wiedersehen will«, sagte Herbert. »Und wir haben doch damals kein Gelübde abgelegt, für immer auf Ingrid zu verzichten.«

»Aber uns geschworen, ihr alles zu ersparen«, kam Gerdas Einwand.

Herbert ließ das nicht gelten. »Jetzt ist sie sechzehn Jahre und damit alt genug, die Wahrheit zu erfahren. Es wird sie nicht umwerfen – so wie sie auf den Bildern aussieht und wie Gerhard sie schildert.«

»Weiß du das wirklich so genau?«

»Ach komm, Gerda, die Wahrheit ist doch, daß du Angst hast vor allem, daß sie vielleicht nach Deutschland will, zu uns hier in den Wedding, daß wir 'ne größere Wohnung nehmen müssen, daß unser Leben total umgekrempelt wird. Denk doch mal daran, was Edda immer über Otto und Margot sagt: ›Die reißen sich doch den Arsch auf für ihren Sohn.‹ Und daß wir das auch tun werden – davor hast du Angst.«

Gerda schwieg. Dann begann sie zu schluchzen. Vielleicht war es wahr, und Herbert hatte nur ausgesprochen, was sie im geheimen dachte, vielleicht war es ihr ganz recht gewesen, kein Kind zu haben und keines mehr bekommen zu können. Es stimmte ja, daß sowohl ihre Schwester mit ihrem Robert wie auch die Matuschewskis mit ihrem Manfred Sorgen über Sorgen hatten. Alles drehte sich immer um die Kinder. Andauernd mußten sie etwas anstellen und ihren Eltern Kummer bereiten. Und was sie alles kosteten – ein Vermögen war das. Hatte man ein Kind im Haus, stand man immer unter Aufsicht, mußte immer aufpassen, mußte immer Rücksicht nehmen. Andererseits ... Man hatte auch viel Freude an den lieben Kleinen, es war nie langweilig mit ihnen, durch sie erlebte man viel mehr und alles viel intensiver, manche Tage waren so turbulent, daß man sich gar keine Filme mehr anzusehen brauchte. Und war Ingrid hier bei ihnen, konnte sie Tennis mit ihr spielen, sie mitnehmen ins Kino, mit ihr reden, wenn Herbert Zeitung las oder Fußball sah, mit ihr jeden Sonnabend bummeln gehen, ihren Arm um sie legen, ihr durch die Haare fahren ... Aber es konnte ja auch sein, daß sich Ingrid, erfuhr sie die Wahrheit, haßerfüllt auf sie stürzen und sie von sich stoßen würde. »Ihr habt mich die ganze Zeit nur angeschwindelt, ich will euch alle nicht mehr sehen!« Das Risiko war groß. Es konnte alles in einem fürchterlichen Fiasko enden. Ließ man dagegen alles so, wie es war, dann ging man auf Nummer sicher.

Herbert dagegen wollte unbedingt nach Madrid fliegen, zumal es sie nichts kostete. »Und wir brauchen ihr ja nicht zu sagen, daß wir ihre Eltern sind, wir bleiben Tante Gerda und Onkel Herbert für sie.«

»Ich weiß nicht, ob ich das durchhalten kann.«

»Wirst du dich eben zusammenreißen.«

»Ja, und dann bist du es, der die Nerven verliert und sie in die Arme schließt und ihr sagt, daß sie unsere Tochter ist. Herbert, der stolze Vater, und wenn du dann mit ihr ausgehst, denken alle: ›Mensch, hat der aber 'ne Junge.‹ Die Männer sind doch alle so.«

»Kann ja sein, daß wir Männer so sind, aber wir sollten endlich mal reinen Tisch machen.«

»Was heißt: reinen Tisch?! Als wäre das, was wir bei ihrer Geburt gemacht haben, was Schmutziges. Daß wir sie damals gerettet haben, sie und mich. Das war die einzige Möglichkeit. Aber für sie kann es schrecklich sein, wenn sie es erfährt. Daß Gerhard und Margarita nicht ihre Eltern sind und Barbie nicht ihre Schwester, sondern ihre Cousine. Wenn es sie nun aus der Bahn wirft, was dann? Um sie geht es, um Ingrid, nicht um mich, nicht um uns.«

Sie redeten nächtelang darüber, ohne sich einig zu werden. Hatte sich Gerda dazu durchgerungen, nach Madrid zu fliegen und Ingrid alles zu offenbaren, war Herbert strikt dagegen, und plädierte Herbert dafür, »dieser Komödie« endlich ein Ende zu machen, kam postwendend Gerdas »auf keinen Fall«. Und eine Komödie sei es nicht, höchstens eine Tragikomödie, eher aber ein Drama. Eines Abends rief Gerda: »Ich will davon nichts mehr hören!«, und sie kamen überein, daß derjenige eine Mark Strafe in die Sparbüchse zu werfen hatte, der anfing, über den Flug nach Madrid zu reden. Ansonsten hieß es: »Kommt Zeit, kommt Rat.«

Das Jahr 1955 ging zu Ende, ohne daß sie zu einem Entschluß gekommen wären, sosehr Edda Bollberg auch drängte. Aber die kleinste Kleinigkeit reichte jetzt, um Gerdas Gefühlsleben durcheinanderzubringen, und einmal erlitt sie im Kino sogar einen Nervenzusammenbruch und mußte eine Nacht im Krankenhaus verbringen. Man hatte Fontanes *Effie Briest* verfilmt und den Film *Rosen im Herbst* genannt. Mit Ruth Leuwerik in der Hauptrolle. Eine Frau, die dahinsiecht, weil sie ihr Kind nicht um sich haben kann.

Weihnachten war Gerda aber wieder auf dem Damm und bewältigte den Festtagstrubel so wie immer. Heiligabend kam ihre Mutter zu ihnen in die Afrikanische Straße, am ersten Feiertag fuhren sie alle zu ihrer Schwester nach Wittenau, wo es einen schönen Gänsebraten gab, und am zweiten Feiertag gingen sie zur »Wiener Eisrevue« in den Sportpalast. Silvester wurde dann wieder einmal in Neukölln bei den Matuschewskis gefeiert.

Als sie dort ankamen, war die Stimmung alles andere als überbordend vor Fröhlichkeit, denn es hatte vorher einen heftigen Streit gegeben. Manfred war ja nun in der zwölften Klasse und dem Abitur nicht mehr allzu fern, wußte aber nicht so recht, was er hinterher machen wollte

»Er könnte ja auch studieren«, sagte Otto Matuschewski, »aber er weiß nicht, was. Am liebsten wäre mir ja, er würde bei der Post anfangen und mal Oberpostrat werden, aber da stellt er sich quer.«

»Und zur AOK gehen will er auch nicht«, klagte Margot.

»Dann geh doch zu Siemens«, sagte Herbert. »Der Onkel deiner Mutter ist doch dort Oberingenieur.«

Gemeint war Onkel Erich. Der wurde in der Familie überaus geschätzt und galt, zumal er sich »Oberbeamter« nennen durfte, der Jugend als leuchtendes Vorbild. »Wenn sie dich da nehmen, dann kannst du froh und glücklich sein.«

»Bin ich aber nicht!« Manfred zog sich schimpfend in sein Zimmer zurück, um für Mathe zu lernen. Da war er, auch ansonsten nur ein mittelmäßiger Schüler, ganz besonders schwach auf der Brust.

»Wenn der so weitermacht, fällt er durchs Abitur und muß noch ein Jahr länger zur Schule gehen«, sagte Margot Matuschewski.

»Hör auf zu unken!« rief Otto.

»Er hat doch nur seinen Sport im Sinn.« Margot war auf ihren Sohn derzeit nicht gut zu sprechen. »Aber so ist es nun mal: Kleine Kinder, kleine Sorgen – große Kinder, große Sorgen.« Dann sah sie Gerda und Herbert an. »Seid ihr bloß froh, daß ihr keine Kinder habt!«

Gerda ging auf den Balkon hinaus, um eine von Herberts Zigaretten zu rauchen. Heute mußte es mal sein. Und trotz Cognac und Sekt wollte nachher bei allen Vieren keine rechte Stimmung aufkommen.

»Das neue Jahr fängt ja gut an«, sagte Gerda zu Herbert, als sie eine Stunde nach Mitternacht in der Taxe saßen und nach Hause fuhren.

Am Neujahrstag kam dann Edda Bollberg zum Essen, schenkte Gerda einen schönen Glückskleetopf mit goldenem Schweinchen und schwarzem Schornsteinfeger und wünschte ihr »Allet Liebe und Jute für die nächsten 366 Tage«. 1956 war ja ein Schaltjahr. »Und im Mai jeht'et jemeinsam nach Madrid. Da kannste dir auf'n Kopp stellen, da kommste mit. Herbert natürlich ooch.« Sie ließ nicht mehr locker.

»Ich erbitte mir Bedenkzeit«, sagte Gerda. Das war eine stehende Wendung aus einer Fernsehsendung mit Heinz Maegerlein.

Edda Bollberg kam immer wieder auf Madrid zurück, war sie doch der festen Ansicht, Gerda und Herbert etwas Gutes zu tun. Sie wußte, daß die beiden jeden Pfennig auf die hohe Kante legten und für ein Auto sparten, vielleicht auch noch auf ein kleines Häuschen im Grünen. Das ging so weit, daß Gerda in den Geruch kam, ein bißchen »knickrig« zu sein, und Edda hatte auch schon einmal ausgerufen: »Die scheißt ja auf'n Pfennig!« Und so beschloß Edda Bollberg, Nägel mit Köpfen zu machen und Gerda ganz einfach zum Geburtstag am 16. Januar das Flugtikket nach Madrid zu schenken. »Für dich und eine Begleitperson. Von Jründonnerstag bis Ostamontach.«

Da gab es für Gerda und Herbert kein Zurück mehr. »Wenn das Schicksal es so will ...«, sagte Gerda und kaufte sich gleich ein neues Kostüm. In der Folgezeit schaffte sie es, sich mit allem abzufinden. Wie vor einer Operation, die sein mußte. »Alles kommt ja doch, wie es kommen muß.« Sie machte Überstunden im Büro, und es gelang ihr auch, das Thema Madrid und Ingrid so ziemlich auszublenden. Es war nicht mehr wichtiger als jedes Handballspiel. Im Laufe des Februars kaufte sie sich sogar ziemlich emotionslos einen Reiseführer Spanien und lernte mit Margot Matuschewskis Hilfe ein paar Brocken Spanisch. Die Freundin hatte auf der Höheren Handelsschule etwas Spanisch gehabt. Zwar hatte Gerhard aus Madrid geschrieben, Ingrid könne ausreichend Deutsch und Margarita auch ein bißchen, aber es machte ja doch einen besseren Eindruck, wenn sie sich ein wenig in der Landessprache verständigen konnte.

Es lief also alles bestens an, und erst eine unbedachte Äußerung Manfred Matuschewskis sorgte wieder für dunkle Wolken am Horizont. Der wollte, als seine Eltern mit Gerda und Herbert in Neukölln Karten spielten, nur schnell »Gute Nacht« sagen, fügte aber im Hinausgehen noch scherzend hinzu: »Na dann, wenn wir uns vorher nicht mehr sehen sollten: Viel Spaß bei Franco und seinen Faschisten.«

Da kamen Gerda nun doch wieder starke Bedenken. Aber sie wehrte sich dagegen, alles umzustoßen. »Das dauernde Hin und Her ist ja fürchterlich.«

Otto Matuschewski grinste. »Manchmal kann es auch recht lustvoll sein.«

Herbert hob sein Glas. »Auf das dauernde Hin und Her – und das es noch lange dauert, bis es nicht mehr geht.«

»Der Mann nimmt seine Potenz mit ins Grab«, sagte Margot Matuschewski.

»Aber da hat er dann nicht mehr ganz so viel davon.«

Als sie dann zu Hause waren, nutzte Herbert die Chance, die er als Lebender in dieser Hinsicht noch hatte, und als sie danach still nebeneinanderlagen, fühlte sich Gerda glücklich wie selten seit 1945. Alles würde gut werden.

Doch mit des Geschickes Mächten ... Als Gerda am Wochenende vor Ostern beim Kofferpacken war, litt sie schon unter einer mächtigen Erkältung. Begonnen hatte es mit einem unangenehmen Kratzen im Hals, dann war ihr die Nase gelaufen, und sie hatte so heftig genießt, daß, so Herbert, die Wände wackelten. Am Montag hatte sie fürchterlich zu husten begonnen, und am Dienstag war schnell steigendes Fieber hinzugekommen. Die Nacht über hustete sie sich die Lunge aus dem Hals, und als Herbert am Mittwoch den Hausarzt kommen ließ, horchte er Gerda nur kurz ab und sagte dann: »Verdacht auf Lungenentzündung. Ab ins Krankenhaus.«

»Wir müssen unbedingt nach Spanien fliegen, Herr Doktor.«

»Das kann ich unmöglich verantworten.«

Herbert sah ihn bittend an. »Und wenn Sie ihr ganz starke Medikamente geben?«

»Wollen Sie zusammen mit Ihrer Frau alt werden – oder nächste Woche Witwer sein?«

Damit war die Sache entschieden, und Edda Bollberg mußte allein ins Flugzeug steigen. Gerda dagegen lag über Ostern im Rudolf-Virchow-Krankenhaus und mußte anschließend zur Kur nach Hohengatow. Erst am Dienstag nach Pfingsten konnte sie wieder arbeiten. Sie nahm alles mit stoischer Ruhe und wiederholte, obwohl sie eher Atheistin war, immer wieder einen Satz von Otto Matuschewski: »Wir leben in einem christlichen Land, und der Herr wird sich schon etwas dabei gedacht haben, was auch immer.« Ja, es hatte eben so sein sollen.

Als Edda Bollberg sich mit ihrer Conchita zerstritten hatte und Mitte August nach Berlin zurückkam, galt ihr erster Besuch ihrer Freundin Gerda in der Afrikanischen Straße.

»Du, ick hab 'ne frohe Botschaft für dich: Die Madrider kommen Ende November für 'ne Woche nach Berlin. Uff meine Kosten, denn det Jeld für eure Flüge hab ick ja jespart.«

Gerda registrierte es mit großer Freude. Hier in Berlin, wo sie ein Heimspiel hatte, fühlte sie sich dem Ganzen viel eher gewachsen. Man würde sehen, was passierte … Und bis Ende November war es ja auch noch lange hin.

Zuerst einmal verreisten sie. Natürlich wieder nach Farchant, und zwar, ebenso selbstverständlich, wieder mit den Matuschewskis zusammen. Gott sei Dank nur mit Margot und Otto, denn deren hoffnungsvoller Sprößling hatte keine Schulferien mehr.

Der September begann mit einer Filmpremiere, die in Berlin keinen unberührt ließ: *Der Hauptmann von Köpenick* mit Heinz Rühmann als Schuster Voigt. Bei der Premiere im Gloria-Palast hatten die Berliner vor Begeisterung Heinz Rühmann immer wieder vor den Vorhang gerufen, und am nächsten Tag überschlug sich auch die Presse: »Helmut Käutner hat Rühmann die schönste und ausgefüllteste Rolle seines bisherigen künstlerischen Lebens gegeben, und für sich hat er – hoffentlich unzerstörbar – den Ruf gefestigt, einer der besten deutschen Regisseure zu sein; wenn nicht überhaupt unser bester.« Auch Gerda war sehr angetan und verzieh Rühmann, daß er sich in der Nazizeit ihrer Meinung nach nicht so ganz heldenhaft verhalten hatte; Herbert hingegen meinte, daß ihm Rühmann nur einmal hundertprozentig gefallen habe: in der *Feuerzangenbowle*. Wie auch immer, es verging keine Woche, in der Gerda nicht im Kino saß. Eine bessere Ablenkung gab es für sie nicht. Besonders gefiel ihr *Die Rosel vom Schwarzwald*, weil sie Hertha Stahl, der Hauptdarstellerin, zum Verwechseln ähnlich sah. Richtig hingerissen war sie auch von O. W. Fischer als Dr. Struensee in *Herrscher ohne Krone*, von Kuli, von Hans Joachim Kulenkampff also, in seinem neuen Fernsehquiz *Zwei auf einem Pferd* und von Otto Ziege, dem blonden Berliner Jungen, der die Massen im Berliner Sportpalast »Otto – Otto – Otto!« schreien ließ. Herbert hatte sie überredet, mit Konstantin und ihm zum 43. Berliner Sechstagerennen zu gehen. »Vielleicht wählen sie dich zur ›Miß Heuboden‹.«

Edda Bollberg rief an und sagte, daß die Spanier nun definitiv am 24. November kommen würden, an einem Sonnabend.

Gerda geriet nun doch ein wenig in Panik. »Das ist ja nur noch fünf Wochen hin, und wir wollen das Wohnzimmer noch machen lassen und neue Möbel kaufen. Unsere Couch ist ja schon so durchgesessen.«

Auch elf Jahre nach Kriegsende war es für Gerda und Herbert noch immer ein besonderes Ereignis, »groß einkaufen zu gehen«. Unvergessen waren die Zeiten der leeren Schaufenster und der Bezugsscheine. Und als es noch alles gegeben hatte, vor dem Krieg, da waren ihre Gehälter zu kärglich gewesen, um große Sprünge zu machen. Nun aber konnten sie sich so manches leisten, von dem sie vorher nur geträumt hatten. Und es ging ja immer weiter aufwärts. Eines Tages würde es auch noch zum Auto und dann zum eigenen Häuschen reichen. »Das haben wir uns ja auch redlich verdient, nach alldem, was wir durchmachen mußten«, sagte Gerda.

Eigentlich wäre Gerda gern ins KaDeWe gegangen, denn dort etwas »käuflich zu erwerben« galt bei ihren Kollegen und Freundschaften als der Inbegriff des gelungenen Aufstiegs: Hurra, wir haben es geschafft, wir sind was Besseres! Aber für das Kaufhaus des Westens reichte das, was Herbert auf dem Konto »Wohnzimmer neu« an Rückstellungen gebildet hatte, bei weitem nicht. »Der Nordberliner kauft in der Müller- oder in der Badstraße«, sagte Herbert deswegen. »Wir haben auch unseren Stolz.«

Die Polsterecke, die sie bei sich in Wedding kauften, sah dann auch nicht unbedingt so aus, als stammte sie aus einer der vielgerühmten skandinavischen Möbelkollektionen. Sie bestand aus zwei unterschiedlich langen Seiten- und einem Eckteil und war so hochbeinig, daß Herbert meinte, man könnte ohne weiteres eine Leiche unter ihr verstecken. Gerda fand das aber sehr praktisch. »Da kommt man wenigstens ohne Verrenkungen mit dem Aufwischlappen drunter.« Der rauhe Stoff war von der etwas ungewissen Farbe einer Muskatnuß, was ebenfalls sehr vorteilhaft war. »Da sieht man nicht gleich jeden Fleck drauf.«

Die große Frage war nun, ob ein eckiger Couchtisch oder ein Nierentisch besser passen würde. Gerda war für die erste Lösung. »Margot hat einen, der sich hochdrehen läßt, an dem kann man dann besser essen.« Herbert plädierte für einen Nierentisch und einen gesonderten Eßtisch in der anderen Ecke des Zimmers. »Obwohl es dann ein bißchen eng wird bei uns. Aber wenn die Spanier kommen, soll es doch ein bißchen modern bei uns sein.« Gerda mußte dem schließlich zustimmen.

Ihr neuer Teppich sah aus wie ein echter Perser, kam aber aus einer Fabrik in Spandau. Hauptsache, er war schön flauschig, denn Herbert liebte es, auf dem Boden zu liegen und Zeitung zu lesen.

Was die Beleuchtungskörper anging, so kauften sie sich eine

Wandleuchte mit verstellbarer Messinghalterung für die beiden Glühbirnen und ihre schwarze beziehungsweise rote Fassung und eine neunarmige Deckenlampe aus Messing mit stilisierten Blumen aus Kunststoff. Da Herbert aber zwei »linke Hände« hatte und handwerklich völlig unbegabt war, mußte nachher Otto Matuschewski kommen und sie anschließen.

Auch ein neuer Wohnzimmerschrank sollte es sein, denn ihre Anrichte stammte noch von Gerdas Großmutter väterlicherseits, und Herbert meinte schon lange, man sollte sie dem Deutschen Möbelmuseum überlassen. Weil die Matuschewskis das auch so hatten, wollte Gerda unbedingt dunkle Anbaumöbel haben. Doch Herbert war dagegen. »Wenn wir wirklich mal ein Eigenheim haben, dann ist das doch viel zu wuchtig für die kleinen Räume.« Also beließ man es bei einem ganz normalen Schrank, Nußbaum poliert, oben mit Glas, unten mit zwei Türen und einem offenen Mittelstück für Schalen, Nippes und alle möglichen Mitbringsel.

Gerdas größter Wunsch war seit langem eine Musiktruhe. Ausgiebig sahen sie sich in der Müllerstraße um, dann fuhren sie zu Radio Bré am Sportpalast und kauften sich die Siemens-Stereo-Musiktruhe STR19. Wie liebte sie das neue Möbelstück mit seinen Goldbordüren, den Plastik-Tastaturen aus gelblichweißer Elfenbeinimitation und dem Brokat vor den Lautsprechern! Mit goldenen Fäden war er durchwirkt. Sie fühlte sich reich wie eine Großgrundbesitzerin.

Doch gleich nach Hause mitnehmen konnten sie all ihre Prachtstücke nicht, denn zum einen gab es Lieferfristen, und zum anderen mußte das Wohnzimmer ja erst »gemacht« werden.

Als es darum ging, eine Malerfirma anzurufen, wollte Gerda nicht so recht zum Hörer greifen. »Ich will keinen fremden Menschen bei mir in der Wohnung haben. Wenn wir beide arbeiten sind, wühlt der dann alles durch.« Außerdem kostete das eine Menge Geld. »Wenn wir mal Otto fragen ...?«

Herbert winkte ab. »Der ist schwerbeschädigt – und wenn er uns hier von der Leiter fällt, dann ...«

»Er kann ja Manfred mitbringen.«

Und die Matuschewskis sagten ja. Was blieb ihnen auch anderes übrig?

Der Ablauf war vorgegeben: »Freitag abend wird das Zimmer ausgeräumt und die Decke abgewaschen, Sonnabend wird selbige geweißt, und Sonntag wird Tapete geklebt. Aber die müßt ihr euch schon selber aussuchen.«

Das taten sie dann auch, wobei die Beratung im Laden so lange dauerte, daß der Verkäufer anmerkte, er habe Angst, sie würden noch Wurzeln schlagen. Obwohl Gerda das unverschämt fand, ging sie nicht, denn woanders war die Rolle zwanzig Pfennige teurer. Herbert hätte gern ein abstraktes Muster gehabt, am liebsten bordeauxrot mit dunklen Verschlingungen, während Gerda auf hellen Untergrund und Blümchen bestand. Schließlich einigten sie sich auf ein freundliches Graugrün mit aufgedruckten Bambusgräsern. Die Matuschewskis hatten eine Tapete, die so ähnlich aussah, und Gerda war begeistert davon.

Herbert maulte ein wenig. »Wir müssen doch nicht unbedingt dasselbe haben wie die.«

»Mit den Augen darf man stehlen«, sagte Gerda.

Nun mußten die Arbeitskräfte anrücken. Zum Abtransport der alten Möbel und des verschlissenen Teppichs hatte Edda Bollberg ihren Lieferwagen zur Verfügung gestellt. Bekommen sollte das alles ein Flüchtlingsheim. »Fahr'n tu ick et ooch hin«, sagte sie, »aba det Zeuch runtatragen, det mach' ick nich', wegen mei'm Rücken, da müßta euch 'n andern für suchen.« So hatte Manfred Matuschewski seinen Schulfreund Dirk Kollmannsperger mitgebracht.

Den beiden Achtzehnjährigen gelang es dann auch mühelos, die Anrichte so geschickt nach unten zu tragen, daß sie sich auf dem Weg vom erstem Stock zum Parterre zwischen Wand, Decke und Geländer rettungslos verkeilte. Nichts ging mehr. Die ersten Mieterinnen und Mieter kamen und schimpften.

»Wenn es jetzt brennt, dann kann hier keiner raus, und wir kommen alle um!« rief Frau Rastemborski, schon leicht in Panik.

»Ja, Entschuldigung, es ist fürwahr nicht schön, was wir da angerichtet haben«, sagte Manfred Matuschewski.

»Es war ja auch eine Anrichte«, fügte sein Freund entschuldigend hinzu. »Wäre es eine Couch gewesen, hätten wir uns auf den Tschuk-Effekt verlassen können, denn Kautschuk gehört ja zu den sehr biegsamen Materialien.«

»Von wessen Samen sprichst du da?« fragte Manfred Matuschewski. »Vom Biegsamen. Was ist das: ein Bieg? Du meinst sicher einen Beagle.«

»Nein, ein Biegeleisen. Aber wenn wir die Anrichte auch dreist biegeln – sie läuft nicht ein.«

»Räumen Sie das Ding da aus dem Weg!« schrie Frau Rastemborski. »Sonst hole ich die Polizei.«

»Wahrscheinlich müssen wir erst einen Fuß absägen«, sagte Manfred.

»Aber nicht meinen!« schrie Dirk Kollmannsperger.

»Doch deinen, der ist länger als meiner.«

»Daß deiner länger ist als meiner, wage ich ja auch noch zu bestreiten. Holen wir mal ein Gutachten ein, am besten von Henriette Trettin.« Das war die Traumfrau ihrer Klasse.

»Nicht hier bei mir im Treppenhaus!« rief Gerda von oben. Sie fürchtete ein wenig um ihren guten Ruf. Zumal die Rastemborski alles hörte.

»Das Bein muß ab!« Manfred blieb bei seiner Diagnose. »Herbert, hast du einen Hammer?«

»Wie redest du denn mit deinem Onkel!« empörte sich Dirk Kollmannsperger.

Da Herbert weder Hammer noch Säge im Hause hatte, mußte erst der Hausmeister angerufen werden. Mit dessen Hilfe gelang dann schließlich der Möbeltransport, und Edda Bollberg konnte sich endlich in Bewegung setzten. Dirk Kollmannsperger nahm sie gleich mit. »Nur zum Ausladen, keene Bange, junger Mann.«

Manfred stieg nun auf die Leiter, um mit einem dicken Schwabbel die alte Schlämmkreide von der Decke zu waschen. Das war die größte Drecksarbeit. Das übrige schafften sie ohne besondere Vorkommnisse.

Sonntagabend um 18 Uhr war es dann soweit. Otto und Manfred stellten sich in Positur. »Genossin Neutig, Brigade Matuschewski meldet: Plan pünktlich erfüllt.«

Gerda und Herbert dankten ihnen. Otto bekam eine Flasche Asbach Uralt geschenkt und Manfred ein Buch: *Bonjour Tristesse* von Françoise Sagan.

Alles war nun bestens, aber Gerdas Glück war erst vollkommen, als ihre Verwandten und ihre Freundschaften von Edda Bollberg über Werner Seifert bis hin zu den Matuschewskis gekommen waren und alles gebührend bewundert hatten. Ohne den Beifall der anderen zählte alles nichts.

»Nun können die Spanier kommen«, sagte Herbert. »Wir sind bereit, allzeit bereit.« Auch bei West-Berlinern war es zur lieben Gewohnheit geworden, bestimmte Floskeln aus dem Osten in die Alltagsdialoge einzubauen, hier aus dem Jargon der Jungen Pioniere. Herbert hatte es von seinem Neffen Konstantin übernommen, der vor jeder Schulstunde dem Lehrer zu melden hatte: »Klasse 3a zum Unterricht bereit.« Zum Pioniergruß gehörte die Parole »Für Frieden und Sozialismus – seid bereit«, und die Pioniere hatten zu antworten: »Immer bereit!«

Der 24. November kam näher und näher, und Gerda Neutig glaubte öfter, alles nur zu träumen. Daß sie damals im März 1940 ein Kind zur Welt gebracht hatte, daß ihr Schwager ihre Ingrid als seine eigene Tochter ausgegeben und nach Spanien gebracht hatte, daß Ingrid bis heute nicht erfahren hatte, wer sie wirklich gezeugt hatte und in wessen Leib sie herangewachsen war. Unmöglich, daß das alles wahr sein sollte. »So was gibt's doch nur im Roman.« Herbert hielt ihr entgegen, daß in diesen wirren Zeiten doch jedes Leben ein Roman sei.

»Ingrid – die gibt es doch gar nicht.« Immer wieder hielt sie die Tochter nur für die Ausgeburt ihrer Phantasie, für eine Folge ihres Kinderwunsches. In Wirklichkeit gab es gar keine Ingrid Neutig, geboren am 14. März 1940 in Ringsleben/Brandenburg, wohnhaft in Madrid, Calle Diego de León 83.

Gerda trieb dahin, lebte ständig wie in Trance und machte so viele Tippfehler, daß Werner Seifert mehrfach fragte, ob sie krank sei. »Du bist so abwesend heute, was ist denn los mit dir?« Immer wieder hörte sie das. Von vielen. Und einmal war sie derart durcheinander, daß sie Dorothee Rethmann eine Antwort gab, die in die Annalen der Neutigs eingehen sollte: »Ich warte auf die Niederkunft meiner Nichte.« Niederkunft statt Ankunft. Zum Glück war die Kollegin alles andere als hellhörig, und daß eine Nichte ein Kind bekam, war ja nichts Besonderes.

In der Nacht vor dem 24. November tat Gerda etwas, was sie seit den Tagen der Bombenangriffe nicht mehr getan hatte: Sie nahm ein Schlafmittel. Aus der Angst heraus, die ganze Nacht über kein Auge zuzumachen und dann bei der Ankunft der Spanier zu durchgedreht zu sein, um sich unter Kontrolle zu haben, sich im Sturm der Gefühle nicht doch zu verplappern.

Einen Direktflug Madrid–Berlin gab es nicht, die Verwandten kamen mit der PanAm von Frankfurt. Die planmäßige Ankunft war 16 Uhr 40. Schon eine Dreiviertelstunde vorher stand sie mit Herbert in der Halle, beeindruckt vom Hauch der großen, weiten Welt. Sie kam sich vor wie eine Schauspielerin, die in der entscheidenden Szene vor die Kamera trat. Höchste Konzentration. *Meine Tochter aus Madrid*. Sechzehn, die Erste. »Bitte, Frau Neutig!« Wie spielte man eine Mutter, die ihr Kind kurz nach der Geburt weggegeben hatte und es nun wiedersah, da es bald siebzehn wurde? Sie sprach mit Herbert darüber. »Wenn du der Regisseur wärst, was würdest du mir sagen?«

Herbert überlegte. »Man muß dir ansehen, wie aufgewühlt du bist, gleichzeitig aber mußt du eiskalt und beherrscht wirken.«

»Und wie soll ich das aushalten?«

»Indem du dir immer wieder klarmachst, daß das alles nur ein Film ist und nicht die Wirklichkeit.«

»Es ist aber die Wirklichkeit.«

»Das mußt du dir aus dem Kopf schlagen. Wir sind ab jetzt alle nur noch Spieler.«

»Aber es ist unser Kind!«

»Bitte, hör auf zu weinen.«

»Besser ich weine jetzt, als wenn Ingrid wirklich da ist.«

»Komm, trinken wir noch einen Kaffee.« Herbert nahm sie in den Arm, so wie Humphrey Bogart eine Partnerin wie Ingrid

Bergmann in den Arm genommen hätte. Sie gingen hinauf ins Flughafen-Restaurant und bekamen nach fünf Minuten Wartezeit einen Platz am Fenster. Schweigend saßen sie da und sahen auf das Tempelhofer Feld hinaus. Am südlichen Rand zogen die Züge der S-Bahn dahin. Wie auf einer riesigen Modellbahnanlage. Alles war friedlich, alles funktionierte. Die Welt war eine einzige Idylle. Es nieselte, und längst waren die Lichter angegangen. Rot, grün, blau und gelb, wie auf einem Rummelplatz. Von Neukölln her schwebten die Maschinen heran und setzten auf, in Richtung Schöneberg hoben sie ab.

Gerda Neutig wußte nicht, ob sie träumte oder wachte. Sie war zugleich schläfrig und überwach. Gleich kam ihr großer Auftritt, und das Lampenfieber wurde immer stärker. Sie hatte eine wahnsinnige Angst davor, ihren Auftritt zu verpatzen und nicht kühl und gefaßt auf Ingrid zuzugehen, sondern sie spontan an sich zu drücken und laut und voller Inbrunst zu rufen: »Mein Kind, da bist du ja! Endlich kann ich dich in meine Arme schließen. Ich bin deine Mutter, ICH!« Das war auf alle Fälle die bessere Möglichkeit, und im Kino hätten sie alle geheult und nachher ihre Taschentücher auswringen können. Doch Herbert hatte sie immer wieder gewarnt: »Wenn wir unser Kind wirklich lieben, dann halten wir den Mund.« Außerdem hatten sie mit Gerhard und Margarita am Telefon vereinbart, nichts zu verraten und auf keinen Fall am Status quo zu rütteln. Herbert hatte auch auf das Stück von Bertolt Brecht verwiesen, den *Kaukasischen Kreidekreis*, wo zwei Mütter an einem Kind zerrten und der Richter es dann der Frau zusprach, die zuerst losgelassen hatte, um dem Kind das Schicksal zu ersparen, zerrissen zu werden. Auch in der Bibel sollte es so stehen, in den Büchern über König Salomo. Sie hatten nachsehen wollen, es aber wieder vergessen.

»Das muß die Maschine aus Frankfurt sein«, sagte Herbert.

»Da sitzen sie nun drin ...« Gerda sah Ingrid zwischen ihrem Schwager und ihrer Schwägerin. Barbie, deren »echte« Tochter, hatte wegen einer wichtigen Prüfung zu Hause bleiben müssen. So kamen »die Spanier« nur zu dritt.

Herbert bezahlte schnell, wollte aber noch nicht nach unten

eilen, sondern hier oben warten und zusehen, wie sie aus der Maschine stiegen. Die Tür war schon geöffnet worden, jetzt rollte die Treppe heran. Die Stewardeß erschien auf der Plattform. Jede Sekunde konnten die ersten Passagiere auftauchen. Gerda umklammerte ihre Knie, so sehr zitterten ihr die Hände. Sie hatte Angst, daß ihre Kräfte versagten und sie in Ohnmacht fiel. Warum das alles?! Sie wünschte sich ins Bett, an ihren Schreibtisch, auf den Tennisplatz – nur weg von hier. *Wenn doch bloß alles erst vorbei wäre!* Immer wieder schoß ihr das durch den Kopf. Sie stand auf, um sich an Herbert festzuhalten. Auch dessen Herz schlug nun wie wild, das spürte sie noch durch Mantel und Anzug hindurch.

Ein Fluggast nach dem anderen kam mit steifen Trippelschritten die Gangway herab. Gerda zählte sie laut. »Zehn, elf, zwölf ...« Stille ertrug sie nicht mehr. *Lieber Gott, laß sie nicht drin sein.* Es war wie ein Reflex, er ließ sich nicht unterdrükken. Es war keine Stimme, die so zu ihr sprach, es war mehr ein lautloses Denken. Und je stärker sie dagegen ankämpfte, desto intensiver wurde es. Zugleich kam die Gegenbewegung. »Doch, doch, doch!« hämmerte es zwischen ihren Schläfen. Der Schädel schien ihr zu platzen.

»Da sind sie!« rief Herbert.

Nun entdeckte Gerda sie auch. Sie hatte ihren Schwager und ihre Schwägerin 1940 zum letzten Mal gesehen. Gerhard war groß und korpulent und sah Herbert ziemlich ähnlich. Margarita war zwei Köpfe kleiner als er und kugelrund. »Guck mal – wie ich, wie Cäsar!« rief Gerda. Dahinter kam ein junges Mädchen, hoch aufgeschossen, fast zwei Köpfe größer als Margarita. Das mußte von der Erbmasse der Neutigs herrühren. Edeltraut war ja auch eine lange Bohnenstange. Das Glück für Gerda war, daß sie und Margarita in etwa dieselbe Figur und Körpergröße hatten. Die unterschiedliche Haarfarbe, bei der Schwägerin schwarz und bei ihr irgendwas zwischen hell- und dunkelblond, spielte keine Rolle, da schöpfte keiner Verdacht.

Sie liefen die Treppe hinunter in die Ankunftshalle und stellten sich vor die Barriere mit der Paß- und Zollkontrolle. Gerda verlor jedes Gefühl für Zeit und Ort. Die Minuten verdichteten sich zu Sekunden, die Welt schrumpfte zusammen auf ein paar Kubikmeter Flughafenhalle. Alles geschah, ohne daß ihr bewußt wurde, was da geschah. Sie war Teil eines mählich dahinfließenden Stromes. Hinterher sollte sie sich an nichts mehr erinnern können. Daß sie erst ihren Schwager umarmte, dann ihre Schwägerin, Ingrid aber lediglich mit einem Handschlag begrüßte und ihre Körpersprache nur eines ausdrückte: »Komm mir bloß nicht zu nahe.«

»Guten Tag, Tante Gerda«, sagte Ingrid in fast akzentfreiem Deutsch.

»Guten Tag, Fräulein Nichte«, war Gerdas Antwort. Nicht einmal den Namen Ingrid brachte sie über die Lippen. Sich nur nicht versprechen und »Meine Tochter!« rufen. Ganz förmlich bleiben! Sie befahl es sich immer wieder.

Das ist nun dein eigen Fleisch und Blut. Sie dachte es nur, aber es war ihr, als ob sie es hörte.

Insgeheim hatte sie gehofft, daß Ingrid dem Spuk ein Ende machen und ihr um den Hals fallen würde. »Mutti! Meine geliebte echte Mutter! Jetzt hab' ich dich endlich wiedergefunden!« In den Heftromanen, die Gerda ab und an im Urlaub las, war das immer so. Die Stimme des Blutes.

Doch da war keine Stimme des Blutes, kein Instinkt. Ingrid schien an ihrer Tante Gerda nicht sonderlich interessiert zu sein. Etwas mürrisch schaute sie sich um, wäre wohl viel lieber nach Paris oder London geflogen und nicht in dieses armselige und noch immer zerbombte Berlin. Schön, ihr Vater war hier aufgewachsen, und sie war demnach eine halbe Deutsche, aber das war ihr eher eine Bürde. Die Deutschen, das war das Volk, das Millionen Juden umgebracht und auch ihre Verwandten verfolgt hatte. Außerdem waren sie die großen Verlierer der Weltgeschichte. Bloß gut, daß die Spanier nicht auch zu den Deutschen, den Italienern und den Japanern ins Boot geklettert waren und Krieg gegen die Amerikaner, die Engländer und die Franzosen geführt hatten. Dazu war Franco dann doch zu klug gewesen.

Das alles, glaubte Gerda, stand ihrer Tochter ins Gesicht geschrieben. In den ersten Stunden wandte sie sich ausschließlich Margarita zu und ließ Ingrid links liegen. Dann klammerte sich Ingrid an ihre Tante Marga, die etwas verspätet nach Tempelhof gekommen war. Zu Marga Kurz fühlte sie sich hingezogen. »Das klingt so wie meine Mutter: Marga und Margarita. Nur das ›rita‹ hat sie mehr als du.«

Da in der Afrikanischen Straße kein Platz war, sollten die Spanier bei Gerdas Schwester im geräumigen Reihenhaus in Wittenau wohnen. Dahin fuhren nun alle in zwei Taxen, die Herbert spendierte. Nachdem die drei ihre Koffer ausgepackt und sich frisch gemacht hatten, ging es zum Hochschulbräu an der See-, Ecke Amrumer Straße, wo Gerda einen Tisch für sechzehn Personen bestellt hatte. Für sich selber und für Herbert, für ihre Mutter, für die Familie ihrer Schwester – Marga, Karl-Heinz und Robert –, für die drei Spanier – Gerhard, Margarita und Ingrid – und für die Ost-Berliner – Kurt und Käthe mit Gisela, Edeltraut, Barbara, Konstantin und Eckhard.

Alles, was Gerda tat, geschah völlig automatisch. Sie kam sich wie ein ferngesteuerter Roboter vor, und der war so eingerichtet, daß er immer, wenn er Ingrid zu nahe kam, schnell einen Schlenker machte oder gar den Rückwärtsgang einschaltete. Klar, alle anderen kannte sie genau, war ihnen schon x-mal in ihrem Leben begegnet, auch Margarita hatte sie 1940 einige Male gesehen und damals viel mit ihr geredet, in Gerhards Abwesenheit immer mit Händen und Füßen, nur mit Ingrid hatte sie vor dem 24. November 1956 kein Wort gewechselt. Sie war ja nach der Geburt kaum wieder richtig zur Besinnung gekommen, da hatten Gerhard und Margarita das Baby schon genommen und waren mit ihm zum Bahnhof gefahren. Ganze drei Tage hatte sie die Kleine gehabt. Jede weitere Stunde hätte das Risiko erhöht. Und zwischen dem kleinen Bündel Leben von damals und der hochgewachsenen Sechzehnjährigen von heute konnte Gerda keinerlei Zusammenhang erkennen. Mit einem Wort: Ingrid war ihr furchtbar fremd. Und Gerda fand, daß Edeltraut und Barbara, ihre Nichten, viel mehr Ähnlichkeit mit ihr hatten als ihre Tochter. Nicht nur, was Sprache, Kleidung, Mimik und Gestik betraf, da waren sie eben typische Berliner Mädchen, sondern auch vom Aussehen her: dieselben Augen, dieselben Backenknochen, dieselben Lippen. Das lag wohl daran, daß Edeltraut und Barbara nicht nach den Neutigs kamen, sondern mehr nach ihrer Mutter, während Ingrid eine echte Neutig war.

Und wenn sich Gerda wirklich überwand und mit Ingrid sprach, dann war der anzusehen, daß sie Angst vor ihr hatte und ihr aus dem Weg gehen wollte.

»Na, Ingrid, wie gefällt es dir in Berlin?«

»Gut.«

»So viele neue Verwandte ... Hast du dir denn die Namen schon alle eingeprägt?«

»Ja.«

»Hast du dir denn schon immer gewünscht, mal nach Berlin zu kommen?«

»Ach ...«

»Dein Vater ist ja geborener Berliner ...« Gerda reizte es schon, ein wenig mit dem Feuer zu spielen.

»Ja, aber jetzt ist er Spanier.«

»Aber zu Hause sprecht ihr noch ab und an Deutsch?«

»Ich muß es lernen.«

»Du willst es gar nicht ...?«

»Lieber Französisch.«

Der Dialog wurde immer mühsamer, und Gerda litt darunter. »Deine Cousinen und Cousins gefallen dir aber?«

»Ja.«

Ist das ein blödes Gör. Gerda mußte das immer wieder denken, obwohl sie verzweifelt dagegen ankämpfte. *Sie ist deine Tochter, dein eigen Fleisch und Blut.* Und irgendwie verspürte sie den Impuls, dieser arroganten höheren Tochter ins Gesicht zu schleudern, daß sie hier nicht mit einer x-beliebigen alten Tante sprach, sondern mit ihrer Mutter. *Also, sei gefälligst ein bißchen freundlicher zu mir!* Natürlich tat sie es nicht, sondern quälte sich weiter mit Ingrid herum.

»Weißt du denn schon, was du morgen machen willst? Auf was freust du dich denn am meisten in Berlin?«

»Ich weiß nicht …«

Ich könnte dir rechts und links eine runterhauen! Gerda konnte sich nur mühsam beherrschen, aber wahrscheinlich hätte sie doch in den nächsten Sekunden die Contenance verloren, wenn nicht Cäsar mit dem Messer gegen ihr Glas geklopft hätte, um eine kleine Rede zu halten. Also ging sie zu ihrem Platz und setzte sich, drei Stühle von Ingrid entfernt.

»Ihr Lieben aus aller Welt«, begann Gerdas Mutter. »Herzlich willkommen bei uns in Berlin. Die ganze Familie ist ja nun beisammen … Bis auf Barbie. Aber die war ja als einzige vorher noch nie in Berlin. Und Ingrid ja auch noch nicht, natürlich. Verzeihung. Ja … Da sind wir nun alle, gesund und munter. Den Krieg und die Nazis haben wir überlebt, was ja schon eine großartige Leistung ist. Daß wir alle hier sitzen … ist es Zufall, ist es Gottes Wille – ich weiß es nicht. Aber daß es so ist, das ist doch wunderbar – oder? Also: Darauf stoßen wir nun alle an!«

Der Abend verlief so, wie Familienfeste eben verliefen, und keiner der Kellner wie der anderen Gäste im weiten Hochschulbräu ahnte etwas von dem, was Gerda und Herbert bewegte. Man trank, man lachte, man sah sich alte Fotos an.

Als Gerda dann weit nach Mitternacht nach Hause kam, war ihr regelrecht schlecht vor Müdigkeit. Unfähig, noch mit Herbert zu reden, sank sie ins Bett und war sofort eingeschlafen.

Am nächsten Morgen erwachten sie erst spät und mußten sich dann auch abhetzen, denn sie, die Spanier und Marga und ihre Familie sollten zum Frühstück zu Cäsar in die Brunnenstraße kommen. Dazu kam Edda Bollberg, die Kurt und die Seinen in Madrid besucht und deren Berlinbesuch ja eingefädelt und finanziert hatte. »Pünktlich zehn Uhr. Wer zu spät kommt, wird enterbt.«

Erst auf dem Weg zur U-Bahn kam Gerda dazu, mit Herbert über Ingrid zu reden.

»Und?« fragte sie, wissend, daß in diesem einen Wort ein ganzer Kosmos voller Antworten steckte.

Herbert brachte es dennoch auf den Punkt. »Nichts.« Damit meinte er, daß es auch bei ihm keine besonders heftige Reaktion gegeben hatte. »So hätte ich mir meine Tochter niemals vorgestellt. Trotz der Bilder, die sie uns aus Madrid geschickt haben. Das ist ein völlig fremder Mensch für mich. Schön, sie kommt nach meiner Mutter, aber das allein ... Die sechzehn Jahre, die wir sie nicht gehabt haben, die lassen sich nicht wiedergutmachen. Das ist nicht aufzuholen, das wächst nicht nach. Wenn du ohne Hände geboren worden bist, dann wachsen nie welche nach. Vergessen wir's, daß es eigentlich unsere Tochter ist.«

»Wie soll ich das vergessen?« Das war wie ein verzweifelter Schrei.

»Wie viele Mütter, wie viele Väter sind viel schlimmer dran als wir: Die haben ihre Kinder im Schützengraben verloren oder im Luftschutzkeller. Aber unser Kind, das ist nicht tot, das ist noch höchst lebendig. Und was sagt Otto Matuschewski immer zu seinem Sohn: ›Wachse, blühe und gedeihe!‹ Und wenn wir das unserer Ingrid beim Abflug hinterherrufen, dann ist es wohl für uns alle das beste. Und an dem Gedanken an sie, da kannst du dann dein ganzes Leben lang lutschen wie an einem Bonbon. Ingrid als Dauerlutscher ... Mehr ist dazu nicht zu sagen.«

Gerda stöhnte auf. »Wenn's man so einfach wäre ...«

Das gemeinsame Frühstück in Cäsars Wohn- und Arbeitszimmer brachte sie nicht weiter. Edda Bollberg mit ihrem Temperament beherrschte die Szene, und Ingrid wirkte schläfrig und reagierte geradezu mürrisch, als Gerdas Freundin sich näher mit ihr beschäftigen wollte.

»Na, meine Kleene, wie findeste denn deine Mischpoke hier an'a Spree?«

Ingrid sah sie nicht an, sondern suchte weiter nach einem Stück Schinken für ihre Schrippe. »Was ist das: Mischpoke?«

»Mensch, Familie, wat sonst! Deine Oma Cäcilie, deine Tante Gerda, deinen Onkel Herbert und die andan alle.«

»Die sind nicht alle hier.«

»Ick weeß, die aus'm Osten nich'. Aba die haste ja jestern schon jeseh'n. Und: Wie sind se?«

»Gut.«

»Du sprichst doch prima Deutsch, Mensch, sag doch mal wat Längeret.«

»Was soll ich denn sagen?« Ingrids Abwehr war geradezu physisch spürbar.

»Na, ob de vielleicht mal in Berlin studieren willst?«

»Nein.«

»Obwohl dein Vata hier uffjewachsen is' ...?«

»Jetzt ist er Spanier, und ich will nie weg von Madrid.«

»Wat willste denn mal werden?«

»Weiß ich noch nicht.«

Gerda stellte sich vor, dieses einsilbige und so sperrige junge Mädchen jeden Tag um sich zu haben ... Keine schöne Vorstellung. Jedes Wort mußte man ihr einzeln aus der Nase ziehen. Und jeden Tag würde sie maulen: »Ich will zurück nach Madrid.« Aber: *Sie ist meine Tochter.* Immer wieder suchte sich Gerda diese Tatsache klarzumachen und stellte sich vor, Ingrid wäre unter normalen Umständen zur Welt gekommen und in einem Berlin ohne Hitler aufgewachsen. Wie wäre sie dann? Heiter und offen und nicht so in sich gekehrt und verschlossen? Mehr Berlinerin und nicht so spanisch? Sicher. Sie wäre ein ganz anderer Mensch, *ihre* Ingrid eben und nicht die Margaritas. Das war die Wahrheit, die bittere Wahrheit. Aber Menschen konnten sich ändern, konnten sich anpassen, ganz anders werden ...

Für den Sonnabend nachmittag hatte sich Ingrid mit ihren Ost-Berliner Cousinen und Cousins verabredet. Man wollte erst von der Stalinallee zum Brandenburger Tor wandern und dann in West-Berlin ins Kino gehen. Gerdas Schwager, Karl-Heinz Kurz, hatte Ingrid mit seinem Lloyd in die Straße der Pariser Kommune gebracht. Anschließend mußte er noch ins Büro. Zum Abendessen um 19 Uhr wollte sich dann die Gesamtfamilie Neutig/Kurz in der Afrikanischen Straße zusammenfinden. Gerdas Mutter und ihre Schwester waren aber schon zum Kaffee gekommen, so daß man mit Gerhard und Margarita über die Frage sprechen konnte, die alle bewegte: »Sollen wir's nun Ingrid sagen oder nicht?«

Gerdas Mutter eröffnete die Runde. »Fange ich mal an als Alterspräsidentin. Ja, nun ... Wie man's macht, es ist immer falsch. Aber ich bin dennoch dafür, daß wir ihr sagen, wie's wirklich ist. Das Kind ist alt genug, um das alles zu verkraften.«

Marga schloß sich ihrer Mutter an. »Und die Gelegenheit ist günstig. Wer weiß, wann wir mal alle wieder beisammen sind. Wenn wir jetzt die Weichen stellen, ist Ingrid auch noch jung genug dazu. Ich meine, wenn sie lieber hier in Deutschland leben will, wird sie schnell wieder anwachsen. Alte Bäume soll man nicht verpflanzen, aber jungen tut das meistens gut.«

Da reagierte Gerhard Neutig ziemlich heftig. »Wer redet denn davon, daß sie gleich nach Berlin umziehen soll?!«

»Na, wenn schon, denn schon.«

»Quatsch. Auch wenn wir ihr sagen, wer ihre leiblichen Eltern sind, nicht Margarita und ich, sondern Gerda und Herbert, dann heißt das ja noch lange nicht, daß sie nach Deutschland kommen muß. Sie fühlt sich als Spanierin, ganz eindeutig.«

Herbert stimmte seinem Bruder grundsätzlich zu. »Klar, ich hab' sie gezeugt, und Gerda hat sie ausgetragen und zur Welt gebracht, aber als Eltern kennt sie nur euch beide. Wenn man's genau nimmt, hat sie zwei Elternpaare.«

»Dann soll sie's auch wissen!« rief Cäsar.

»Es wird sie umhauen!« hielt ihr Gerhard entgegen. »So stabil ist sie noch nicht, daß sie das verkraften kann.«

»Man muß es wenigstens probieren.«

»Und wenn sie sich dann das Leben nimmt?«

»Hör doch auf, so zu argumentieren.«

Gerdas Mutter und ihr Schwager verbissen sich nun richtig ineinander, und Herbert suchte die Diskussion wieder in ruhigere Bahnen zu lenken, indem er sagte, man müsse doch zuallererst die beiden Mütter hören.

Margarita sprach als erste, und ihr Mann übersetzte, was sie sagte. »Es wäre sehr schmerzlich für mich, wenn ich sie nun hergeben müßte, es würde mir das Herz zerreißen. Aber ich müßte damit leben, ich hatte sie nun sechzehn Jahre – und Gerda nicht einmal sechzehn Tage. Es vergeht nicht mehr viel Zeit, dann ist Ingrid erwachsen und geht ihre eigenen Wege. Fünf Jahre noch, dann ist sie aus dem Haus. Dann hat sie keiner mehr so richtig. Und wenn Gerda noch etwas von ihr haben will, dann jetzt.«

Alle schwiegen, tief beeindruckt von diesen Worten. Es war,

wie Herbert später sagen sollte, »wirklich edel gedacht«. Doch an diesem Nachmittag waren es die Väter, er und sein Bruder also, die sich gegen Margarita wandten. Das Mädchen sei so gut in der Schule und hätte glänzende berufliche Aussichten, in Berlin aber würde sie automatisch zu den Sitzenbleibern gehören. »Hier gibt es ganz andere Lehrpläne, und ihr Deutsch reicht zwar für den Hausgebrauch, aber nicht für die Oberschule.«

»Das sind doch zweierlei paar Schuhe!« rief Cäsar. »Ihr sagen, wer sie auf die Welt gebracht hat, und sie nach Deutschland holen. Das eine muß doch nicht das andere nach sich ziehen.« Sie sah ihre jüngere Tochter an. »Was sagt denn Gerda dazu, die hüllt sich in Schweigen ...«

Gerda fühlte sich wie bei einer wichtigen Prüfung, und es ging um alles oder nichts. Nun war die alles entscheidende Frage gestellt worden, und sie hatte einen absoluten Blackout. Also flüchtete sie sich erst einmal in Floskeln. »Schweigen ist Gold, und ihr habt ja schon alles gesagt, was soll ich da noch sagen?«

Ihre Mutter schnauzte sie geradezu an. »Du sollst sagen, was du selber willst.«

»Wenn ich das bloß wüßte.« Gerda war den Tränen nahe. »Einerseits will ich sie um mich haben, andererseits habe ich Angst, daß alles schiefgeht und wir ihr Leben kaputtmachen.«

»Immer dieses Sowohl-als-auch!« schimpfte Cäsar und kam ihr mit der Bibel. »Deine Rede sei Ja, ja – Nein, nein.«

»Sie weiß doch sonst immer, was sie will«, fügte Gerdas Schwester hinzu.

Margarita sagte etwas auf spanisch, und Gerhard übersetzte es mit: »Das ist doch eine Sache des Herzens, Gerda. Und wenn dein Herz ›Nein‹ sagt, dann ... Es ehrt dich, daß du so ehrlich bist.«

Cäsar schlug mit der flachen Hand auf den Tisch. »Wer ist denn hier die Älteste? Ich! Und wem verdankt Ingrid letzten Endes ihr Leben? Mir! Wenn ich Gerda nicht auf die Welt gebracht hätte, dann gäbe es auch keine Ingrid. Also! Und wir sind hier in einer Demokratie – und da wird abgestimmt. Ich bin dafür, daß wir Ingrid jetzt die Wahrheit sagen, ich als ihre Großmutter. Und

Marga und Margarita sind meiner Meinung. Drei Stimmen sind das also. Und dagegen sind bloß Gerhard und Herbert. Das sind nur zwei. Und wenn Gerda jetzt dafür ist, dann steht es vier zu zwei. Das reicht ja wohl – oder?«

Herbert widersprach ihr. »So etwas kann man doch nicht entscheiden wie in der Politik – durch Abstimmung.«

»Doch, schließlich sind wir hier der Familienrat.«

»Nein, das muß Gerda ganz allein entscheiden.«

Alle sahen Gerda an, und sie fühlte sich unendlich klein und hilflos. Sich vorzustellen, eine Tochter zu Hause zu haben und sie aufwachsen zu sehen, das war wunderbar, aber in der Realität ... Die Wohnung war ja viel zu klein, sie würden umziehen müssen. Das kostete eine Menge, alles Ersparte ging drauf. Überhaupt: Was Kinder kosteten! Sie wußte, daß ihre Freundinnen ständig stöhnten. Außerdem: War Ingrid da, konnten Herbert und sie nicht mehr machen, was sie wollten, und standen quasi immer unter Kontrolle. Vor allem aber: Ingrid war ihr doch so fremd, da war nichts von mütterlichen Gefühlen. Zugleich aber fühlte sie, was alle von ihr erwarteten – daß sie jetzt freudigen Herzens ausrief: »Ja, ich liebe meine Ingrid über alles und will sie täglich um mich haben!« Eine gute Mutter verhielt sich so und war genau so edelmütig wie Margarita eben. Was sollte sie bloß machen? Da verfiel sie in letzter Sekunde auf ein Muster, das in ihrer Gewerkschaft und in der Politik gang und gäbe war: das Abwarten.

»Ja ...«, begann sie schließlich. »Ingrid ist zwar in Berlin, das ist richtig, und wir sind auch alle beisammen, was selten vorkommt, aber trotzdem muß die Sache doch nicht hier und heute entschieden werden. Das wäre falsch. Keiner weiß, wie Ingrid wirklich reagieren wird. Erfährt sie die Wahrheit – was dann? Es kann ja sein, daß es sie umwirft und sie ins Krankenhaus muß. Auch wenn sie in Spanien bleiben will. Und kommt sie nach Berlin und erleidet hier Schiffbruch – was dann? So plädiere ich dafür, daß wir die Sache aufschieben, bis sie volljährig ist und ihren Platz im Leben gefunden hat. Meine Tochter ist und bleibt sie ja so oder so.«

Kaum hatte sie das letzte Wort gesprochen, da bereute sie schon alles, was sie eben vorgebracht hatte, und wollte nun genau das Gegenteil sagen: daß sie sich schon bald an Ingrid gewöhnen würde, daß die Liebe zwischen ihnen nur eine Sache der Zeit sei, daß sie es schon packen würden, sie beide, Ingrid und sie. Mit der Aufgabe wachsen, das konnte sie doch, das hatte sie immer wieder bewiesen. Alles erst wägen, ja, dann aber auch wagen. Doch sie sagte es nicht, denn sie wollte nicht dastehen wie eine Frau, die nicht wußte, was sie wollte, mal hüh, mal hott.

Margarita war es dann, die das Schlußwort sprach. »Gut, warten wir ab, denn alles hat seine Zeit, und alles braucht seine Zeit. Wir sind ja noch ein paar Tage in Berlin, und Gerda und Ingrid schauen sich noch öfter in die Augen. Vielleicht bricht es dann bei beiden hervor, und sie sinken sich in die Arme. Wenn die Herzen zueinanderfinden.«

Gerda hatte wenig Sinn für so viel Gefühl und Pathos und erwies sich insofern als echte Berlinerin, als sie nun alles in Spaßige zog. »Gib doch zu, Margarita, daß du Ingrid endlich loswerden willst.«

Ihr Schwager war sofort sauer. »Natürlich kostet Ingrid, aber wir haben bisher alles aufgebracht, und wir werden es auch weiterhin tun.«

»Dafür habt ihr ja auch immer was von ihr gehabt.«

»Kinder, hört auf, euch auch noch zu streiten!« rief Cäsar. »Was damals in Ringsleben war, damit habt ihr Gerda und Ingrid das Leben gerettet – das war wirklich großartig von euch, Gerhard und Margarita, dafür müßtet ihr heiliggesprochen werden von eurer Kirche. Nun macht das jetzt nicht alles kaputt, bitte!«

Margarita faltete die Hände. »Der Herr möge es so einrichten, daß Gerda und Ingrid zueinander finden, und ich werde dafür beten.«

Sie tat es, doch nichts passierte. Ingrid flog wieder nach Madrid zurück, ohne daß Gerda ihr gesagt hatte, wer sie zur Welt gebracht hatte. »Es ging einfach nicht«, sollte Gerda später sagen. »Und so wie es ist, so ist es auch am besten.«

Der Enkel V

Paco hatte bei Marga Kurz im Bücherschrank ein vergilbtes Büchlein gefunden, einen Kalender für das Jahr 1978: *Mit Goethe durch das Jahr*, und darin blätterte er jetzt jeden Tag. Wer »Deutschland« sagte, mußte »Goethe« sagen. Mancher Sinnspruch ging ihm nicht mehr aus dem Kopf. Etwa: »Wir sind unsre eignen Teufel, wir vertreiben uns aus unserm Paradiese.« War die Welt, in der seine Berliner Großeltern ihre schönsten Jahre verbracht hatten, nicht ein Paradies gewesen? Verglichen mit dem Vorher auf alle Fälle, aber auch, relativ natürlich, mit dem Nachher? Waren die Verhältnisse seither nicht so geworden, daß sie viele Menschen in Deutschland als teuflisch ansehen mußten: die ohne Arbeit waren, ohne Zukunft? Die Jungen wie die Alten. Anderes bei Goethe regte ihn an, fortzufahren mit der Suche nach dem Gestern, nach dem, was seine Vorfahren hier in Deutschland erlebt hatten, die Sedimente der vergangenen Jahrzehnte zur Seite zu schippen und alles wieder freizulegen: »Du mußt dir immer sagen: Deine Absicht sei, eine große Welt in dich aufzunehmen und jede in dir verknüpfte Beschränktheit aufzulösen.« Da war dann auch der Widerspruch: Sicherlich war die Welt der Neutigs biedermeierlich beschränkt gewesen, aber gerade deswegen wohl auch glücklich zu nennen. Paco flüchtete gern aus der Zerrissenheit des Heute zurück in ihre Zeit.

Doch ob sie wirklich so glücklich gewesen waren, wie er ihnen unterstellte, diese Gerda Neutig, die seine Großmutter war, und dieser Herbert Neutig, ihr Mann? Hatten sie doch vorher viel, vielleicht zuviel erdulden müssen, Krieg, Bomben und Verfolgung. Konnte man mit diesen Erlebnissen, mit einer Traumatisierung wie dieser eigentlich glücklich sein? Nein. Und doch sahen sie auf allen Fotografien sehr zufrieden aus, blickten in die Kamera wie große Sieger. Hurra, wir leben noch, hurra, wir genießen das Leben! Und Paco schrieb in sein Tagebuch: »Ein Leben zwischen Theresienstadt und Garmisch-Partenkirchen.« In Theresienstadt war seine Urgroßmutter im KZ gewesen, und seine Großmutter wäre wohl auch hingekommen, wenn die Alliierten den Krieg nicht gewonnen hätten, und bei Garmisch-Partenkirchen, im Dorf Farchant, hatten Gerda und Herbert fast jeden Urlaub verbracht. Er nahm sich vor, beide Orte zu besuchen, und zwar noch vor Beginn des Wintersemesters Mitte Oktober.

Erst aber lag anderes an: der Fußball und die Versuchung. So nannte er noch immer das, wovor ihn Pater Bartolomé immer eindringlich gewarnt hatte. Natürlich ohne Erfolg, denn auch die Mädchen in Madrid waren inzwischen weit davon entfernt, sich für ihren späteren Ehemann »aufzusparen«, doch zu einer festen Freundin, einer *novia*, hatte er es noch nicht gebracht, dies auch gar nicht ernsthaft angestrebt. Offen sein für alles, was noch kommt, war seine Devise. Beispielsweise Ariane Golumbiewski, die Enkelin jener Edda Bollberg, über deren Lebenswandel sich Marga Kurz noch heute arg erregen konnte. Und wie für ihre Großmutter, so war es auch für Ariane *passion and obsession*, Männer zu sammeln. Da ihr noch ein Spanier fehlte, hatte sie nichts unversucht gelassen, Paco schnell dahin zu bekommen, wo sie sich am liebsten aufhielt: ins Bett. Sein Widerstand hatte sich in Grenzen gehalten, denn wenn Ariane ihren Mund nicht zum Sprechen benutzte, war sie durchaus attraktiv. Sie arbeitete als Kosmetikerin bei Karstadt am Leopoldplatz und hatte zwei Träume: entweder als Schlagersängerin oder als Topmodel entdeckt zu werden. Entsprechend gab und kleidete sie sich. Sie war den Tick »gewöhnlich«, den sich Männer immer wünschten, so in Richtung Edelnutte. Nur wenn sie redete, ergriff Paco das Grauen. Nicht nur, daß sie fürchterlich berlinerte, auch ihre Grammatik war abenteuerlich. Wenn sie sagte: »Ick hab' den Kondom in'n Mülleima jewerft«, mußte Paco einen Augenblick überlegen, was denn eigentlich gemeint war, denn mit »Werft« verband er Küste und Schiffbau. Ihre Freundinnen waren aus demselben Holz geschnitzt: hübsch, hundertprozentig von sich überzeugt, aber so einfältig, daß es manchmal schon weh tat, kam man aus einem intellektuellen Milieu. Nun …

Ariane Golumbiewski hatte auch einen Ex-Lover, der Fußball bei Tasmania spielte, genauer gesagt bei Tasmania Gropiusstadt.

»Die war'n früher mal in'a Bundesliga, een Jahr lang mit 8:60 Punkte am Ende, jetzt sind se in'ne Liga weit unten, woll'n aba wieda hoch. Denen jeht bestimmt eena ab, wenn se den Namen Morientes hören.«

Paco wäre ein Idiot gewesen, wenn er seinen großen Namensvetter Fernando Morientes nicht gekannt hätte. Erstens stürmte er für die spanische Nationalmannschaft, und zweitens stand er auf der Gehaltsliste von Real Madrid, wo er aber seinen Stammplatz an den brasilianischen Weltstar Ronaldo verloren hatte. Gerade war Schalke 04 dabei, ihn für zehn Millionen Euro nach Deutschland zu holen. Leider war Paco mit ihm weder verwandt noch verschwägert.

Beim ersten Training im Sportpark Neukölln bekam Paco von seinen neuen Mannschaftskameraden aber sofort den Spitznamen »Fernando« verpaßt. Man erwartete viel von ihm, zu viel vielleicht. Er war ein Mann des Mittelfeldes, ein Spielmacher und kein Torjäger. Aber vor allem Tore sollte er schießen, damit der alte Traditionsverein bald wieder nach oben kam, wenigstens in die Zweite Bundesliga. Man wollte zunächst eine Prämie von 60 Euro für jeden Sieg mit ihm vereinbaren, was ihm recht war, und später weitersehen. Der Trainer, ein sehr sympathischer Typ, hieß Axel Kruse und war einer der legendären Stürmer, die Hertha BSC in den neunziger Jahren wieder nach oben gebracht hatten. Später habe er, wurde Paco von seinen Mannschaftskameraden zugeflüstert, American Football gespielt und für die Berlin Thunder die Feldtore geschossen. Die Hälfte der ersten Mannschaft von Tasmania Gropiusstadt war türkischer Herkunft, so daß Paco gar nicht weiter auffiel. Mit seiner ausgefeilten Technik, seiner Schnelligkeit und seinem Spielverständnis war er bald von allen akzeptiert, und man erhoffte sich von ihm, nach einem etwas verschlafenen Start schnell an die Tabellenspitze vorstoßen zu können. Doch noch besaß er keine Spielerlaubnis, hatte also an den Wochenenden frei und konnte ungehindert verreisen.

Zuerst nach Farchant. Wie Manfred Matuschewski und seine Mutter es aussprachen, klang es wie eine heilige Stätte, und Robert Kurz wollte wetten, daß seine Tante Gerda und sein Onkel Herbert mindestens 25mal dort gewesen waren. Marga Kurz konnte das nur bestätigen. »Für die gab es ja keinen anderen Urlaubsort mehr. Dabei wäre Otto Matuschewski so gerne mal ans Meer gefahren.« Um sich auf Farchant einzustimmen, fuhr Paco zu Margot Matuschewski, wo ihm Manfred Hunderte von Urlaubs-Dias vorführte. Er erschrak regelrecht, als er seine Großmutter auf der Gamsalm mit einer Zigarette sah, fast süchtig daran ziehend. Er hatte sie immer als asketische Sportlerin gesehen. Aber auch sein Großvater rauchte. Seine Zigarette steckte in einer Spitze, wie Paco es aus alten Filmen kannte, und als Bildunterschrift hätte nur gepaßt: Ein kleiner Kassenangestellter versucht große Welt zu spielen. Nicht erst die »Generation Golf« war auf Selbstdarstellung aus! Auch vor fünfzig Jahren gab es genügend Männer und Frauen, die sich überall selbst inszenieren wollten. Daß alles so bieder aussah, täuschte sicherlich. Sie hatten damals mehr und härtere Tabus – und damit auch die größeren Lustgefühle, wenn sie welche verletzten.

In Frohnau wartete dann ein stark verblaßter Schmalfilm aus dem Jahre 1964. »Da war ich selber mal wieder mit und habe meinen Eltern und Gerda und Herbert als Kameramann gedient«, konnte sich Manfred Matuschewski noch erinnern.

Als Paco seine Berliner Großeltern zum ersten Mal im Film sah, erschienen sie ihm als völlig fremde Menschen. *Das sollen sie sein* ... Aber richtig, sein »Opa Herbert« hatte tatsächlich eine gewisse Ähnlichkeit mit Humphrey Bogart, doch »Oma Gerda« ... Er wußte, daß sie Handball und Tennis gespielt hatte, und auf den wenigen Fotos zu Hause in Madrid war sie ihm immer viel robuster vorgekommen. Schade nur, daß die Stimmen fehlten. Doch Manfred Matuschewski gelang es, ein altes Tonband zu finden, und als Joscha das museumsreife Abspielgerät repariert hatte, konnte er auch ihre Stimmen hören. Abends im Bett konnte er dann mit ihnen reden, so als wäre er bei ihnen zu Hause gewesen.

»Vor allem tut mir meine Mutter leid. Sie ist aufgewachsen, ohne zu wissen, wer sie gezeugt und ausgetragen hat.«

»Was ich nicht weiß, macht mich nicht heiß.«

»Das ist mir doch zu billig.«

»So ist es aber.«

»Es ist ein entsetzlicher Gedanke.«

»Für dich, aber nicht für sie. Was meinst du, was wir uns mit allem gequält haben. Marga wird es dir bestätigen.«

Zwei Tage später rief Manfred Matuschewski in Lichtenrade an und ließ Paco ans Telefon holen. »Du, ich habe jetzt auch noch einen alten Acht-Millimeter-Film gefunden, den ich mal in Cäsars Laube in Heiligensee gedreht habe. Da sind nicht nur meine Eltern und Gerda und Herbert drauf, sondern auch deine Urgroßmutter. Sieh dir das mal an, bevor du nach Theresienstadt fährst.«

Theresienstadt. Paco zögerte es hinaus wie eine Operation, deren Ausgang höchst zweifelhaft war, buchte aber schließlich doch den Flug nach Prag. Bislang hatte er sich mit dem europäischen Judentum nicht über das Maß hinaus beschäftigt, das ihm in der Schule abverlangt worden war, nun aber, da er von seiner jüdischen Großmutter und deren Schicksal wußte, verspürte er einen gehörigen Druck, mehr darüber zu erfahren. Folglich ging er erst einmal in das Jüdische Museum in der Lindenstraße. Ein Wahnsinnsbau. Der aufgebrochene Davidstern. Die Rampen im Innern, die Säle mit ihren spitzen Winkeln, die leeren Räume, die auf die Opfer des Holocaust hinweisen sollten. Er hätte nicht gedacht, ein solches Gebäude in einer Stadt zu finden, die in puncto moderner Architektur ständig anderen hinterherhechelte. Beim Betrachten der Ausstellungsstücke dachte er immer nur: So haben also meine Vorfahren gelebt ... mütterlicherseits. Nie war er auf die Idee gekommen, sich irgendwie als Jude zu fühlen, und auch jetzt fiel es ihm schwer, sich vorzustellen, daß er beschnitten sein könnte und in der Thora läse. Und dennoch war er in seltsamer Weise ergriffen. Auf der Suche nach einer Möglichkeit, dies angemessen in Worte zu fassen, fiel ihm ein, was Jesus einmal gesagt hatte: »Was ihr dem geringsten meiner Brüder antut, das tut ihr auch mir an.« Was die Nazis seiner Urgroßmutter und all ihren Brüdern und Schwestern mosaischen Glaubens angetan hatten, das hatten sie auch ihm angetan. So trauerte er, so litt er und verteidigte fortan den Bau des großen Mahnmals für die ermordeten Juden Europas am Rande des Tiergartens. Da waren die Deutschen zu bewundern, daß sie den Mut und die Kraft hatten, sich derart offen zu ihrer Schuld und Schande zu bekennen. Alle Welt konnte und sollte es sehen. Wenn er daran dachte, wie man bei ihm zu Hause mit dem Erbe Francos umging: Da wurde alles verdrängt, und die Gedenkstätte im Tal der Gefallenen, dem *Valle de los Caídos,* geriet allmählich in Vergessenheit.

Nach Prag wären sicherlich Manfred Matuschewski, Robert Kurz und vielleicht auch Ariane mitgekommen, aber er wollte allein sein mit sich, seinen Gefühlen und seinen Assoziationen, sich hineinversetzen in jene Cäcilie Friedrich, die seine Urgroßmutter war. Gewesen war. In Prag angekommen, fand er eine kleine Pension am Bahnhof Holešovice und fuhr am nächsten Tag mit dem Zug nach Terezín. 1941 hatten die Nazis Theresienstadt und seine alte Festung in ein riesiges Konzentrationslager verwandelt. Beklommen trat Paco in die Zellen, die man für Besucher zugänglich gemacht hatte. War es hier, wo seine Urgroßmutter gelegen und auf ihren Tod gewartet hatte? Mit der Angst um ihre Tochter, um Gerda. Nur Ingrid, ihre Enkeltochter, wußte sie ja in Sicherheit. 33 000 Juden, so las er, waren hier ermordet worden, Cäcilie Friedrich hatte überlebt. Erst vier Jahrzehnte später war sie gestorben. Aber wie oft mochte sie nachts hochgeschreckt sein …

Paco floh aus Theresienstadt, war überglücklich, fliehen zu können, sprang in den Bus, der ihn zurückbrachte nach Prag. So aufgewühlt war er, daß er die ganze Nacht über durch die Innenstadt streifte und schließlich im Bett einer jungen Tschechin landete. Es mußte sein.

Am nächsten Vormittag flog er nach München und fuhr von dort mit der Bahn nach Garmisch-Partenkirchen. Einen Tag später wanderte er dann auf dem Philosophenweg nach Farchant. Wie seine Großeltern unzählige Male. Da hatte es die Umgehungsstraße mit ihrem zwei Kilometer langen Tunnel noch nicht gegeben, sonst aber ... In Bayern änderte sich offenbar wenig. Was in vielen Fällen auch gut sein mochte. Die Gasthöfe, die er im Film und auf den Dias gesehen hatte, existierten immer noch: Kirchmayer und Der Alte Wirt zum Beispiel. Da aß er dann auch. Am Nebentisch sah er zwei Berliner Ehepaare speisen: die Neutigs und die Matuschewskis ...

Meine Berge

1957

Am 29. Mai 1953 war der Mount Everest mit seinen 8846 Metern Höhe von Sir Edmund Hillary und seinem Sherpa Tenzing zum ersten Mal bestiegen worden, und seither hatte sich Gerda Neutig vorgenommen, so wie er eines Tages einmal auf dem Krottenkopf zu stehen. Es war ihr großer Traum. Und im Juli 1957 sollte er nun endlich Wirklichkeit werden. Bei ihrem fünften Urlaub in Farchant. Natürlich wieder mit den Matuschewskis zusammen. Und die waren es auch, die ihr zu ihrem Geburtstag am 16. Januar – 43 wurde sie – ein kleines Ölgemälde schenkten: Der Krottenkopf von Farchant aus. Otto Matuschewski hatte einen Kollegen, dessen Frau Hobbykünstlerin war, und die hatte es anhand eines Dias gemalt. Golden funkelte das Gipfelkreuz in der Abendsonne.

»Ich werde nicht eher ruhen, als bis ich da oben stehe«, sagte Gerda.

Ihre Schwester Marga lachte. »Hoffentlich wirst du nicht für immer am Krottenkopf ruhen.« Sie verwies auf die große Zahl von Unfällen am Berg. »Immer wieder überschätzen die Menschen ihre Kräfte.«

»Das ist doch ein Klacks für mich«, erwiderte Gerda.

Otto Matuschewski unterstützte sie. »Das traue ich mir ja noch zu – mit meiner steifen Hüfte.«

Herbert zitierte aus seiner »Bibel«, *Griebens Reiseführer Band 66, Bayerisches Hochland* aus dem Jahre 1922, Seite 124 ff., zur Umgebung von Garmisch-Partenkirchen: »Leichtere Bergtour, Führer entbehrlich.«

»Siehste«, unterbrach ihn Otto Matuschewski, »das haben die schon 1922 gewußt, auf den Grieben hätte das deutsche Volk mal hören sollen: Führer entbehrlich.«

»Apropos Grieben ...« Margot Matuschewski konnte nicht anders, als ihren Assoziationen unkontrolliert nachzugeben, so war sie nun mal. »Ich habe gestern auch Speck ausgelassen – meine beiden Männer essen ja zu gerne Griebenschmalz. Besonders wenn ich noch Gänseschmalz dazu tue. Von der Weihnachtsgans abgeschöpft.«

»Und Tante Gerda hat 'ne Griebe an der Lippe!« rief Robert.

»Kann ich nun fortfahren?« fragte Herbert.

»Ja, gleich nach Farchant.«

»Also: der Krottenkopf ...« Herbert Neutig ließ sich nicht so leicht aus der Ruhe bringen. »2085 Meter, viereinhalb bis fünf Stunden, leicht und sehr lohnend. Umfassende, prächtige Aussicht: Wettersteingebirge, Karwendel mit Kaiser, Tauern, Lechtaler, Allgäuer, Schweizer Berge, Eibsee, Barmsee, Walchensee, Staffelsee, Starnberger und Ammersee, an klaren Tagen München.«

»Da muß ich rauf!« Jeden Tag stand Gerda nun vor ihrem kleinen Gemälde und stellte sich vor, wie herrlich es sein mußte, oben auf dem Krottenkopf zu stehen und sich lässig ans Gipfelkreuz zu lehnen, die ganze Welt zu Füßen. Doch bis dahin sollte noch viel passieren ...

Gerda mußte immer aktiv sein. »Immer schapp-schapp«, sagte Herbert und meinte damit ihre geschwinden, leicht trippelnden Schritte. Wie ein Mäuslein huschte sie hin und her, ohne damit verhuscht zu sein. »Wer rastet, der rostet«, war ihr Wahlspruch. Hätte sie jemand eine Stubenhockerin genannt, sie wäre zum Gericht geeilt, ihn zu verklagen. »Was unternehmen wir denn dieses Wochenende?« war ihre Standardfrage. Zumindest dann, wenn kein Handballspiel anlag oder sie bei irgendeiner Gewerkschaftsveranstaltung hinter den Kulissen die Fäden ziehen mußte. Ohne sie wäre Werner Seifert verloren gewesen. Aber eine »Betriebsnudel« war sie nicht, sofern dieses Wort einen leicht negativen Beigeschmack hatte. Sie wollte nie eine Diva sein, zickig und nervend, sondern nur auffällig unauffällig wirken. Es war schon so, wie Otto Matuschewski es einmal gesagt hatte, daß auf ihrem Schreibtisch ein Schild mit dem Satz »Alles hört auf mein Kommando« gehörte, aber unbedingt im Mittelpunkt stehen wollte und brauchte sie nicht.

Über ihre Gewerkschaft bekam sie öfter Freikarten für große Veranstaltungen. So ging es zu den »Insulanern« mit Tatjana Sais, Edith Schollwer, Agnes Windeck, Bruno Fritz und Ewald Wenk. Am meisten Spaß hatte sie aber am Russen Professor Kwatschni, gegeben von Joe Furtner. Und natürlich war sie auch am 12. Mai dabei, als die legendäre Rundfunksendung *Rund um die Berolina* im SFB-Haus am Heidelberger Platz ihre 2750. Folge feierte. Werner Seibicke, »der Chef vons Janze«, drückte ihr sogar die Hand, was Otto Matuschewski zu der Bemerkung veranlaßte, sie hätte sie sich hinterher drei Wochen nicht mehr gewaschen.

Und natürlich gingen die Neutigs und die Matuschewskis an den Wochenenden regelmäßig gemeinsam ins Kino. Von den Frauen ihres Typs verehrte Gerda Sonja Ziemann am meisten, und das *Schwarzwaldmädel* mit Rudolf Prack hatte sie schon siebenmal gesehen. Gleich danach kam Ruth Leuwerik, und als deren *Königin Luise* Anfang April im Gloria-Palast Premiere hatte, saß Gerda natürlich im Parkett. Nicht zuletzt aber auch wegen Dieter Borsche und Bernhard Wicki. Sosehr sie ihren Herbert liebte – sich einmal vorzustellen, wie es sein würde, mit ihnen auszugehen und sich zu vergessen, das verbot sie sich nicht. Wie hatten sie es vor der Nazizeit in der Schule immer gesungen: »Die Gedanken sind frei ...« Der absolute Höhepunkt des ersten Halbjahres war aber *Sissi, die junge Kaiserin.*

»Romy Schneider ist wirklich süß«, sagte Margot Matuschewski. »Warum bin *ich* nicht als Kaiserin auf die Welt gekommen?«

Herbert wußte es. »Erstens, weil deine Mutter nur Buchhalterin in Kreuzberg war, und zweitens, weil du bisher noch keinen Film gedreht hast, sondern nur im AOK-Theater am Oranienplatz spielst: die Sachbearbeiterin am Wochenschalter, Buchstaben P bis Z.«

»Bayern ... immer in den Bergen.« Gerda geriet ins Schwärmen. »Ich kann es gar nicht erwarten, bis wir endlich fahren.«

»Sie drehen ja jetzt einen neuen Film«, sagte Otto Matuschewski. »Hat gestern im *Telegraf* gestanden.«

»Ja? Davon weiß ich gar nichts.« Gerda war erstaunt, verfolgte sie doch das Neueste vom Film immer mit erhöhter Aufmerksamkeit.

»Doch, doch. Heißen soll er: *Und der Krottenkopf ruft*. Sie suchen noch Komparsen.«

Noch lachten die Männer, aber das sollte ihnen bald vergehen, denn in einem Vorrundenspiel um die deutsche Fußballmeisterschaft unterlag Hertha BSC dem 1. FC Kaiserslautern im brechend vollen Wuppertaler Stadion mit sage und schreibe 1:14. Nachdem man 1:0 geführt hatte. Wieder einmal war die alte Fußballerweisheit bestätigt worden: »Wer 1:0 führt, der stets verliert.« Als eingefleischten Berlinern tat Herbert und Otto diese Niederlager schon weh, andererseits aber frohlockten sie auch ein wenig, denn ihre Herzen hingen an anderen Vereinen: Herbert hatte ja selber einmal bei Viktoria 89 gespielt, und Otto als Neuköllner war natürlich für Tasmania 1900.

Mit gemischten Gefühlen verfolgten Gerda und Herbert auch ein anderes Ereignis: das Abitur, das Manfred Matuschewski im März 1957 »baute«, wie man sagte, wenn auch mit einer eher mäßigen Durchschnittsnote.

»Nur gut, daß er nicht studiert und Arzt wird«, sagte Herbert. So gut wie früher verstand er sich mit dem Jungen nicht mehr. Politisch waren sie zu weit auseinander. Während Herbert Adenauer und Erhard verehrte und nur noch CDU wählte, war Manfred für die SPD und setzte voll und ganz auf Willy Brandt, vertrat aber darüber hinaus auch immer wieder Positionen, die Herbert marxistisch oder anarchistisch vorkamen.

»Er könnte aber studieren«, sagte Gerda. »Otto und Margot würden das auch bezahlen, aber er weiß ja nicht, was. Am 1. April soll er jetzt als Lehrling bei Siemens anfangen und mal Industriekaufmann werden.«

»Also nichts mit: hoch hinaus«, stellte Herbert fest. »Erspart er sich den späteren Absturz.« Das bezog sich auf verschiedene Ahnen der Matuschewskis. Neid war es nicht, was Gerda und Herbert erfüllte, aber eine gewisse »gesunde Konkurrenz« zu den Matuschewskis ließ sich nicht bestreiten.

»Wenn unsere Ingrid in Berlin wäre, würde sie ja auch schon in die zwölfte Klasse kommen«, sagte Gerda.

»In Spanien soll's auch Schulen geben«, brummte Herbert. »Und man muß es mal ganz praktisch sehen: Was uns dadurch alles an Ärger erspart bleibt, daß sie nicht bei uns ist. Was meinst du, wie oft Margot geweint hat, weil Manfred wieder mal *unartig* war, und was deine Schwester mit Robert für'n Ärger hat – immer seine Streiche, und für die Schule tut er auch nichts.«

»Trotzdem ...«

Wenn Gerda von einer stellenweise pathologischen Unruhe erfüllt war, dann lag es auch daran, daß sie ihren Schmerz um das verlorene Mutterglück nur betäuben konnte, wenn sie, wie Herbert es ausdrückte, »pausenlos auf Achse« war. Was sie nicht alles an Geschäften »abklapperte«, um die richtigen Schuhe für das »Unternehmen Krottenkopf« zu finden. In Neukölln in der Karl-Marx-Straße war sie, in Wedding in der Bad- und in der Müllerstraße, in Steglitz in der Schloßstraße und in Charlottenburg in der Wilmersdorfer Straße. Kam sie abends nach Hause, sank sie mit müden Füßen in den Sessel: »Wieder nichts.« Mal waren die »Treter« zu klein, mal zu groß, mal zu schwer, mal aus zu hartem Leder, mal nicht stabil genug. Otto Matuschewskis Ratschlag, bei Sir Edmund Hillary nachzufragen, fand sie gar nicht so witzig. Es war ein echtes Problem. Und die Reise nach Farchant rückte immer näher.

Da stand Herbert am ersten Sonnabend im April mit zwei wunderschönen Wanderschuhen im Korridor. »Hier, Gerda, sieh mal ...!«

Sie kam aus dem Bad. »Wo hast du die denn her?«

»Ja, wozu denn in die Ferne schweifen, wenn das Gute liegt so nah ...«

»Du warst doch nur im Keller.«

»Eben.« Was er da in der Hand hielt, hatte er in einem Koffer gefunden, den Gerdas Freundin Gisela Kolochau kurz vor ihrem Tod bei ihnen deponiert hatte. »Die sind von Gisela.«

Gerda fuhr zurück. »Die Schuhe einer Toten …«

»Die sind doch nagelneu, die hat sie nie getragen.«

Da Gerda zur Sparsamkeit erzogen worden war, gab sie schließlich nach und setzte sich in die Küche, um die Schuhe, halbe Bergsteigerstiefel, anzuprobieren. »Ganz prima, aber eine Idee zu eng.«

»Das kriegen wir schon hin.« Herbert war da optimistisch und brachte die Krottenkopf-Stiefel zum Schuster, um sie weichklopfen zu lassen. Als das nichts fruchtete, ließ er Gerda damit in die halbgefüllte Badewanne steigen, eine Weile Wassertreten machen und dann ein paar Kilometer durch die Rehberge marschieren.

»Noch immer zu eng«, klagte Gerda aber.

»Dann hilft nur noch das Geheimmittel meines Vaters«, sagte Herbert, trug die Stiefel ins Bad, klappte den Toilettendeckel hoch, hielt sie über die Kloschüssel und pinkelte hinein. »Das lassen wir bis morgen früh so stehen.«

Fortan hatte Gerda Wanderschuhe, die wie angegossen saßen und sich bestens bewährten, als sie damit zur Masurenallee fuhr und am Funkturm übte. Bis hinauf zum Restaurant konnte man den »Langen Lulatsch« auch zu Fuß besteigen. Glücklich und ohne Blasen an den Füßen oben angekommen, gönnte sie sich ihr Lieblingsgericht: Zürcher Geschnetzeltes. »Meinetwegen könnte's morgen schon losgehen.«

Am Montag, dem 24. Juni war der große Tag endlich gekommen: Es ging nach Farchant. Nicht mit dem Bus und nicht mit dem Zug, was beides wegen des Bummeltempos durch die Zone und die lästigen Kontrollen keine reine Freude war, sondern mit dem Flugzeug. Gerda und Herbert, wie auch die Matuschewskis, waren stolz darauf, sich das leisten zu können. Was vor '45 nur den wirklich Wohlhabenden vergönnt gewesen war, das war nun auch Durchschnittsmenschen wie ihnen möglich geworden.

»Ick fühle ma wie in 'nem alten Ufa-Film«, sagte Otto Matuschewski.

»Otto, berlinere nicht so«, ermahnte ihn Margot. »Die Leute müssen nicht gleich merken, daß du aus'm Kohlenkeller kommst.«

»Na, wenn ick ma nu so freue. Früher bin ick zwar ooch geflogen, aber nich' hoch durch de Luft, sondern nur aus de Firma und uff de Schnauze.«

Gerda fand in ihrer Handtasche einen Brief ihrer Gewerkschaft, den sie auf dem Flughafen Tempelhof noch in den Kasten werfen wollte, und da fiel ihr natürlich Werner Seifert ein.

»Ich hab' meinen Chef richtig angesteckt.«

Herbert mimte den eifersüchtigen Ehemann in einer Filmkomödie. »Was denn: Mit meinem Tripper?«

Margot Matuschewski wäre am liebsten im Boden versunken. »Herbert, die Leute!«

»Herbert kann doch nichts dafür«, sagte Otto Matuschewski. »Bei ihm hilft die Salbe vom Sanitätsgefreiten Neumann nicht mehr.«

Darauf tat seine Frau, als würde sie zu einer anderen Reisegruppe gehören, und Gerda erklärte ihnen, daß sie Werner Seifert mit nichts anderem als ihrer Liebe zu den Bergen angesteckt habe. »Er fährt aber nicht nach Farchant, sondern nach Wallgau, also auf die andere Seite vom Krottenkopf.«

»Meine Schwiegermutter in Schmöckwitz sagt immer Kottenkropf«, meinte Otto Matuschewski.

»Gut beobachtet«, fügte Herbert hinzu. »Mich hat sie ja auch gefragt, ob wir wieder nach Parten-Garmischkirchen fahren.«

Margot reagierte pikiert. »Werdet ihr mal so alt.«

»72 ist doch kein Alter«, sagte Gerda.

»Vielleicht hättest du sie mitnehmen sollen auf den Krottenkopf«, spöttelte Otto Matuschewski.

Dann wurde ihr Flug nach München aufgerufen, und Gerda wurde von einem nie erlebten Hochgefühl erfaßt. Glück, Stolz und Dankbarkeit mischten sich da. Nur die oberen Zehntausend stiegen in ein Flugzeug, die besseren Stände. Und zu denen gehörte sie jetzt. Keine fünfzehn Jahre war es her, da war sie jeden Morgen mit der Angst erwacht, verschleppt zu werden, jetzt flog sie in den Urlaub. So richtig feudal. Unfaßbar, wie es in den letzten Jahren aufwärts gegangen war.

Sie rollten zum Start. Gerda hatte einen Fensterplatz ergattert. Rechts von ihnen zog die gelb-rote S-Bahn am Tempelhofer Feld vorbei.

»Gleich werden wir abheben.«

»Die warnen doch immer davor«, sagte Otto Matuschewski. »Nur nicht abheben.«

»Heute ja.« Gerda hätte die ganze Welt umarmen können und brummte: »Freude, schöner Götterfunken.« Da machte es auch nichts, daß ihr wenig später, als die ersten Turbulenzen kamen, schlecht wurde. In den alliierten Luftkorridoren durften die Passagiermaschinen der Amerikaner, Briten und Franzosen nur maximal 3000 Meter hoch fliegen und hatten auch keine Chance, einer Gewitterfront seitlich auszuweichen.

»Keine Angst«, sagte Otto Matuschewski, »der Pilot will auch überleben und gibt sein Bestes.«

»Genau wie Gerda.« Damit hielt Herbert ihr die »Kotztüte« hin.

Doch hinter der Zonengrenze, als ihre Maschine höher steigen konnte, wurde es dann ruhiger, und die Zeit verging wirklich wie im Fluge. Schon sah Gerda unter sich die Häuser Münchens, erkannte den Hauptbahnhof und die Frauenkirche – und am Horizont die Alpen.

»Was da besonders hoch aufragt, ist nicht die Zugspitze, sondern der Krottenkopf«, erklärte ihr Herbert. »Dein Berg.«

Minuten später landeten sie in München-Riem und warteten auf ihre Koffer. Ihre Verschwendungssucht kannte keine Grenzen, und so beschlossen sie einstimmig, sich für die nicht eben lange Fahrt zum Hauptbahnhof eine Taxe zu gönnen.

»Die Unkosten teilen wir uns nachher«, sagte Margot Matuschewski.

»Das ist aber ungerecht«, fand Herbert. »Du wiegst ja ein bißchen mehr als Gerda.«

Im Zug war Zeit, in den Prospekten zu blättern und sich noch einmal der Vorfreude hinzugeben. Einen hatten sie von ihrer letzten Reise mitgebracht. Eingerahmt von klassischen Schwarzweißfotos, hieß es dort: »Drei Kilometer vor Garmisch-Partenkirchen, mit dem es durch halbstündigen Omnibusverkehr verbunden ist, liegt Farchant, ein stilles Alpendorf im Werdenfelser Land und einer der schönsten Orte des Loisachtales. Grüne Matten, große, zum Teil noch unberührte Wälder und die Bergriesen des Wettersteingebirges, von der Dreitorspitze, Alpspitze, dem Hochblassen, den Waxensteinen bis zur Zugspitze, bilden die herrliche, einen Besuch lohnende Umgebung. – Auf vielfachen Wanderwegen, Spaziergängen sowie Ausflügen erschließt sich ein köstliches Stück Natur. Ruhe und Erholung gewährt das Dorf (700 m ü. d. M.), bei dem sich ein prächtiges Freibad befindet. Man sucht die Kuhflucht-Wasserfälle auf oder begibt sich zu den Königsschlössern (Linderhof, Neuschwanstein) und Alpenseen. Auch das Passionsspieldorf Oberammergau ist leicht zu erreichen. Bergtouren führen in die Bezirke der hochalpinen Welt.«

»Zum Beispiel auf den Krottenkopf«, sagte Herbert und stieß Gerda an.

Langsam wurde es Zeit, die Koffer aus den Netzen zu wuchten, denn gleich nach Oberau kam schon Farchant.

»Meine Berge!« rief Margot Matuschewski, als alle auf dem Bahnsteig standen. Es war eine bühnenreife Leistung, und die Leute am offenen Zugfenster klatschten Beifall. Erst recht, als Gerda einen Jodler probierte. Sie war, obwohl Berlinerin, ein echtes Talent.

Zum Transport der Koffer hatte Hans Schmieder seinen Hausgehilfen zum Bahnhof geschickt, den »Knecht Ruprecht«, wie Herbert ihn nannte. Sie folgten seinem Karren die Mühldörflstraße hinauf, über die Brücke hinweg. Die Esterbergstraße lag jenseits der Loisach. Sie blieben stehen und schauten in das schnell strömende Wasser hinab. Dann glitt ihr Blick hinauf zum Bergmassiv, das die Täler von Loisach und Isar voneinander trennte. Dunkelgrüne Wälder säumten es, eingestreut darin die hellen Matten. Auf einem der Gipfel funkelte ein Kreuz rötlichgolden in der Abendsonne. Gerda blieb stehen und fixierte es wie ein Hochspringer die Latte, die es zu überwinden galt.

»Da will ich hinauf, da muß ich hinauf. Mein Krottenkopf!«

»Dös is der Fricken und nicht der Krottenkopf«, wurde sie von Ruprecht korrigiert.

»Das spielt keine Rolle.« Von solch kleinen Irrtümern ließ sich Gerda nicht abschrecken, und die nächsten Tage galten in erster Linie dem Training. Jeder Spaziergang wurde auf der Karte nachgemessen, und Herbert oblag es, die Durchschnittsgeschwindigkeit auszurechnen. Dies natürlich mit Hilfe eines Koeffizienten für steile Auf- und Abstiege. »Bus- und Bahnausflüge nach Innsbruck, Kloster Ettal und Schloß Linderhof machen wir erst, nachdem wir auf dem Krottenkopf gewesen sind«, entschied Gerda.

Otto Matuschewski kaufte ihr ein Bund Karotten. »Immerzu kauen. Zur Stärkung für den Aufstieg auf den Karottenkopf.« Und sie tat es wirklich, als sie am Brunnen vor der St.-Andreas-Kirche saßen und die Lüftlmalereien und die blumengeschmückten Balkone bewunderten.

Zuerst ging es zu den Kuhflucht-Wasserfällen, zur Burgruine Werdenfels und auf dem geruhsamen Philosophenweg nach Partenkirchen, dann über die Route Reschbergwiesen, Pflegersee und Kramerplateauweg nach Garmisch, schließlich mit der Seilbahn auf den Wank hinauf und zu Fuß nach Farchant hinunter. Dabei machten sie die Erfahrung, daß der Abstieg auch ganz schön in die Waden ging, und Otto Matuschewski beantragte erst einmal eine zweitägige Ruhepause. Die wurde ihm auch gewährt, denn Farchant erlebte einen anhaltenden Schnürlregen, und Gerda blieb gar nichts anderes übrig, als ihr Trainingsprogramm zu unterbrechen. Stundenlang saß sie nun mit Margot im Zimmer und spielte Halma mit ihr. Die beiden waren ein ideales Paar, denn Gerda mochte nichts lieber als zu gewinnen, haushoch am besten, während es der Freundin nichts ausmachte, immer wieder zu verlieren. Ihre Männer lasen inzwischen die mitgenommen Romane aus dem Bertelsmann-Lesering, so *Die gute Erde* von Pearl S. Buck, die Margot immer wie »Böck« aussprach, und *Quo vadis* von Henryk Sienkiewicz.

Hatte Gerda das Halmaspielen über, dann machte sie sich daran, Kreuzwort- und Silbenrätsel zu lösen. Das war eine weitere Leidenschaft, die sie mit ihrer besten Freundin teilte und die Herbert wie Otto ziemlich leiden ließ, denn pausenlos wurden die beiden mit Fragen genervt.

Zum Ausklang des Tages spielten sie Canasta, manchmal bis weit nach Mitternacht hinein. So ließen sich die Regentage ohne großen Frust ertragen, aber dennoch hätten sie sich wohl gelangweilt, wenn nicht Herr Horka gewesen wäre. Er kam ebenfalls aus Berlin, reiste aber einzeln und bewohnte das Zimmer 5 ganz hinten am Gang.

»Der scheint aus der Geisterbahn zu sein«, lästerte Herbert. »Ein Waldschrat, nur häßlicher.«

»Kein Mensch kann doch etwas dafür, wie er aussieht«, sagte Otto Matuschewski.

»Immer, wenn ich ihn sehe, läuft es mir eiskalt den Rücken hinunter«, bekannte Gerda.

Otto Matuschewski fand schließlich heraus, woran das liegen mochte: »Der sieht aus wie Karl Großmann.« An den konnten sich alle noch lebhaft erinnern, Otto hatte sogar einmal am Schlesischen Bahnhof ein Paar Wiener Würstchen bei ihm gekauft. Damit hatte Großmann gehandelt, und es ging das Gerücht, daß die Würstchen auch Fleisch seiner Opfer enthalten hatten. Von 1918 bis 1921 hatte man in der Umgebung seines Mietshauses über zwanzig zerstückelte Frauenleichen gefunden – möglicherweise alles seine Opfer, zu Protokoll gegeben hatte er jedoch nur »im ganzen Stücker drei, höchstens fünfe«.

Otto Matuschewskis Erinnerungen sorgten dafür, daß sich Gerda und Margot nicht mehr allein auf die Toilette trauten. Die lag am Ende des Ganges, genau neben Horkas Zimmer. Um nicht ständig als Begleitschutz unterwegs zu sein, bat Herbert seine Frau, sich doch des Waschbeckens zu bedienen. Das hatte man im eigenen Zimmer.

»Da komm' ich doch nicht ran. Willst du mich vielleicht abhalten?«

»Warum nicht ...«

Als ihre Versuche aber scheiterten, organisierte Herbert einen alten Aufwischeimer. Als die Matuschewskis bei ihnen drüben Karten spielten, benutzte auch Margot ihn, und die beiden Männer mußten derweil auf den Balkon hinaustreten.

»Zustände wie im alten Rom«, sagte Herbert. »Dabei wirkt dieser Horka ganz harmlos.«

»Das muß noch nichts besagen«, wandte Otto Matuschewski ein. »Je bürgerlicher ein Massenmörder wirkt, desto besser seine Tarnung.«

Als Gerda und Margot in der Alpspitz-Apotheke standen, um eine Flasche »Ahnentrunk« zu kaufen, ein Alpenkräuterbitter, laut Werbung »eine schöne Reiseerinnerung froh verlebter Ferientage«, stand Horka plötzlich hinter ihnen.

»Oh, die beiden reizenden Schwestern einmal ohne männliche Begleitung ... Da darf ich Sie vielleicht zu einem Kaffee einladen ...?«

»Nein, danke!« rief Gerda. »Ich vertrage keinen Kaffee ... wegen meiner Galle.«

Als Herbert davon erfuhr, tat er besorgt. »Ja, er wird es auf dich abgesehen haben. Ich gehe nachher gleich einmal zum Dorfgendarmen und gucke nach, ob er auf der Fahndungsliste steht.«

Das war natürlich nur im Scherz gesagt, aber immerhin schlich er sich ins Büro von Hans Schmieder, um ihn ganz dezent über Horka auszufragen. »Er erinnert mich an einen alten Kriegskameraden, der hieß auch Horka. Und vielleicht ist dieser Horka hier sein Bruder. So ganz direkt fragen möchte ich nicht ... Da komm' ich erst mal zu ihnen.«

Schmieder reagierte mit ein paar bayerischen Urlauten, die Herbert nicht ganz deuten konnte, dann begann er zu erzählen. »Der Horka Karl-Heinz, der bringt die Leute unter die Erde, ein Bestattungsunternehmen hat der. Bei euch in Berlin. Seine Frau ist ihm schon vor Jahren weggestorben, seitdem ist er immer allein hier. Der redet nicht gern mit anderen.«

Herbert bedankte sich. Was er da erfahren hatte, reichte, um das Canastaspiel am Abend mit immer neuen Schauergeschichten anzureichern.

»Jetzt sucht er eine neue Frau«, sagte Margot, »und hat dabei schon ein Auge auf Gerda geworfen.«

»Nein, auf dich. Du bist die bessere Hausfrau, du kannst besser abwaschen als ich – und er sucht ja auch eine Leichenwäscherin.«

»Leichen – das ist das Stichwort.« Otto Matuschewski wurde noch makabrer. »Wenn er wirklich der langgesuchte Frauenmörder ist, wie Herbert meint, dann ... Na ja, jeder Mörder hat doch das Problem: Wohin mit der Leiche? Und wenn Horka nun selber ein Bestattungsunternehmen hat ...«

Herbert nickte. »Klar: Seine Opfer immer mit rein in einen anderen Sarg.«

Erst als es wieder schöneres Wetter gab, kamen sie von Horka los, und der Krottenkopf rückte wieder in den Mittelpunkt. Gerda hatte sich inzwischen eine Wanderkarte gekauft und den Text auf der Rückseite so oft gelesen, daß sie ihn schon auswendig kannte: »Weilheimer Hütte (1955 m) und Krottenkopf (2086 m) ca. viereinhalb Stunden. – Sie folgen dem Weg zur Esterbergalm. Nach Erreichen der Alm gehen Sie in die gleiche Richtung weiter, durch ein Viehgatter, bis Sie zu einer links ansteigenden Forststraße kommen, der Sie folgen. Nach wenigen Minuten erreichen Sie eine Alm, die sogenannte ›Farchanter Alm‹, wo den Sommer über das Farchanter Jungvieh seine Sommerweide hat. Sie gehen an der Alm vorbei weiter durch die Wiesen, bis Sie einen Wassergraben überqueren. Kurz danach teilt sich die Forststraße wieder und Sie gehen nach links weiter. Die Straße zieht sich immer gleichmäßig an der Flanke des Bischofs nach oben und endet am sogenannten ›Bergler's Boden‹. Kurze Zeit später kommen Sie an der Materialseilbahn, die die Weilheimer Hütte versorgt, vorbei und erreichen nach einem letzten Anstieg die Weilheimer Hütte. – Bergtour, gute Ausrüstung und Kondition unbedingt erforderlich.« Gerda vergaß nicht hinzuzufügen, daß sie beides ja habe.

»Nimm dir lieber einen Bergführer«, riet ihr Margot.

»Ja, am besten Luis Trenker«, sagte Otto Matuschewski.

»Herbert kommt ja auf alle Fälle mit auf den Gipfel. Er hat sich ja auch extra festes Schuhwerk beschafft.«

»Na, mal sehen, wie weit ich es schaffe – mit meinem Stock und meiner steifen Hüfte.«

»Otto, übernimm dich nicht!« warnte ihn Margot.

»Mit dir hab' ich mich ja auch nicht übernommen. Und außerdem steht in Herberts altem Reiseführer, daß die Tour leicht sein soll.« Otto Matuschewski verwies darauf, daß er vor dem Krieg öfter die zehntausend Meter gelaufen war. »Mein Stock verläßt mich nie.«

Endlich einmal erwachte Gerda bei strahlendem Sonnenschein. Jubelnd lief sie zum Fenster und riß die Vorhänge auf. »Heute geht es rauf!« Aufgeregter als sie mochten die Teilnehmer der großen Expeditionen dieser Welt auch nicht gewesen sein: Marco Polo mit China als Ziel, Vasco da Gama vor der Fahrt nach Indien, Kolumbus auf dem Weg in die Neue Welt oder Amundsen mit seiner Expedition zum Südpol. Jedenfalls sah es Otto Matuschewski so. Viel schneller als sonst wurde gefrühstückt. Einen Tag zuvor hatte sich Gerda extra noch einen Rucksack gekauft. Für jede Menge Proviant und ein Paar Socken. Schneller als sonst verschwanden die Semmeln im Mund, denn Gerda hatte den Abmarsch von der Pension Schmieder auf Punkt 8 Uhr festgesetzt. »Damit wir nicht so in die Mittagshitze kommen. Trotzdem: Cremt euch gut ein, besonders die Lippen.«

»Die Schamlippen auch?« fragte Herbert.

Alles lief programmgemäß. Kaum war der achte Schlag der Farchanter Kirche verklungen, setzten sie sich in Bewegung. Über die Esterbergstraße gingen sie in Richtung Schwimmbad, bogen beim Gatter am Beginn des Philosophenweges links ab und stießen am Fuß des Berges auf einen steil nach oben führenden Steig. Zuerst in langen Schleifen, später dann in engen Serpentinen ging es nun aufwärts. Bedingt durch Otto Matuschewskis Handicap war ihr Tempo nicht eben hoch, doch nur zwei Pärchen überholten sie. Es herrschte nicht gerade Hochbetrieb auf dem Weg zum Krottenkopf. Dabei war das Wetter schön, wenn auch ein wenig schwül. Aber örtliche Gewitter hatte der Rundfunk erst für die späten Abendstunden vorhergesagt.

»Die meisten Männer sind im Krieg genug marschiert«, stellte

Otto Matuschewski fest. »Die laufen nicht mehr gerne, die fahren lieber Auto oder nehmen die Bergbahn.«

»Auf den Krottenkopf wird erst eine gehen, wenn Gerda oben war und in der *Wochenschau* zu sehen ist«, sagte Herbert.

Nach gut anderthalb Stunden erreichten sie die von Partenkirchen kommende Forststraße und gelangten auf ihr, immer bergauf, zum Grat zwischen Wank und Fricken. Nun ging es wieder abwärts, und bald öffnete sich der Blick hinunter in den Esterberg-Talkessel. Die Alm war bald erreicht. Alles stöhnte.

»Keine Müdigkeit vorschützen«, sagte Gerda.

»Bis hierher und nicht weiter.« Otto Matuschewski sank auf einen umgestürzten Baumstamm. »Wenn ich bedenke, daß ich dasselbe Stück wieder zurücklaufen muß.«

»Ich lasse meinen Otto nicht im Stich«, sagte Margot Matuschewski mit dem ihr manchmal eigenen Pathos.

»Und ich meine Gerda nicht«, erklärte nun Herbert. »Hand in Hand erklimmen wir den Krottenkopf.«

Während sich das befreundete Paar zu einer längeren Brotzeit niederließ, beließen es Gerda und Herbert bei einem »Schluck aus der Pulle«. Sie wollten erst oben auf der Weilheimer Hütte ausgiebig rasten. Sie winkten noch einmal, dann erreichten sie das Viehgatter, das auf der Wanderkarte erwähnt worden war, und marschierten Richtung Farchanter Alm.

»Nicht so schnell bitte ...« Herbert blieb stehen und rieb sich die linke Brustseite. »Irgendwie ist mir so komisch ... der Kreislauf ...«

Gerda suchte ihn zu beruhigen. »Du bist doch kerngesund.«

»Wir haben doch alle unseren Knacks weg ... Krieg und Gefangenschaft.«

Gerda lachte. »Gestern abend warst du aber noch so stürmisch wie vorm Krieg. Hoffentlich hast du dich dabei nicht übernommen.« Sie gebrauchte Margots Worte.

»Nein, das ist die Höhe hier. Verglichen mit Berlin.« Herbert riß sich noch einmal zusammen, aber nachher auf der Forststraße am Fuße des Bischofs ging es wirklich nicht mehr. »Ich muß mich mal hinlegen.«

»Ja, tu das.« Sonderlich begeistert war Gerda nicht. Sie sah auf die Uhr. »Wir wollten vor der Mittagshitze oben sein.« Sie reichte Herbert die Wasserflasche. »Hier, trink mal.«

»Danke.« Aber auch die Flüssigkeitszufuhr brachte Herbert nicht wieder in Schwung. »Ich glaube, es ist besser, ich gehe zurück.«

In Gerda stieg der Ärger auf. Sie schmollte. »Mußt du mir denn alles verderben?« Doch sofort erkannte sie, daß ihre spontane Reaktion nicht angemessen war. Herbert ging es schlecht, sie mußte sich jetzt um ihn kümmern. »Komm, ich bring' dich runter.«

Herbert richtete sich auf. »Danke, es geht schon wieder. Ich gehe allein zurück. Irgendwann stoße ich ja dann auf Otto und Margot. Die haben ja mindestens eine halbe Stunde Rast gemacht.«

Gerda war sich unschlüssig. Sollte sie Herbert nach unten begleiten? Sollte sie ihn allein zurückgehen lassen und ihren Weg zum Krottenkopf fortsetzen, auch allein? Sie sah Herbert an. »Was meinst du denn?«

»Komm jetzt mit zurück nach Farchant, und klettere morgen mit einem anderen zusammen auf den Krottenkopf. Hans Schmieder kommt sicher mit, wenn er ein paar Mark dafür bekommt.«

Doch von Gerda hieß es in der Familie, im Sportverein und in der Gewerkschaft nicht umsonst, daß sie ein »fürchterlicher Dickkopf« sei. »Was sie sich einmal in den Kopf gesetzt hat, das macht sie auch, ohne Rücksicht auf Verluste.« Ihre Antwort darauf war immer dieselbe: »Ohne diese Eigenschaft hätte ich den Krieg und die Nazis bestimmt nicht überlebt.«

Und so kam, was kommen mußte: Sie ging allein weiter Richtung »Bergler's Boden«, während Herbert sich an den Abstieg machte und die Matuschewskis auch prompt auf Höhe der Kuhfluchtfälle wieder einholte.

»Gerda, die hat vielleicht Nerven«, sagte Margot.

Die drei versuchten, sich einen gemütlichen Nachmittag zu machen. Zuerst aßen sie im Alten Wirt ihr Rahmschnitzel, dann gingen sie zur Pension, um »sich aufs Ohr zu hauen«, wie Otto Matuschewski es ausdrückte.

Am Gartentor stand Hans Schmieder und wunderte sich, daß sie schon wieder daheim waren. »Nanu, die Gipfelstürmer schon wieder doa?« Man erklärte ihm die Zusammenhänge, worauf er ihnen sagte, daß sie sich heute in die Liegestühle legen könnten. »... denn der Herr Horka ist nicht da.«

»Wohin ist er denn, zurück nach Berlin?«

»Nein, auch irgendwo in die Berge. Er wußte noch nicht genau, wohin.«

Herbert schaute ein wenig besorgt in Richtung Fricken und Krottenkopf. »Na, hoffentlich nicht der Gerda hinterher ...«

»Jetzt können Sie sowieso nichts mehr ausrichten«, sagte der Wirt. »Einen Hubschrauber kriegen Sie nicht, wenn's darum geht, daß der Horka und Ihre Frau da oben ...« Er lachte. »Sie wissen doch: Auf der Alm, da gibt's koa Sünd'.«

»Wenn's nur die Sünde wäre«, sagte Otto Matuschewski, »dann ging's ja noch, aber ...«

Dieses Aber ließ sie kaum ruhen. Doch Schmieder hatte ja recht: Aufhalten ließ sich nichts mehr, wenn es denn geschehen sollte. In Farchant waren sie wirklich völlig hilflos. Nur weil Horka dem Massenmörder Karl Großmann ein wenig ähnlich sah und ihre Phantasie mit ihnen durchgegangen war, konnten sie nicht bei der Polizei anrufen. Blieb ihnen nur eines: »Abwarten und Tee trinken.«

Und das taten sie dann auch, als sie sich auf der Liegewiese ausgestreckt hatten. Frau Schmieder verkaufte ihnen ihren Eistee. Doch kaum hatten sie den ersten Schluck getrunken, da wurde ihnen noch um vieles mulmiger, denn von Oberau und Eschenlohe her zog eine gewaltige Gewitterfront heran. Herbert rechnete. »Bei unserem langsamen Anfangstempo und der Verzögerung mit mir, als mir schlecht geworden ist, kann Gerda frühestens um zwei auf dem Krottenkopf gewesen sein. Und wenn sie da oben eine halbe Stunde Rast gemacht hat, dann ... Jetzt ist es halb drei, und wenn sie Pech hat, geht es mit den Blitzen los, wenn sie gerade beim Abstieg ist. Und ein Gewitter im Gebirge ...«

Es brach auch bei ihnen los, und sie mußten schnell ins Haus laufen, um nicht naß zu werden. Ihre Angst um Gerda wuchs von Minute zu Minute, da half auch nicht, daß Margot immer wieder sagte: »Unkraut vergeht nicht.« Herbert wollte auf der Weilheimer Hütte anrufen, aber Hans Schmieder sagte ihm, daß sie dort keinen Anschluß hätten. Und so dramatisch sei die Sache ja nun wirklich nicht.

Aber sie wurde es, denn Stunde um Stunde verging, ohne daß Gerda zurück gewesen wäre. Auch wenn sie sich irgendwo untergestellt haben sollte, hätte sie um 19 Uhr zurück sein müssen, aber es wurde 20 Uhr, ohne daß sie aufgetaucht wäre, es wurde 20 Uhr 30 …

Margot brach in Tränen aus. »Da ist bestimmt was Schreckliches passiert. Ich werde meine Gerda nicht mehr wiedersehen.«

»Quatsch!« fuhr Otto sie an.

»Doch, doch«, schluchzte Margot.

Herbert rief nacheinander die Polizeistationen in Farchant, Garmisch-Partenkirchen, Wallgau, Oberau und Eschenlohe an, doch nirgendwo wußte man etwas.

»Kein Wunder«, sagte Margot Matuschewski. »Wenn der Horka sie …«

»Unsinn!«

»Oder der Blitz hat sie erschlagen.«

Nun war auch Herbert nahe daran, die Nerven zu verlieren. »Wir müssen die Bergwacht alarmieren, jemand muß sie suchen.«

Hans Schmieder rief zwar immer wieder: »Nur keine Panik!«, trommelte dann aber doch drei Freunde zusammen, um sich mit ihnen auf die Suche nach Gerda zu machen. »Sie wird ja auf demselben Weg zurückkommen, auf dem sie aufgestiegen ist.«

Herbert wollte dem Rettungstrupp ein Stückchen folgen, weil er hoffte, Gerda würde ihm irgendwann entgegenkommen, während Otto und Margot am Telefon blieben. Herbert hoffte auch, andere Wanderer zu treffen, die an diesem Tage auf dem Krottenkopf gewesen waren, doch keiner von denen, die er ansprach, hatte Gerda Neutig gesehen. Ihm war zum Heulen zumute.

Wenn Gerda wirklich etwas zugestoßen war, dann hatte das Leben auch für ihn keinen Sinn mehr.

Es war schon kurz vor 22 Uhr, als er wieder an der Pension anlangte. Margot Matuschewski sah so verweint aus, daß er schon wußte, was sie nun sagen würde: »Gerda ist tot.« Doch das sagte sie nicht, sie teilte ihm nur mit, daß seine Frau noch immer nicht angerufen hatte. Aber das bedeutete ja dasselbe. Herbert setzte sich in den Aufenthaltsraum und starrte wortlos auf das Bild mit Ludwig II. von Bayern: »Dem Vaterland starbst du zu früh, Dein treues Volk vergißt Dich nie.« Otto und Margot leisteten ihm Gesellschaft. Auch sie schwiegen. Was sollte man noch groß sagen?

Genau um 22 Uhr 34 klingelte das Telefon. Alle rechneten damit, daß es die Polizei sein würde. Mit der Mitteilung, daß man die Tote gefunden und geborgen habe.

Doch es war Gerda selber. Müde und fertig, aber quicklebendig. »Ich bin hier in Eschenlohe. Oben auf dem Krottenkopf habe ich Werner Seifert getroffen. Das Unwetter haben wir in einer kleinen Höhle gut überstanden, uns dann aber beim Abstieg verirrt. Er wollte runter nach Wallgau, gelandet sind wir aber hier in Eschenlohe. Alle beide aber wohlauf. Ich habe mir schon eine Taxe rufen lassen, in einer Viertelstunde bin ich wieder in Farchant.«

Der Enkel VI

Paco Morientes kannte die deutsche Politik so gut, daß er wußte, wie sehr sie auf das Prinzip des Aussitzens ausgerichtet war. Es erinnerte ihn sehr an das spanische *mañana*. Und von Marga Kurz hörte er immer wieder den Spruch: »Abwarten und Tee trinken.« Manches Problem löste sich eben von selbst, wenn man nur lange genug wartete. Wie im Falle einer eigenen kleinen Wohnung in Berlin.

»Mußte jetzt weg?« hatte ihn Ariane eines Abends gefragt.

»Ja, wenn ich die in Lichtenrade nach Mitternacht wachmache, schimpfen sie wieder. Und ganz wegbleiben? Nein.« Es war ihm irgendwie peinlich. Aber ausgelaugt, wie er war, haßte er es natürlich, von Wedding nach Lichtenrade zu fahren. »Was tun, wenn man keine eigene Wohnung hat ...?«

»Warum sagsten det nich' jleich?«

»Hast du dir das nicht denken können?«

»Nee, weeßte doch: Det Denken soll man die Pferde überlassen – die ham 'nen jrößeren Kopp.«

Paco war geradezu allergisch gegen abgedroschene Sprüche wie diesen und zog sich um so schneller an. »Es gibt zwar viele Wohnungen in Berlin, aber ich kann mich nicht entscheiden.«

»Ziehste am besten bei meine Mutta ein, da is' noch wat frei.«

»Bei deiner Mutter?« Sein Entsetzen war nicht eben gering.

»Mann, nich' bei ihr inne Wohnung, sondern in ihr Haus.«

»Deine Mutter hat ein Haus?«

»Ja, 'n Mietshaus, von meine Oma jeerbt. Die war clever, weeßte doch, die hat et imma für Jeld jemacht. In Neukölln isset, in’ne Heidelberjer ... Hastet nich’ so weit bei’t Training zu Tas.«

So kam Paco nach Neukölln. Zwar hatte er rund eine Stunde mit der S-Bahn zur Uni nach Dahlem zu fahren, aber er liebte ja diese innerstädtischen Reisen und konnte die Zeit zum Lesen und zum Lernen nutzen, vor allem aber war er hautnah beim Volk und saß nicht abgekapselt im Auto.

»Irgendwie bedauere ich aber, nicht im alten Berlin untergekommen zu sein«, betonte er Manfred Matuschewski gegenüber und kompensierte das, indem er mehrfach zu Erkundungen der Gegend um den Hackeschen Markt, den Alex und die Schönhauser Allee aufbrach. Das alte Ost-Berlin, wie es in seiner Vorstellung existierte, war nicht so leicht zu finden. Den Spruch »Ruinen schaffen ohne Waffen« hatte er von seiner Mutter gehört. Doch verfallene Häuser und abbröckelnde Fassaden mit Einschußlöchern aus dem letzten Krieg gab es nur noch wenige. Und überall dieselben Werbeplakate, dieselben Autos, dieselben Klamotten von C&A oder H&M. Er war richtig froh, als er in einigen Straßen in Friedrichshain und Prenzlauer Berg doch noch einen Hauch von DDR-Gefühl entdeckte. Auch die Ostalgie-Shows im Fernsehen sah er sich an, doch die fand er hochgradig albern. Viel besser wäre es gesehen, sie hätten echtes Ostfernsehen von damals wiederholt, schwarzweiß und ohne dümmliche Moderation.

Vom Fenster seiner kleinen Wohnung blickte er nun jeden Tag in den früheren Ostsektor hinüber. Die Heidelberger Straße war ein Stück deutscher Geschichte und ein Kuriosum. Mit ihren 1,3 Kilometern war sie nicht gerade lang zu nennen, doch von diesen 1300 Metern bildeten rund 900 die Grenze zwischen den Bezirken Neukölln und Treptow, während der Rest, mit anderen Straßen und dem Schmollerplatz zusammen als Keil nach Neukölln hineinragend, amtlich zu Treptow gehörte. Das wäre nun keiner Erwähnung wert gewesen, wenn nicht Treptow zum sowjetischen Sektor und damit zum Ostblock und Neukölln zum amerikanischen Sektor und somit zum »freien Westen« gehört hätte. Folglich hatte die Mauer die Heidelberger Straße nicht nur auf Höhe der Bouchéstraße zerschnitten, sondern diese trug auf ihrem Asphalt und Pflaster auch den »antifaschistischen Schutzwall«. Strenggenommen war die Front der westlichen Mietshäuser die heilige Staatsgrenze, doch die DDR-Organe hatten die Mauer erst auf der Fahrbahn errichtet, dem Westen also etliche Quadratmeter sozialistischen Bodens geschenkt. Dies wohl weniger aus humanitären Gründen, und die Westler hätten ihre Wohnungen ja auch kaum weniger bequem durch die Hintertür verlassen können, sondern aus ganz anderen. Die West-Berliner in der Heidelberger Straße wären ja weder zu bewegen noch zu zwingen gewesen, ihre Fenster zuzumauern, so wie etwa in der Bernauer Straße, und hätte man dann die Mauer direkt an die Häuser gesetzt, wäre dies als Aufforderung an alle potentiellen Flüchtlinge zu verstehen gewesen: Bitte, versucht es hier, alle Fenster stehen euch offen. Wer also als West-Berliner zwischen dem 13. August 1961 und dem 9. November 1989 seinen Fuß vor die Haustür setzte, der befand sich damit im feindlichen Ausland, und Manfred Matuschewski hatte damals mit seiner Behauptung »Ich komme auch ohne Passierschein nach Ost-Berlin« so manche Wette gewonnen.

Von ihm, der ja nahebei an der Treptower Brücke aufgewachsen war, hatte Paco erfahren, was die Heidelberger zu einer ganz besonderen Straße machte. Aber darüber hinaus verschlang er alles, was mit der DDR zu tun hatte, egal ob es sich um einen Roman oder um ein Sachbuch handelte. Ohne diese Welt, diese Anti-Welt, war das Leben seiner Berliner Großeltern nicht zu begreifen, Manfred Matuschewski machte ihm das immer wieder klar.

»Es gab kaum etwas, das geplant und gedacht wurde, ohne daß es nicht mit dem ›Drüben‹ in Verbindung gebracht wurde. Auf beiden Seiten. Jeder Fehler mußte vertuscht werden, damit die anderen die Sache nicht ausschlachten und die Überlegenheit des eigenes Systems damit beweisen konnten. Bei uns brachte es die ›soziale Marktwirtschaft‹, also eine gewisse Rücksichtnahme auf die Arbeitnehmer hervor, denn deren Zustimmung brauchte man, um besser als der Osten dazustehen. Achtzehn bis zwanzig Prozent Arbeitslosigkeit: undenkbar. ›Sicherung der Massenloyalität‹ nannten wir ’68er das damals. Und im amerikanischen, britischen und französischen Sektor galten wir als das ›Schaufenster des Westens‹ und bekamen – drastisch gesagt – den berühmten Puderzucker in den Arsch geblasen. Die Ost-Berliner von ihrem Regime ebenso, sofern die knappen Ressourcen das zuließen. Auch noch nach dem Mauerbau, als keiner mehr auswandern konnte. Mit Regimegegnern spaßte man nicht, aber wer die Zwangsübungen mitmachte, auch ohne echte innere Begeisterung, der kam ganz gut über die Runden und wurde gebraucht und hofiert, wenn er fachlich gut war. Die Mangelwirtschaft schweißte alle irgendwie zusammen, und wer gegen die SED und ihre Allmacht etwas einzuwenden hatte, der schloß sich mit Gesinnungsgenossen eng und brüderlich zusammen. Es war eine Welt, die durchaus ihre Reize hatte und so voll war wie unsere, auch wenn man nicht nach Mallorca und in die Karibik reisen konnte. Sieh dir mal Filme an wie *Solo Sunny*, *Die Spur der Steine* oder *Die Legende von Paul und Paula*.«

Paco tat es und konnte allmählich begreifen, worin das Horrorbild wie auch die Faszination der DDR begründet waren, auch daß seine Berliner Großeltern immer einen erheblichen Bammel gehabt hatten, nach Ost-Berlin zu fahren. Von seinen dortigen Verwandten wußte er nicht viel, denn Gerhard Neutig, seinen spanischer Großvater, hatte er nicht mehr live erleben können, der war zwei Jahre vor seiner Geburt »vom Herrn heimgeholt worden«, wie seine Oma Margarita das formuliert hatte, und Briefe waren nur selten ausgetauscht worden. Auch Fotos von den Ost-Berlinern gab es nur wenige. Nur eines war ihm in der Erinnerung geblieben. Es zeigte die drei Neutig-Brüder Gerhard, Herbert und Kurt als junge Männer, wie sie »frech wie Oskar« am Geländer eines Dampferanlegesteges lehnten und einem Mädchen hinterherpfiffen, das möglicherweise Gerda war. Daß Kurt Neutig mit einer Käthe verheiratet war, hatte Paco im Gedächtnis behalten, wer und was ihre fünf Kinder waren, mußten ihm aber erst Marga und Robert Kurz erklären.

»Am besten, du verabredest dich mal mit Konstantin«, sagte

Robert. »Dessen Telefonnummer hab' ich noch irgendwo. Dann könnt ihr mal zur Straße der Pariser Kommune fahren und euch ansehen, wo die früher alle gewohnt haben. Wenn du Glück hast, kommt Manfred Matuschewski auch noch mit, der hat ja auch so'n Faible für früher. Ich kann leider nicht mit, ich muß arbeiten.«

Die Verabredung klappte, und als es soweit war, wachte Paco schon um sechs Uhr auf. Das lag aber weniger an seiner Aufregung wegen des Ost-Berlin-Besuchs, schließlich war es September 2003 und Passierscheine brauchte man nicht mehr, sondern an dem Mieter neben ihm. Kotte hieß er, Gottfried Kotte, und gehörte zu den vielen Psychopathen, die Paco tagtäglich in Berlin begegneten. Manchmal schubsten sie ahnungslose Fahrgäste vor die U-Bahn, manchmal stachen sie mit Schraubenziehern auf Kinder ein, meist aber beließen sie es dabei, andere Leute zu erschrecken, indem sie mit stierem Blick auf sie zugingen, die Arme ausgebreitet, den Oberkörper zur Drohgebärde aufgerichtet. Oder sie auch nur beschimpften. Getrunken hatten sie, Drogen gespritzt oder zu viele Medikamente geschluckt. Sie polarisierten die Berliner, wie Paco schnell gemerkt hatte. Für die einen waren sie arme Teufel, mit denen man Mitleid haben mußte, völlig harmlos, für die anderen gehörten sie in die Psychiatrie, mindestens, und waren allesamt potentielle Straftäter.

Kotte nun, arbeitsloser Gebäudereiniger und massig wie ein Sumo-Ringer, hatte beschlossen, Politiker zu werden, und übte sich schon gleich nach dem Aufstehen in mitreißender Rhetorik. So forderte er Sportvereine, in denen nur noch Deutsche kickten und Körbe warfen, und Häuser ohne ausländische Mieter. »Auch dieses Haus hier muß wieder türkenfrei werden!« hörte Paco ihn brüllen und zuckte gehörig zusammen, denn Kotte hielt auch ihn für einen Türken. Zu differenzieren war nicht sein Ding. Nun hätte Paco die Sache klären können, aber er ekelte sich davor, mit Kotte zu sprechen. Genützt hätte es ohnehin nichts. Zudem war zu befürchten, daß Kotte ein Waffennarr war. Blieb nur, die Türken im Haus vor ihm zu warnen. Doch die winkten nur ab. Sie kannten ihn und wußten um ihre Stärke.

Als Kottes Gebrüll weiter anschwoll, wurde auch Ariane wach, und Paco mußte noch einmal vollen Einsatz zeigen. Das ging nicht lautlos ab, und Kotte bummerte mit den Fäusten gegen die Wand.

»Ich weiß, wen du bei dir hast, du Sau!« schrie Kotte. »Eine deutsche Frau. Das ist Rassenschande.«

»Warum schmeißt deine Mutter den nicht raus?« fragte Paco.

»Wat meinste, wat se die janze Zeit üba vasucht, aba der hat jute Anwälte, und wenn de den anzeigen tust, dann macht er uff harmlos, und du selba stehst da wie det letzte Schwein. Uff de Ämta heißt et nur, dassa ja schon inna Therapie is'.«

»Sicher, krank ist er, aber ...« Paco wußte auch keinen Ausweg. Pater Bartolomé hätte gesagt: Wenn der Herr es gewollt hat, daß dieser Mensch neben dir wohnt, dann wird er sich schon etwas dabei gedacht haben. Was aber nur, fragte sich Paco. Zunächst einmal schlich er sich mit Ariane aus der Wohnung.

Eine halbe Stunde später stand er auf dem Ostbahnhof und wartete auf Konstantin Neutig und Manfred Matuschewski. Der emeritierte Soziologieprofessor, immer stolz auf seine preußische Pünktlichkeit, war als erster zur Stelle und erklärte Paco die lange Geschichte des Ostbahnhofs.

»Bis vor kurzem war das noch unser Hauptbahnhof, aber jetzt haben wir ja unseren neuen, den alten Lehrter Bahnhof, und als ich geboren wurde, war es der Schlesische Bahnhof. Und hier auf dem Schlesischen Bahnhof hat Berlins übelster Serientäter, Massenmörder sagte man früher dazu, Würstchen verkauft. Karl Großmann war das, die ›Bestie vom Schlesischen Bahnhof‹. Drei Morde hat er zugegeben, dann hat er sich in der Untersuchungshaft erhängt, es sieht aber so aus, als hätte er über fünfzig alleinstehende Frauen aus dem Lumpenproletariat, wie das damals hieß, ermordet und die Leichen zerstückelt.«

Paco schüttelte sich. »Daher der Wurstverkäufer.«

»Das soll wohl mehr ein Gerücht sein.«

»Ich esse heute nur Müsli und Salat ...« Paco brach unwillkürlich ab, hätte fast das ausgerufen, was Arianes Lieblingswendung war: »Ick gloobe, ick spinne!« Denn der Mann, der da auf ihn zukam, sah so aus wie sein Berliner Opa, wie Herbert Neutig. Genauso wie auf den Fotos.

Da war er heran und streckte Manfred Matuschewski die Hand hin. »Da bin ich. Ah, und das ist der Paco aus Madrid.«

Klar, das war Konstantin Neutig. Die Gene der Neutigs hatten sich als sehr durchsetzungskräftig erwiesen.

Die drei gingen die Straße der Pariser Kommune hinunter, die frühere Fruchtstraße, und Konstantin Neutig konnte sich noch so lebhaft an die Besuche seiner West-Berliner Verwandten erinnern, daß Paco das Gefühl hatte, mit dabeigewesen zu sein …

Im Land des blauen Würgers

1958

Auch im Jahre 1958 hatten Gerda und Herbert ihren Urlaub in Farchant verbracht, natürlich mit Otto und Margot Matuschewski zusammen. Als sie wieder in Berlin gelandet waren und die Wohnungstür aufschlossen, lagen im Flur eine Menge Kartengrüße, darunter auch einige von der »Mischpoke«, wie Herbert immer sagte. Gerhard, Margarita, Ingrid und Barbie hatten die Ferien am Strand von Torremolinos verbracht, an der Costa del Sol.

»Das hätten *wir* unserer Tochter nicht bieten können«, sagte Herbert, doch für Gerda war das nur ein schwacher Trost. »Aber Schluß mit dem Wenn, Hätte und Aber.«

Kurt und Käthe hatten sich aus dem Thüringer Wald gemeldet, Eckhard und Gisela aus Göhren auf der Insel Rügen und Barbara aus der ČSSR, wo sie eine Freundin hatte. Konstantin und Edeltraut hatten nicht geschrieben. Sie steckten in Trainingslagern, und von dort an Westverwandte zu schreiben, war nicht eben klug. »Wir müßten sie mal wieder besuchen«, sagte Gerda.

Herberts »Ja« kam sehr gedehnt. Er hatte Angst, daß sie eines Tages Ost-Berlin wegen des Flüchtlingsstroms schlagartig dichtmachen könnten. »Und wir sitzen dann da und kommen nicht mehr raus.« Und ob da die Amerikaner wirklich etwas tun würden? Am 17. Juni 1953 waren sie den Menschen ja auch nicht zur Hilfe gekommen. Um keinen dritten Weltkrieg zu entfesseln. Wenn also Gerda den »Ausflug« nach Friedrichshain anmahnte und wenn Otto Matuschewski ihn fragte, was denn bei ihnen anliegen würde, dann antwortete Herbert mit der stereotypen

Wendung: »Unser Besuch bei meinem Bruder liegt nicht nur an, sondern mir auch wie ein Stein im Magen.« Und immer wieder sollte etwas dazwischenkommen ... Sie hatten ja auch stets ein reichhaltiges Programm.

Am ersten Sonnabend im Monat trafen sie sich mit den Matuschewskis zum Spielen, das zweite Wochenende war für Gerdas Mutter reserviert, das dritte für Gerdas Schwester und deren Familie und das letzte zum Großreinemachen und Faulenzen. Dazu kam Gerdas Sport, der viel Zeit in Anspruch nahm. Und in Berlin war ooch imma wat los. Herbert ging natürlich Anfang Oktober mit seinem radsportverrückten Neffen Konstantin zum 45. Berliner Sechstagerennen. Die Weltspitze aus neun Nationen war am Start, und insgesamt 40 000 Mark an Prämien waren zu gewinnen.

»Na, wäre das nicht was für dich?« fragte Herbert.

»Ick laß mich nicht abwerben«, war Konstantins Antwort. »Ick will bei der Olympiade 'ne Joldmedaille für die DDR holen.«

Gerda ging lieber ins Kino, am liebsten dreimal in der Woche. Im Marmorhaus sah sie sich *Taiga* an, ein Film mit Ruth Leuwerik, aber auch zwei Männern, die sie geradezu anhimmelte: Hannes Messemer und Charles Regnier. Es folgten *Das Mädchen Rosemarie* mit Nadja Tiller im Gloria-Palast, *Der Mann, der Sherlock Holmes war* mit Heinz Rühmann im Titania-Palast, *Heimatlos* mit Freddy Quinn im Alhambra oben im Wedding, *Immer die Radfahrer* mit Heinz Ehrhardt, Hans Joachim Kulenkampff und Wolf Albach-Retty im Roxy, *Peter Voß, der Millionendieb* im Zoo-Palast und *Der eiserne Gustav* mit Heinz Rühmann im Marmorhaus. Der Höhepunkt der Saison aber war ein anderer Film: *Wir Wunderkinder* mit Wolfgang Neuss. Zusammen mit Herbert und den drei Matuschewskis amüsierte sie sich im Gloria-Palast. Manchmal nahm sie auch Käthe, ihre Schwägerin, mit, aber dabei war in den Schaukästen der Kinos immer auf einen ganz besonderen Spruch zu achten: »Die mit ◊ gekennzeichneten Filme laufen im Rahmen des Gesamtberliners Kulturplanes. Für Ost-Berliner Eintritt gegen Ostgeld 1:1.«

Saß Gerda nicht im Kino, dann vor dem Fernseher. Da gab

es dann *Viel Vergnügen! Spiele und Spielereien* mit dem unvergleichlichen Peter Frankenfeld, *Sieben auf einen Streich*, das heitere Tele-Toto mit Hans-Joachim Kulenkampff, und *Hätten Sie's gewußt?*, das spannende Fragespiel mit dem Sportreporter Heinz Maegerlein als Quizmaster. Im Radio, im RIAS, hörte sie eigentlich nur noch *Günter Neumann und seine Insulaner*.

Insbesondere Gerda war also immer voll ausgebucht, nun aber, am 14. Dezember, am zweiten Advent, war es endlich soweit: Es sollte wirklich zu Herberts Bruder gehen. Die Nacht vorher konnte Gerda kaum schlafen. Sie fühlte sich wie vor einer schweren Operation. Nach dem Frühstück, als sie gerade dabei waren, sich anzuziehen und die Geschenke zusammenzupacken, klingelte das Telefon.

»Hurra, sie sagen ab!« rief Gerda. Doch es war nur ihre Mutter. Sie habe plötzlich starke Ischiasschmerzen und könne nicht mitkommen. »Du Ärmste«, sagte Gerda und dachte: »Du Simulantin, du.«

Schwerbepackt zogen sie dann los, kaum daß es elf geworden war. »Besser schwerbepackt als leicht bekackt«, sagte Herbert mit einer Wendung seines Freundes Otto Matuschewski. Bis zur U-Bahn war es ein ganz schönes Stück. Jeder trug zwei Taschen. Weihnachtsgeschenke für sieben Personen, da kam eine Menge zusammen. Für Käthe hatten sie ein Mixgerät gekauft und für Kurt einen elektrischen Rasierer. Die Nichten und Neffen bekamen Laufschuhe und Spikes, einen Lötkolben, ein Fachbuch Elektrotechnik und einen dicken norwegischen Pullover. Dazu kam das, was West-Berliner immer mitnahmen, wenn sie zu Freunden und Verwandten in den Osten fuhren: Waschpulver, Ananas in Büchsen und Kaffee.

»Wenn wir kontrolliert werden, gibt das wieder Ärger«, sagte Gerda.

»Die sollten sich doch freuen, daß wir das alles in die DDR rüberschleppen«, meinte Herbert.

Friedrichstraße war in die S-Bahn, das heißt die Stadtbahn umzusteigen. Ein paar Uniformierte standen herum, zeigten aber kein Interesse an ihnen und den eingeführten Waren.

Die »Neutigs Ost« wohnten in der Nähe des alten Schlesischen Bahnhofs, der jetzt Ostbahnhof hieß, in einem Altbau, von dem Herbert sagte, es sei schade, daß ihn die Bomben nicht auch in Schutt und Asche gelegt hätten. »Daß man da drin überhaupt noch wohnen kann ...« Nun schön, die Familie seines Bruders verfügte wenigstens über eine Innentoilette, aber die Kinder mußten jeden Tag eine gehörige Menge Briketts nach oben schleppten, denn in allen Zimmern standen Kachelöfen. »Na, vielleicht sind deswegen alle so sportlich – das tägliche Training im Winter.«

Als sie den Bahnhof verließen, waren sie geradezu erschüttert, wie elend und heruntergekommen die Gegend auch heute noch war, dreizehn Jahre nach Ende des Krieges. Zerschossene Fassaden mit herabgefallenem Putz und leere Plätze prägten das Bild. Wunden, die nicht so schnell verheilten, zumal man in Ost-Berlin alle Kapazitäten nutzte, um den Bau der Stalinallee voranzutreiben.

Gerda und Herbert stritten sich, wie man denn die Straße auszusprechen habe, in der die »Neutigs Ost« zu Hause waren: »Pariser Kommune«, wie Herbert meinte, oder »Kommün«, wie es Gerda für richtig hielt.

»Dann müßtest du ja auch ›Pari‹ sagen und nicht ›Paris‹«, war Herberts Argument. »Und außerdem wird das für mich bis in alle Ewigkeit die Fruchtstraße bleiben.«

Sie liefen nordwärts, und Herbert meinte, die Hymne der DDR sei irgendwie falsch, denn hier war längst noch nicht alles wieder »auferstanden aus Ruinen«. Wehmütig erinnerten sie sich an die Plaza am Küstriner Platz, das große Berliner Varieté-Theater im alten Bahnhofsgebäude. »Alles verschwunden, aus und vorbei.« Wie oft hatten sie dort im Parkett gesessen und Händchen gehalten. Schon als Fünfzehnjährige hatte ja Gerda ihren Herbert in der Bank kennengelernt, 1929 also. »Lang, lang ist's her«, sagte sie.

Sie rüsteten sich zur Begrüßung ihrer Verwandten. Oft sah man sich nicht, und Gerda war immer ein wenig befangen. Nicht nur, weil Käthe, Kurt und die anderen nun Ausländer waren und man in Ost-Berlin jedes Wort auf die Goldwaage legen mußte, sondern auch wegen ihres schlechten Gewissens. Daß man Herberts Bruder Kurt damals nicht in die Sache mit Ingrid eingeweiht hatte. Sie hätten es eigentlich tun müssen, aber Herbert hatte Angst gehabt, daß sich Kurt einmal »verquatschen« würde. Kurt hatte sich nicht zu den Nazis bekannt – aber konnte man in diesen Zeiten wirklich noch dem eigenen Bruder trauen? Sie waren auf Nummer sicher gegangen, nun tat es ihnen leid. »Aber wenn wir jetzt was sagen, machen wir es nur noch schlimmer.«

Die »Neutigs Ost« wohnten im Hinterhaus, und als Gerda und Herbert über den Hof gingen, war ihnen, als hätte jemand im ersten Stock des Seitenflügels eben noch am Fenster gestanden und sie beobachtet. Die Gardine bewegte sich noch.

»Der Staatssicherheitsdienst hat uns schon registriert«, flüsterte Herbert. »Ich bin für den SSD sicherlich herzlich uninteressant, aber du weißt eine Menge über die Interna der West-Berliner Gewerkschaften und hast Zugang zu vertraulichen Protokollen.«

»Ein bißchen mulmig ist mir schon«, sagte Gerda. »Aber ich hab Werner Seifert gesagt, bei wem wir sind, und wenn ich mich heute abend bis 23 Uhr nicht bei ihm gemeldet habe, schlägt er Alarm.«

Die Klingel der Neutigs funktionierte nicht, jemand hatte die Drähte herausgerissen und geklaut. So klopfte man.

»Herein, wenn's kein Schneider ist!« rief Kurt und öffnete.

Es dauerte eine Weile, bis man alle begrüßt hatte. Mit Händedruck und Küßchen.

Kurt und Käthe Neutig waren keine glühenden Verfechter des Sozialismus, sondern eher unpolitische Menschen. Sie hatten sich mit den herrschenden Verhältnissen abgefunden und mit den Machthabern arrangiert. »Wer nicht gegen sie hetzt, dem tun sie auch nichts.« Vor dem SSD, dem Staatssicherheitsdienst, brauchten sie keine Angst zu haben. Sie taten ja nichts, was verboten war. Daß es den Leuten im Westen derzeit besser ging, bestritten sie nicht, lebten aber in der Gewißheit, daß sich das langfristig ändern würde. »Wer zuletzt lacht ...« Schon jetzt tue ja die DDR, was Gesundheitsschutz, Schule, Bildung und kulturelle Zwecke anging, mehr für die Menschen als der Westen, besonders für die Jugend. Und sie glaubten Walter Ulbricht, der immer wieder betonte, daß man den Westen eines Tages überholen werde. »Überholen ohne einzuholen«, hatte er auf dem III. Parteitag der SED im Jahre 1956 gesagt. Was sie nicht so recht verstanden, was aber wohl heißen sollte, daß man die schlechten Seiten des Kapitalismus nicht auch übernehmen wollte: die hohe Kriminalitätsrate, die schmutzigen Bücher und Schlager und die ganze amerikanische »Unkultur«. Kurt und Käthe waren nur in Organisationen, in denen man sein mußte, also beispielsweise im FDGB oder der DSF, der deutsch-sowjetischen Freundschaft, aber nicht in der SED. Dort, wo sie beide beschäftigt waren, ging es auch so. Kurt war Dispatcher bei der Berliner S-Bahn, Käthe arbeitete als Briefverteilerin bei der Post. Gisela und Eckhard, im EAW Treptow und im RFT-Werk in Köpenick als Facharbeiter beschäftigt, wollten SED-Mitglieder werden, ohne aber »verbohrt« zu sein, wie Herbert das ausdrückte. Edeltraut und Konstantin schwammen mit im Strom und waren bereit, ihrem Lande alles zurückzugeben, was sie ihm verdankten: die sportlichen Lorbeeren und das bessere Leben. Einzig und allein Barbara konnte man als Gegnerin des SED-Regimes bezeichnen. Aber sie wollte die DDR nicht von innen heraus verändern, sondern war nur von dem einen Gedanken erfüllt: Möglichst schnell weg von hier und sich in »der freien Welt« eine frohe Zukunft aufbauen!

Pünktlich um 12 Uhr mittags stand das Essen auf dem Tisch. Das war bei den »Neutigs Ost« an Sonn- und Feiertagen eisern geregelt: 9 Uhr Frühstück, 12 Uhr Mittag, 15 Uhr Kaffee, 18 Uhr Abendbrot. Um 21 Uhr ging man ins Bett. Immer im Drei-Stunden-Rhythmus. »Der Mensch braucht seine Ordnung«, sagte Käthe.

Doch heute schien einiges nicht recht geklappt zu haben, denn es war schon fünf nach zwölf, und Kurt hatte noch immer nicht zu Tisch gebeten. »Mit der Soljanka dauert es wieder.«

»Ah, ihr erwartet noch Besuch?« fragte Gerda. »Eine russische Freundin von Edeltraut?«

Die »Neutigs Ost« wollten sich daraufhin schier kaputtlachen. Soljanka, das sei eine ukrainische Suppe, in der alles mögliche drin sei: Fleisch, Wurst, Speck, Zwiebeln, Paprika, saure Gurken, Gewürze und Sahne. Wenn vorhanden. »Das kriegste in jedem Restaurant bei uns, weil die ihre Fleisch- und Wurstreste verarbeiten müssen. Und scharf gewürzt isse, damit's nich' so muffig schmeckt.«

Daraufhin beschloß Gerda, auf ihre entzündeten Magenschleimhäute zu verweisen und auf die Soljanka zu verzichten. Herbert war das peinlich, und er sagte nicht ohne eine gewisse Schärfe: »Bei uns wird gegessen, was die Kelle gibt.« Doch es nutzte nichts. Gerda konnte auch eine gewisse Abneigung gegen den Löffel nicht verbergen. Er war mit kleinen schwarzen Pokken übersät.

Eckhard klärte sie auf, daß das ein Aluminiumbesteck sei. »Alekto. Hab' ich bei mir in der Kantine mitgehen lassen. Bei der Gabel mußt du aufpassen, die verbiegt sich beim Essen immer. Dafür ist das Messer so stumpf, daß du dich unmöglich damit schneiden kannst.«

Sie bewunderte den Humor, mit dem sich die Verwandten gewappnet hatten, und Herbert sollte später sagen, es sei eine wahre Kunst, in dieser tristen Umwelt so fröhlich zu sein und nicht andauernd zu jammern.

Was anschließend in der großen Schüssel dampfte, hielt Gerda für Ragoût fin, doch Käthe belehrte sie dahingehend, daß das »Würzfleisch« sei.

»Wo ist denn da der Unterschied?«

»Bei uns ist kein Kalbsfleisch drin und auch keine Zunge, sondern Geflügelfleisch.«

»Und wo kommt die Würze her?« fragte Herbert.

»Das ist Worschester.«

Herbert brauchte einen Moment, um zu realisieren, daß seine Schwägerin die Worcester-Sauce meinte. »Was, die gibt's bei euch auch?«

»Aber nur als Bückware«, erklärte ihm Kurt.

»Wie – steht die im Laden immer unten auf'm Boden? Muß man sich bücken danach?«

»Nee, nich' du, sondern der Verkäufer muß sich bücken. Hinterm Ladentisch. Alles, was knapp ist, gibt es nur für Kunden, die man kennt und die einem auch mal behilflich sind. Beziehungen mußte haben. Willste Letscho dazu?«

»Was bitte?« Gerda hatte nur »let« verstanden, also lassen, zulassen – aber ein englischer Ausdruck in der DDR? Und »scho«? Wahrscheinlich meinte ihre Schwägerin »show«. Aber das gab keinerlei Sinn. Oder doch? »Ob wir Musik zum Essen hören wollen?«

Wieder wurde sie ausgelacht und dann belehrt: Letscho sei eigentlich ungarisch, käme aber meistens aus Bulgarien und bestünde aus Tomaten, Gemüsepaprika, Salz, Zucker und Gewürzpaprika.

»Man wird alt wie eine Kuh und lernt immer noch dazu«, sagte Gerda und zuckte auch nicht zurück, als man sie fragte, ob sie ein Glas *Bärenblut* wolle, also bulgarischen Rotwein.

Gerda war erfüllt von einem kindlichen Staunen. Es war dasselbe Land, es war dieselbe Stadt, und dennoch befand sie sich in einer anderen Welt. Alles, was man trank und aß, was man sah und was man anfaßte, hieß anders. Auf der Schokolade stand nicht Stollwerck oder Sarotti, sondern *Bambina* oder *Creck*, und sie kam vom VEB Elfe Leipzig und Berlin. Und die Kekse waren nicht von Bahlsen, Hannover, wie sich das gehörte, sondern liefen unter dem Namen *Hansa* oder *Othello* und waren im VEB Nahrungsmittelkombinat Albert Kuntz Wurzen gebakken worden. Der Othello-Keks war dunkel und enthielt einen hohen Anteil an Hafermehl. Gerda hätte sich fast einen Zahn dran ausgebissen. Lieber aß sie da die Konsument-Waffeln, deren Cremefüllung Käthe zufolge nach Vanille schmecken sollte. Überraschend war für Gerda auch, daß auf der Margarine nicht Sanella stand, sondern *Marina*, Preis: 75 Pfennig.

Nach dem Mittagessen beschloß man, sich ein wenig die Beine zu vertreten. Kurt schlug vor, sich zuerst die Stalinallee anzusehen und zwischen Kaffee und Abendbrot zum Weihnachtsmarkt zu gehen. »Da ist es dann schon dunkel, und alles sieht viel schöner aus.«

Kurt und Käthe waren stolz auf ihre Stalinallee. »Da ist alles vorhanden: Zentralheizung, geflieste Bäder, Einbauschränke, Müllschlucker, Fahrstühle, Haussprechanlage, Balkone und Dachgärten. Und vorn an der Fassade Meißner Porzellan dran.«

»Und wann bekommt ihr da 'ne Wohnung?« Zugegeben, diese Frage war ein wenig gemein, aber Gerda ging es etwas auf die Nerven, daß sich die beiden einen »abgejubelt« hatten. Ausgerechnet über eine Straße, die nach Stalin benannt worden war, für die meisten im Westen »der größte Verbrecher nach Hitler«.

»Wohnungen bekommen nur die, die beim Nationalen Aufbauwerk mitgemacht haben«, erklärte ihnen Kurt. »Mindestens 150 Halbschichten.«

Gerda murmelte das, was sie im West-Berliner *Telegraf* gelesen hatte: »Zuckerbäckerstil«, fand das Ganze aber alles in allem ansehnlicher als das, was sie am Rande des Tiergartens bei der Internationalen Bauausstellung im Hansaviertel hingestellt hatten.

Barbara verriet ihnen, wie die Stalinallee im Volksmund hieß: »Aktivistenritze, Nullenkorso, Protzdam oder Große Unfreiheit.«

Von den Kindern hatte Barbara mit dem DDR-Regime am wenigsten im Sinn. Sie stand kurz vor dem Abitur und flüsterte Gerda zu, daß sie in den Westen wolle. »Sprachen studieren, aber nicht Russisch, sondern Englisch, Französisch, Italienisch, Spanisch. Ich will mal Dolmetscherin werden.«

»Wissen denn deine Eltern schon davon?«

»Nein, noch nicht. Ich sag's ihnen erst, wenn ich drüben bin. Sicher ist sicher.«

»Dann müssen wir ja nächstes Jahr damit rechnen, daß du eines Tages bei uns vor der Tür stehst ...«

»Pssst ...«

Barbara war es auch, die Gerda und Herbert mit den Sprüchen und den politischen Witzen vertraut machte, die man in Ost-Berlin so draufhatte.

»Bitte warten, Sie werden placiert!« So heiße es, wenn man in ein Restaurant kam und am Eingang vom Kellner abgefangen wurde. »Auch wenn kein Mensch da ist. So können sie sich die Gäste auswählen, von denen sie am meisten Trinkgeld bekommen – und das sind die Westler.«

»Wie schön für uns.«

»Die Partei, die Partei hat immer recht«, fuhr Barbara fort. »Das stammt von KuBa.«

»Aus Kuba ...?«

Die Nichte lachte. »Nein, nicht die Insel. KuBa kommt von Kurt Barthel, der hat das gedichtet, und Ernst Busch singt es. Von KuBa stammt auch die *Kantate auf Stalin*.«

Nun konnte auch Herbert mit einstimmen: »Von der Sowjetunion lernen, heißt siegen lernen.«

»Vorsicht, Jugendfreund, das klingt mir doch etwas ironisch, wie du da von unserem Bruderland sprichst.«

Herbert grinste. »Ich weiß, du hast den Parteiauftrag, mich dazu zu bringen, in die DDR überzusiedeln. Was werde ich denn bei euch: Krankenkassenminister?«

»Vielleicht. In die SED kommst du ja nicht, du mußt schon in eine der Blockparteien rein, in die CDU, die DBD, die NDPD oder die LDPD.«

»Dann schon in die CDU. Da sollen ja die Jasager alle drin sein – und das Jasagen habe ich an der Seite von Gerda jahrelang trainiert.«

»*Nu pogodi*!« rief Barbara.

»Wer is'n Nu Pogodi?« fragte Gerda. »Der neue Kreml-Chef?«

»Nee, das heißt ›Na warte!‹ und kommt aus einer sowjetischen Zeichentrickserie mit einem Wolf und einem Hasen. Der Wolf ist böse und faul, der Hase lieb und fleißig. Der Wolf verliert immer, schwört aber jedesmal Rache, wenn der siegreiche Hase davonhoppelt, und brüllt ihm hinterher: ›Nu pogodi!‹ – so im Sinne von: ›Na warte, dich krieg' ich auch noch mal!‹«

»Das müßte man alles mal für die Westdeutschen aufschreiben«, sagte Herbert. »So als Reiseführer für die DDR.«

»Mach das mal«, riet ihm seine Nichte. »Wie heißt das bei uns: ›Greif zur Feder, Kumpel!‹«

Ein bißchen wußte Herbert auch schon. »Seid bereit. Immer bereit. Großes Pionierehrenwort.«

»Du könntest wirklich rüberkommen zu uns.«

»Nein, danke, ich bleib' doch lieber im kapitalistischen Sumpf.«

Barbara kannte eine Menge Ulbricht-Witze. Obwohl sie ein wenig hinter den anderen zurückgeblieben waren und auch sonst niemand mithören konnte, senkte sie unwillkürlich ihre Stimme. »Der Lehrer zu Fritzchen: ›Wo liegen die Wurzeln der Genialität unseres Genossen Walter Ulbricht?‹ – ›Er besaß schon als Kind das Wissen und den Verstand von heute.‹« Oder: »Ulbricht fährt mit seinem Wagen durch Ost-Berlin. Hinter ihm jubeln die Menschen. Das versteht er nicht und fordert seinen Fahrer auf, anzuhalten und auszusteigen. ›Guck mal nach, was da los ist.‹ Der Fahrer tut es und findet hinten am Auto einen Zettel mit den Worten: ›Wir hauen ab!‹«

Pünktlich um 15 Uhr waren sie wieder bei Kurt und Käthe zu Hause und setzten sich an den Kaffeetisch.

Kurt öffnete eine Flasche Rotkäppchen. »Wir freuen uns, daß ihr wieder mal gekommen seid.«

»Solange das noch möglich ist«, fügte Käthe hinzu.

»Mal den Teufel nicht an die Wand«, sagte Herbert, denn es waren immer wieder Gerüchte im Umlauf, daß Ulbricht die DDR irgendwann einmal abriegeln würde. Wenn der Flüchtlingsstrom nicht abreißen würde.

Der Kaffee schmeckte so bitter, daß Gerda das Gefühl hatte, man würde sie vergiften wollen. Dabei war Käthe so stolz darauf, eine Packung Mona-Kaffee ergattert zu haben, 250 Gramm für 10 Mark. »Sonst haben wir ja nur unseren *Im Nu*.« Der bestand aus geröstetem Getreide.

»Bei uns ist das *Karo einfach* oder *Kathreiner's Malzkaffee*.«

Gerda fiel auf, daß sie alle ihre Sätze immer öfter mit »bei uns« begann, und dann die Vergleiche kamen: »Bei euch, da …«

Kaffeesahne gab es nicht, dafür reichte Käthe ihrer Schwägerin ein Tütchen Kaffeeweißer hinüber: *Cafésan* aus dem VEB Dauermilchwerke Stendal. Herbert prägte sich alle die VEBs ganz genau ein, denn wenn er die morgen beim Mittagessen in der AOK-Kantine am Oranienplatz an den Mann brachte, konnte er sicher sein, daß alle zuhörten und lachten.

»Bei uns gibt's Kaffeeweißer nur im Flugzeug«, sagte Gerda.

»Dafür werden bei euch die Arbeiter auch alle ausgebeutet«, entgegnete Eckhard. Trotzdem war er es, der einen Witz zur Versorgungslage beisteuerte. »Zwei Ost-Berlinerinnen treffen sich auf dem Alex. Sagt die eine: ›Ich glaube, morgen gibt es Schnee.‹ – ›Das ist mir völlig egal‹, antwortet die andere. ›Ich stelle mich für nichts mehr an.‹«

»Kein Paradies ohne Schlange!« fügte Kurt hinzu.

»Wie …? Ach so.« Gerda lachte mit leichter Verzögerung und erzählte einen Witz, den sie neulich bei sich in der Gewerkschaftskantine gehört hatte. »Fritzchen kommt vom Geschichtsunterricht zurück und fragt seinen Vater: ›Papa, was gab es eigentlich vor dem Sozialismus?‹ – Der Vater holt tief Luft: ›Alles, mein Sohn. Alles!‹«

Nun waren die »Neutigs Ost«, von Barbara einmal abgesehen, doch ein wenig pikiert. »Oh, Entschuldigung, daß ich eure heiligen Gefühle verletzt habe.« Schnell stand Gerda auf. »Ich muß mal.« Der Gang auf die Toilette, auf das »Kackhaus«, wie ihr Neffe Konstantin es formulierte, wurde zu einem besonderen Erlebnis. Auch hier hieß alles anders. Das Papier für »hinterlistige Zwecke« trug den Namen *Dessau standard* und war rauh wie Sandpapier. Die Damenbinden liefen unter dem Namen *Alba Zell* und kamen vom VEB Vliestextilien Lößnitztal. Gerda hatte keine Ahnung, wo das lag. Die Zähne putzten sich die Ostverwandten nicht mit *Blendax*, sondern mit *Perlodont* vom VEB Elbe-Chemie, und wenn sie verreisten, kam nicht *Rei in der Tube* ins Gepäck, sondern *Linda neutral* vom VEB Kombinat Linda Schwerin. Die Fenster wurden mit *Klarofix* aus dem VEB Domal Stadtilm geputzt, und die Nase schnaubte man sich nicht mit Tempotaschentüchern, sondern mit *Kriepa*. Auf dem kleinen Regal unter dem Spülkasten durfte auch die Flasche mit dem antiseptischen Reinigungsmittel *Wofasept* aus dem VEB Chemiekombinat nicht fehlen. Die ganze Wohnung roch danach. Aber nicht nur das, Herbert behauptete auch, dies sei der typische DDR-Geruch. Überall würde er in der Luft hängen. Gerda mußte ihm recht geben, und sie irrte sich in dieser Hinsicht nie. Man sagte ihr nach, daß sie mit ihrer feinen Nase sogar bei den Parfum-Mischern in Grasse eine Chance gehabt hätte.

Zuerst redete man über Familiäres, vor allem darüber, wie es denn den »Spaniern« ginge, Gerhard, Margarita, Ingrid und Barbie – ein Thema, das Gerda so schnell wie möglich abhaken wollte, denn wieder meldete sich ihr schlechtes Gewissen, weil sie und Herbert Kurt und Käthe bis heute nichts von der Sache mit Ingrid erzählt hatten. 1940 hatte man die Zahl der Mitwisser möglichst klein halten wollen, und auch nach dem Zusammenbruch der Naziherrschaft hatten sie Angst gehabt, Kurt und seine Frau einzuweihen. »Die nehmen es uns bestimmt furchtbar übel, daß wir kein Vertrauen zu ihnen hatten.«

Lieber war es Gerda da schon, wenn am Kaffeetisch politisiert wurde. Bei den »Neutigs Ost« las man zu Hause die *Berliner Zeitung*, bei den »Neutigs West« die *Berliner Morgenpost*. Nur im Dienst guckte Kurt auch mal ins *Neue Deutschland*. Bis auf Barbara schworen die Kinder auf die *Junge Welt*. Ihre Lieblingsrubrik war »Unter vier Augen«. Bei den Illustrierten wurden der *stern* und die *Neue Berliner Illustrierte (NBI)* miteinander verglichen und jeweils sehr gelobt. Am meisten schwärmten die »Neutigs Ost« von der *Wochenpost*, die aber ebenso Bückware war wie das *Magazin*. Als Letzteres erwähnt wurde, kicherten die Jungen, denn um die Aktfotos rissen sie sich immer. Ohne die wäre ihr »Faustbetrieb« gar nicht denkbar gewesen. Spaß machte aber auch die Cartoon-Serie »Waputa, die Geierkralle«, mit der die finsteren Machenschaften des Westens aufgespießt wurden.

»Wer will noch das letzte Stück Kuchen?« fragte Käthe unter Hinweis darauf, daß es mit *Weizenin* gebacken worden sei.

»Ich.« Schon hatte es Konstantin mit seiner Gabel aufgespießt. »Ich hab' noch 'ne Menge Bahnrennen vor mir.«

Gleich nach dem Kaffeetrinken machte man sich auf zum Weihnachtsmarkt auf dem Marx-Engels-Platz, früher Schloßplatz. Gerda taten die Beine weh, und sie stellte den Antrag, mit der U-Bahn zu fahren. Ihr Schwager spendierte die Fahrkarten. Marchlewskistraße stiegen sie ein, und als der Zug kam, staunte Gerda. »Das sind doch umgebaute S-Bahnwagen.« So war es auch, wie ihr Eckhard erklärte. Man wisse sich eben zu helfen. Strausberger Platz, Schillingstraße – das waren Stationen, von denen Gerda noch nie etwas gehört hatte. Ob es die vor dem Kriege auch schon gegeben habe? »Ja, klar. Nur hieß Marchlewskistraße früher Memeler Straße. Alles auf der Linie E.«

»Und auf der Linie A hieß der heutige Luxemburgplatz Horst-Wessel-Platz«, ergänzte Herbert.

»Pssst!« machte Kurt.

Herbert erschrak. Schnell war man als »faschistischer Kriegstreiber« abgestempelt. Was nutzte es da, daß Gerda Opfer des Faschismus war, mit einer Mutter im KZ? Ganz in ihrer Nähe patrouillierten zwei Vopos. Aber die schienen nichts gehört zu haben.

»Zwei Vopos laufen Streife«, sagte Barbara, als sie in sicherer Entfernung waren. »›Guck mal‹, sagt der eine, ›ein toter Vogel.‹ Der andere schaut angestrengt nach oben. ›Wo?‹«

Vom Weihnachtsmarkt war Gerda nicht enttäuscht, aber auch nicht gerade begeistert, und sie stimmte Herbert zu, als der sagte, das Ganze sei eine Mischung aus Rummel und Erzgebirge. Er schimpfte leise vor sich hin, daß es eine »fürchterliche Barbarei« gewesen sei, das Schloß 1950/51 abzureißen. »Als ob die Hohenzollern schuld am Zweiten Weltkrieg gewesen wären.«

»Waren sie doch auch«, sagte Eckhard. »Ohne Friedrich II. und Wilhelm II. kein Hindenburg, und ohne Hindenburg kein Hitler.«

»Hört auf, euch zu streiten!« rief Käthe und führte die West-Berliner Verwandten zu den Ständen, auf denen die Thüringer Holzschnitzer und Holzbildhauer ihre Pyramiden und Figuren aufgestellt hatten. »Wie wär's mit einem Engel?«

»Eine Jahresendfigur«, stellte Barbara richtig.

»Ja, gerne«, log Gerda. Sie hatten schon den halben Schrank voll mit Kerzenständern, Räuchermännchen und sonstigem Krimskrams aus dem Erzgebirge.

Käthe kaufte ihr einen Engel. »Ich krieg' ja bald meine Jahresendprämie.«

Kurt erzählte Herbert, daß er völlig fertig sei, weil er in den letzten vierzehn Tagen zig Jahresabschlußfeiern besucht hatte. »Im Betrieb, in der Gewerkschaftsgruppe, im Sportverein, im Nachbarschaftskollektiv.«

»Mir reicht schon unsere eine Weihnachtsfeier in der AOK«, sagte Herbert. »Aber ... was wünschst du dir denn zu Weihnachten?«

»Ein neues Fahrrad, ein *Diamant*. Ich hab nämlich nur ein *MIFA*.«

»Mieft das so?«

»Nee, das kommt von ›Mitteldeutsche Fahrradwerke‹.«

Barbara hatte auch den passenden Spruch dazu parat: »Wer *MIFA* fährt, fährt nie verkehrt, weil *MIFA* überhaupt nicht fährt.«

Kurt spendierte eine Lage Glühwein für alle Nichtsportler, und Gerda fragte, was sich denn die anderen zu Weihnachten wünschten. Käthe hätte gern neue Küchenmöbel, »mit *Sprelacart* beschichtet«, geschenkt bekommen.

»Und du, Gisela?«

»Einen *Heiko*.«

»Ah, den Mann fürs Leben.«

Alle »Neutigs Ost« brachen nun erneut in schallendes Gelächter aus, denn der *Heiko* war ein Füllfederhalter aus dem VEB Heiko in Wernigerode, und als sich dann Barbara eine *Erika* wünschte, war Gerda etwas vorsichtiger mit ihrem Verdacht, die Nichte würde der gleichgeschlechtlichen Liebe frönen, und wartete, bis man ihr erklärte, daß es sich dabei um eine Schreibmaschine handelte. Auch mit dem Wunsch von Edeltraut und Konstantin kam sie nicht auf Anhieb klar. »Wir möchten zur DHFK.« Sie hielt das für eine Außenhandelsfirma, wurde aber darüber aufgeklärt, daß sich dahinter die Deutsche Hochschule für Körperkultur und Sport verbarg. Ebenso hatte sie mit Eckhard ihre Schwierigkeiten, denn der wünschte sich, bald zum Reisekader seines Werkes zu gehören.

»Kader, was is'n das?« Es ließ sie an »Kater« wie auch an »Kadaver« denken, meinte aber in Verbindung mit »Reise«, wie man ihr erklärte, die Künstler, Wissenschaftler und Vertreter eines Betriebes, die ins westliche Ausland reisen durften.

Letztendlich wurde es noch ein stimmungsvoller Rundgang über den Weihnachtsmarkt, denn in einigen Ecken roch es richtig nach Tannennadeln, Äpfeln und Nüssen, und süße Erinnerungen aus der Kinderzeit stiegen auf.

Kurt wollte noch eine Lage Thüringer Rostbratwürste schmeißen, doch Käthe sagte, das sei rausgeworfenes Geld, denn zu Hause gebe es einen reichgedeckten Abendbrottisch, und sie habe sich so viel Mühe gegeben. Die ganze HO hatte sie leergekauft und sogar Piroggen gemacht. »Nach einem polnischen Rezept.«

Gerda und Herbert staunten denn auch nach der Rückkehr, und Kurt erklärte schmunzelnd, daß es doch wohl eine der RIAS-Enten sei, wenn behauptet würde, im Osten hungerte man. »Greift tüchtig zu. Genötigt wird nicht.«

Gerda schaute etwas irritiert, als Edeltraut ihre Mutter fragte, wo denn der *Rügener Badejunge* sei. »Hast du dir im Sommer einen Freund von der Ostsee mitgebracht?«

»Mensch, Tante Gerda, wo lebst du denn: uff'm Mond?!« Der Rügener Badejunge war ein Camembert-Käse aus dem VdgB Kombinat Milchwirtschaft Rügen in Bergen. Doch den hatte die HO nicht gehabt. Dafür gab es Tollenseer, einen Schnittkäse aus dem Milchhof Neubrandenburg.

Wurst aller Sorten war reichlich vorhanden, und Kurt Neutig erinnerte an die Zeiten, da sie nur »Wurst am Stengel« auf dem Teller gehabt hatten: geröstete Maiskolben.

Ihre Gespräche kreisten um die Frage: »Was macht ihr'n abends so?« Die »Neutigs Ost« lasen viel, zuletzt hatten sie sich *Nackt unter Wölfen*, den KZ-Roman von Bruno Apitz, gekauft. »Bücher sind ja so billig bei uns.« Gerda erinnerte sich noch genau an das, was ihre Nichten und Neffen früher gern gelesen hatten: *Atze*, die Comiczeitschrift, *Tinko*, das Kinderbuch von Erwin Strittmatter, den sie in der DDR heiliggesprochen hatten, und vor allem die vielen Bände aus der Reihe *Spannend erzählt*. Von Winnetou und Old Shatterhand dagegen hatten Eckhard und Konstantin keine Ahnung. Jetzt bevorzugten sie die Krimis aus der *Blaulicht*-Reihe. Herbert fragte die beiden Jungen, was denn ihre Piko-Eisenbahn machte, und stritt sich mit ihnen, welche Marke denn besser sei: Piko oder Märklin.

Was die Kinos betraf, fuhren nur Käthe und Barbara öfter nach West-Berlin hinüber, während die anderen Familienmitglieder die sozialistischen Filmtheater bevorzugten, so das Capitol in der Schönhauser Allee, den Lichtpalast in Köpenick oder das Imperial in der Rosenthaler Straße. Besonders stolz aber waren sie auf das Colosseum in der Schönhauser Allee. Gerda war zweimal mitgewesen und hatte *Vergeßt mir meine Traudl nicht* und *Ecke Schönhauser* gesehen. Da waren zwei Jugendliche in den Westen gegangen – von denen der eine dann in einem Flüchtlingslager ums Leben gekommen war, während der andere reumütig in den Osten zurückgekehrt war. Vor dem Hauptfilm hatte es den *Augenzeugen* gegeben, die *Wochenschau* auf »Ost«. Auch die voller Propaganda, wie Gerda meinte.

»Und bei euch im Westen, da gibt es keine Propaganda, was?!« fragte Eckhard und verwies auf die »Hetze« vor allem im RIAS. »Die amerikanischen und die westdeutschen Monopolkapitalisten wollen doch, daß alles wieder so ist wie vor dem Krieg, daß ihnen wieder alles gehört, was heute Volkseigentum ist.«

»Mag ja sein«, sagte Herbert. »Aber Tatsache ist nun mal, daß es dem ausgebeuteten Arbeiter bei uns x-mal besser geht als dem Arbeiter bei euch im Arbeiter- und Bauernstaat.«

»Ja«, erregte sich Gisela, »aber nur, weil die Amis bei euch alles reingepumpt haben, während wir die Reparationen an die SU zu leisten hatten.«

»Pssst!« mahnte Kurt.

»Macht doch mal den Plattenspieler an!« rief Käthe.

Konstantin tat es und legte nacheinander alles auf, was sie an

Amiga-Platten gekauft hatten. Schlager und Interpreten, von denen Gerda nie etwas gehört hatte. Bärbel Wachholz zum Beispiel.

Nach dem Essen kam die Frage, ob sie nun einen *Blauen Würger* haben wollten. Auch da standen in ihren Gesichtern drei Fragezeichen, und Kurt klärte sie auf, daß damit ein Wodka mit blauem Etikett gemeint war.

»Ja, immer her damit!« Wer einen Blauen Würger trank, hatte morgen im Westen etwas zu erzählen. Herbert also wagte es, während sich Gerda einen *Goldi* einschenken ließ, einen Weinbrandverschnitt aus dem VEB Nordbrand Nordhausen, wie es auf der Flasche stand. Sie mußte sich schütteln, obwohl sie diese Regung mit Rücksicht auf ihre Gastgeber zu unterdrücken suchte. Aber sie war nun einmal Sanfteres gewohnt: *Asbach Uralt*, *Dujardin Imperial* oder *Jacobi 1880*.

Kurz vor 20 Uhr zündete Käthe eine Kerze an und rief: »Bescherung!« Alle »Neutigs Ost« freuten sich riesig über das Mitgebrachte, waren aber auch ein bißchen beschämt. »Weil wir uns nicht so richtig revanchieren können«, sagte Kurt.

»Macht doch nichts«, sagte Herbert. »Es kann ja auch jederzeit mal anders kommen: Die Russen schlucken West-Berlin, und wir dürfen Kohldampf schieben. Da kommt *ihr* dann mit dicken Taschen rüber.«

»Ihr seid auch so auf'm absterbenden Ast«, sagte Eckhard. »Da braucht die Rote Armee gar nicht erst einmarschieren.«

Dann holte Kurt das Geschenk für Gerda und Herbert aus dem Schrank: eine reichgeschmückte Weihnachtspyramide aus dem Erzgebirge. Er hatte alle seine Beziehungen aufbieten müssen, um sie an Land zu ziehen, denn die besten Stücke wurden natürlich in den Westen verkauft. »Immer, wenn sie sich dreht, sollt ihr an uns denken.«

»Herzlichen Dank!« rief Gerda, obwohl sie eigentlich auch ein wenig entsetzt war: Wohin bloß mit dem Riesending in ihrer kleinen Wohnung?!

Dann spielten sie, wie es seit Urzeiten in den Familien Neutig und Friedrich üblich war, »Schlesische Lotterie« beziehungsweise »Gottes Segen bei Cohn«, und es wurde wieder so richtig gemütlich.

Eine Stunde vor Mitternacht machten sich Gerda und Herbert auf den Heimweg. Käthe hatte Tränen in den Augen. »In diesen Zeiten weiß man ja nicht, ob man sich noch mal lebendig wiedersieht.«

Herbert lachte. »Sich tot wiederzusehen, ist ja auch möglicherweise viel spannender.«

Gerda grauste vor der Rückfahrt, doch sie wurden weder im Osten kontrolliert noch im Westen von irgendwelchem Gesindel überfallen. Sie machte aber dennoch – oder gerade deswegen – drei Kreuze, als sie wieder in der Afrikanischen Straße angekommen waren, gedanklich jedenfalls.

Der Enkel VII

Paco tat sich schwer damit, in Berlin das geordnete Leben zu führen, das er von Madrid her gewohnt war. Die einzigen festen Zeiten, an die er sich zu halten hatte, waren die bei Tasmania, die Trainingszeiten. Ansonsten konnte er tun und lassen, wie er wollte, ganz nach Lust und Laune. Ariane war keine Partnerin, die sein Leben irgendwie dominieren wollte, wofür er ihr sehr dankbar war. Zu jobben brauchte er nicht, denn seine Eltern und seine spanischen Großeltern hatten ihm so viel hinterlassen, daß es für seine insgesamt bescheidenen Bedürfnisse allemal reichte. Dennoch war er nicht so glücklich, wie er es eigentlich hätte sein müssen. Vielleicht war er doch zu deutsch, um ohne berufliche Arbeit und ohne großes Ziel auskommen zu können, hatte er die *Colegio Alemán* nicht ohne Folgen besucht. Aber auch das spanische Bürgertum war in dieser Hinsicht nicht viel anders. Nun ja: *No por madrugar amanece más temprano* – Steht man früh auf, wird es auch nicht eher Morgen.

Dann aber raffte er sich doch noch auf und fuhr nach Dahlem hinaus, um mit Dr. Oybin zu reden, dem einzigen Assistenten seines Instituts, der schon aus dem Urlaub zurückgekehrt war. Er betreute eine Lehrveranstaltung, die Paco überaus interessant fand: »Der moderne deutsche Kriminalroman als Spiegel der Gesellschaft?« Als Paco anklopfte, hatte er unwillkürlich Goethe im Kopf: »Ich bin erst kurze Zeit allhier, einen Mann zu hören und zu kennen, den alle mir mit Ehrfurcht nennen.« Doch Dr. Oybin war eher phlegmatisch als charismatisch und verstand vom Thema herzlich wenig. Sein Chef habe es ihm aufoktroyiert. Auch habe er selber noch nie einen genuinen Kriminalroman gelesen.

»Ich schon«, bekannte Paco, nachdem er sich etwas ausführlicher vorgestellt hatte. »Englische wie deutsche, sagt man doch, eine fremde Sprache sei am besten dadurch zu erlernen, daß man Krimis in ihr liest.«

»Da ist mir die zweitbeste Methode schon lieber«, sagte Dr. Oybin und sah Paco in die Augen.

»Und welche wäre das?«

»Na, die im Bett.«

Paco beeilte sich, dem Assistenten zu versichern, daß er die deutsche Sprache vergleichsweise perfekt beherrschen würde und keiner Nachhilfe bedürfe. »Ich will nur sehen, ob noch ein Referatsthema frei ist.«

»Eigentlich nicht, denn der Kurs geht ja über zwei Semester, und die Referate sind schon am Ende des letzten Semesters vergeben worden, aber ...« Dr. Oybin war liebenswürdig geblieben und warb weiterhin um ihn. »Da hat gerade eine Studentin ein Thema zurückgegeben, daß Sie gerne übernehmen können ... Über HH.«

Paco war ein wenig verwirrt, denn er hatte »Ha-ha« verstanden und glaubte, es ginge um den Humor im modernen deutschen Kriminalroman, verwarf diesen Gedanken aber sofort, denn für solche Scherze war ein Germanist wie Dr. Oybin viel zu ernsthaft. Vielleicht meinte er auch den Regionalkrimi made in Hamburg, denn HH stand ja für Hansestadt Hamburg. Aber gab es den denn? »HH ...? Da kann ich Ihnen nicht ganz folgen ...«

»Ist denn HH nie ins Spanische übersetzt worden, Hoss McDevil?«

»Doch, von dem habe ich *Der Bleistift mit der Todesschrift* gelesen.« Paco konnte sich noch gut daran erinnern. »Aber ich dachte immer, das sei ein Amerikaner.«

»Nein, nein, der Autor kommt hier aus Berlin und heißt Horst Hastenteufel. Daher das HH. Hoss McDevil ist nur sein Pseudonym. Hastenteufels Feinde, und davon hat er eine Menge, sagen und schreiben immer McDebil. Das ist schon ganz interessant.«

»Gut, dann stürze ich mich auf ihn und seine Werke.«

Paco Morientes war froh, den Anschluß ans deutsche Universitätsleben gefunden zu haben, und machte sich mit Feuereifer an die Arbeit. In den Buchhandlungen fand er die neuesten Romane von Hastenteufel, in den Bibliotheken auch noch die im Handel längst vergriffenen. Erst nachdem er sich ein wenig eingelesen hatte, machte er den Versuch, Kontakt mit dem Autor aufzunehmen. Das war gar nicht so leicht, denn im Telefonbuch stand er nicht, und auch über die Auskunft der Telekom war nichts zu machen. Also rief er beim Verlag an und erhielt den Rat, es am besten mit einer E-Mail zu versuchen, die E-Mail-Adresse dürfe man auch herausgeben. Für Paco war das ein wenig unbequem, denn er hatte zwar einen Laptop, aber keinen Internet-Anschluß und mußte erst Robert Kurz bitten, die Sache für ihn zu übernehmen. Schon am nächsten Tag war die Antwort da: Hastenteufel würde sich freuen, der Wissenschaft weiterhelfen zu können, und Paco möge doch bitte am nächsten Freitag zur Lesung kommen. »20 Uhr in der Buchhandlung Hochlit, Neukölln, Pannierstraße. Quasi bei dir um die Ecke.«

Dieses »Quasi« ließ Paco so lange keine Ruhe, bis er sich daran erinnert hatte, daß Quasi Rieck einer der Helden in Hermann Kants *Die Aula* war. Als er dann pünktlich am Tatort erschien, mußte er ebenso überrascht wie erschrocken feststellen, daß der Autor nicht als Hoss McDevil angekündigt war, sondern als Horst Hastenteufel, und gar nicht aus seinen Kriminalromanen las, sondern aus einem Buch mit dem kryptischen Titel *Berlin Südkreuz*, »ganz ohne Mord und Totschlag«, wie es auf dem Flyer hieß.

»Hastenteufel will endlich aus der Schublade Krimiautor raus und den Leuten zeigen, daß er auch anderes schreiben kann«, wurde Paco vom überaus bemühten Jungbuchhändler erklärt.

Als der Autor dann im Hochlit erschien, war sich Paco sicher, ihn schon einmal gesehen zu haben. Erst nach ein paar Minuten kam er dann darauf, daß das nur auf der Leinwand gewesen sein konnte: als Professor Unrat im *Blauen Engel.* Diese Ähnlichkeit mit Emil Jannings war schon frappierend. Weniger frappierend war allerdings das, was Hastenteufel da las. Zu sehr war er bemüht, geistreich und witzig zu sein und den Ton derer zu treffen, die zwischen Abitur und Magister schnell einmal ihre umjubelten Debütromane schrieben. Hastenteufel war in dem Alter, wo Udo Jürgens zufolge das Leben erst anfing, und klang bei aller vorhandenen Kunst nicht eben authentisch. Wenn die Opas Trash produzieren wollen, dachte Paco, wird's peinlich. Nichtsdestotrotz kam HH bei seinen Fans, fünfzehn an der Zahl, gut an und betrachtete es als Auszeichnung, im Hochlit lesen zu dürfen, wurde ihm doch damit bescheinigt, Hochliteratur produziert zu haben. Dementsprechend reagierte er ein wenig ungehalten, als er von Paco nach der Lesung auf seine Kriminalromane angesprochen wurde. »Aber schön, setzen wir uns nachher in die Kneipe, und dann fragen Sie mich.«

So konnte Paco dann alles abhaken, was er sich aufgeschrieben hatte. Inwieweit haben Sie versucht, mit Ihren Kriminalromanen Einblicke in unterschiedliche Lebenswelten zu geben und gesellschaftliche Probleme zu hinterfragen? Fürchten Sie nicht, daß Unterhaltungsmomente – Thrill, Suspense, Joke – die Intention zunichte machen könnten, über die Ursachen des Verbrechens aufzuklären? War es Ihre Absicht, in Ihren Kriminalromanen die »dunkle Seite des menschlichen Wesens« aufzuhellen? Wie sehen Sie den deutschen Kriminalroman im Vergleich zum englischen, französischen, schwedischen und spanischen?

Gleich am nächsten Morgen machte er sich dann an die Arbeit, das Interview mit Horst Hastenteufel auszuwerten und in Thesen für sein Referat umzusetzen. Aber kaum hatte er sich so richtig in die Materie hineingefunden, da dudelte sein Handy, und Robert Kurz störte ihn.

»Du …« Ganz aufgeregt war er. »Ich hab' beim Aufräumen auf'm Dachboden noch 'n Koffer mit Sachen von Tante Gerda gefunden. Komm doch mal, vielleicht findest du noch was, das interessant für dich ist.«

Das ließ sich Paco nicht zweimal sagen und lief sofort zum

Bahnhof Treptower Park, um mit der S-Bahn nach Lichtenrade zu fahren. Über Papestraße waren es nur 32 Minuten. Aber auch das dauerte ihm noch viel zu lange.

Es handelte sich um einen alten Koffer aus braunem Kunstleder. Sein Inhalt bestand in der Hauptsache aus Arbeitsverträgen, Briefen, Kinoprogrammen und den Taschenkalendern der Jahre 1951 bis 1969. Obenauf lag ein Tennisschläger, dessen Rahmen noch aus Holz bestand. Die Saiten waren zwar schlaff, aber nicht gerissen. Paco nahm ihn in die Hand und schwang ihn wie zu einem Vorhandschlag. Er spielte eigentlich besser Tennis als Fußball, wußte aber, daß man unterhalb der Weltklasse als Kicker wesentlich besser verdiente.

»Hat nicht Gerda auch mal Tennis gespielt?« fragte Marga Kurz.

»Ja, irgendwo im Wedding.« Auch Robert konnte sich daran erinnern. »Bianca Kadritzke müßte das wissen, die hat ja mit Tante Gerda öfter Doppel gespielt.«

So rief Paco bei Gerda Neutigs alter Freundin an und hatte das Glück, daß sie sich wirklich noch an alle Einzelheiten erinnern konnte. »Ja, der TV Transvaal war der Verein, in dem wir beide gespielt haben, und unsere Plätze hatten wir in den Rehbergen. Am besten, wir treffen uns da, um uns alles anzusehen.«

Sie taten es wenig später, und die ehemalige Lehrerin blühte richtig auf, als sie die liebgewonnenen Aschenplätze wieder vor sich sah. Da sie in Paco einen aufmerksamen Zuhörer hatte, fiel ihr auch vieles wieder ein. Und als sie dann zwei Damen von weit über sechzig Jahren beim Spiel zugesehen hatten, war sie nicht mehr zu halten. »So, Paco, jetzt zeige ich Ihnen mal, wie wir damals so gespielt haben, Ihre Großmutter und ich.« Und schon hatte sie ihren Krückstock mit dem Racket vertauscht. Von den anderen Plätzen und vom Vereinskasino strömte alles herbei und klatschte wie bei den German Open, als ihr auf Anhieb der erste Aufschlag gelang. Über Kopf sogar.

Warnende Stimmen wurden laut. »Hoffentlich bricht sie sich nichts.«

»Macht nichts, ein Arzt ist ja zur Stelle.«

Gemeint war Dr. Loitz, ein junger braungebrannter Internist wie aus einer TV-Serie, zugleich Starspieler des TV Transvaal. Er eilte herbei, und gemeinsam hielten sie nun den Schläger, der Arzt und Bianca Kadritzke. Paco schaffte es, den Ball so zielgenau zurückzuspielen, daß sie ihn auch immer wieder trafen.

»Sie spielen auch Tennis?« wurde Paco gefragt, als die Show-Einlage mit Bianca Kadritzke vorüber war und man sie unter dem Jubel aller zum Platz zurückgeleitete. An sich eine überflüssige Frage.

»Ein bißchen schon ... Als Spanier bin ich ja verpflichtet, auf Sand klasse zu sein.« Und er nannte ein paar große Namen, angefangen beim legendären Manuel Santana.

Dr. Loitz forderte ihn daraufhin zu einem Match heraus. »*Best of three*.« Paco zögerte einen Augenblick und wandte ein, daß er ja weder die passenden Schuhe noch einen vernünftigen Schläger habe, von Shirt und Hose ganz zu schweigen, bekam aber alles geliehen. Erst hatte er keine rechte Lust, sich zu konzentrieren, und erst recht keine, sich die Lunge aus dem Hals zu laufen, und verlor den ersten Satz ohne große Gegenwehr mit 3:6. Dr. Loitz wähnte sich auf der Siegerstraße. Dann aber drehte Paco langsam auf, gewann den zweiten Satz mit 6:4 und den dritten gar mit 6:1.

»Diesen historischen Sieg widme ich meiner Großmutter Gerda Neutig!« rief er, als jemand seine Videokamera auf ihn richtete. »Sind Sie von der ARD oder vom ZDF?«

Bianca Kadritzke, die sehr unter wetterbedingten Kopfschmerzen zu leiden hatte, ließ sich nun eine Taxe kommen, um wieder nach Hause zu fahren. Paco dagegen blieb noch, setzte sich mit einer Weinschorle an einen Einzeltisch und hoffte, daß ihn ein Vereinsmitglied bitten würde, an einen größeren Tisch zu kommen. Selber zu fragen, ob er sich zu einer Gruppe setzen dürfe, wagte er nicht, denn das galt in Spanien als *shocking*. Da glaubte man an einen Scherz oder wertete es als Affront, reagierte pikiert und zog sich lieber zurück.

Beim TV Transvaal brauchte er nicht lange zu warten, dazu saßen an den Nebentischen zu viele Frauen, die ihn mit Blicken musterten, die sie sich eigentlich für eine Begegnung mit Tom Cruise aufgehoben hatten. Nach seinem Sieg über Dr. Loitz war er ohnehin der Held des Tages. Also wurde er schnell in die fröhliche Runde aufgenommen und hatte Gelegenheit, die »Wahnsinns-Story« seiner Großmutter zu erzählen. Doch keiner der Anwesenden konnte sich mehr an eine Gerda Neutig erinnern. Erst als Paco auf den Vereinsvorsitzenden traf und ins Vereinsheim gebeten wurde, erfuhr er mehr …

Eigener Club ist Goldes wert

1959

Die schönsten Blumen schickte ihr der Tennisverein. Dazu Glückwünsche, die von Herzen kamen. »Auf daß du, liebe Gerda, noch lange Jahre das Aushängeschild des Tennisclubs Wimbledon Wedding sein wirst und so manchen Sieg für uns einfährst, vor allem mit deiner Freundin Edda.« Unterschrieben war die Glückwunschkarte von Kurt Klosterbruch. Ihr Gewerkschaftskollege hatte sich vor kurzem zum neuen Vorsitzenden wählen lassen. Irgendwo mußte eine geborene Führungskraft wie er ja an der Spitze stehen.

Am 16. Januar 1959 wurde Gerda Neutig 45 Jahre alt, aber groß zu feiern hatte sie wenig Lust, obwohl es ein Freitag war und am Sonnabend keiner mehr zu arbeiten brauchte.

»Mehr als die Hälfte des Lebens ist nun schon rum«, sagte sie. Es sollte tapfer klingen, hörte sich aber doch nach Jammern an.

Herbert suchte sie zu trösten. »Freu dich, daß die Hälfte des Glases noch voll ist. Du hast ja noch so viele schöne Jahre vor dir, die schönsten sogar.«

Der Plan, mit allen Verwandten, Freundschaften und Kollegen in ein Restaurant zu gehen, wurde schnell verworfen. »Erst wenn ich wieder nulle.« So wurde zu Hause gefeiert, und zwar in drei Raten. Am Geburtstag selber kam die Familie, sofern sie in Berlin beheimatet war, also Cäsar und Gerdas Schwester Marga mit Mann und Kind und die Ost-Berliner. Am Sonnabend waren dann die Matuschewskis dran, das heißt nur Otto und Margot »mit ohne« Manfred, und am Sonntag dann die wichtigsten Kolleginnen und Kollegen mit Werner Seifert an der Spitze.

Hinterher war Gerda so fertig, daß ihre Abwehrkräfte nicht mehr ausreichten, gegen die allgegenwärtigen Influenza-Viren anzukommen. Über 39 Grad Fieber hatte sie, starke Gliederschmerzen und zum Schluß eine halbe Lungenentzündung, jedenfalls hustete sie sich die halbe Lunge aus dem Hals. Bis Ende Januar war sie krank geschrieben, und sie war immer noch etwas schwach auf der Brust, als sich Manfred Matuschewskis 21. Geburtstag näherte. Der war unheimlich wichtig, denn mit diesem Tage wurde er volljährig, »majorenn«, wie die Älteren sagten. Sonderlich begeistert waren Gerda und Herbert nicht, denn wenn es bei den Matuschewskis große Feiern gab, dann führte Max Bugsin das große Wort, und sie waren nur Statisten. Aber nein sagen konnten sie nicht.

»Also: Augen zu und durch«, sagte Herbert. »Und außerdem wird ja auch der Moshe Bleibaum dasein, sein Busenfreund, und der ist auch von de Leit, so daß ihr reden kennt üba de Matze und ob de Speisen koscher sind.«

»Was schenken wir Manfred denn?« fragte Gerda.

Herbert lachte. »Eine Bombe – damit er die Firma Siemens in die Luft sprengen kann.« Daß der Lehrling Manfred Matuschewski seine Firma nicht sonderlich liebte und eher als Gefängnis ansah, hatte sich inzwischen überall herumgesprochen.

»Mit so etwas spaßt man nicht«, sagte Gerda.

Sie diskutierten lange über die Frage, welches Geschenk denn passend sei. Herberts Vorschlag, eine Großpackung »Fromms«, die gängige Kondommarke, wurde abgelehnt, weil Manfred keine feste Freundin hatte.

»Eigentlich schade«, stellte Herbert fest. »Die Inge ist doch ein so patentes Mädchen.«

»Sie ist vier Jahre älter als er«, gab Gerda zu bedenken.

»Na und, da lernt sie ihn an.«

»Die wird doch nicht so einen armen Schlucker nehmen, einen Siemens-Lehrling, die kriegt doch bestimmt einen Unternehmer, so wie sie gebaut ist.« Gerda war sich da ziemlich sicher.

»Wo Mist ist, kommt Mist zu. Aber egal: Was schenken wir ihm nun?«

Herbert lachte und war sich nicht im mindesten bewußt, was er mit seiner nächsten, leicht hingeworfenen Bemerkung anrichten würde. »Das einzige, über das er sich wirklich freuen würde, wäre 'ne Braut.«

»Ja, unsere Ingrid ...« Gerda begann zu schluchzen, und »das ganze Elend kam mir wieder hoch«, wie sie es später ihrer Freundin Edda Bollberg schildern sollte.

Ein Buch wollten sie Manfred nicht schenken. »Jetzt, wo er bei Siemens ist, hat er sowieso keine Zeit zum Lesen.« Auch auf die Modelleisenbahn konnten sie nicht mehr zurückgreifen. »Dafür ist er doch jetzt viel zu groß.« Ebenso kam nicht mehr in Frage, was ihn vor Jahren noch zu Freudentänzen hingerissen hätte: ein paar Spikes. »Mit seiner Leichtathletikkarriere ist es aus, er hat's doch irgendwie mit dem Kreislauf, wo er jeden Morgen so früh aufstehen und den ganzen Tag im Büro hocken muß.«

Es war keine Schadenfreude, sondern nur eine nüchterne Feststellung, als Herbert sagte, daß sich Otto und Margot dies wohl abschminkten könnten: »Hoch hinaus mit ihrem Sohn ... von wegen Oberpostrat oder Dienststellenleiter bei der AOK. Damit sie dann schneller befördert werden.«

Sie fanden nichts für Manfred, und so blieb ihnen nur das klassische SOS, also Schlips, Oberhemd und Socken. »Da kann man nichts falsch machen.«

Der 1. Februar fiel auf einen Sonntag, und so waren die Neuköllner auf die Idee gekommen, in den Geburtstag hineinzufeiern. Damit es keine Marathon-Veranstaltung wurde, hatte Margot gesagt, alle sollten erst abends um sieben kommen. »Es gibt auch ›warm Abendbrot‹.«

Aber das verzögerte sich und konnte von keinem so richtig goutiert werden, denn die Schmöckwitzer Oma war nicht erschienen, und keiner konnte sich erklären, warum.

»Hoffentlich hat sie keinen Schlaganfall erlitten und liegt nun im Garten im Schnee und ...« Eva, eine von Margot Matuschewskis vielen Cousinen, war Krankenschwester und liebte solche düsteren Szenarien.

Da konnte Max Bugsin nicht zurückstehen. »Wo wir im Krieg

evakuiert waren, in Rockow, da ist einer erst gefunden worden, als wieder Tauwetter war, so Mitte März.«

Was nun? Ein Auto, um schnell mal nach Schmöckwitz zu fahren und nachzusehen, hatte keiner der Gäste, und einen Telefonanschluß besaßen weder Marie Schattan noch ihre Nachbarn.

Von Margot Matuschewski war bekannt, daß sie dicht am Wasser gebaut hatte, und so wunderte sich auch niemand über ihr Schluchzen. »Mutti war immer so ein guter Mensch – das hat sie nicht verdient.«

»Das ist doch ein schöner Tod«, fand Helmut Matuschewski. »Schnell und schmerzlos, ohne lange leiden zu müssen.« Die Mehrheit der Anwesenden war sehr dafür.

»Wie könnt ihr nur so reden ...« Margot Matuschewski lief aus dem Zimmer.

Manfred wollte nun den anderen zeigen, daß er bei Siemens doch schon etwas Vernünftiges gelernt hatte, wie man nämlich eine solche Sache sinnvoll organisierte. »Wir müssen ein Suchkommando ausschicken. Auf alle Fälle sollte Tante Eva dabeisein, als Krankenschwester für die Erste Hilfe, und dann ich, weil ich mich in Schmöckwitz am besten auskenne. Aber einen starken Dritten brauchen wir noch, wenn sie hochgehoben und transportiert werden muß. Wer kommt mit?«

Otto Matuschewski schied als Schwerbeschädigter automatisch aus, und auch Margot wollte nicht: »Ich kann meine Mutter nicht so tot daliegen sehen.«

»Ich bin zu dick, ich kann mich nicht richtig bücken«, sagte Max Bugsin.

Auch Herbert winkte ab. »Ich hab' meinen Leistenbruch und kann nichts heben, was über zwanzig Kilo wiegt, und Gerda leidet noch unter den Folgen ihrer Lungenentzündung.«

Wer blieb denn noch? Jochen, Evas Mann, hatte als junger Mensch Kinderlähmung gehabt und war ein »Krüppel«, wie alle sagten. Moshe Bleibaum war zwergwüchsig und von zu geringer Körperkraft, Tante Claire, die Schwester der Vermißten, war zu alt, und Irma Bugsin wie ihre Tochter Inge waren für die sibirische Kälte draußen viel zu dünn gekleidet. Peter, Helmut Matuschewskis Stiefsohn, hatte sich schon heimlich ein Glas Sekt eingeflößt und galt als nicht mehr ganz zurechnungsfähig.

Das Suchkommando Schmöckwitzer Oma bestand schließlich aus Manfred, seiner Tante Eva, deren Sohn Curt und Helmut, Otto Matuschewskis Halbbruder.

Sie waren keine drei Minuten aus dem Haus, da klingelte ein Telegrammbote.

»Aus Schmöckwitz!« rief Margot Matuschewski. »Jetzt kommt die Nachricht, daß Mutti tot ist.«

»Dann muß sie's aber schon vorher aufgegeben haben«, brummte Otto Matuschewski.

Der Text war kurz und bündig. »Bin unabkömmlich, erwarte jede Minute Gerda nebst Familie aus Polen. Kommen morgen zu fünft nach Neukölln. Eure Mutti und Oma.«

Trotz einiger Bedenken wurde Peter ausgeschickt, die vier Retter wieder zurückzuholen. »Wenn du rennst, kriegst du sie noch, bevor die Straßenbahn kommt.« Und richtig, an der Haltestelle Sonnenallee, Ecke Fuldastraße konnte er sie gerade noch abfangen.

Gerda saß da und stocherte in ihrem Essen herum. Kaßler und Nudelsalat, Margots Spezialität, wollten ihr nicht so richtig schmecken. Überall fanden die Familien nach Krieg und Naziherrschaft wieder zusammen – nur bei ihr nicht.

Irma Bugsin sah Herbert an. »Ihre Frau ist ja heute so still, Herr Neutig ...?«

»Ja, sie hat wieder ihren Moralischen.«

Es war eine Wendung, über die sich Gerda ärgerte. Dennoch beeilte sie sich, den anderen zu versichern, daß sie bei bester Laune sei und das Essen phantastisch finde. »Ich hab' nur ein bißchen Zahnschmerzen. Aber es geht schon wieder.« Wie sagte ihre Mutter immer: Lache, Bajazzo.

Am Tisch gab es zwei Gruppierungen. Die eine, mit Max Bugsin an der Spitze, war die Spaßfraktion. Sie benutzte alles, was gesagt wurde, als Aufhänger für witzige Bemerkungen und Anekdoten. Sagte Manfreds Tante Claire beispielsweise ganz ernsthaft, sie wolle zu ihrer Tochter nach Frohnau ziehen, aber ihr Hauswirt in Kreuzberg mache ihr Schwierigkeiten, rief Max sofort: »Ich habe keine Schwierigkeiten damit, einen ziehen zu lassen.« Daraufhin zeigte sich Margot Matuschewski wie auf Knopfdruck empört: »Max, nicht hier beim Essen!« Das löste dann das große Gelächter aus. Der anderen Gruppe, mit Moshe Bleibaum als Fraktionsführer, ging es um das ernsthafte Gespräch, um ein gehobenes Niveau nach Art der alten Berliner Salons. Noch hatte sie das Übergewicht, man wußte aber, daß sich das im Laufe des Abends ändern würde.

Moshe Bleibaum dozierte über den Sinn der Großen Koalition in Berlin. »Angesichts der sowjetischen Forderung, West-Berlin zu einer freien und entmilitarisierten Stadt zu machen, müssen wir alle zu einer Notgemeinschaft zusammenrücken. Darin stimme ich mit dem Regierenden Bürgermeister vollauf überein.«

Die Mehrheit der Anwesenden hatte zwar für die SPD gestimmt, doch es gab auch eine starke Opposition aus Anhängern von CDU und FDP, die an Willy Brandt einiges auszusetzen hatten.

»Eigentlich heißt er ja Herbert wie ich«, sagte Gerdas Mann. »Herbert Frahm. Aber während wir unseren Kopf hingehalten haben, hat er es sich in Norwegen gemütlich gemacht.«

Gerda wurde immer fuchsteufelswild, wenn Herbert das sagte. »Besser im Widerstand gegen Hitler, vom Ausland aus, als in Deutschland Soldat gewesen sein für Hitler.«

Damit hatte sie alle gegen sich, die weiß Gott keine Nazis waren, aber die Uniform der Wehrmacht getragen hatten: Otto und Helmut Matuschewski, Max Bugsin und ihren Herbert. »Was hätten wir denn machen sollen? Uns standrechtlich erschießen lassen?«

»Sie hätten nicht das halbe deutsche Volk standrechtlich erschießen lassen«, wandte Moshe Bleibaum ein.

»Kinder!« bat Margot Matuschewski. »Keine Politik heute, wir wollen feiern!«

»Ja!« rief Max Bugsin. »Wir wollen feiern, und zwar ohne Hakenkreuze an den Eiern.«

Die einen lachten sich nun halbtot, die anderen schwiegen betreten. Margot Matuschewski suchte zu retten, was noch zu retten war, indem sie das Gespräch auf den Winterschlußverkauf lenkte. »In Hamburg sollen sie ein Kleid für 10 Pfennig verkauft haben.«

»Dann fahr schnell hin, und kauf dir eins«, riet ihr Otto.

Jeder hatte etwas, das ihn bewegte. Curt fand es toll, daß sie überall in Westdeutschland die Berlin-Aktion »Macht das Tor auf« starteten. Inge Bugsin hatte Tränen in den Augen, weil Michael, der Sohn von Bernhard Grzimek, in Afrika abgestürzt und verstorben war. Peter erzählte, daß er vom Weihnachtsmann einen Teddy-Transistor-Boy von Grundig bekommen hatte. Manfred Matuschewski freute sich darüber, daß Fidel Castros Revolutionstruppen in Havanna einmarschiert waren, und Gerda wollte die anderen dazu bewegen, sich auch einmal wieder ein paar schöne Stunden zu machen und ins Kino zu gehen: *»Mit den Waffen einer Frau* – aus Frankreich. Mit Brigitte Bardot und Jean Gabin. Nach dem Roman von Georges Simenon. Jean Gabin ist ein Anwalt, und der verteidigt eine leichtlebige Blondine, die einen Juwelier überfallen hat, und verliebt sich in sie. Dann will er sie rausholen aus ihrem Milieu, doch ihr Geliebter kommt und erschießt sie. Da gibt es vielleicht Szenen drin ...! Den müßt ihr unbedingt sehen.«

Das Thema Nummer eins des Abends war jedoch die Rückkehr von Margots Schwester aus Polen, wo sie in der Nähe von Breslau, beziehungsweise Wroclaw, »auf'm Dorf« gelebt hatte. Nachdem Gerhard, ihr erster Mann, 1944 in der Nähe von Kattowitz gefallen war, hatte sie bei Kriegsende im Riesengebirge festgesessen und dort einen polnischen Landarbeiter geheiratet, ihren Leszek. Zwei Mädchen hatten sie: Lucyna und Agnieszka. Max Bugsin und Otto Matuschewski spielten nun immer wieder den Sketch *Leszek in Neukölln*.

»Schwagärrr Otto, mußt du trinken mit mir Briederschaft.«

»Schwager Leszek, bin ich särr erfreit, daß du gekommen bist nach Deitschland. Hast du gebracht zurück die Gerda ...«

»Ah, hiera ihr habt noch andere Gerda, is sich kleinärrr als die meinige, werd' ich nicht verwechseln beide, wenn kisse ihr.«

Manfred hatte von seinen Eltern ein Tonbandgerät geschenkt bekommen und spielte damit RIAS-Reporter. Jedem hielt er sein Mikrofon vor die Nase.

»Frau Neutig, wir wissen von Ihnen, daß Sie weder Fisch und Fleisch noch Obst und Gemüse essen. Wovon leben Sie eigentlich?«

»Von der Liebe.«

Diese Antwort sorgte für Stimmung, denn alle dachten nun in eine ganz bestimmte Richtung, und Max Bugsin sprach es offen aus: »In welcher Straße stehen Sie denn, und was kostet es?«

Gerda war das peinlich, und sie konnte nicht vermeiden, ein wenig rot zu werden, was wahre Jubelstürme entfesselte und Max Bugsin veranlaßte, einen Toast auf sie auszubringen: »Es lebe die Liebe, der Leichtsinn, der Suff, der uneheliche Beischlaf, der Papst und der Puff! Prost, Frau Neutig!«

Auch Herbert wurde Opfer des rasenden Reporters. »Herr Neutig, in Berlin verschwinden immer wieder spurlos Menschen – und von Ihnen weiß man, daß sie gerne kochen. Gibt es da einen Zusammenhang?«

»Ja, sicher. Was meinen Sie denn, warum meine Frau beim Essen immer so mäkelt?«

»Ah ja. Und stimmt es, daß Sie Ihre Frau zum Fressen gern haben?«

»Kommen Sie nächsten Sonntag mal zum Essen zu mir. Da bin ich nämlich allein ...«

Die Stimmung erreichte ihren Höhepunkt, als Max Bugsin an der Reihe war.

»Nun zu Ihnen, Herr Bugsin. Wie wir gehört haben, sind Sie von der Deutschen Oper als Solotänzer verpflichtet worden. Ob Sie uns wohl eine kleine Kostprobe Ihres Könnens geben könnten ...?«

Diese Vorlage ließ sich Max Bugsin nicht entgegen. Schon hatte er seinen dunklen Anzug ausgezogen und stand in Hemd und langen weißen Unterhosen in der Mitte des Zimmers. »Verwirrte … äh, verehrte Damen und Herren, ich bin der Leszek Kapitulski und tanze nun den ›Schwagärr-Otto-Krachkowiak‹ für Sie.« Das hatte er im Krieg tatsächlich gelernt, und da er auch ein paar Brocken Polnisch konnte, wurde es eine gelungene Darbietung. Immerhin wog er zwei Zentner – und schwebte dennoch dahin wie eine Feder.

»An dem ist wirklich ein Volksschauspieler verlorengegangen«, sagte Gerda, nüchtern wie ein Theaterrezensent. Die anderen aber krümmten sich vor Lachen. Drei von Manfreds Tanten – Trudchen, Claire und Irma – hüpften so auf Margot Matuschewskis Sofa herum, daß ein Bein abbrach und die drei Grazien plötzlich auf dem Teppich lagen.

»Die Heiterkeit kennt keine Grenzen mehr«, war Herberts Kommentar. Auch er fand es bei Matuschewskis für seinen Geschmack ein wenig zu volkstümlich und litt erst recht, als sich nun alles überschlug, weil Tante Trudchen sich vor Lachen wieder einmal in die Hosen gemacht hatte und zum Wechseln ihres Schlüpfers auf die Toilette eilen mußte. Dann fühlten sich die Mieter unter den Matuschewskis in ihrer Nachtruhe empfindlich gestört und klopften mit dem Besenstiel gegen die Decke.

»So was Humorloses!« schrie Max Bugsin und stürzte auf den Balkon, um durchs Gitter zu pinkeln. »Denen ins Essen rein.« Einen Kühlschrank hatte noch keiner, im Winter trug man die Speisen hinaus auf den Balkon.

»Max, mach uns nicht unglücklich!« Margot Matuschewski fürchtete die sofortige Exmittierung durch ihre Wohnungsbaugesellschaft und suchte ihn zurückzureißen. Andere sprangen ihr bei. Leicht benetzt kehrten sie schließlich ins Zimmer zurück.

Endlich wurde es Mitternacht, und Margot Matuschewski rief: »Manfred, mach den Champagner auf.« Bugsins hatten ihm zwei Flaschen geschenkt. »Laß die Korken knallen, wir wollen auf deinen Geburtstag anstoßen.«

Diese Zeremonie machten sie noch mit, dann gingen Gerda und Herbert auf die Straße hinunter, um auf die Taxe zu warten, die sie sich für 0 Uhr 15 bestellt hatten.

Nach den beiden Geburtstagen kehrte der Alltag wieder in ihr

Leben ein. Aber grau war er nicht. Im Gegenteil. »Was man jetzt alles wieder kaufen kann!« Gerda genoß es, im Laden vor vollen Regalen zu stehen und, sie waren ja Doppelverdiener, genügend Geld im Portemonnaie zu haben. Alle Reklamesprüche kannte sie auswendig:

Pril entspannt das Wasser.
Schinkenhäger – Der ist richtig! Klar wie ein frischer Quell, würzig und herzhaft: Schinkenhäger für alle, die das Echte und Natürliche lieben.
In Asbach Uralt ist der Geist des Weines.
Echter Kaffee: Nescafé!
Nahrungsmittel und *Delikatesse: Käse aus Holland.*
Mein guter Freund Chantré.
»Fein! Linsensuppe mit Speck! Da wird sich Vati freuen ...« – »Na, und ihr kleinen Männer? Ihr eßt sie doch genauso gern!« Knorr – Linsensuppe mit Speck und ganzen Linsen. Kochzeit: 10 Minuten. 85 Pfennig. Neue Liebe durch besseres Kochen.
Aquamarine. Der klassische Duft erlesener Blumen – in dem Eau de Toilette für Sie! Betörend weiblich!
Für dich wasch ich perfekt – Wipp.

Vom 12. Februar an saßen sie regelmäßig vor ihrem neuen Metz-Fernseher und schauten sich die Serie an, die ganz Deutschland bewegte: *So weit die Füße tragen*, das Schicksal eines deutschen Kriegsgefangenen in Rußland. 1945 hatte man Clemens Forell in Moskau zu 25 Jahren Zwangsarbeit verurteilt, und nun schuftete er unter unmenschlichen Bedingungen in den Bleigruben Sibiriens. Eines Tages aber flüchtete er zu Fuß und versuchte, sich in die Heimat durchzuschlagen.

Mit dem 2. März trat dann ein Mann in Gerdas Leben, von dem sie nie mehr loskommen sollte: Karl-Heinz Köpcke, der neue Nachrichtensprecher der *Tagesschau*. Sah sie ihn auf dem Bildschirm, war er leibhaftig bei ihr im Zimmer, und dann stellte sich das ganz bestimmte Kribbeln ein, von dem Herbert nichts merkte durfte, sonst wäre er ganz sicher eifersüchtig geworden.

Auch die Romanze zwischen Romy Schneider und Alain Delon bewegte sie. Keine Illustrierte mit ihren Bildern ließ sie ungekauft am Kiosk liegen. Herberts Kopfschütteln und sein »Du bist doch kein kleines Mädchen mehr« ignorierte sie. Und die Wochenschau mit der Verleihung des Bambis sah sie sich zweimal an. Wer da alles ausgezeichnet worden war! Von den deutschen Darstellerinnen und Darstellern: O. W. Fischer, Hansjörg Felmy, Horst Buchholz, Ruth Leuwerik, Liselotte Pulver und Maria Schell – und von den Ausländern: Tony Curtis, Rock Hudson, Jean Marais, Gina Lollobrigida, Audrey Hepburn und Brigitte Bardot. Von allen hatte sie Fotos ausgeschnitten, von allen schwärmte sie.

Herbert ging das ein wenig auf die Nerven, noch mehr aber stritten sie sich darum, ob Konrad Adenauer neuer Bundespräsident werden sollte oder nicht. Herbert war dafür, sie dagegen. Sie hätte lieber Carlo Schmidt von der SPD gehabt. Alle diskutierten diese Frage: Erich Mende von der FDP, Heinrich Krone, der Fraktionsvorsitzende der CDU/CSU, Franz Josef Strauß, der kommende Mann von der CSU, und die alten Haudegen der SPD, Erich Ollenhauer, von Otto Matuschewski immer »der Gurkendoktor« genannt, Fritz Erler und Herbert Wehner. Letzteren haßte Herbert Neutig geradezu, nannte ihn einen verkappten Kommunisten und warf ihm vor, im Moskauer Exil die eigenen Genossen in die Pfanne gehauen zu haben.

Am 1. Mai marschierte Gerda im Block ihrer Gewerkschaft zum Platz der Republik, wo 600 000 Menschen Willy Brandt bejubelten, als er in Sichtweite des Brandenburger Tores mit Blick auf den Osten ausrief: »Macht Schluß mit der widernatürlichen Spaltung!« Und dann weiter: »Der Tag wird kommen, an dem das Brandenburger Tor nicht mehr an der Grenze ist, an jener Grenzlinie, die mitten durch unsere Familien geht, die das Volk zerreißt. Bis jener Tag kommt, bitten wir, rufen wir, fordern wir: Macht das Tor auf!«

»Ich werd' das wohl nicht mehr erleben«, sagte Gerda zu Werner Seifert, der neben ihr ausharrte.

Mit ihm zusammen stand sie acht Tage später auch vor der

Ruine der Kaiser-Wilhelm-Gedächtniskirche und vertrat die Gewerkschaft bei der Grundsteinlegung zum Neubau eines blau verglasten sechseckigen Turmes, den Egon Eiermann entworfen hatte. Ringsum war man ein wenig skeptisch. »Wenn einer so heißt, dann ...«

Ins Kino ging Gerda um diese Zeit nicht ganz so oft, und nur *Freddy, die Gitarre und das Meer* fand ihren vollen Zuspruch.

Als es langsam Sommer wurde, sah sie sich die Modeseiten in den Mappen ihres Lesezirkels »Daheim« intensiver an. Im letzten Jahr hatte Yves Saint Laurent mit seiner Trapezlinie den Ton angegeben, jetzt triumphierte Christian Dior mit seiner Devise: »Die Taille ist wieder da!« Die Röcke wurden kürzer und gingen nur noch knapp bis übers Knie. Gerda konnte sich nicht so recht entscheiden. Herbert sagte, es solle ihr egal sein, denn: »Du kannst doch alles tragen.« Schließlich kaufte sie sich ein sportlich-elegantes moosgrünes Kostüm, und in der Gewerkschaft wie im Tennisverein hatten sie etwas zu lästern: »Ah, da kommt ja unser kleiner Laubfrosch.« Auch einen neuen Mantel legte sie sich zu, einen schicken roten Bouclé-Hänger in Zeltlinie. Herbert bekam einen neuen Sakko-Anzug in den Farben Pfeffer und Salz und dazu einen Mantel, der ihn ein wenig kastenförmig aussehen ließ. Stand er vor Gerda, war sie vollkommen verdeckt. Ein echter Fortschritt waren seine Nylonhemden: Sie waren knitterfrei und mußten nicht mehr mühsam gebügelt werden.

Diese Ausgaben für Kleidung mußten sein, das sah Herbert ein, aber als sich Gerda auch noch einen neuen Hut kaufen wollte, begann er zu protestieren. »Wir wollen auch noch in den Urlaub fahren und außerdem etwas zurücklegen ... fürs Auto.« Trotzdem: Den neuen Hut, den mußte sie haben. Ein bißchen Dame von Welt wollte sie schon sein. Am liebsten hätte sie sich ein »Wagenrad« gekauft, wie ihn die Frauen der High-Society beim Pferderennen in Ascot trugen, aber Herbert meinte nicht zu unrecht, bei ihrer Körpergröße würden die Leute lästern: »Kiek ma', da kommt 'n Hut mit Beene dran!« So beließ sie es bei einer moosgrünen »Glocke« mit breitem Hutband und vorn einer großen Rosette. Herbert schimpfte leise, man könnte ja das Geld gleich aus dem Fenster werfen, Gerda aber fand ihren neuen Hut entzückend.

Ganz allmählich aber kreiste ihr Denken und Trachten wieder um das Tennis und ihren Verein. Seid sie für den Handball nun doch zu alt geworden war, hatte sie sich mehr und mehr dem Tennis zugewandt, und sehr schnell wurde ihr auch klar, daß das eigentlich *ihre* Sportart war. Abgesehen vom Doppel, galt hier nur das eine: Ich, ich, ich – und nicht immer: die Mannschaft. Keiner schrie mehr: »Gerda, abgeben, nicht so eigensinnig!« Spielte sie blendend, wurde ihr der Sieg zugeschrieben, ihr allein, und nicht dem Verein. Ihr Name stand in der Zeitung, groß und breit. Sie las ihn gerne. Und verlor sie, war klar, wer die Schuld daran trug: sie – und nicht die Mannschaftskameradinnen. Sie war klein und wendig und dazu von großer Ausdauer, verfügte über ein beachtliches Schlagrepertoire und konnte ebenso ein Match von der Grundlinie aus gestalten wie auch *serve-and-volley* spielen, also hart aufschlagen und dann zum Netz stürmen, um den Punkt zu machen. Dazu kam ihr unbändiger Ehrgeiz. Und so war sie schnell zum Star des Tennisclubs Wimbledon Wedding, kurz: TC WW, avanciert. Je älter sie wurde, desto verbissener trainierte und kämpfte sie, und auch in dieser Saison wollte sie sich nicht entthronen lassen.

Das entscheidende Gruppenspiel um die Vorherrschaft im Berliner Norden war für den dritten Sonntag im Juni angesetzt worden. Gegen Frohnau sollte es gehen, und beim WW rechnete man sich gute Chancen aus, zumal man in den Rehbergen spielte, also auf eigenen Plätzen. Gerda fühlte sich auch bärenstark, bis der 14. Juni kam … Drei Tage zuvor hatten sie Margot Matuschewskis Geburtstag gefeiert, diesmal zu Hause in Neukölln und nicht draußen in Schmöckwitz, und sich verabredet, am Sonntag gemeinsam in den Zoo zu gehen. »Um drei unter der Uhr am Bahnhof.«

Gerda zog sich ihr neues Kostüm an und stand lange vor dem Spiegel, um sich ihren neuen Hut aufzusetzen. »Mal sehen, was Margot dazu sagt.«

Und die Freundin brach auch gleich in Jubel aus, als sie Gerda begrüßte. »Du siehst ja aus wie im Film!«

Gerda strahlte. Wenn man etwas neu angeschafft hatte, egal nun, ob Kleidungsstücke oder Möbel, dann wartete man ein jedes Mal auf das Urteil seiner besten Freunde. Erst wenn sie alles bewundert hatten, konnte man sich richtig freuen.

Ein wenig wurde Gerdas Freude aber dadurch gemindert, daß Otto und Margot ihren Manfred mitgebracht hatten. Sie standen nun wieder einmal als kinderlos da, waren also irgendwie minderwertig. Keine Kinder, so etwas Egoistisches. Sie wird unfruchtbar sein, und er kriegt keinen hoch. Gerda wußte, was die Leute so alles dachten und tuschelten. Dabei ... wenn sie Ingrid mitgebracht hätten, dann ... Manfred und Ingrid – ein schönes Paar. Wenn das die Leute sehen würden ... Aber das war es nicht allein: Wenn Manfred dabei war, konnte man nicht alles sagen, was man so dachte, insbesondere nichts »Anzügliches«, und es ging alles etwas steifer zu.

»Der Junge geht doch zum 1. Juli nach Hannover«, war Margots Rechtfertigung. »Und dann habe ich ihn bis Weihnachten nicht mehr.«

»Bei Siemens muß man ein halbes Jahr in den Vertrieb, wenn man vorher im Werk gewesen ist«, erklärte ihnen Manfred Matuschewski. »Und mich hat's nach Hannover verschlagen.«

»Da wirst du sicherlich auch die Frau fürs Leben finden«, sagte Herbert. »Oder wird's doch noch was mit Inge Bugsin?«

Manfred wurde rot. »Wir paddeln ja immer zusammen.«

Gerda lachte. »So kann man's auch nennen.«

»Nein, nein!« beteuerte Manfred. »Und wenn ich nun weg bin von Berlin, dann ...«

»Andere Länder, andere Sitten, andere Mädchen, andere ...«

»Herbert!« rief Gerda. »Wir sind nicht allein.«

So ging es in den Zoologischen Garten. Sonderlich verrückt war Gerda nicht darauf, sich Elefanten, Löwen, Affen und Giraffen anzusehen. Ja, wenn man die Tiere direkt in der Natur gesehen hätte, so wie Grzimek, oder eine Farm in Afrika gehabt hätte! Aber als lumpiger Zoobesucher ... Bald fing sie an zu maulen. Daß ihr die Füße weh täten. Auch Herbert sagte, ihn würden eigentlich nur die Tiere interessieren, die man in kleinen Portionen auf dem Teller vorfände.

»Warum seid ihr dann eigentlich mitgekommen?« fragte Otto Matuschewski.

Herbert überlegte einen Augenblick. »Weil man als Berliner einmal im Jahr im Zoo gewesen sein muß, ebenso wie man Dampfer fährt. Sonst wird man ausgebürgert.«

Gerda zögerte nicht, ihm beizupflichten. »Das war schon immer so, das wird eben so gemacht, da denkt keiner drüber nach.«

Manfred Matuschewski freute sich. »Das ist genau das, was ich ab dem nächsten Jahr studieren will: Soziologie.«

»Und wie willst du damit dein täglich Brot verdienen?« fragte Herbert. »Damit kann man doch keine Praxis aufmachen und keine Kanzlei ...«

Margot Matuschewski hatte Tränen in den Augen. »Daß er mir das antun muß! Weg von Siemens – da könnte er ganz weit nach oben kommen und sich eine Existenz aufbauen. Ein kleines Frauchen zu Hause ...«

Otto Matuschewski sah es gelassener. »Und das schlimmste ist ja, daß er sich später, wenn er Diplomsoziologe ist, nicht mal als Taxifahrer über Wasser halten kann – er will ja keinen Führerschein machen.«

»Vielleicht kann er bei dir in der Gewerkschaft unterkommen«, hoffte Margot Matuschewski. »Du kannst ja mal mit Werner Seifert sprechen.«

»Bis er fertig ist, da ...« Gerda brach ab, denn ein plötzlicher Windstoß hatte ihr den teuren neuen Hut vom Kopf gefegt. »Manfred! Du bist doch früher Torwart gewesen ...«

Doch sosehr sich Matuschewski junior auch mühte, er konnte Gerdas Hütchen nicht mehr greifen – es segelte in das Robbenbecken hinab und tanzte dort fröhlich auf der Wasseroberfläche.

»Den holst du Gerda jetzt!« rief seine Mutter. Und sie schien es ernst zu meinen, wohl weil sie Schillers Gedicht im Kopf hatte: *Der Handschuh*. Otto Matuschewski begann nun auch, die erste Strophe zu zitieren: »In seinem Löwengarten, das Kampfspiel zu erwarten, saß König Karl ...«

»Den Dank, edle Dame, begehr' ich nicht.« Herbert kannte den Schluß.

»Tut mir leid«, sagte Manfred Matuschewski. »Ich habe keinen Freischwimmer, ich kann mich nicht ins Becken stürzen.«

Er wäre ohnehin zu spät gekommen, denn ehe sich eine der Robben auf Gerdas Hut stürzen und ihn womöglich verschlukken konnte, war ein Wärter mit einer langen Stange zur Stelle und fischte ihn heraus. Dabei gab er sich alle Mühe, ihn immer wieder unterzutauchen und tüchtig zu verformen. Als Strafe für seine Besitzerin. »Wenn eines der Tiere ihn verschluckt hätte und daran gestorben wäre, dann ...« Als er ihn schließlich an Land gebracht hatte, drückte er ihn auch noch aus wie einen Schwamm und walkte ihn so richtig durch. Was Gerda dann von ihm zugeworfen bekam, glich eher einem Tennisball als einem Hut.

»Ich bin restlos bedient«, sagte Gerda, und ihre Laune war so mies wie schon seit Jahren nicht mehr.

Herbert legte ihr tröstend den Arm um die Schultern. »Komm, wir gehen was essen. Dann trinkst du einen Cognac ... und die Welt sieht wieder rosiger aus.«

Sie kehrten also ein, und Gerda sollte noch Jahre später ausrufen: »Hätten wir das bloß nicht gemacht!«, denn kaum hatte sie von ihrem Zürcher Geschnetzelten den ersten Bissen hinuntergeschluckt, da bekam sie plötzlich keine Luft mehr und drohte zu ersticken. Alle gerieten in Panik. Herbert dachte, sie hätte sich an einem Fleischbrocken verschluckt, doch das war es nicht. Sie japste wie bei einem Asthmaanfall und hatte überall rote Pusteln und Flecke auf der Haut. Der Wirt des Zoo-Restaurants reagierte schnell und rief die Feuerwehr an. Im Krankenhaus diagnostizierten sie dann eine Lebensmittelallergie und brachten sie mit einer Spritze wieder auf die Beine. Am Abend war Gerda wieder zu Hause, bekam aber die Auflage, beim Essen vorsichtig zu sein. Sie aß also in den nächsten Tagen furchtbar wenig – und das hatte zur Folge, daß sie, wie Herbert es ausdrückte, »ein wenig vom Fleische fiel«. Was ihre Gewerkschaft betraf, so wirkte sie im Vorzimmer von Werner Seifert so emsig wie immer, doch die große Frage war, ob ihre Kräfte reichen würden, wenn es auf dem Tennisplatz gegen die Frohnauer ging.

»Wenn du dich nicht so fühlst, dann sag es mir vorher«, drängte Kurt Klosterbruch. »Dann setzen wir im Einzel Edda ein, und du schonst dich für das Doppel.«

»Nein, ich schaff' das schon, ich will auf alle Fälle spielen.« Dies auch, weil die Gegnerin eine Intimfeindin war: Bianca Kadritzke, eine Lehrerin aus Reinickendorf. Den ersten Satz gewann Gerda dann auch klar und deutlich mit 6:3. Ihr erster Aufschlag kam hart und präzise, und sie schaffte es mühelos, die Frohnauerin an der Grundlinie festzunageln. Das mußte sie auch, denn die Kadritzke maß gut und gern einen Meter achtzig und hatte, lief sie vor zum Netz, eine so große Reichweite, daß Gerda mit einem Passierschlag keine Chance hatte. Auch Gerdas Returns saßen fast alle, und sie war absolut die Chefin auf dem Platz. Kurt Klosterbruch und die Kameradinnen waren denn auch voll des Lobes für sie und ihr Spiel. »Weiter so!«

Doch im zweiten Satz gelang es Bianca Kadritzke mehr und mehr, sich auf Gerdas Spiel einzustellen. Das lag auch daran, daß Gerdas Grundlinienschläge immer kürzer wurden, ihre Gegnerin also schneller vorn am Netz war. Gerda versuchte es nun mit Lobs, das heißt, sie schlug den Ball hoch über den Kopf der anderen und hoffte, daß die nicht so schnell den Rückwärtsgang einschalten konnte, zumal bei ihrer Länge. Doch meist landete der Ball im Aus. Gerda wurde immer nervöser, was beim Aufschlag mehrere Doppelfehler zur Folge hatte.

»Reiß dich zusammen!« schrie Kurt Klosterbruch.

Gerda tat es auch. Dennoch verlor sie den zweiten Satz mit 6:8. In der kurzen Pause ließ sie sich von Edda Bollberg Waden und Oberschenkel massieren.

»Alles ziemlich verhärtet«, stellte die Freundin fest.

»Ich hab' zwei Wochen nicht richtig trainiert und kaum was gegessen«, sagte Gerda. »Nach dem Schock im Zoo. Ich glaube, ich kann nicht mehr …«

»Ich kann nicht, heißt: Ich will nicht«, kommentierte Kurt Klosterbruch ihren Schwächeanfall. »Du mußt, Gerda, du mußt! Siegst du, dann geht es weiter aufwärts mit uns, verlierst du aber, dann steigen wir ab. An dir hängt alles.«

Gerda wußte es und gab ihr Letztes, kämpfte und rackerte, als würde von einem Sieg ihr Leben abhängen. Doch es nutzte alles nichts mehr: Sie war völlig ausgebrannt, sie pfiff wirklich auf dem letzten Loch. Herbert hatte Angst, sie würde zusammenbrechen und auf der ziegelroten Asche sterben. »Hör auf!« schrie er denn auch von der Tribüne hinunter.

»Ich will, ich muß!« Gerda hämmerte sich das immer wieder ein, bei jedem Ballwechsel. Und sie kam auch wirklich noch einmal ins Spiel. Aus dem 0:4 wurde schnell ein 1:4, ein 2:4, und alle vom TC WW schöpften wieder Hoffnung. »Gerda, du schaffst es noch!«

Bianca hatte Aufschlag, und Gerda machte mit ihrer angeschnittenen Rückhand Punkt für Punkt. 15:0, 30:0, 40:0. Noch ein Punkt, und es stand nur noch 3:4. Dann kam ihr eigener Aufschlag. Gewann sie den, flatterten ihrer Gegnerin bestimmt die Nerven, und sie verschlug die leichtesten Bälle.

Doch urplötzlich war bei Gerda alle Luft raus. Wie bei einem angestochenen Ballon. Sie hatte Blei an den Füßen und schleppte sich nur noch über den Platz. Der Schläger wurde schwer wie eine gußeiserne Bratpfanne. Ihre Bälle klatschten allesamt ins Netz. Wenn sie denn überhaupt noch einen erreichte. Schnell wurde aus dem 40:0 Einstand, und schon stand es 3:5.

Als sie dann beim eigenen Service den Ball hochwarf, verfehlte sie ihn mit ihrem Schläger. Das lag daran, daß ihr schon alles vor den Augen verschwamm und sie ihre Bewegungen nicht mehr richtig koordinieren konnte. Dann traf sie zwar die Bälle, aber sie gingen sonstwohin. »Doppelfehler!« rief der Schiedsrichter. Beim nächsten Versuch klatschte der Ball ins Netz, beim folgenden kam er so lasch hinüber, daß Bianca Kadritzke keine Mühe hatte, ihn in Gerdas entlegenste Ecke zu schmettern. »0:30!« rief der Schiedsrichter.

»Wie kann man sich nur so dämlich anstellen«, sagte Kurt Klosterbruch. Gerda hörte es ganz deutlich, als sie sich den Schweiß von der Stirn wischte.

Sie konzentrierte sich noch einmal. In den nächsten Schlag legte sie alle Kraft, die sie noch hatte. Mit dem Erfolg, daß der Ball weit über die Grundlinie der Gegnerin flog. »Aus!« kam es vom Schiedsrichter. Aber sie hatte ja beim Aufschlag immer noch eine zweite Chance. Sie zögerte. Sollte sie auf Nummer sicher gehen, oder sollte sie noch einmal auf den Ball dreschen? Und wenn nur lasch, dann anschneiden oder nicht? Sie konnte sich nicht entscheiden. Zweimal warf sie den Ball in die Höhe, ohne aber zuzuschlagen. Sie fing ihn nur auf, um ihn aufzutippen. Immer wieder. »Frau Neutig, bitte!« mahnte der Schiedsrichter.

Gerda geriet in Panik. Sie wollte nur noch eines: möglichst schnell in die Kabine. Weg von hier, nach Hause. Ihr wurde schon schwarz vor Augen. Sekunden noch, dann brach sie zusammen. Zwar traf sie nun den Ball, aber nur mit dem hölzernen Rahmen ihres Schlägers und so schwach, daß er noch in ihrer eigenen Hälfte aufkam. Mehr als anfängerhaft sah das alles aus. Doppelfehler, 0:40 und Matchball für ihre Gegnerin.

Am liebsten hätte sie ihren Schläger auf den Boden geworfen und gerufen: »Ich will nicht mehr, ich kann nicht mehr!«, aber das verbot sie sich selber. Eine Gerda Neutig gab nie auf. Und sie fightete. »Wie eine Besengte«, sollte Herbert später sagen. »Und ohne Rücksicht auf Verluste.« Sie gab im wahrsten Sinne des Wortes ihr Letztes und holte wiederum auf. 15:40, 30:40, Einstand. Und schien es geschafft zu haben, denn auch den nächsten Punkt machte sie. Mit einem tollen Volley. »Vorteil Frau Neutig!« rief der Schiedsrichter vom Stuhl herab.

Doch dann riß der Faden, und die Frohnauerin machte die nächsten beiden Punkte. »Spiel, Satz und Sieg Frau Kadritzke!«

Gerda konnte nicht mehr, sank da zu Boden, wo sie gerade stand. Sie hatte zwar verloren, war aber dennoch stolz auf sich, weil sie sich nicht aufgegeben hatte, sondern mit fliegenden Fahnen untergegangen war.

Doch Kurt Klosterbruch sah das ganz anders. Er kam auf sie zugestürzt, um sie wüst zu beschimpfen, war außer sich vor Wut.

»Du verdammtes Miststück, du! Das hast du doch alles nur getan, um mich reinzulegen. Du hast doch nur verloren, damit wir absteigen und ich dann als Vereinsvorsitzender abgeschossen werde. An mir bleibt das hängen, das hast du ganz genau gewußt. Du hast was gegen mich, gibt es doch zu. Erst hast du alles getan, damit ich nicht Gewerkschaftsvorsitzender werde, jetzt gönnst du mir nicht mal, daß ich hier im Verein das Sagen habe. Dein Haß auf mich muß ja furchtbar sein. Und warum: Nur weil ich nicht mit dir ins Bett gegangen bin. Pfui, schäm dich!« Er spuckte vor ihr aus und hätte sie womöglich noch geohrfeigt, wenn ihm Herbert nicht in den Arm gefallen wäre. »Raus aus unserm Verein, ich will dich bei uns nicht mehr sehen.«

Damit war das Kapitel TC Wimbledon Wedding für Gerda erledigt. Herbert riet ihr, Klosterbruch wegen Beleidigung zu verklagen, doch das wollte sie nicht, um in ihrer Gewerkschaft nicht als Nestbeschmutzerin zu gelten. Aber eine Frage blieb: »Wo soll ich denn nun Tennis spielen?«

Herbert sah nicht, wo da das Problem liegen sollte. »Es gibt doch noch so viele andere Vereine.«

»Ja, aber nicht hier in der Nähe. Und bei den meisten gibt es eine lange Warteliste. Außerdem braucht man zwei Bürgen – und dann die Aufnahmegebühr. Man muß ein Vermögen zahlen, um überhaupt reinzukommen. Und die sind mir alle zu versnobt.«

Herbert wurde ein wenig unfreundlich. »Dann mußt du wohl selber einen Verein gründen, haha.«

Was anfangs nur Spott war und eine ausgemachte Schnapsidee, ließ Gerda mit der Zeit keine Ruhe mehr. Und je mehr sich der Sommer seinem Ende zuneigte, desto mehr ging sie schwanger mit dem Gedanken, wirklich einen Tennisclub zu gründen, direkt vor ihrer Haustür. Einen Namen hatte sie auch schon: TV Transvaal. Das klang gut, und die Transvaalstraße, wo sie auch ihr Vereinslokal haben würden, ging direkt auf die Rehberge und die Tennisplätze zu. Sie knüpfte ihre ersten Kontakte. Herbert sollte noch nichts erfahren.

Nach außen hin schienen es ein Herbst und ein Winter wie jeder andere zu werden. Nach der Hitzewelle im Juli war es Gerda gar nicht einmal so unrecht, daß die Luft nun frisch und würzig wurde. Beim Abendessen wie bei den regelmäßigen Treffen mit den Matuschewskis gab es viel zu bereden. Fritz Walter, der Held von Bern, beendete seine Karriere beim 1. FC Kaiserslautern, was besonders Otto Matuschewski traf, da er ein geborener Walter war – als uneheliches Kind war er später adoptiert worden. Deutscher Fußballmeister war Eintracht Frankfurt geworden. Im Endspiel hatte man die Offenbacher Kickers mit 5:3 bezwungen, wenn auch erst nach Verlängerung. Was den sonstigen Sport betraf, so freuten sie sich vor allem über den Weltrekord über hundert Meter Hürden, den Martin Lauer mit 13,2 Sekunden in Zürich aufgestellt hatte.

»Ich hätte ja gedacht, daß Manfred vielleicht auch mal …« Manchmal mußte Herbert doch ein wenig sticheln.

»Leider nicht.« Otto Matuschewski war darüber doch ein wenig traurig. »Seit er bei Siemens ist, hat er seine Spikes an den Nagel gehängt.«

»In Hannover lebt ja auch die Jutta Heine«, wußte Gerda. »Vielleicht lernt er die mal kennen und läuft dann wieder.«

Otto Matuschewski schnalzte mit der Zunge, denn Jutta Heine war nicht nur Deutsche Meisterin über zweihundert Meter, sondern auch eine bildhübsche Frau. Außerdem hatte sie wohlhabende Eltern. »Die als Schwiegertochter, und wir hätten alle ausgesorgt.«

Worüber sie sich stritten, war die Wahl Heinrich Lübkes zum Bundespräsidenten. Herbert hielt ihn für einen würdigen Nachfolger von Theodor Heuss, während Gerda und Otto nur aufstöhnten, wenn sie seinen Namen hörten. »Dabei haben sie uns den schon in der Bibel angekündigt«, sagte Otto Matuschewski. »Selig sind, die da geistlich arm sind.« Dieselbe Frontenbildung gab es auch beim »Godesberger Programm«, das die SPD im November beschlossen hatte. »Damit werdet ihr die nächste Wahl auch nicht gewinnen«, spottete Herbert, während Otto und Gerda meinten, die SPD sei auf dem besten Wege zur Volkspartei. »Und wenn sie einen anderen Kanzlerkandidaten aufstellen als diese trübe Tasse von Ollenhauer, dann wird's sicher auch was mit dem ersten SPD-Kanzler.« Einig waren sie sich dagegen, daß die DDR kein Recht hatte, ihre »Spalterflagge«, also die mit Hammer und Sichel, auch auf West-Berliner S-Bahnhöfen zu hissen, aber auch in ihrer Empörung über den Abriß des Anhalter Bahnhofs.

Doch was Gerda Neutig in all diesen Wochen am meisten beschäftigte, war die Gründung ihres TV Transvaal. In jeder freien Minute versuchte sie, sich kundig zu machen. Zur Gründung eines eingetragenen Vereins bedurfte es mindestens sieben Mitglieder. Die bekam sie schnell zusammen, denn von ihren Verwandten und Kollegen wagte kaum einer, nein zu sagen. Sie selber, Herbert, ihre Schwester und ihr Schwager, Otto und Margot Matuschewski und Werner Seifert – schon waren alle sieben beisammen. Der Antrag konnte eingereicht werden, der Justitiar ihrer Gewerkschaft half ihr dabei. Vorher hatte man vorschriftsmäßig getagt, eine Satzung beschlossen und den Vorstand gewählt. Die erste Vorsitzende hieß natürlich Gerda Neutig.

Schwieriger war es schon, eine Mannschaft für die anstehenden Wettkämpfe zusammenzubekommen, auch wenn man in der untersten Liga begann. Sie selber und Edda Bollberg reichten da nicht aus. Edda war selbstverständlich aus Klosterbruchs TC WW ausgetreten und ihr gefolgt. Sie hatte auch eine geniale Idee.

»Ruf doch einfach mal die Bianca Kadritzke an, ob die zu uns kommt.«

Es kostete Gerda einige Überwindung, doch dann wählte sie die Frohnauer Nummer. »Warum nicht, ich hab' bei uns auch einige Schwierigkeiten. Aber wenn Sie noch Spielerinnen brauchen, warum fragen Sie nicht erst einmal Ihre alten Kameradinnen vom TC WW ...?«

»Das ist doch irgendwie unfair.« Gerda hatte da starke Bedenken. »Die sind doch schon dadurch geschwächt, daß Edda und ich weg sind.«

»Dann kann ich das ja machen.«

Drei Wochen später hatte Gerda eine schlagkräftige Truppe beisammen, doch als sie ihre Spielerinnen beim Verband anmeldete, kam ein Problem auf den Tisch, mit dem sie nie und nimmer gerechnet hatte: »Haben Sie denn schon Plätze, auf denen Sie spielen können?«

»Nein …«

»Gott, liebe Frau …!« Der Verbandsfunktionär stöhnte auf und ließ erkennen, daß ihm so viel Naivität noch nicht begegnet war. »Das ist doch das A und O. Oder wollen Sie mitten auf der Müllerstraße spielen?«

Gerda war perplex. »Und was soll ich nun machen?«

Der Mann lachte. »Sich ein Grundstück von mindestens zweitausend Quadratmetern kaufen und selber Plätze anlegen. Aber mit Umkleidekabine und allem Pipapo.«

»Mal im Ernst!« Gerda ließ sich nicht gern vergackeiern.

»Na, Sie packen alle Unterlagen zusammen, einschließlich meines Segens, und stellen einen Antrag beim Sportamt des zuständigen Bezirks.«

Gerda tat es, und nun begann eine lange Zeit des Wartens. Um sich abzulenken, kaufte sie sich eine Unmenge von Schallplatten. Natürlich Freddy Quinn mit *Die Gitarre und das Meer*, die Nummer eins bei den »Schlagern der Woche« im RIAS, dann *Petite fleur* von Chris Barber, *Am Tag, als der Regen kam* von Dalida, *Tschau, tschau, Bambina* von Caterina Valente, *Marina* von Rocco Granata, *Morgen* von Ivo Robic, *Mandolinen und Mondschein* von Peter Alexander, *Chico Chico Charlie* von Heidi Brühl und *Mr. Music* von Conny. Fast alle Texte kannte Gerda auswendig und sang sie, wenn sie an der Schreibmaschine saß und tippte. »An dir ist wirklich 'ne Schlagersängerin verlorengegangen«, sagte Herbert, und sie wünschte sich, wie Heidi Brühl zu sein, käme sie noch einmal auf die Welt.

Auch Bücher las sie in diesen Wochen wieder mehr. Den meisten Spaß hatte sie an *Kein Platz für wilde Tiere* von Bernhard Grzimek. Ewig saß sie an Boris Pasternaks *Doktor Schiwago*, aber auch Herbert hatte in diesen Wochen wenig Zeit für sie, weil er mit Konsaliks *Der Arzt von Stalingrad* beschäftigt war. Von Werner Seifert war Gerda Heinrich Böll und *Billard um halb zehn* empfohlen worden, doch da hatte sie nur abgewinkt: »Det is' mir zu hoch.« Auch an die *Mutmaßungen über Jakob* von Uwe Johnson und *Zazie in der Metro* von Raymond Queneau wollte sie sich nicht heranwagen, höchstens noch an Günter Grass und *Die Blechtrommel*, aber auch nur, weil die Kollegen sagten, daß da so »Stellen« drin wären.

Die beste Ablenkung war aber immer noch ein Kinobesuch. Da gab es zwei Höhepunkte, einmal *Rosen für den Staatsanwalt* mit Martin Held und Walter Giller und dann *Die Buddenbrooks* mit Liselotte Pulver, Hansjörg Felmy, Nadja Tiller, Lil Dagover und Werner Hinz.

»In solch einer noblen Familie müßte man groß geworden sein«, sagte Gerda. Wenn sie abends im Bett lag und nicht gleich einschlafen konnte, träumte sie von Lübeck und einem Leben als Angehörige der oberen Zehntausend.

Herbert meinte dazu: »Und dann gäbe es jetzt den Film *Gerda, die Tochter des Konsuls*.«

Als Mitte Oktober noch immer kein Bescheid des Sportamtes gekommen war, drängte Herbert sie, doch einmal nachzuhaken. Gerda rief an, wurde verbunden, wurde weiterverbunden und erfuhr schließlich, daß der zuständige Sachbearbeiter gerade zur Kur gefahren war. Man werde aber von sich hören lassen und bitte bis dahin um Geduld. Die hatte Gerda weitere drei Wochen, dann platzte ihr der Kragen, und sie nutzte ihren Hausarbeitstag, um selber ins Rathaus zu fahren. Dort biß sie aber auf Granit. Alle wußten von nichts oder konnten nichts entscheiden, weil noch keiner sagen könne, welche Plätze im nächsten Jahr wirklich zur Verfügung standen.

»Sie wissen ja: Es wird so viel gebaut bei uns.«

Da schlug sie mit der Faust auf den Tisch. »Ich will jetzt mal den Amtsleiter sprechen.«

Der war überaus smart. »Trinken wir erst einmal eine Tasse Kaffee, Frau Neutig.« Dann erläuterte er ihr, wie schwierig die Lage im Wedding sei. Alle wollten Sport treiben, aber es gäbe viel zuwenig Sportstätten. »Andererseits haben wir auch Vereine, die viel Bedarf anmelden, dann aber doch zuwenig Spielerinnen und Spieler haben, um mit allen Mannschaften antreten zu können.

Die aufzufüllen, statt neue Vereine zu gründen, das erscheint uns sinnvoller zu sein.«

Gerda wurde mißtrauisch. »Was heißt das konkret?«

»Daß Sie vielleicht einmal darüber nachdenken sollten, ob nicht eine Fusion Ihres Vereins mit dem TC Wimbledon Wedding in Frage käme.«

»Auf keinen Fall!« Gerda sprang auf und konnte den Ausruf »Sie können mich mal!« gerade eben noch vermeiden.

Am Abend klingelte bei ihr zu Hause das Telefon. Es war Bianca Kadritzke. »Ich habe da so meine Kanäle, ehemalige Schüler von mir sitzen ja überall auf schönen Posten. Hör mal, die Sache ist die ...« Sie duzten sich inzwischen. »Klosterbruch steckt dahinter und blockiert alles. Rachsüchtig war er ja schon immer. Der Amtsleiter ist ein alter Kumpel von ihm und soll gesagt haben: ›Die Neutig kann hundert werden, bis sie einen Platz von uns zugewiesen bekommt.‹«

Gerda überlegte nicht lange und rief sofort Werner Seifert an. »Du mußt dir den Kollegen Klosterbruch unbedingt mal zur Brust nehmen.«

Das tat Seifert dann auch – und drei Tage später hatte es der neugegründete TV Transvaal schriftlich, daß er den Spielbetrieb auf den Plätzen im Volkspark Rehberge aufnehmen könne.

Herbert sang mit den Insulanern: »Seh'n Se, det is' Berlin, eine Stadt, die sich jewaschen hat, seh'n Se, det is Berlin ...« Und Gerda machte einige Scheine locker, um den ersten großen Erfolg angemessen zu feiern.

»Spiel, Satz und Sieg für Gerda und ihren ... unseren TV Transvaal.« Bianca Kadritzke brachte den ersten Toast auf Gerda aus, »unsere großartige Gründerin«.

So liebte Gerda das Leben.

DER ENKEL VIII

Paco registrierte es mit einem Anflug von Schuldgefühl, daß er eigentlich gar kein Heimweh nach Spanien hatte. Schnell rief er seinen Freund Félix an.

»Hallo, ich bin's. Wie geht es dir?« Paco war es nicht mehr gewohnt, Spanisch zu sprechen, und mußte sich richtig einen Ruck geben, wieder umzuschalten. Er lachte und sagte sehr förmlich: »*Temo no poder hacerme comprender bastante*.«

»Doch, doch, noch kann ich dein Spanisch verstehen, obwohl es schon sehr berlinisch klingt. Du hast ja lange nichts mehr von dir hören lassen. Läßt dich deine Freundin nicht mehr aus dem Bett raus?«

»Du bleibst ein unverbesserlicher Macho. Nein, Ariane habe ich schon ein paar Tage nicht mehr gesehen, die wird sich gerade neu orientieren. Aber ansonsten ...« Paco berichtete, daß er keinerlei Schwierigkeiten hatte, sich in der deutschen Hauptstadt einzuleben. »Obwohl ... was hätten wir in Spanien jetzt nicht alles: die *Fiestas de la Virgen de la Peña* in Mijas, wo wir letztes Jahr waren, oder die Patronatsfeste in Sangüesa, Baza oder Olite ... Und was haben wir hier in Berlin? Nichts! Doch – die ›Lange Nacht der Museen‹, wo sie in Scharen von einem Museum ins andere hetzen, wie beim Zappen vor dem Fernseher. Aber ich will nicht ungerecht sein: Zum Karneval der Kulturen und zur Love Parade war ich ja noch nicht hier. Beim Berlin-Marathon und Silvester am Brandenburger Tor soll es auch hoch hergehen.«

»Ich merke schon, bald wird es dir so gehen wie Kennedy, und du wirst sagen: ›Ich bin ein Berliner.‹«

So richtig widersprechen mochte Paco ihm nicht. Daß er sich an der Spree nicht fremd fühlte, mochte auch daran liegen, daß er sich nur vorstellen mußte, wie sein Leben verlaufen wäre, wenn es keinen Hitler gegeben hätte und keine Notwendigkeit, seine Mutter nach Spanien in Sicherheit zu bringen. Sie wäre in Wedding zur Schule gegangen, hätte 1959 ihr Abitur gemacht und Geschichte studiert, ihre stille Leidenschaft. Und dann ...? Dann wäre sie Lehrerin geworden. Deutsch und Geschichte. Sie hatte es immer gewollt, aber ihre spanischen Zieheltern waren dagegen gewesen. »Du lernst was Vernünftiges und verbringst nicht dein ganzes Leben in der Schule.« Margarita Muñoz hatte eine fürchterliche Abneigung gegen alles Schulische und Akademische gehabt, und Gerhardo Neutig hätte es am liebsten gesehen, wenn Ingrid so schnell wie möglich Ehefrau und Mutter geworden wäre. Sie hatte sehr darum kämpfen müssen, Fremdsprachensekretärin werden zu dürfen und später Dolmetscherin. Ohne Hitler hätte es also um 1980 herum die Oberstudienrätin Ingrid Neutig gegeben, und wen hätte sie geheiratet ...? Ganz sicher auch einen Mann der »höheren Stände«. Wenn sie dann einen Sohn gehabt hätten, wie ähnlich wäre der ihm, Paco, dann gewesen ...? So ähnlich, wie sich Halbbrüder halt ähnlich sind. Einen Menschen mit seiner Identität hätte es auf keinen Fall gegeben, *ihn*. Also verdankte er seine Existenz Adolf Hitler und dessen verbrecherischer Politik ... Ein Gedanke, der ihn erschauern ließ.

Noch lange, nachdem er das Gespräch mit Félix beendet hatte, stand Paco am Fenster und blickte zum märkisch blauen Himmel hinauf. Bis es unten auf der Straße laute Rufe gab. Einen Tumult. Er öffnete das Fenster, um hinunterzusehen. Wen er erkannte, war Gottfried Kotte.

»Nun fährt einen det Türkenpack ooch noch um, mitten uff'm Bürgersteig!« schimpfte Kotte und hatte den Gepäckständer eines Fahrrades gepackt, dessen Lenker von einer jungen schwarzhaarigen Frau umklammert wurde.

»Yonit, laß los!« schrie ein ebenfalls dunkelhaariges Mädchen, offenbar ihre Schwester. »Der Irre bringt dich noch um.«

Paco stürzte nach unten, um Kotte daran zu hindern, wirklich handgreiflich zu werden. »Ist ja gut, Herr Kotte, können wir das nicht friedlich klären?«

»Ja, indem ihr alle abjeschoben werdet!«

Yonit hatte inzwischen ihr Fahrrad losgelassen und sich in den Hausflur geflüchtet.

Kotte hob es nun mit beiden Händen hoch und setzte an, es am nächstgelegenen Laternenpfahl zu zerschmettern. »Damit fährste keenen Deutschen mehr um!«

Paco besann sich nicht lange und griff nach dem hinteren Reifen, um Kotte an der Tat zu hindern. Es gelang, und Kotte mußte nicht nur loslassen, sondern verlor auch das Gleichgewicht und schlug lang auf den Gehsteig, am Kopf noch von einer der Pedalen getroffen. Paco, der im Fernsehen gern die Turniere verfolgte, sah sich an Sumo-Ringer erinnert: Ohne daß man begriff, wie das geschehen konnte, lagen die Kolosse plötzlich am Boden. Und er war noch am Staunen, als Kotte aufsprang und sich auf ihn stürzen wollte. Am liebsten wäre er davongelaufen, denn das war seine große Stärke, doch das ging nicht, so weit war er doch noch vom *machismo* erfüllt. Aber sich Kotte stellen und mit ihm kämpfen, boxen oder ringen, das ging auch nicht, da wäre er zermalmt worden. Also tat er das, was sie als Kinder, als Torero verkleidet, immer wieder geübt hatten: einem wütenden Stier ausweichen. Und das schaffte er auch hier auf der Heidelberger Straße. Bis ein Funkwagen kam und sich die Polizeibeamten um Kotte kümmerten.

Gerufen worden waren sie von einer Nachbarin, die gerade mit ihrem Wagen einen Parkplatz gesucht hatte. Als das Protokoll aufgenommen worden war, stellte sie sich Paco vor. »Mein Name ist Sabrina Rosswein. Ich bin Lehrerin an der Albert-Schweitzer-Schule, das ist hinten in der Karl-Marx-Straße, gleich am Hermannplatz. Sie sind aber selber kein Türke …? Morientes, hab' ich an Ihrer Tür gelesen, das ist doch Spanisch …«

»Ja, ich komme aus Madrid und studiere hier an der FU Germanistik, weil ich deutsche Vorfahren habe.«

»Und ich habe ein Faible für Spanien und Lateinamerika.

Meine Fächer sind Geschichte und Erdkunde, und ich habe einen Leistungskurs über Spanien im Wandel …« Sie sah ihn an. »Kommen Sie doch mal zu uns, damit ich meinen Schülerinnen und Schülern einen echten Spanier vorführen kann.«

Paco schmunzelte. »Ich soll mich also von Ihnen verführen lassen …«

»Vorführen lassen!«

»Oh, Entschuldigung.« Er grinste, so breit es ging. Sie hatte keine Chance, es nicht zu durchschauen. »Sie sind ja mit den Nuancen der deutschen Sprache schon ganz schön vertraut …«

»Nicht nur das …«

Hinterher waren beide ziemlich zerknirscht, denn Sabrina Rosswein hatte einen festen Freund, Hartmut, einen Psychologen aus der Managementberatung, der gerade ein Seminar am Genfer See abhielt. Auch Paco war insoweit Moralist, daß er das, was geschehen war, bedauerte.

»Ach, was sind wir beide altmodisch«, sagte Sabrina Rosswein.

»Nun brauche ich ja morgen nicht in deine Schule zu kommen.«

»Doch, doch. Wenn uns einer zusammen gesehen hat, kann ich das Hartmut gegenüber damit begründen.«

So hatte Paco am nächsten Mittag seinen Auftritt in der Albert-Schweitzer-Schule. Er fand es spannend. Vielleicht wurde er ja doch einmal Lehrer. Für Deutsch in Madrid. Oder für Spanisch in Berlin. Wenn es mit der Karriere als Schriftsteller nichts wurde. Aber auch als Lehrer oder Dozent konnte man ja Bücher schreiben. Gerade wegen der langen Ferien. Er mußte sich auf die ersten Fragen konzentrieren.

»Ist die spanische Gesellschaft auch so überaltert wie unsere?«

»Hast du zu Hause noch bei deinen Eltern gewohnt?«

»Was ist mit Kindern?

Paco suchte nach passenden Antworten. Er konnte sich nur schwer konzentrieren, denn die Lehrerin, sie war schon ein Biest, trug einen ziemlich kurzen Rock. »Ja … Das ist wie bei euch hier. Im Jahre 2020 wird ein Drittel aller Spanier älter als 65 Jahre sein. Die jüngeren Arbeitskräfte beziehen wir aus Afrika und Lateinamerika. Auch bei uns ist Multikulti angesagt. Und was das andere betrifft: Auch in Madrid lebt man möglichst lange bei *Mamá* und *Papá*, denn die Arbeit ist knapp, und die Löhne sind niedrig, dafür aber die Wohnungen unverschämt teuer. Und wenn man krank wird ... euer Gesundheitssystem ist dagegen paradiesisch. Dafür haben es die Kinder besser bei uns. Wenn denn welche in die Welt gesetzt werden. In Spanien dürfen Kinder alles. Ganztagskindergärten gibt es, die Vorschule auch, und nach der Grundschule kann man in drei Jahren sein Abitur machen, das *bachillerato*. Aber ehe man studiert, muß man eine einjährige Vorbereitungszeit durchmachen, das nennt sich *curso de orientación universitaria*. Da es das hier nicht gibt, finde ich mich an der FU auch so schwer zurecht.«

Die nächsten Fragen betrafen das Umweltbewußtsein der Spanier, und Paco mußte eingestehen, daß es, gemessen am deutschen, noch sehr unterentwickelt war. Dafür sei Spanien, was das Rollenverhalten von Männern und Frauen anginge, längst in Europa angekommen.

»Dann frage ich gleich mal etwas, was sich von den Schülerinnen und Schülern niemand zu fragen wagt ...« Die Lehrerin lächelte lasziv. »Wie ist es denn um die Sexualität bestellt ...?«

Paco schluckte. »Na, moralinsauer ist Spanien schon lange nicht mehr, und auch die Frauen nehmen sich jetzt das heraus, was sich die Männer schon lange herausgenommen haben. Ich will da mal ein Beispiel nennen ...« Er brach unvermittelt ab, denn in der letzten Reihe hatte er Yonit entdeckt, und in ihrer Anwesenheit konnte er nicht erzählen, was er in Madrid an »Sauereien« erlebt hatte. Sie trug zwar kein Kopftuch, aber auf die Empfindlichkeiten der muslimischen Mädchen war Rücksicht zu nehmen. Also blickte er schnell auf seine Armbanduhr. »Tut mir leid, daß ich das nicht mehr erzählen kann, denn jetzt ist Siesta, und Siesta-Time ist für einen Spanier etwas Heiliges.«

Fast überstürzt verließ er die Albert-Schweitzer-Schule. Alles ängstigte ihn. Die Affäre mit der Lehrerin, noch mehr aber Yonit. Denn irgendwie hatte er Feuer gefangen, und am Abend, als er nach Lichtenrade geflohen war, um beiden nicht zu begegnen, mailte er Félix unter anderem: »Als ich Yonit hinten in der Klasse gesehen habe, da hat's bei mir gefunkt. In schlechten Romanen würde es heißen: In sich fühlte er die Schicksalsmelodie aufbranden. Wenn ich nun in eine türkische Familie hineingerate, dann habe ich das vollzogen, was Lessing im *Nathan* so idealistisch angepriesen hat: das fruchtbare Miteinander von Juden, Christen und Moslems. Damit bin ich dann bei den Grünen unschlagbar und bald im Bundesvorstand. Paco, der Gutmensch a priori.«

Beim Abendessen berichtete er natürlich von der Spanischstunde im Neuköllner Gymnasium, ohne aber die Lehrerin und Yonit zu erwähnen.

Marga Kurz unterbrach ihn. »Gerda ist auch mal in der Schule gewesen.«

»Mutti, alle Menschen sind mal in der Schule gewesen.« Ihr Sohn fühlte sich leicht genervt.

»Nicht als Schülerin, sondern als Sekretärin. Bei uns in Reinikkendorf. Bianca Kadritzke hat ihr das vermittelt.«

Für Paco war das neu, und noch am Abend rief er die alte Freundin seiner Großmutter an.

»Na, sicher war sie bei uns an der Schule. Das hab' ich dir doch schon erzählt.«

»Nein, haben Sie nicht.«

»Doch. Der Rektor hieß Knoll, und einer der Schüler hatte Gerda ganz fest in sein Herz geschlossen. Das war der dicke Michael aus der 8a. Michael Ma … Ma … irgend etwas mit Ma vorne, Manegold oder so. Aber wenn du hingehst, dann findest du den Namen bestimmt irgendwo in den Akten. 1960 muß das gewesen sein. Oder '61 … Um diese Zeit jedenfalls.«

Paco bedankte sich und machte sich am nächsten Morgen, nachdem er in Lichtenrade übernachtet hatte, gleich auf nach Reinickendorf, um sich in der von Bianca Kadritzke genannten Schule umzuhören. Man zeigte sich zuerst etwas zugeknöpft, aber als er die Geschichte von seiner jüdischen Urgroßmutter und dem nach Spanien geschmuggelten Kind erzählte, »da öffneten sich die Herzen«, wie er es später mit gewohnter Ironie seinem Freund Félix mailte, und er bekam Zugang zum Schularchiv, das heißt, er konnte stundenlang auf einem verstaubten Dachboden wühlen und suchen. Schließlich fand er auch die Klassenliste der 8a aus dem Jahre 1961 und stieß auf den Namen Michael Manebach. Und den fand er dann noch am selben Tage über die Auskunft – als jetzt 57jährigen Steuerberater in der Wernerstraße im noblen Ortsteil Grunewald. Natürlich freue er sich, Gerda Neutigs Enkel kennenzulernen. Sie verabredeten sich bei einem Italiener am Hagenplatz.

»Mensch, die Frau Neutig, ich kann mich noch ganz genau an die erinnern: Wie ein Ball kam sie hereingerollt. Und einmal …« Er hatte eine Menge zu erzählen.

Wir wollen Frau Neutig behalten

1961

Gerda Neutig war zwar in ihrer Gewerkschaft, im Tennisverein, in dem Mietshaus in der Afrikanischen Straße und der Laubenkolonie in Heiligensee durchaus beliebt, litt aber darunter, nicht genügend viele »beste Freundinnen« zu haben. Gisela Kolochau hatte damals auf Capri Selbstmord begangen, und so waren ihr nur Edda Bollberk und Margot Matuschewski geblieben. Auch in dieser Hinsicht fehlte ihr Ingrid. Wenn sie im Kino Filme sah, in denen die Töchter sagten: »Meine Mutter ist meine beste Freundin«, dann zuckte sie jedes Mal zusammen. Als sie Herbert von ihrem Problem erzählte, war der ein wenig gekränkt.

»Ich reiche dir wohl nicht ...«

»Nein, aber bestimmte Dinge kann man nur von Frau zu Frau erörtern.«

»Ja, wenn ihr eure Tage habt. Entschuldige bitte, daß ich damit keine Erfahrung habe.«

»Männer können nicht so richtig kichern, Männer gucken einen immer so an, als wollten sie mit einem ins Bett gehen, Männer verstehen nichts vom Backen und von der großen Wäsche, Männer reden immer nur von Autos und Fußball.« Und sie konnte auch noch einiges andere aufzählen, wo Frauen vorzuziehen waren.

»Soll ich eine Anzeige aufgeben?« fragte Herbert, der gerade beim Studium seiner Tageszeitung war. »Suche für meine Frau niveauvolle Gesellschafterin, aber nicht größer als eins fünfzig und immer handzahm.«

»Irrtum«, sagte Gerda. »Wen ich schon gern als Freundin hätte, wäre die Bianca Kadritzke – und die ist über 1 Meter 80 groß.«

»Aber die will dich nicht, die sieht auf dich herab ...?« So Herberts Vermutung.

»Sie ist Lehrerin.«

»Du kannst doch auch schreiben und lesen ...«

»Sie weiß alles besser und will mir immer ganz genau sagen, was ich machen soll. Als wäre ich eine ihrer Schülerinnen«, klagte Gerda.

»Ja, was eine strenge Domina ist ...« Herbert konnte sich durchaus vorstellen, bei Bianca Kadritzke eine Menge zu lernen, wenn auch nicht das, was in den Klassen eins bis sechs unterrichtet wurde, und so sagte er, daß er es schön fände, wenn man zum Ehepaar Kadritzke engere Kontakte knüpfen könnte.

»Ihr Mann ist Senatsdirigent.«

Herbert war gerade beim Sportteil angekommen, suchte in einer der vielen Tabellen nach Viktoria 89, seinem alten Verein, und hatte nur mit halben Ohr hingehört. »In welchem Orchester dirigiert er?« Und als Gerda nur das Gesicht verzog, gab er selber die Antwort: »Sicherlich bei Trip Schanker und seinen Syphilisten.«

Schließlich lieferte ihm Gerda doch die nötigen Informationen über Bianca und Klaus-Dieter Kadritzke. »Beim Innensenat sitzt er, am Fehrbelliner Platz.«

Herbert nickte. »Das Gebäude kenn' ich. Das ist doch Berlins größter Friedhof: Da ruhen dreitausend Beamte.«

»Sei du mal still, du bist doch bei der AOK selber so was wie 'n Beamter.« Gerda gab zu, auf alle Beamten ein wenig neidisch zu sein. Der Sicherheit wegen, ganz zu schweigen von der schönen Pension. »Die Kadritzkes sind ja beide Beamte, er beim Senat, sie als Lehrerin, und darum haben sie sich jetzt auch das Haus kaufen können, draußen in Frohnau. Wir sollen ja mal rauskommen zu ihnen. Zum Kaffee.«

Am ersten Aprilsonntag war es dann soweit. Nach dem Frühstück gingen sie noch einmal ins Bett, um ein wenig Matratzengymnastik zu betreiben, dann wurde ausgiebig gebadet. Danach begab sich Herbert in die Küche, um zu kochen und zu brutzeln, während Gerda zum Tennis eilte. Punkt eins stand das Essen auf dem Tisch, heute Rouladen. Nach Abwasch und einem kleinen Nickerchen warfen sie sich in Schale und machten sich auf den Weg nach Frohnau. Am U-Bahnhof Rehberge angekommen, stritten sie sich über die beste Verbindung. Seit dem 31. Mai 1958 fuhr ja die U-Bahn nach Tegel, und sie konnten in den 15er Bus umsteigen, was Herbert präferierte, aber auch, wie Gerda es wollte, bis zur Müller-, Ecke Barfusstraße laufen, wo der 12er Bus nach Frohnau eine Haltestelle hatte.

»Der zuckelt mir zu lange durch die Dörfer«, sagte Herbert.

»Dafür müssen wir nicht umsteigen«, war Gerdas Gegenargument.

Herbert wollte einlenken. »Gut. Der Klügere gibt nach: Fahren wir mit dem 12er.«

»Wenn der Klügere nachgibt, dann mit der U-Bahn und dem 15er.«

Sie merkten, daß sie so nicht weiterkamen, und beschlossen salomonisch, sich eine Taxe zu nehmen. »Aber nur, wenn in der Müllerstraße gerade eine kommt.« Nur selten gönnten sie sich diesen Luxus, denn in ihren Elternhäusern hatten beide gelernt, daß das eine unfaßbare Verschwendung war. »Da können wir ja unser Geld gleich aus dem Fenster rauswerfen.« Strecken bis zu drei Kilometern hatten die Kinder zu Fuß zurückzulegen gehabt, dafür gab es keinen Pfennig Fahrgeld, und wenn es einmal sechs oder sieben Kilometer wurden, dann durfte auch nicht groß gemeckert werden, sonst gab es etwas aus der »Arm'nkasse«, das heißt ein paar hinter die Ohren. »Kleine Schläge auf den Hinterkopf erhöhen das Denkvermögen.« Auch ein Fahrrad stand damals nicht zur Debatte.

Sie gingen die Otawistraße hinauf, und als sie einem Schwarm junger Frauen begegneten, kam ihnen sofort wieder ihre Tochter in den Sinn. Am 14. März war Ingrid 21 Jahre alt geworden, also volljährig.

»Das Kapitel dürfte sich damit wohl erledigt haben«, sagte Herbert.

»Sie ist und bleibt unser Kind.«

»Ohne es jemals zu wissen.« Herbert wurde erst philosophisch, dann drastisch. »Ist das nun ein Unglück oder ein Segen für sie …? Na, vielleicht verrät ihr Margarita auf dem Sterbebett, daß sie bei ihrer Geburt wenig gelitten hat. ›Als du geboren wurdest, mein Kind, habe ich fünfzig Kilometer entfernt in Berlin quietschvergnügt im Kino gesessen und mich über Heinz Rühmann kaputtgelacht.‹«

»Und studieren wird Ingrid auch nicht«, fuhr Gerda fort. »Wenn, dann hätten wir ja noch hoffen können, daß sie nach Deutschland kommt.« Aber es hieß, das beste sei, Ingrid würde sich zur Hotelfachkraft ausbilden lassen oder aber »etwas mit Sprachen machen«. Der Fremdenverkehr, so hatte man ihnen aus Madrid geschrieben, würde in Spanien eine große Zukunft haben.

»Bei uns nicht«, hatte Herbert diese Zeilen kommentiert. »Ich darf ja auf keinen Fall mit einer Fremden verkehren.«

Damit waren sie an der Müllerstraße und hielten Ausschau nach einer Taxe. »Aber das ist ja immer so: Wenn man eine braucht, dann kommt keine.« Herbert schlug vor, in Richtung Seestraße zu gehen, da sei ein Taxistand. Doch als sie bis zur Barfusstraße gegangen waren, sahen sie in der Ferne einen gelben Doppeldecker.

»Das ist der 12er!« rief Gerda und rannte los in Richtung Haltestelle. Es war ein Reflex, der sich nicht mehr unterdrücken ließ. Was blieb Herbert anderes, als ihr zu folgen? Als starker Raucher und Mann, der es mit Churchill hielt – »*No sports*!« –, war er jedoch nur halb so schnell wie sie, und Gerda mußte den Busfahrer flehentlich bitten, doch auf ihren Mann zu warten.

»Die lahme Ente da? Nehm' Se lieba mich, ick hab' noch 'n bißchen mehr druff.«

Herbert brauchte die Dreiviertelstunde bis nach Frohnau hoch, um sich wieder halbwegs zu erholen. In seinen Waden puckerte es ziemlich heftig. »Meine Krampfadern … Es ist nischt, wenn man alt wird.« Mit 52 Jahren ging er langsam auf die 60 zu.

Die Kadritzkes wohnten am Fürstendamm, und ihr Haus konnte man schon mit Recht eine Villa nennen. Gerda hatte Mühe, nicht neidisch zu sein. Wenn ihr Vater nicht so früh gestorben wäre, wenn es keinen Krieg gegeben hätte, wenn ihre Mutter nicht nach Theresienstadt gekommen wäre, sondern damals, wie einmal geplant, ihre private Handelsschule eröffnet hätte, dann ... »Wenn das Wörtchen wenn nicht wär', wär' mein Vater Millionär ...« Es war ein Traumhaus, und Gerda dachte automatisch das, was ihre Freundin Margot Matuschewski in diesem Falle ausgerufen hätte: »Da ist Kies hinter!«

Laut sagte sie: »So was wie bei euch sieht man sonst nur im Film.«

»Fehlt nur noch der eigene Tennisplatz hinterm Haus«, fügte Herbert hinzu.

Beim Kaffeetrinken stellte sich schnell heraus, daß alle vier eine große Gemeinsamkeit hatten: die Schule. Und ein jeder kam nun mit Anekdoten aus seiner Schulzeit, berichtete von den Freuden und Leiden des Pennälerlebens. Das meiste zum Thema konnte natürlich Bianca Kadritzke beisteuern, war sie doch Lehrerin an einer Reinickendorfer OPZ, das heißt einer Oberschule des Praktischen Zweiges.

»Die Disziplin bei uns läßt immer mehr nach. Letzte Woche ist aus unserem Aquarium eine Lampe geklaut worden. Einen Schüler haben wir erwischt, wie er Essenmarken gefälscht hat. Ein anderer wollte in der Werkstatt Messingplättchen so zurechtfeilen, daß sie in Automaten passen. Einige Mädchen schminken sich wie Nutten und kommen mit hochhackigen Schuhen in den Unterricht. Vom Schuleschwänzen und dem Lärmen mal ganz zu schweigen.«

»Wie schön, daß nach der Verordnung von 1948 die körperliche Züchtigung abgeschafft worden ist«, sagte Klaus-Dieter Kadritzke mit leiser Ironie. »Dauerarrest für permanente Schulschwänzer soll es aber wieder öfter geben.« Er war gar nicht so erfreut über die neuen Zeiten. »Lehrer und Schulärzte beklagen überall in Deutschland die Anzeichen der Zivilisationssättigung, das heißt das Desinteresse der Schüler, ihre materielle Überversorgung und die Ablenkung durch das Fernsehen.«

»Bei Klassenfahrten murren sie schon, wenn es nur in den Elm oder bloß in den Frankenwald geht«, spann Bianca Kadritzke den Faden weiter. »Nach Paris wollen sie oder nach London. Wo soll das bloß noch mal enden?«

»Alles will ja jetzt in die Ferne reisen – der Plebs an allen Stränden der Welt.« Herr Kadritzke berichtete von einer Reise an die Nordsee, wo direkt neben ihrem Strandkorb ein Maurer aus Neukölln »mit seiner Brut« eine Sandburg gebaut hatte. »Diese Sprache, diese Ausdrücke, mein Gott! Alles Proleten! Und ich war dabei, Thomas Manns *Tod in Venedig* zu lesen.«

Herbert, der bis jetzt schweigend zugehört hatte, glaubte, daß nun die Gelegenheit gekommen sei, auch einmal etwas zu sagen. Im *stern* hatte er gelesen, daß in der Bundesrepublik Deutschland der Bildungsnotstand ausgebrochen war. Man hatte herausgefunden, daß sich im Durchschnitt 37 Kinder in einer Vorschulklasse drängelten und ein Viertel des Unterrichts ausfallen würde. 40 000 Räume fehlten, und fünf Milliarden Mark würde man brauchen, um die Misere zu beheben. Dies alles trug er nun vor.

»Ich finde das gar nicht so schlimm«, sagte Klaus-Dieter Kadritzke. »Bildung ist nun einmal Luxus, und nicht jeder Prolet muß das Abitur machen. Oder meint wirklich jemand, unsere Stadtreinigung arbeitet besser, wenn der Müllkutscher das Große Latinum hat?«

Gerda litt ein wenig in der Villa Kadritzke, denn ansonsten war sie es, die bei solchen Runden den Ton angab, immer »mit dem Mund vorneweg«, wie ihre Mutter sagte, aber hier dominierte der Herr Senatsdirigent, und wenn er wirklich einmal schwieg, dann redete Bianca. Sich in »höheren Kreisen« zu bewegen war gar nicht so einfach. Gleich und gleich gesellt sich gern, hieß es ja, und darum kamen Herbert und sie wohl mit den Kadritzkes auch nicht so ganz klar. Schon die Elternhäuser, aus denen die kamen: Sein Vater war Oberstaatsanwalt, ihrer Chefarzt. Da kamen die Neutigs und die Friedrichs lange nicht mit ... Gerda fühlte sich gar nicht wohl in ihrer Haut. Kleine Leute waren sie dagegen, und wahrscheinlich roch man das bei Herbert und ihr. Sie hatten ihre Duftwasser in der Drogerie in der Müllerstraße gekauft, die Kadritzkes, wie sie eben gerade erzählten, ihres aber in Paris. *Das* war der Unterschied. Abgesehen von der Tatsache, daß sie eine Villa besaßen und Herbert und sie eine kleine Neubauwohnung.

»Ihr hättet ja gern noch zum Abendbrot bleiben können, aber wir müssen heute noch in die Oper«, sagte Bianca Kadritzke. »Klaus-Dieter bekommt immer Freikarten, und die müssen natürlich auch genutzt werden. Aber wir machen noch einen kleinen Spaziergang und bringen euch zur S-Bahn. Da könnt ihr dann in die U-Bahn umsteigen – ist mal was anderes.«

Auf der Frohnauer Brücke glaubten Gerda und Herbert ihren Augen nicht zu trauen, denn wer kam ihnen da entgegen? Otto und Margot Matuschewski. »Was macht ihr denn hier?«

»Wir waren zu Besuch bei meiner Cousine Lolo. Die besitzt doch schon seit 1954 ein Landhaus hier in Frohnau«, antwortete Margot nicht ohne einen gewissen Stolz. »Sie hatte mal einen Zeitungsvertrieb in der Kurstraße, und ihr Mann ist Prokurist. Ihr müßt nicht denken, daß unsere Familie nur aus Hungerleidern besteht.« Ätsch, wollte sie damit sagen, bei euch sind die reichen Leute nur Freundschaft, wir aber haben sie in der eigenen Familie.

Gerda hatte erst einmal daran zu knabbern, Herbert dagegen konterte sofort. »Ich weiß, Ottos Mutter hatte ja sogar mehrere Brikettfabriken.«

»... als Lieferanten jedenfalls«, ergänzte Otto Matuschewski, der »Junge aus dem Kohlenkeller«, der bei den ewigen Rangstreitigkeiten der beiden Frauen nur schmunzeln konnte. »Na, dann können wir ja gemeinsam nach Hause fahren.«

So stiegen dann Gerda und Herbert, nachdem sie sich von den Kadritzkes verabschiedet hatten, mit Otto und Margot zusammen die Treppen zum Bahnsteig hinunter. Der Zug aus Oranienburg ließ nicht lange auf sich warten.

»Hoffentlich ist das kein Durchläufer«, sagte Otto Matuschewski. Das waren S-Bahnzüge, die zwischen den Stationen im DDR-Umland und Ost-Berlin verkehrten und die Bahnhöfe in West-Berlin ohne Halt durchfuhren. Nein, sie hatten Glück, es war ja auch Sonntag. Bis zur Friedrichstraße war es eine knappe halbe Stunde, und sie hatten Zeit, noch über dieses und jenes zu plauschen. Über Ottos neuen Anzug beispielsweise.

»Kajot gekleidet, flott gekleidet«, sagte Herbert in Anspielung auf das große Bekleidungshaus am Neuköllner S-Bahnhof.

Otto Matuschewski lachte verschmitzt und kam ihm mit Carl Zuckmayer. »Irrtum, sprach der Hahn und stieg von der Ente.« In der Freien Volksbühne hatten sie ein Abonnement und somit auch *Des Teufels General* gesehen. »Ich habe meinen Maßschneider.« Das war kein Snobismus, sondern eine bittere Notwendigkeit, denn als Folge seiner Hüftgelenks-Tbc hinkte Otto nicht nur und mußte am Stock gehen, sondern hatte auch ein um zwei Zentimeter kürzeres linkes Bein, so daß Massenkonfektion für ihn nicht in Frage kam.

Die Frauen unterhielten sich lieber über Gerdas neuen Kühlschrank und die angesagte Mode. Der Kühlschrank kam von der Firma Bauknecht, und Gerda war so begeistert von ihm, wie es die Werbung vorgegeben hatte. Bei den Kleidern und Kostümen, die sie sich in den Schaufenstern angesehen hatten, ging es um den Stewardess-Stil und die Tropfenlinie, um halsferne Kragen und schicke weite Kurzärmel, um Shantung-Effekte und Blusen mit Madras-Druck und vielen Rüschen.

»Meine Freundin Bianca fliegt zum Einkaufen nach Paris«, sagte Gerda seufzend. »Ich fahre mit der U-Bahn zu C&A.«

Margot gab sich ein wenig hochnäsig. »Vielleicht hat meine Schneiderin mal Zeit für dich.« Sie ließ nähen, mal bei Hannchen Schröder, einer alten Freundin, mal bei der Tochter ihrer AOK-Kollegin Lenchen Behnke.

Sie kamen zum Bahnhof Gesundbrunnen, wo Hertha BSC zu Hause war, im Stadion an der »Plumpe«. »Sie werden diesmal wieder Berliner Meister.« Weder Otto, der für die Neuköllner Tasmania war, noch Herbert, seit Ewigkeiten Mitglied bei Viktoria 89, fanden das berauschend.

Friedrichstraße stiegen sie um. Gerda und Herbert fuhren Richtung Tegel, die Matuschewskis warteten auf den Zug zur Grenzallee. Aber man verabredete sich noch für den nächsten Sonnabend zum allfälligen Kartenspiel. »Bei uns im Wedding.«

Es wurde dann auch wieder ein überaus gemütliches Zusammensein. Anfangs jedenfalls. Diesmal gab es kein »warm' Abendbrot«, sondern Delikatessen aus dem KaDeWe. Die dort gekauften Krabben schmeckten natürlich ganz anders als die aus der Markthalle in der Müllerstraße, auch wenn sie zehnmal aus denselben Gewässern stammten.

»Das Auge ißt mit«, sagte Gerda und meinte damit das Ambiente, in dem die kleinen Tierchen zum Verkauf ausgebreitet waren.

»Das hätte mir vor zwanzig Jahren einmal einer sagen sollen, daß wir uns das alles leisten können«, sagte Herbert. »Krabben, Krebsfleisch, Parmaschinken, Entenbrust und französischen Rotwein.« Den trank er ganz besonders gern, seit sie alle den Roman *Clochemerle* gelesen hatten. Über dessen »Stellen« redeten sie bei jedem Beisammensein, und nicht nur das, Herbert und Otto versuchten ein jedes Mal, waren sie einmal in Heiligensee oder irgendwo sonst in Gottes freier Natur, es den französischen Winzern nachzumachen. »Du mußt versuchen, beim Pinkeln mit deinem Strahl eine Blattlaus zu treffen und wegzuspülen.« So erklärten sie es anderen.

Nach dem »frugalen Mahl«, so Otto Matuschewski, der viel las und dennoch ab und an einmal das falsche Fremdwort wählte, schaltete Gerda RIAS II ein, und alle hörten *Günter Neumann und seine Insulaner*. Dies so still und inbrünstig wie Gläubige beim Gottesdienst. Für eingeborene West-Berliner war das selbstverständlich, und am Schluß sangen alle mit: »Der Insulaner hofft unbeirrt, daß seine Insel wieder ein schönes Festland wird.«

Danach setzten sie sich wieder an den großen runden Eßtisch, um Canasta zu spielen. Gerda bildete ein Team mit Otto Matuschewski, und Herbert hatte Margot als Partnerin. Das barg weniger Konfliktstoff in sich, als wenn sie als Ehepaare gegeneinander gespielt hätten, denn welches Team auch immer verlor und in die Gemeinschaftskasse zahlen mußte: Ihre Konten wurden gleich stark belastet. Auch heute kam wieder eine Menge zusammen.

»Was machen wir denn mit dem vielen Geld?« fragte Margot Matuschewski.

»Damit fahren wir nach Paris«, sagte Herbert.

Otto schmunzelte. »Ach, ja, das liegt bei Garmisch-Partenkirchen und heißt eigentlich Farchant.« Er sagte dies, weil Gerda immer wieder betont hatte, nirgendwo anders hinzuwollen.

»Warum denn in die Ferne schweifen, wenn das Gute so nah liegt«, sagte sie dann auch prompt. »Ich bin von vornherein für Farchant.«

»Und von hinten herein?« fragte Otto.

»Du Ferkel!« kreischte Margot.

»Ein Stößchen in Ehren kann niemand verwehren«, sagte Herbert.

Derartige Anspielungen gehörten zum gemeinsamen Abend wie das Knabberzeug, der Weißwein aus deutschen Landen und der Cognac-Schwenker, mit Asbach Uralt gefüllt. Meist spielten sie bis zur letzten U-Bahn. Bei den anderen übernachten wollten sie nicht, weil es jeweils nur eine Couch als Schlafstatt gab, und eine Taxe hätte den Etat gesprengt.

»Letzte Runde«, sagte dann auch Otto Matuschewski mit Blick auf seine goldene Armbanduhr, seinen ganzen Stolz. »Gleich halb zwölf, und wir müssen noch nach Hause in den amerikanischen Sektor.«

In diesem Augenblick klingelte es an der Wohnungstür. Alle erstarrten. Um diese Zeit – wer konnte das sein? Bei Gerda kamen Erinnerungen hoch, die sie schlucken ließen.

»Die Gestapo gibt es nicht mehr«, sagte Otto Matuschewski, der in den Reihen des Reichsbanners versucht hatte, die Nazis aufzuhalten, und ihre Ängste kannte.

»Ist denn das verboten, was wir hier machen, als Glücksspiel …?« Margot Matuschewski konnte manchmal anrührend naiv sein.

»Gerda hat doch ihre Konzession für einen P:aff bekommen«, sagte Herbert. Das bezog sich auf einen Witz, den er immer wieder erzählte: Treffen sich zwei alte Freunde. »Was machst du denn jetzt?« fragt der eine. Antwortet der andere: »Ich bin

Butler bei Dulles.« Das war der amerikanische Außenminister, und der Witz des Witzes bestand nun darin, daß der Mann Butler wie Butter aussprach und Dulles wie dulden. Darauf wird er vom anderen korrigiert, daß es B:atler und D:alles heißen würde. Kommt die Gegenfrage: »Und was machst du?« Antwort: »Mir geht's blendend: Ich habe ein P:aff mit drei N:atten.«

Das Klingeln wurde energischer. »Es sollte mal einer aufmachen«, sagte Otto Matuschewski. »Sonst treten sie euch noch die Tür ein.«

»Herbert, geh du mal«, sagte Gerda.

Heldenhaft begab sich Herbert auf den Flur hinaus, fragte aber sicherheitshalber, bevor er die Tür aufschloß, wer denn draußen sei.

»Ich. Macht doch bitte mal auf.«

Es war Bianca Kadritzke. Und zwar im Nachthemd und mit nichts als Badesandalen an den Füßen. Nur eine gelbe Regenjakke hatte sie sich über die Schultern gelegt. Sie zitterte am ganzen Leibe.

»Was ist denn passiert ...?!« Herbert trat zur Seite, um sie in den Korridor zu lassen. »Kommen Sie schnell rein.«

Inzwischen war auch Gerda angerannt gekommen. »Bianca ...! Ist deine Villa abgebrannt?«

»Nein. Klaus-Dieter wollte mich ... Wir hatten uns heftig gestritten, und da ist er mit dem Golfschläger auf mich los. Ich konnte noch schnell zur Tür raus ... Am Platz habe ich mir dann eine Taxe genommen. Geh doch mal schnell einer runter und bezahle den Mann. Kann ich erst mal bei dir bleiben?«

»Natürlich.« Gerda konnte da nicht nein sagen, obwohl ... Sie hörte genau, was Otto zu Margot sagte: »Dann sollte sie Herbert nachts mal festbinden.« Und führe mich nicht in Versuchung ... Nun hatte sie die Versuchung als Logiergast in der Wohnung und mußte es immer so einrichten, daß sie nach Herbert ging und vor ihm wieder zu Hause war. An seiner Treue zweifelte sie keine Sekunde, aber: Vorsicht ist die Mutter der Porzellankiste.

Als sie am Montag morgen Werner Seifert sah, sagte sie ihm sofort, daß sie demnächst morgens ein bißchen später ins Büro kommen würde und Überstunden erst einmal ausfielen. »Aus ganz privaten Gründen. Wir haben nämlich eine Untermieterin, um die ich mich ein bißchen kümmern muß.« Sie erzählte ihrem Chef von Bianca Kadritzke.

Werner Seifert hatte Verständnis dafür. »Aber dennoch schade, denn allzu lange werden wir nicht mehr das Vergnügen haben, zusammen die Lage der Werktätigen zu verbessern.«

Gerda erschrak. »Was denn, bist du ...?« Sie dachte an Krebs.

»Krank? Mit mir geht's nicht abwärts in die Grube, sondern aufwärts in die Zentrale.« Am 1. September sollte er beim DGB in Düsseldorf in die Vorstandsetage einziehen.

»Dann gratuliere ich dir erst mal.« Gerda bekam feuchte Augen. Sie freute sich für ihn, und sie war traurig, daß sie ihn als Chef verlor. Alles, was nach ihm kam, konnte nur bedeuten, daß sie sich verschlechterte. Alles hat einmal ein Ende ...

So waren Frühjahr und Sommer 1961 ein wenig überschattet. Bianca Kadritzke kehrte zwar nach drei Wochen wieder zu ihrem Mann zurück, man hatte sich noch einmal ausgesöhnt, aber im Falle Werner Seifert blieb es dabei, daß er ging. Und nach Farchant fuhren sie erst Ende August ... Aber schnell hatte sich Gerda wieder gefangen, denn ihr Tennisverein erforderte die ganze Frau. Sie mußte den Trainings- und den Spielbetrieb regeln, sie mußte die Finanzen in Ordnung halten und den ganzen Verwaltungskram besorgen, sie mußte kleine und große Streitigkeiten schlichten – und sie mußte bei wichtigen Spielen noch immer selber zum Schläger greifen. Für eine Hilfskraft fehlten die Gelder, und wenn Herbert und Bianca Kadritzke sie nicht unterstützt hätten, wäre es mit dem TV Transvaal bald wieder vorbei gewesen. So aber hatte Herbert recht, wenn er sagte: »Da kommst du wenigstens nicht auf dumme Gedanken.«

Öfter war jetzt auch ihre Nichte Barbara in der Afrikanischen Straße zu Gast. Sie studierte an der FU Anglistik. Nebenbei lernte sie noch Spanisch und Französisch. Sie wollte einmal Simultandolmetscherin werden, und wenn das nichts wurde, dann Übersetzerin. Offiziell wohnte sie noch bei ihren Eltern in Friedrichshain, suchte aber schon nach einer kleinen Wohnung in West-Berlin, zumindest aber nach einem Zimmer in einem der Studentenheime. Gerda und Herbert hatten ihr finanzielle Unterstützung zugesagt. Und gab es am Sonnabend einmal eine Fete im Westen der Stadt, dann blieb Barbara bei Gerda und Herbert über Nacht im Wedding. Die schmale Couch im Wohnzimmer reichte ihr vollkommen aus.

So stand sie auch am 12. August kurz vor Mitternacht unten vor dem Haus und rief ihr »Tante Gerda!« zum zweiten Stock hinauf. Sie hörten es oben, und Herbert lief nach unten, der Nichte die Haustür aufzuschließen. Am nächsten Morgen wollten sie dann alle drei zum Mittagessen in die Straße der Pariser Kommune fahren und Barbara zurückbringen. Doch daraus wurde nichts, denn als Herbert den RIAS einschaltete, kam die Schreckensmeldung vom Bau der Mauer. »Gerda, Bärbel ...! Ost-Berlin wird dichtgemacht. Sie lassen keinen mehr raus. Überall Stacheldraht. Die Mauer wird hochgezogen.«

Barbara brach in Tränen aus. »Wer weiß, wann ich Papa und Mama wiedersehen werde!«

Herbert war erstaunt. »Wieso denn? Sie lassen doch alle Ost-Berliner, die die Nacht über im Westen waren, ohne weiteres zurück in ihre Wohnungen.«

»Ich geh' nicht mehr zurück in den Osten! Ich lass' mich doch nicht freiwillig einsperren.«

Gerda sah sie an. »Du willst also für immer bei uns bleiben ...?«

»Für immer nicht, aber erst einmal. Darf ich nicht?«

»Doch, doch.« Gerda nahm sie in die Arme.

»Siehste, nu haste doch noch 'ne Tochter im Hause«, sagte Herbert.

Für einen Augenblick kam ein Gefühl von Glück und Geborgenheit in allen auf, das aber schnell wieder verflogen war, als sie ihr Fernsehgerät einschalteten und Bilder aus der Friedrichstraße zu sehen waren. Ganz dicht standen sich da die amerikanischen und die russischen Panzer gegenüber.

»Wenn das mal nicht der Dritte Weltkrieg ist«, sagte Herbert düster. »Und diesmal mit Atombomben auch auf Deutschland.«

»Auf Berlin werden sie schon keine werfen«, war Gerdas Hoffnung. »Damit würden sie sich doch selber treffen.«

Nun, so schlimm die Mauer war, sie trösteten sich in den Tagen danach mit dem Gedanken, daß alles noch viel schlimmer hätte kommen können. Und für den normalen West-Berliner ging das Leben auch weiter wie immer. Höchstens, daß man nicht mehr mit der S-Bahn fahren sollte. Alle Politiker und Gewerkschaften hatten dazu aufgerufen, die S-Bahn, die in der Regie der DDR betrieben wurde, zu boykottieren. »Wer S-Bahn fährt, bezahlt Ulbrichts Stacheldraht!« Gerda und Herbert war das egal, sie fuhren ohnehin nur selten bis nie mit der S-Bahn. Statt dessen sollten die West-Berliner nun parallel eingerichtete Busse benutzten. Dafür aber hatte die BVG nicht genügend Wagen in den Depots, und so kam es, daß durch die West-Berliner Straßen Busse aus allen Großstädten der Bundesrepublik unterwegs waren, denn alle zeigten sich solidarisch.

Natürlich verfolgten sie in der Afrikanischen Straße täglich das, was an der Mauer geschah, insbesondere die spektakulären Fluchtversuche in der Bernauer Straße, mit heißem Herzen, aber dies nur im Fernsehen, im Alltag wurde die Mauer verdrängt. »Ändern können wir's sowieso nicht mehr«, sagte Gerda. Sicher, die West-Berliner waren alle eingemauert, aber mit den Amerikanern, Briten und Franzosen in der Festung war man ja absolut sicher, und in den Westen der Republik konnte man weiterhin, wann immer man wollte: auf dem Landweg mit Auto und Bahn, wenn auch streng kontrolliert, und mit dem Flugzeug ohne alle Schikanen. »Glück ist die Summe des Unglücks, dem man entronnen ist«, sagte Otto Matuschewski. Er hatte es von seinem Abreißkalender in der Post und zitierte es immer wieder.

Einen private Einschnitt brachte aber der Mauerbau für Gerda Neutig dennoch mit sich, und das kam so ... Mit dem 31. August 1961 endete Werner Seiferts Tätigkeit in der Berliner Gewerkschaft, und damit war für Gerda eigentlich auch dieses Kapitel ihres Lebens abgeschlossen. Sie hatte keine Lust mehr, in ihr altes Büro zu fahren. Als sie ihrer Freundin Bianca davon erzählte, horchte die auf.

»Mensch, das trifft sich ja bestens!«

Gerda verstand nicht. »Wieso'n das?«

»Na, unsere Schulsekretärin kommt aus Pankow und kann nun nicht mehr zum Dienst erscheinen. Die Stelle ist frei, und du kannst sie sicher haben, wir suchen ja händeringend Ersatz.«

Gerda setzte sich mit der Personalstelle des Bezirksamtes Reinickendorf in Verbindung und rannte offene Türen ein, denn Bianca Kadritzke und ihr Mann hatten vorher schon das eine oder andere Telefongespräch geführt. In der Gewerkschaft machte man ihr keine Schwierigkeiten, denn dort hatte nun Kurt Klosterbruch das Sagen, endlich, und der war heilfroh, seine alte Gegenspielerin so schnell wie möglich loszuwerden. So kam es, daß Gerda Neutig am 15. September ihre Arbeit als Schulsekretärin an der Reinickendorfer OPZ aufnehmen konnte.

Doch so glücklich sie anfangs über das neue Betätigungsfeld auch war, bald schon merkte sie, daß hier doch ein anderer Wind wehte als in ihrer Gewerkschaft. Mal eben Kuchen holen und Kaffee kochen und mit den Kolleginnen und Kollegen ein wenig plauschen, das ging nicht mehr. Andauernd schrillte die Klingel, und wenn Pause war, standen manchmal bis zu zehn Schüler gleichzeitig bei ihr auf der Matte und hatten furchtbar wichtige Dinge zu klären. In der 7a war der Schwamm verschwunden. In der 8b war der Kartenständer kaputt. In der 9c konnten nicht alle das Geld für die Klassenfahrt aufbringen. Und so weiter und so fort. War Unterricht, dann riefen die Eltern an. Meistens, um sich über irgend etwas zu beschweren. Dazwischen schneiten die Lehrerinnen und Lehrer hinein, die gerade eine Freistunde hatten oder aber ihre Probleme nicht selber lösen konnten. »Wie soll ich denn dieses Formular hier ausfüllen, Frau Neutig?« Abends war Gerda immer furchtbar geschafft, und Herbert beklagte sich darüber, daß ihr Liebesleben nun völlig einschlafen würde.

»Das wird alles nachgeholt.« Waren sie aber einmal in der entsprechenden Stimmung, dann platzte ihre Nichte dazwischen, und sich zu lieben, wenn Barbara nebenan auf der Couch lag und nicht einschlafen konnte, das trauten sie sich nicht. »Bei den dünnen Wänden.«

Sosehr Herbert seine aufgeweckte Nichte mochte, so sehr wünschte er sich, daß sie abends nicht ganz so oft zu Hause war und ihr Intimleben störte. »Aber wir können sie doch nicht dauernd ins Kino schicken.«

»Einen Freund müßte sie haben«, sagte Gerda.

»Woher nehmen und nicht stehlen?«

»Ich wüßte schon einen ...« In Gerda steckte offensichtlich das, was bei ihren Vorfahren mütterlicherseits einen guten Schadchen ausmachte, einen Mann, der junge Menschen zusammenbrachte.

»Und wen?«

»Na, Manfred Matuschewski natürlich. Margot jammert doch ständig, daß er noch immer keine feste Freundin hat und sich alles durch die Rippen schwitzen muß. Sie fürchtet schon, daß er schwul ist.«

»Und wenn.« Herbert sah das nicht so eng. »Aber Unsinn: Alle haben doch gedacht, daß er mal seine Buddelkastenfreundin heiraten würde, die Inge Bugsin, aber die hat ja nun einen Millionär abbekommen, da hatte er als kleiner Student keine Chance mehr.«

»Soll er sich mit Barbara trösten, die hat auch keine Laus auf der Naht. Die Frage ist nur, wie wir die beiden zusammenbringen.«

»Das arrangiere du mal«, sagte Herbert.

Gerda mußte nicht lange überlegen, denn sie hatte ihrer Mutter versprochen, am Wochenende nach Heiligensee zu kommen und ihr zu helfen, die Laube winterfest zu machen. »Und auf das Dach muß neue Dachpappe rauf.« Gerda hatte Robert angerufen, doch der Sohn ihrer Schwester war mit seiner Band auf Achse. Vor dem Mauerbau hätte sie in diesem Falle auf Konstantin und Eckhard zurückgegriffen, doch nun ... »Wer mir noch bleibt, ist Manfred Matuschewski. Und wenn er oben auf dem Dach steht und alles repariert, wird er Babsy schon imponieren.«

»Besonders, wenn er ihr einen Vortrag über Max Weber hält.« Herbert kam mit Manfred nicht mehr richtig klar. Ottos und Margots Sprößling war nach Ende seiner Lehrzeit nicht bei Siemens geblieben, sondern hatte an der FU Berlin zu studieren begonnen. »Soziologie – wozu braucht man das eigentlich?« fragte Herbert, um gleich selber die Antwort zu geben: »Um zu verstehen, was das ist: Soziologie. Eine brotlose Kunst. Liegt er seinen Eltern noch fünf Jahre auf der Tasche.«

»Laß ihn doch«, sagte Gerda.

»Das sind doch alles Anarchisten, diese Soziologen. Revoluzzer. Alles, was uns heilig ist, kritisieren sie und ziehen es in den Schmutz, aber selber ...?« Herbert verstand nicht, warum Manfred nicht Betriebswirtschaftslehre oder gar Jura studierte. »Damit hätte er dann nachher bei Siemens Karriere machen können – aber so ...? So kann er höchstens Taxifahrer werden.«

»Dafür hat er keinen Führerschein«, sagte Gerda. »Aber wenn du so schlecht über ihn redest, wie soll ich ihn da mit Babsy verkuppeln? Vielleicht fängt sie wirklich Feuer – und dann?«

Herbert lenkte ein. »Na ja, ansonsten ist er ja ein netter Kerl, und wir hätten Margot und Otto als Verwandte. Also, sag ihm mal, daß er nach Heiligensee rauskommen möchte.«

Als sich Barbara Neutig und Manfred Matuschewski dann am Zaun von Cäsars Laube zum ersten Mal sahen, fuhren sie auseinander wie zwei Magnete mit derselben Polung. Gerda bemerkte es wohl, nahm es aber als Zeichen dafür, daß es bei ihnen gefunkt hatte.

»Es ist die Angst vor der großen Liebe, die Angst, sich völlig zu verlieren.«

Herbert schüttelte den Kopf. »Du gehst zuviel ins Kino. Die beiden merken die Absicht, daß sie hier verkuppelt werden sollen, und sind verstimmt. Wenn bei denen eine Liebe so richtig romantisch sein soll, dann gehört der Zufall dazu – und eine andere Kulisse als das Laubengelände hier in der Anglerkolonie.«

»Unsinn«, widersprach ihm Gerda. »Wenn zwei füreinander bestimmt sind, dann ist es egal, ob sie sich auf Capri beim Sonnenuntergang begegnen oder hier in Heiligensee von mir aufeinander losgelassen werden.«

»Wetten, daß sie nicht?«

Gerda hielt dagegen. »Wetten, daß sie doch?«

»Gut, um ...« Herbert flüsterte es ihr ins Ohr.

»Du Ferkel, du. Aber gut.«

Gerda verlor die Wette, und Herbert durfte es in *seiner* Lieblingsstellung mit ihr treiben. Bei der Zigarette danach sagte er dann, daß er Barbara und Manfred so etwas auch gegönnt hätte. »Aber Bärbel sitzt jetzt in Schöneberg im Kino und sieht einen amerikanischen Film mit Originalton, und Manfred hockt in Neukölln an der Maschine und schreibt an seiner Hausarbeit. Während wir ...«

»Nein ...« Gerda flüchtete auf ihre Seite des Doppelbetts. »Ich muß morgen früh raus und hart ran. Ich hab jetzt mindestens doppelt soviel zu arbeiten als früher.«

Die Schule war zunächst kein großer Segen für Gerda, und dennoch hätte es ohne sie nicht einen der schönsten und stolzesten Tage ihres Lebens gegeben ...

Es war der erste Montag im Oktober, und Gerda saß seit 7 Uhr 30 hinter ihrem Schreibtisch. Da läutete das Telefon. Es war Bianca Kadritzke.

»Du, mein Rücken, der Ischiasnerv wieder mal ... au ...!« Sie stöhnte anhaltend. »Ich kann mich kaum bewegen. Ihr müßt für diese Woche 'ne Vertretung für mich an Land ziehen.«

Gerda sagte es zu. »Ja, klar, aber zunächst einmal: Gute Besserung für dich.« Gerda wartete, bis der Rektor gekommen war, und trug ihm die Sache vor.

Der Mann stöhnte nicht weniger als seine kranke Kollegin. »Mein Gott, auch das noch, wo schon alles Grippe hat. Was tun, solange Bilokation nur gedanklich möglich ist?«

»Was für'n Lokal?«

»Bilokation ist die Möglichkeit, zur selben Zeit an zwei verschiedenen Orten zu sein.«

»Das kann doch kein Mensch.«

»Eben, das ist ja mein Problem.« Der Rektor sah keinen Ausweg mehr. Bianca Kadritzke hatte die 8a, und die galt als extrem schwierig, die konnte man unmöglich allein im Klassenzimmer lassen und sagen: Schreibt mal auf, was ihr letzten Sonntag zu Hause gemacht habt. Und schickte er sie nach Hause, bekam er Ärger mit den Eltern wie mit dem Schulrat. »Unsere personellen

Ressourcen sind nun mal erschöpft.« Dies auch, weil nach dem Mauerbau einige Lehrerinnen und Lehrer nicht mehr aus Ost-Berlin herüberkommen konnten. »Ich weiß auch nicht mehr weiter. Am besten, wir stecken unsere Schule an …«

Da hatte Gerda Neutig eine Idee, eine geniale, wie sie meinte. »Schicken Sie mich doch in die 8a.«

Der Rektor sah sie an, als wäre sie nicht mehr ganz richtig im Kopf. »Sie …?!«

»Ja, mich.«

»Sie haben doch nicht die geringste pädagogische Ausbildung.«

»Und Sie haben eine Menge Leute bei sich im Lehrerkollegium, die zwar eine abgeschlossene pädagogische Ausbildung haben, aber nichtsdestotrotz mit den Schülern überhaupt nicht klarkommen. Die Kinder lernen nichts und tanzen ihren Lehrern auf der Nase rum.«

Der Rektor sprang auf. »Ich verbitte mir das, Frau Neutig! Sollen wir Sie verklagen – wegen Rufschädigung?«

»Klagen Sie nur, Herr Knoll, ich fürchte nur, daß Sie dann nie mehr Schulrat werden.«

Der Rektor sank auf seinen Drehstuhl zurück. »Es gehört nun mal zu meinen Pflichten als Rektor, mich schützend vor meine Kollegen zu stellen.«

Gerda wußte, daß sie dieses Match gewinnen würde. »Das ehrt Sie ja auch, sollte Sie aber nicht daran hindern, den Tatsachen ins Auge zu sehen.« So zu argumentieren, hatte sie in den langen Jahren bei Werner Seifert und ihrer Gewerkschaft gelernt. »Also, ich telefoniere noch einmal schnell mit Frau Kadritzke, lasse mir sagen, was sie in ihrer Klasse zuletzt gemacht hat – und gehe dann in die 8a. Wenigstens die ersten beiden Stunden, damit nicht alles ausfällt.«

»Tun Sie das, Frau Neutig.« Der Rektor gab sich geschlagen. »Wenn Sie sich unbedingt selber den Bestien zum Fraße vorwerfen wollen … Der dicke Michael rechts am Fenster ist der schlimmste Schüler, den wir jemals hatten.«

»Was meinen Sie, was ich schon alles überlebt habe. Da soll

ich Angst vor ein paar Vierzehn- und Fünfzehnjährigen bekommen?«

»Das Pfeifen im Wald«, sagte der Rektor und eilte in die eigene Klasse.

Gerda hängte ein Schild an ihre Bürotür – »Bis zur großen Pause geschlossen« – und machte sich dann auf den Weg zu »ihrer« Klasse. Im zweiten Stock links hinten war deren Domizil. Es war jetzt fünf nach acht, und die 8a machte schon so einen Lärm, daß es bis ins Treppenhaus schallte. Wehe, wenn sie losgelassen ... Irgendwie bekam Gerda nun doch das berühmte Fracksausen. Sie bremste abrupt und mußte sich am Treppengeländer festhalten. »Bist du denn des Wahnsinns kesse Beute?!« Das hatte Robert, ihr West-Berliner Neffe, neulich ausgerufen. Recht hatte er. Wie war sie nur auf die Idee gekommen, sich auf dieses Himmelfahrtskommando einzulassen?! Klar, weil sie sich wieder einmal selbst beweisen wollte: Klein, aber oho. Was konnte sie dafür, daß sie nicht zwei Köpfe größer war ... Doch so hilflos wie in diesem Augenblick hatte sie sich selten gefühlt. Wie mit dieser Bande fertig werden? Und die Uhr lief gegen sie, denn mit jeder Minute, die sich die 8a selber überlassen war, geriet sie weiter außer Rand und Band. Gerda konnte nur noch auf ein Wunder hoffen. Doch das ließ auf sich warten.

Als sie schließlich drauf und dran war, aufzugeben und sich in ihr Büro zurückzuziehen, hastete einer der Sportlehrer an ihr vorbei, auch einer, der beim TV Transvaal Tennis spielte. »Hallo, Gerda, kommst du heute abend zum Training?«

»Ja ...« Und als sie die Tennishalle vor sich sah, kam ihr das, was sie später ihre Erleuchtung nennen sollte: Hol deinen Schläger und ein paar Bälle, und erzähl der 8a was übers Tennis, da hören die ganz sicher zu.

Zwei Minuten stand sie vor dem Klassenzimmer der 8a, nahm sich die Zeit, noch einmal kräftig durchzuatmen, sprach eine Art Stoßgebet und riß die Tür auf. Der Schläger in der Hand gab ihr Kraft und Zuversicht. Sie schwang ihn wie eine Waffe, Säbel und Peitsche zugleich. Es pfiff gefährlich in der Luft. Sie sah sich als Ritter in der Schlacht, als Dompteur im Zirkus.

»Ruhe jetzt!« schrie Gerda. »Ich mache heute den Unterricht hier.«

Der Lärm brach ab. Die meisten, zumal die Mädchen, plumpsten auf ihre Stühle. Nur die größten Rüpel johlten noch, der dikke Michael allen voran. Seine Kommentare waren nicht ohne.

»Nehm'n Se mal 'n Stuhl und stell'n sich ruff, damit wir Sie seh'n. Oder vateil'n Sie 'ne Lupe an alle. Haltet mal die Klappe, Leute, Krümelchen will wat sagen.«

Doch Gerda sagte nichts, sie warf nur wortlos einen der weißen Bälle, die sie mitgebracht hatte, in Richtung Decke und holte dann aus zum kräftigsten Aufschlag ihres Lebens. Oder zum Smash. Und die jahrelange Übung zahlte sich nun aus, denn sie traf den dicken Michael mitten auf die Stirn. Der Knabe war so perplex, daß er zu Boden ging. Die Menge jubelte, denn der Alpha-Wolf der 8a war mehr gefürchtet als geliebt.

»Da fühlt sich wohl einer getroffen«, sagte Gerda und warf den zweiten Ball andeutungsweise in die Höhe. »Wer jetzt nicht den Mund hält, ist der Nächste, den ich abschieße.« Sofort war es mucksmäuschenstill, zumal Michael heftiges Nasenbluten hatte. »Bis zur großen Pause habe ich hier das Sagen, und wir fangen mal an, ein bißchen über das Tennisspiel zu reden. Wer spielt denn von euch selber Tennis?« Niemand meldete sich. Klar, die Eltern, die es sich leisten konnten, schickten ihre Kinder auf andere Schulen. »Keiner. Na, das wird sich bald ändern, denn ich mache nachher ein kleines Quiz mit euch, und der Gewinner kriegt in meinem Verein ein Jahr kostenlos Trainerstunden.« Sie merkte deutlich, wie ihre Sympathiewerte bei der 8a langsam aber sicher stiegen. »Wer ist denn der bekannteste deutsche Tennisspieler?«

»Gottfried von Cramm!« rief der dicke Michael.

Mein Gott, dachte Gerda, wenn der das Quiz gewinnt, ist das ein herrliches Selbsttor. Etwas, das sie weder vom Tennis noch vom Handball kannte. »Ja, gut, du! Nun reden wir mal über das Tennis und lernen gleich ein bißchen Englisch dabei. Hättet ihr ja sonst in der ersten Stunde. Also, das, was ich hier in der Hand habe, der Schläger, das ist *the racket.*« Sie trat an die Tafel. »Los, schreibt das mit. Und wo kommt das Tennisspiel her? Du da!«

»Aus Tennisien.«

»Ah, du bist der große Witzbold hier, gratuliere. Vielleicht entdeckt Peter Frankenfeld dich mal. Nein, es kommt nicht aus Tennisien, auch nicht aus Tunesien, sondern aus England. Und wer weiß denn, wo in England das größte und wichtigste Tennisturnier der Welt gespielt wird ...? Das gibt den nächsten Punkt.«

»In Wimbledon.«

Wieder war es der dicke Michael, der es wußte. Ganz brav hatte er seinen Finger gehoben. Und innerhalb der nächsten Stunde gelang es Gerda, die ganze 8a um den Finger zu wickeln. Als es zur großen Pause klingelte, gab es anhaltenden Beifall für sie, und wenig später stand der Vertrauensschüler der 8a beim Rektor im Zimmer. »Herr Knoll, wir möchten Frau Neutig behalten, also ... daß sie für immer unsere Lehrerin wird.«

Der Enkel IX

Paco träumte von nichts anderem mehr als davon, Yonit in die Arme zu nehmen, und dennoch vermied er alles, ihr zu begegnen, ja, mehr noch, er lief ihr regelrecht davon, wenn sie ihm auf der Heidelberger Straße entgegenkam. Als er Félix davon erzählte, meinte der spontan, das müsse Liebe sein, die Angst, sich zu verlieren. Paco entwickelte sich nun in gewisser Weise zu einem Voyeur, doch mehr noch schlüpfte er in die Rolle eines Geheimagenten, der den Auftrag hatte, Yonit zu observieren, möglichst rund um die Uhr. Ging sie zur Schule, folgte er ihr in angemessenem Abstand bis hinunter zum Hermannplatz, saß sie zu Hause, verbarg er sich auf der anderen Straßenseite hinter Bäumen und Lieferwagen, um ihr zuzusehen, wenn sie aß oder Schularbeiten machte. Es war ein Spiel, es war ein wenig auch wie eine Sucht, jedenfalls in hohem Maße irrational. Zugleich kaufte er sich Bücher, um sich über die Türkei und deren Geschichte und Kultur kundig zu machen, wollte Yonit, kam es irgendwann zum ersten Date, mit viel Empathie begegnen. Ein bißchen hirnrissig war es schon, aber schön. Zugleich setzte er alles daran, Yonits Lehrerin aus dem Weg zu gehen, dies ebenso aus Angst vor den möglichen Eifersuchtsattacken ihres Lebensgefährten wie vor der Möglichkeit, daß Yonit etwas bemerkte und er dann bei ihr als Filou und Bruder Leichtfuß abgestempelt war.

Dann war Yonit plötzlich verschwunden. Morgens sah er sie nicht zur Schule gehen, nachmittags nicht zurückkommen. Panik erfaßte ihn. War sie weggezogen? Nein, ihre Eltern waren ja noch da. Allein vielleicht, schließlich war sie achtzehn oder neunzehn Jahre alt. Hatte sie sich zusammen mit einem Freund eine eigene Wohnung genommen? Vielleicht, um besser fürs Abitur lernen zu können …? Oder war sie ins Krankenhaus gekommen? Er schlief sehr schlecht. Wen sollte er nach Yonit fragen? Bei den Eltern zu klingeln traute er sich nicht. Die waren sicherlich mächtig sittenstreng und, wie man allenthalben hörte, sicherlich auf nichts anderes fixiert, als daß ihre Tochter bis zur Ehe Jungfrau blieb. Sabrina Rosswein mußte eigentlich wissen, wo Yonit abgeblieben war, aber auch die Lehrerin kam nicht mehr nach Hause. Als Paco eine E-Mail nach Madrid schickte und Félix seine Nöte schilderte, rief der postwendend an und fragte ihn, ob er nie einen Kriminalroman gelesen habe.

»Doch, eine Menge sogar, ich sitze ja gerade an meinem Referat über den neuen deutschen Kriminalroman unter besonderer Berücksichtigung des Œuvres von Horst Hastenteufel beziehungsweise Hoss McDevil.«

»Dann müßtest du eigentlich wissen, warum Yonit und ihre Lehrerin von der Bildfläche verschwunden sind …«

»Nein, weiß ich nicht.« Paco mußte leider passen. »Sind sie zusammen ermordet worden …?«

»Quatsch, sie sind beide auf Klassenfahrt.«

Und so war es denn auch, wie ein Anruf bei der Albert-Schweitzer-Schule ergab. »Die sind in Spanien.« Na, logisch. Jetzt plötzlich erinnerte sich Paco daran, daß sie bei seinem Besuch im Leistungskurs in einem Nebensatz davon gesprochen hatten. Paco litt nun gewaltig, denn er kannte seine Altersgenossen nur allzugut und wußte, daß sie hinter Yonit hersein würden. Da konnte er nur hoffen, daß ihr ihre sittenstrengen Eltern einen Keuschheitsgürtel angelegt hatten, wenigsten einen moralischen.

Kurz danach wurde er dann an ein altes deutsches Sprichwort erinnert: »Was du nicht willst, das man dir tu', das füg auch keinem anderen zu«, denn als es bei ihm klingelte und er geöffnet hatte, stand ein hagerer und schwitzender Mann von nicht ganz vierzig Jahren vor ihm, der keine Mühe gehabt hätte, als Double von Woody Allen aufzutreten.

»Du, ich bin der Hartmut und möchte gerne einmal mit dir sprechen.«

Paco schaltete nicht sofort. »Welcher Hartmut?«

»Na, der von hier unten, der Lebensgefährte von Sabrina Rosswein.«

Paco wagte nicht, auf die Hände des anderen zu schauen. War da ein Messer, ein Totschläger, eine Dose mit Pfefferspray …? Nein, sah nicht so aus, und der Mann war sanfter Psychologe. Paco brachte zunächst nichts anderes hervor als ein leicht debiles »Ach so …« Wie sollte er reagieren? Frech mit einem »Na und …«? Oder reumütig mit einem »Tut mir leid, daß es passiert ist«? Oder flapsig mit dem Humor deutscher Sitcom-Serien: »Hab' ich sie wirklich Pferdebier genannt wie einer ihrer Schüler?« Er konnte sich für nichts entscheiden und fragte Hartmut, ob man sich nicht auf ein Bier in die nächste Kneipe setzen könne.

»Wenn du möchtest …«

»Ja, gehen wir.« Auf dem Weg dorthin erzählte Paco, daß die Spanier als solche zwar Kneipen liebten, aber echte Wirtshausnomaden seien und gern von einer Lokalität in die andere zögen. »Eine ist immer dreckiger als die andere, zumindest was den Boden betrifft, aber oft bekommt man Tapas gratis, wenn man Wein oder Bier bestellt. Tapas sind Kult.«

»Bei uns eher Bouletten und Currywürste«, sagte Hartmut entschuldigend. »Daher liebe ich auch Frankreich, Spanien und Italien so.«

»Außerdem spielen dort alle besseren Fußball als hier.«

»Und gelten als die besseren Lover«, fügte Hartmut hinzu und sah dabei so traurig aus, als wäre er ein Geschöpf Rilkes oder ersatzweise Kafkas.

»Ach Gott, Hartmut …« Paco prostete dem Psychologen zu. Und nach dem ersten halben Liter Wein fand er auch einen sehr tröstlichen Vergleich. »Du, sie liebt dich über alles auf der Welt und will dich nicht verlieren. Nie und nimmer. Alles andere ist doch nur äußerlich. Sieh mal, wenn ich zur Vorsorgeuntersuchung gehe und mir der Arzt von hinten die Prostata untersucht, dann heißt das doch auch nicht, daß wir uns lieben.«

Um Mitternacht waren sie gute Freunde geworden, und Paco schwor bei der Heiligen Mutter Gottes, Sabrina Rosswein nie wieder anzurühren.

Sein Yonit-Fieber, wie er es nannte, hatte Paco daran gehindert, sich auch um den Ost-Strang der Familie Neutig zu kümmern. Aber ohnehin hatte er sich ja von Anfang an wesentlich mehr für seine Großmutter als für seinen Großvater interessiert, was vordergründig daran liegen mochte, daß ihr Schicksal, sosehr beide miteinander verbunden waren, wesentlich mehr hergab als seines, in Wahrheit aber wohl nur tiefenpsychologisch zu erklären war, mit den Archetypen Mutter und Großmutter und verdrängten Inzest-Vorstellungen. Er wollte es gar nicht bis zum letzten ausloten, aber mitunter hatte er schon gegen tabuisierte Bilder anzukämpfen. Gleichviel, jetzt mußte er sich auch um die Familie seines Berliner Großvaters kümmern, sollte seine Spurensuche nicht zu einseitig werden. Konstantin Neutig hatte er schon kennengelernt, fehlten ihm noch Gisela, Edeltraut, Barbara und Eckhard. Er rief Robert Kurz an, um sich mit ihm zu beraten.

»Allzuviel weiß ich über die auch nicht«, gestand Robert ihm ein. »Und alle zusammen waren wir das letzte Mal bei Tante Gerdas Beerdigung. Das war ... warte mal ... das war im Herbst 1985. Ja, was machen die alle ...? Die meisten sind ja nun auch schon in Rente. Nur Konstantin und Barbara noch nicht. Sie ist Oberstudienrätin in Mainz. Gisela ist Witwe und lebt in Eisenhüttenstadt, Eckhard wohnt mit seiner Frau in Marzahn, ist aber andauernd verreist. Die buchen immer diese Billigreisen nach Bulgarien, drei Wochen für zwei. Alle haben sie nach der Wende ihre Arbeit verloren, das heißt, ihre Betriebe sind abgewickelt worden, und sind ziemlich verbittert. Am meisten Kontakt habe ich noch zu Edeltraut. Die lebt mit Mann und Kind in Gransee, das ist oben an der B 96 nach Stralsund.«

Der Name Gransee gefiel Paco auf Anhieb, denn *gran* assoziierte er sofort mit groß. Als er dann auf der Brandenburg-Karte nachschaute, lag Gransee aber nur an einem vergleichsweise kleinen Gewässer, dem Gehronsee. Aber das war ja nun wirklich nicht entscheidend. Von Robert hatte er die Telefonnummer, und nach einigen vergeblichen Anläufen faßte er sich ein Herz und wählte die Nummer …

»Plaaz!« Wie das »Platz!«, das man einem Hund zuruft, der nicht gehorchen will, klang das, knallte geradezu in sein Ohr, und er kam sich fast wie in Spanien vor, Gran Canaria statt Gransee, denn bei ihm zu Hause war man am Telefon traditionell ziemlich barsch. Erst nach Sekunden realisierte er, daß Edeltraut Neutig einen Hans-Joachim Plaaz geheiratet hatte.

»Ja, hier ist Paco aus Madrid …« Wenn das eine Sitcom-Folge wäre, dachte er, würde sie jetzt antworten, daß sie kein Paket aus Madrid erwarte. Schnell erklärte er, wie das alles zusammenhing. »Ich bin der Sohn von Ingrid, und deren wirkliche Mutter war ja Gerda Neutig, die Frau von Herbert, dessen Bruder dein Vater war – oder habe ich da was durcheinandergebracht …? Und du bist die, die mal Basketball gespielt hat. Hat mir Robert erzählt, bei dem ich zuerst gewohnt habe.«

»Ah ja, verstehe …«

»Ich studiere jetzt in Berlin und habe eine eigene Wohnung in Neukölln. Und ehe das Semester anfängt, will ich meine Familienforschung abgeschlossen haben, die erste Phase jedenfalls.« Paco redete und redete, weil er das Gefühl hatte, daß ihn Edeltraut nicht so recht mochte. Über die Vorbehalte, die Ex-DDR-Bürger gegen Ausländer hatten, war ja schon viel geschrieben und geredet worden. Oder bildete er sich das alles nur ein? »Ja, und da hätte ich dich schon gern mal persönlich kennengelernt … Barbara ist ja in Mainz, und ihr beide habt Gerda – meiner Oma, deiner Tante – besonders nahegestanden.«

»Ja …« Edeltraut schien wenig daran gelegen zu sein, an die alten Zeiten erinnert zu werden, und es klang eher abweisend, als sie sagte, daß sie bis Weihnachten nicht nach Berlin fahren werde.

»Ist auch gar nicht nötig, ich komme auch gerne nach Gransee. Wie wäre es denn mit nächsten Sonnabend, so gegen elf, halb zwölf?« Paco sagte das mit möglichst viel hypnotischer Kraft in der Stimme, so daß sie kaum nein sagen konnte.

»Na gut. Mein Mann ist nicht da, der ist zur Kur, aber Patrick wird da sein, mein Sohn.«

»Sehr schön, ja.« Paco ließ sich noch die Adresse geben, und als er dann auflegte und sein rotes Shirt betrachtete, merkte er, dass er Schweißflecken unter den Achseln hatte. Wie weit war es bis Gransee? Er sah im Internet nach und war erstaunt, daß es mit dem RE 5 Richtung Stralsund nur eine Stunde dauerte. Ab Berlin-Zoo 9 Uhr 29, an Gransee 10 Uhr 29, ohne umsteigen zu müssen, über Spandau, Falkensee, Oranienburg und Löwenberg (Mark). Er mochte aber nicht allein fahren und fragte Robert Kurz, ob der Lust habe mitzukommen.

»Nein, habe ich nicht. Aber frag doch mal bei Manfred Matuschewski nach, das ist doch so'n Brandenburg-Fan, der sagt bestimmt nicht nein.«

Und so war es denn auch. Vom emeritierten Soziologie-Professor bekam Paco dann auch gleich eine kostenlose Vorlesung in Landeskunde geboten und erfuhr auf diese Art und Weise, daß in Oranienburg, umgangssprachlich O-Burg, Friedlieb Ferdinand Runge das Koffein, das Atropin und die Stearinkerze entdeckt hatte, die Stadt also von daher auch positiv besetzt sei, abgesehen einmal vom Schloß und den frühen Gesundheitsaposteln der Eden-Gemeinschaft, andererseits aber in ihrem Stadtteil Sachsenhausen auch das berüchtigte KZ beherbergt habe. In Löwenberg hatte Paco dann das Gefühl, irgendwo im amerikanischen Westen zu sein, so einsam und verlassen wirkte alles. Fehlte nur die Country-Musik.

In Gransee angekommen, machten sie erst einen kleinen Stadtrundgang, ehe sie bei Edeltraut Plaaz vorsprechen wollten. Die Stadtmauer mit ihren Wiekhäusern, Türmen und Toren war fast vollständig erhalten, und Paco war begeistert, noch ein Stück deutsches Mittelalter vorzufinden. Auch die Pfarrkirche St. Marien mit ihren ungleichen Türmen fand seinen Beifall, vor allem aber erfreute ihn der Schinkelplatz mit dem Denkmal für die Königin Luise von Preußen, deren Sarg hier bei der Überführung nach Berlin gestanden hatte, im heißen Juli 1810, und der herrlichen Inschrift: »O Jammer, sie ist hin.«

Viel besser war die Stimmung auch nicht, als sie eine halbe Stunde später bei Edeltraut saßen und zusammen mit Patrick Kartoffelpuffer aßen. Das lag vor allem daran, daß Patrick, der Maschinenbauer war, gerade einen Arbeitsvertrag bei Mercedes in Sindelfingen unterschrieben hatte und am Sonntag abreisen wollte.

»Hier wäre ich noch bis zur Rente arbeitslos geblieben. Also geht's jetzt ab in den Westen. Wenn's auch mehr der Süden ist.« Seine Frau und die beiden Kinder nahm er gleich mit.

Edeltraut war sehr schweigsam, und erst als sie beim Kaffeetrinken waren, begann sie zu erzählen. Viel über Gerda Neutig und sich ...

Auf in den goldenen Westen

1963

Das Leben ist ein mählicher Fluß. Irgendwo hatte Gerda Neutig diesen Satz im Radio gehört, und er ging ihr nicht mehr aus dem Kopf. Mit immer denselben Ritualen floß alles dahin, und in diesem Jahr wurde es allmählich Zeit, an die zweite Hälfte des Lebens zu denken, denn im Januar hatte auf ihrem Geburtstagskuchen schon eine »49« geprangt. Vom Gefühl her, und insbesondere wenn sie Tennis spielte, kam sie sich noch immer wie eine Dreißigjährige vor. Kurzum, sie genoß das Leben, und ihre Freundinnen sagten, sie würde in letzter Zeit regelrecht aufblühen. Das lag auch daran, daß ihre Psyche einen Weg gefunden hatte, mit dem Ingrid-Trauma fertig zu werden, und zwar ganz einfach dadurch, daß Gerda immer mehr daran glaubte, daß Barbara ihre echte Tochter war und Ingrid nur eine ihrer Nichten. Auch für Herbert galt das. Bärbel, wie sie manchmal zu ihr sagten, oder auch Babsy war also an die Stelle Ingrids getreten. Sie hatten sie im Grunde ebenso adoptiert, wie Ingrid von Gerhard und Margarita adoptiert worden war, wenn auch nicht als Baby, sondern schon als junge Frau. Ingrid war aus ihrem Bewußtsein durchaus nicht ausgelöscht worden, aber sie stand nicht mehr im Mittelpunkt ihres Denkens, sondern war an den Rand gerückt. Das war auch so geblieben, als Barbara im März nach Mainz gegangen war, um dort ihr Studium fortzusetzen und zu beenden. Von Mainz und Germersheim aus war sie schneller in Frankreich und Italien. Und in der Afrikanischen Straße war es bei aller Liebe doch ein wenig zu eng geworden. Aber nun fehlte ihnen Barbara doch irgendwie an allen Ecken und Enden.

Gerda las jetzt viel, Heftromane zumeist, denn zu schwerer literarischer Kost war sie nach ihrem anstrengenden Dienst nicht mehr in der Lage, während Herbert seine Freizeit vornehmlich vor dem Fernseher verbrachte. Und Gerda wußte, daß das noch schlimmer werden würde, wenn es im August die Fußballbundesliga gab. Die Männer redeten von nichts anderem mehr. Für Berlin war Hertha BSC vom Fußballbund auserwählt worden, was Otto Matuschewski und alle Neuköllner furchtbar gefuchst hatte. Sie wollten ihre Tasmania in der deutschen Spitzenklasse sehen. Doch die Beschwerde von Tas war abgewiesen worden. Da Hertha BSC am Gesundbrunnen zu Hause war, also aus ihrem Wedding kam, ging Herbert auch mit Gerda und einigen Kollegen ins Olympiastadion, wo man in einem Gruppenspiel um die Deutsche Meisterschaft gegen den 1. FC Köln anzutreten hatte. Doch die Berliner verloren 3:6, und Otto Matuschewski sagte, daß die Kölner die Neuköllner gerächt hätten.

Wenn es im Westfernsehen keinen Sport gab, schaltete Herbert ohne Skrupel auf den Adlershofer Sender um. Dort gab es immer etwas zu bejubeln, denn die DDR-Sportler kamen in vielen Disziplinen ganz groß heraus. »Und wieder eine Goldmedaille im Trieseln!« sagte Otto Matuschewski bei solchen Gelegenheiten. »Klasse, wo sie schon beim Wettpopeln Silber geholt haben.« Herbert hatte aber einen einleuchtenden Grund, so viel Sport aus dem Osten zu gucken: »Das ist doch die einzige Gelegenheit für mich, meine Verwandten einmal leibhaftig vor mir zu sehen.« West-Berlinern war ja seit dem Bau der Mauer der Besuch im Ostsektor verwehrt, und ab und an konnte Herbert in der Tat Edeltraut und Konstantin auf dem Bildschirm entdecken und bewundern. Die Nichte spielte Basketball in der DDR-Auswahl, und der Neffe war einer der besten Bahnradfahrer der Republik und drehte des öfteren auf dem Lattenoval der Werner-Seelenbinder-Sporthalle seine Runden.

»Was würden sie hier bei uns für schönes Geld verdienen«, sagte Herbert.

»Und vor allem in der ganzen Welt herumkommen«, fügte Gerda hinzu. »Und nicht immer nur Prag und Warschau.«

Jetzt, wo Barbara weg war, mußte Gerda wieder öfter allein ins Kino gehen, aber einen Film, der so richtig nach ihrem Geschmack war, gab es derzeit nicht. Sicher, auch sie schwärmte von Sean Connery als James Bond, aber den *Dr. No* hatte sie nur mit Ohrenstöpseln ertragen können. Schießereien und brennende Autos waren ihr zuwider. »Davon hab' ich im Krieg genug erlebt.« Auch *Der Leopard* mit Burt Lancaster und Claudia Cardinale war nicht so ganz ihre Hutnummer. »Aber der Burt Lancaster, das ist schon ein Mann, der mir gefährlich werden könnte.«

Den ersten Höhepunkt des Jahres brachte dann der Juni. Nicht der 11. mit Margot Matuschewskis großer Geburtstagsfeier, sondern der 26., ein Mittwoch, denn da kam John F. Kennedy nach Berlin, der mächtigste Mann der Welt.

Schon eine Woche davor herrschte bei Gerda in der Schule der absolute Ausnahmezustand. Die Eltern hatten alte Telefonbücher herangeschleppt, und die Schüler aller Klassen zerschnitten und zerschnipselten sie systematisch zu Konfetti. »Alles für Kennedy.« Schulfrei gab es, damit alle am Straßenrand stehen und dem amerikanischen Präsidenten zujubeln konnten. In den Zeitungen stand, daß die Fahrtroute eine Länge von 53 Kilometern haben sollte.

»Wo stellen wir uns denn hin?« fragte Gerda am Abend zuvor.

»Wir gehen wahrscheinlich zur Lindenstraße«, antwortete Herbert. Bei der AOK durften sie die Schalter für eine Stunde dichtmachen und waren gehalten, sich zum Zujubeln eine Stelle auszusuchen, die möglichst nahe am Oranienplatz gelegen war.

Gerda überlegte. »Wahrscheinlich fahre ich mit Edda und Bianca zur Abschlußkundgebung.«

Zuerst aber saß sie vor dem Fernseher, um hautnah dabeizusein. Der SFB hatte seine Kameras überall postiert. Hoffnungsvolles und gespanntes Warten auf dem Flughafen Berlin-Tegel. Gerda brühte sich frischen Kaffee. Es klingelte. Ungehalten über die Störung, als wäre jemand lauthals in einen Gottesdienst hineingeplatzt, eilte sie zur Tür. Es war aber nur ihre Freundin Edda Bollberg.

»Ick wollte nich' alleene kieken, da bin ick schnell ...«

»Komm rein, er landet gerade.«

21 Schuß Salut wurden abgefeuert, und die Polizeikapelle ließ schmissig wie immer die »Berliner Luft, Luft, Luft ... mit ihrem ganz besonderen Duft, Duft, Duft ...« erklingen. Auch General Lucius D. Clay, der »Vater der Luftbrücke«, kam groß ins Bild.

»Wat wa dem allet zu vadanken ha'm«, sagte Edda Bollberg und hatte Tränen in den Augen. »Wir alle, det uns die Russen nich' jeschluckt ha'm, und ick persönlich meine Kunden.«

Es wurde für Kennedy ein Triumphzug, wie Gerda ihn bisher nur im Kino erlebt hatte: in Schwarzweiß, wenn die Massen Hitler huldigten, und in Farbe in Hollywood-Filmen wie *Quo vadis*, wenn die siegreichen Feldherren heimgekehrt waren. Immer wieder sah man Kennedy neben Brandt und Adenauer im offenen Wagen. Alle drei stehend. Ständig blieb der Konvoi hinter dem Zeitplan zurück, so groß war der Trubel. Die Reporter hatten Mühe, immer neue Worte für das zu finden, was doch alle wußten: Daß die Berliner und speziell die West-Berliner viel durchgemacht hatten und die Bedrohung durch die Sowjetunion ihr großer Alptraum war. Erst die Blockade 48/49, dann die blutige Niederschlagung des Volksaufstandes vom 17. Juni 1953, das Chruschtschow-Ultimatum von 1958, mit dem Moskau die Westmächte aus West-Berlin vertreiben und die amerikanischen, britischen und französischen Bezirke zur Freien Stadt machen wollte, und schließlich der Mauerbau am 13. August 1961. Nicht zu reden von der Kuba-Krise 1962, wo sie alle gezittert und gebetet hatten, weil der Dritte Weltkrieg jeden Augenblick ausbrechen konnte.

»Der mächtigste Mann der Welt in Berlin«, hörte Gerda den Reporter. »Das beruhigt die Menschen hier, das gibt ihnen die Kraft, weiter durchzuhalten. Wie kein zweiter Politiker in diesen Tagen strahlt John F. Kennedy Hoffnung und Zuversicht aus, Hoffnung auf eine bessere Welt. Er hat die Kraft und den Mut dazu, die Welt zu verändern.«

Edda Bollberg geriet ins Schwärmen. »Kiek ma', wie der lacht, der Kennedy. Wie 'n jroßa Junge. So herzhaft. Und wie a sich die Haare aus da Stirn streichen tut! Den muß ick selba seh'n! Komm, wo jeh'n wa'n hin?«

Nach längerer Beratung entschieden sie sich, zur Kongreßhalle zu fahren, in der Kennedy von der IG Bau-Steine-Erden gefeiert werden sollte. Anschließend stand eine Besichtigung der Mauer an, und da war es bestimmt möglich, einen Blick auf den Präsidenten zu erhaschen. Sie setzten sich also in Edda Bollbergs Opel und fuhren Richtung Innenstadt. Über ganz Berlin lag das, was die poetischsten der Journalisten »den hehren Atem der Geschichte« nannten.

Edda Bollberg sagte es auf ihre Weise: »Det is so 'n Jefühl wie Heiligabend mitten im Somma.«

Zwar drängten sich die Menschen im Tiergarten wie sonst nur beim Winterschlussverkauf, aber Edda Bollberg setzte ihren Körper als Räumpanzer ein und drang immer weiter vor, Gerda im Schlepp. Schließlich standen sie in der dritten Reihe, als die drei hohen Herren an ihnen vorbeirollten. Sie rissen die Arme hoch und schrieen aus Leibeskräften: »Ken-ne-dy, Ken-ne-dy!« Gerda war so aufgewühlt, daß es ihr auf die Blase schlug. Aber sie saß rettungslos fest, eingeklemmt in die wogende Menge, und nirgendwo die Spur einer Toilette. Sie flehte Edda Bollberg an: »Was mach' ich denn bloß?«

»Lass et loofen, wie et kommt, an so'm Tach wie heute is' det doch Nebensache.«

Zum nötigen Wechsel von Rock und Unterwäsche ging es noch einmal in die Afrikanische Straße, dann machten sie sich auf zum Rudolph-Wilde-Platz vor dem Schöneberger Rathaus. Hier half ihnen auch alle Frechheit nichts, sie konnten sich nur bis zur Ecke Belziger Straße durchkämpfen, hatten aber die Tribüne vor dem Rathausportal voll im Blick.

»So ville Menschen uff eenen Haufen hab ick noch nie jesehn«, sagte Edda Bollberg. »Von je'm 'ne Mark, und ick wär' Millionär.« Später sollte man die Zahl auf 400 000 schätzen.

Und dann gerieten alle völlig aus dem Häuschen, als Kennedy seine legendären Sätze sprach: »Alle freien Menschen, wo immer sie leben mögen, sind Bürger dieser Stadt West-Berlin, und deshalb bin ich als freier Mann stolz darauf, sagen zu können: Ich bin ein Berliner.«

Als Gerda dann abends mit Herbert vor dem Fernseher saß und diese Szene sah, war sie abermals bewegt. Und als Otto Matuschewski beim nächsten Treffen spöttelte, daß die Leute nicht einmal damals bei Jesu Einzug in Jerusalem so gejubelt hätten, bekam er von ihr ein paar böse Worte zu hören. Herbert sagte, an Ottos Worten sei schon was dran, denn Kennedy habe sie ja wirklich erlöst. »... erlöst von der Angst, eines Tages von der DDR vereinnahmt zu werden«. Wichtig sei auch, daß der greise Adenauer, 87 war er schon, von West-Berlin als »diesem Teil der Bundesrepublik« gesprochen habe. Und zu der wollten sie gehören, ohne Wenn und Aber, einmal wieder deutsche Hauptstadt werden, und das nicht erst am Sankt-Nimmerleins-Tag.

»Das einzige Mal, daß mir Adenauer sympathisch war«, sagte Otto Matuschewski.

Am Wochenende nach dem Kennedy-Besuch hatten sie sich an der Spandauer Schleuse versammelt, um nach Kladow zu fahren. Mindestens einmal im Jahr mußte ein richtiger Berliner eine Dampferfahrt unternehmen, sonst war er keiner. Außerdem wollte Margot Matuschewski ihre alte Freundin Irma Bugsin überraschen. Nachdem sie nach dem Mauerbau ihr Domizil in Karolinenhof im Ost-Bezirk Köpenick verloren hatten, waren die Bugsins durch die West-Berliner Vororte gezogen, um nach einem Stückchen Land Ausschau zu halten, und hatten in Kladow eine Laube mit fünfhundert Quadratmetern drum herum gefunden. Ihr Büromöbelgeschäft warf genug ab, um es käuflich zu erwerben.

Otto Matuschewski stand sinnend am Wasser. Er war ja auf einem Oderkahn aufgewachsen und später im Faltboot mit Margot die großen deutschen Flüsse hinuntergefahren. »Ich bin Wassermann und auf dem Wasser groß geworden, Margot hat immer nah am Wasser gebaut, und bald sind wir so alt, daß wir Wasser in den Beinen haben. Damit uns dennoch kein Wässerchen trüben kann, sollten wir erst einmal ein edles Wässerchen trinken.« Und er spendierte für alle ein Kirschwasser.

Es war so heiß, daß Gerda meinte, Berlin würde langsam zum St. Tropez des Nordens. In der Tat erlebte man einen der seltenen Tropentage. 33 Grad zeigten die Thermometer. Das weiße Ausflugsschiff näherte sich dem Steg, und die Berliner begannen mit der ihnen eigenen Verbissenheit, um die besten Ausgangspositionen zu kämpfen, denn die Plätze auf dem Deck waren knapp bemessen.

»Können Sie keine Rücksicht auf meinen Mann nehmen!« schimpfte Margot Matuschewski. »Sehen Sie nicht, daß das ein Krüppel ist?«

»Ick seh' keen' Rollstuhl«, kam es zurück.

Dank Gerda und ihrer Erfahrung beim Hallenhandball konnten sie wenigstens noch vier zusammenhängende Plätze am Heck des Schiffes ergattern.

»Prima«, sagte Herbert. »Können wir wenigstens die frischen Auspuffgase einatmen.«

Otto Matuschewski fand das prima. »Für mich ist das wie Weihrauch, alles Jugenderinnerungen. So hat's auf der ›Ella‹ auch immer gerochen.«

»Du hattest mal 'ne Freundin, die Ella hieß?« fragte Herbert.

»Herbert, benimm dich!« Margot Matuschewski liebte es nicht, wenn solche Gespräche in aller Öffentlichkeit geführt wurden. »Was sollen denn die Leute von uns denken?«

»Die denken, daß Otto 'ne Braut mit Motorrad gehabt hat.«

Es ging durch Spandau hindurch, dann auf der Havel Richtung Wannsee und Pfaueninsel. Schildhorn und am Grunewaldturm wurde gehalten, dann ging es ans andere Ufer hinüber, nach Gatow und Kladow. Es waren so viele Sportboote unterwegs, daß Otto meinte, man könnte auch ohne Brücke trockenen Fußes die Havel überqueren. »Wenn man immer von einem Boot zum anderen springt.« Aber das war ja auch kein Wunder. »Als West-Berliner sind wir eben eingepfercht.«

Als die kleine Insel Imchen in Sicht kam und ihr gegenüber die Stege von Kladow, da begann Gerda zu maulen. »Ich will nicht zu Bugsins.« Ehepaare zu dritt, das ging so wenig gut wie spielende Mädchen zu dritt. Eines blieb immer außen vor und machte Rabatz. Und was die Bugsins anging, da war sie, wenn sie ehrlich mit sich selber war, schon ein wenig eifersüchtig, und neidisch wohl auch. Irma Bugsin und Margot Matuschewski kannten sich schon von der Schulbank her, da kam sie nicht mit, und Max galt als Ottos bester und ältester Freund, weit vor Herbert. Gar nicht zu reden davon, daß die Bugsins viel wohlhabender waren als Herbert und sie. Selbständige waren sie und keine kleinen Angestellten und Beamten.

»Du wirst aber zu Bugsins müssen, ob du willst oder nicht«, sagte Otto Matuschewski, »denn da hinten zieht ein mächtiges Unwetter auf, und ich möchte mich nicht im Freien aufhalten, wenn das losbricht.«

Und sie hatten Glück: Kaum waren sie bei Bugsins im Sommerhäuschen und damit im Trockenen, da ging es auch schon los. Zeitweilig wurde es so schlimm, daß Margot Matuschewski zu beten anfing. Ringsum stürzten hochgewachsene Bäume zur Erde, und wenn einer der mächtigen Stämme das Holzhäuschen traf, dann ... Schwarz war der Himmel, pausenlos zuckten die Blitze. Immer wieder flackerte das Licht, und um 16 Uhr 30 fiel dann der Strom völlig aus.

»Das ist der Weltuntergang!« rief Max Bugsin. »Irma, pack die Koffer, wir fahren nach Mecklenburg.«

»Wieso denn das?«

»Weil da alles ein Jahr später passiert.«

Max Bugsin war bester Stimmung, denn er war nun Großvater und ließ sich gern mit seiner Enkeltochter fotografieren. Inge hatte nicht, wie man immer hinter vorgehaltener Hand geflüstert hatte, Manfred Matuschewski geheiratet, sondern den reichen Möbelfabrikanten Hartmut Meyerdierks aus Niedersachsen. Ihr Töchterchen hieß Daniela und wurde von allen verwöhnt. Margot Matuschewski und Gerda Neutig mochten schon gar nicht mehr hinsehen, wenn Irma Bugsin die Kleine herzte. Gerda mußte nun doch wieder an Ingrid denken und daran, was ihr damals als junger Mutter alles entgangen war. Bei Margots Mutter in Schmöckwitz hing ein Bild, das ihr bei solchen Gelegenheiten immer in den Sinn kam: Eine junge Mutter hielt ihr Kind im Arm und darunter stand: »Nur eine Mutter weiß allein, was Liebe heißt und glücklich sein.« Margot Matuschewski wäre auch liebend gern Großmutter geworden – mit einem Enkelkind, das Inge zur Welt gebracht hatte, schließlich war sie deren Patentante. Und da ihr Manfred weit davon entfernt war, »eine Frau zu besitzen«, wie sie das ausdrückte, saß sie ziemlich trübselig bei den Bugsins herum. Auch noch, als das Unwetter wieder abgezogen war.

»Wenn Manfred wenigstens ein Auto hätte und uns abholen würde«, sagte sie.

Herbert lachte. »Genau darum hat er ja keines. Auch wenn ihr's finanzieren würdet.«

Gerda tröstete die Freundin. »Bald haben wir ja unseren Wagen. Sowie ich meinen Führerschein gemacht habe.«

Zunächst aber kam der Urlaub mit der Reise nach Farchant. Zwei Tage, bevor sie sich ins Flugzeug setzten, erschien ganz überraschend Werner Seifert bei ihnen. Er sah sehr schlecht aus, was einmal an seinen langen und anstrengenden Arbeitstagen von manchmal achtzehn Stunden lag, aber auch daran, daß er sich nun doch von seiner Ehefrau getrennt hatte.

»Aber ich bin nicht hier, um mich auszuweinen«, begann er, als Herbert eine Flasche Beaujolais geöffnet hatte. »Sondern ... mich hat jemand angesprochen, der viel für den Sport übrig hat, insbesondere für den Frauen-Basketball.«

Gerda lachte. »Und da will er mich verpflichten – bei meiner Größe?«

»An dir ist er nicht so sehr interessiert, eher an Herberts Nichte Edeltraut. Die ist immerhin in der Nationalmannschaft.«

»Aber in der Nationalmannschaft der DDR«, wandte Herbert ein.

»Das ist ja das Problem ...« Werner Seifert probierte den französischen Rotwein und zeigte sich sehr zufrieden mit seiner Qualität. »Man hat mit Edeltraut gesprochen. Sehr vertraulich, versteht sich. Und sie würde schon in den Westen kommen, wenn sie dann nicht völlig ohne Familie dastehen müßte.«

Herbert lachte. »Du meinst doch nicht etwa, sie lassen Kurt und Käthe mit all ihren Kindern ausreisen?«

»Nein, das ist es ja eben. Und darum würde die Sache nur klappen, wenn Edeltraut für einige Zeit bei euch wohnen könnte – wie vorher schon Barbara.«

Gerdas Reaktion war sehr spontan. »Völlig unmöglich!«

»Warum denn das?«

»Weil wir dann automatisch bei der Stasi auf der Abschußliste stehen.«

»Komm, aber doch nicht hier in West-Berlin.«

»Aber wenn wir mit dem Auto oder mit der Bahn durch die DDR fahren.«

»Auch da nicht, aber ihr könnt ja fliegen.« Werner Seifert ließ nicht locker. »Edeltraut könnte sich hier im Westen voll entfalten. Die ganze Welt steht ihr offen. Wenn sie ein Jahr hier in der Bundesliga gespielt hat, geht sie in die USA, wo sie jedes College und jede Universität mit Kußhand nimmt. In der DDR aber ist sie eingemauert.«

»Das schon, aber ...« Auch Herbert hatte starke Bedenken. »Das kann sie doch nicht machen, sich in den Westen absetzen, das müssen doch Kurt und Käthe dann büßen. Und Konstantin vor allem, der fährt ja auch in der DDR-Nationalmannschaft. Es wird doch so eine Art Sippenhaft geben.«

»Das wird man abwarten müssen.« Werner Seifert versprach, seinen Einfluß geltend zu machen, daß es für die »Neutigs Ost« nicht so arg kam. »Man kann sich da schon hinter den Kulissen verständigen. Es gibt Güter und Rohstoffe, die in der DDR dringend gebraucht werden. Wir sagen: Ihr bekommt das und das – und dafür laßt ihr Kurt Neutig und seine Familie in Ruhe.«

»Trotzdem ...« Gerda war sehr unwohl bei diesem Coup.

Werner Seifert wurde ebenso pathetisch wie platt. »Du willst doch dem Lebensglück deiner Nichte nicht im Wege stehen ...?«

»Nein, aber ...«

Doch dieses Aber wurde im Laufe des Abends immer schwächer, und als sich Werner Seifert kurz nach Mitternacht von ihnen verabschiedete, hatte er Gerda und Herberts Placet: »Ja, Edeltraut kann in der ersten Zeit bei uns wohnen, bis sie sich im Westen eingelebt hat.«

Ende September, als Edeltrauts Verein im Rahmen des deutsch-deutschen Sportverkehrs in der Nähe von Frankfurt/Main anzutreten hatte, wurde die Sache inszeniert. Trainer und mitreisende Funktionäre achteten streng darauf, daß sich ihre Schäfchen nie von der Mannschaft entfernten, allein schon gar nicht, sie konnten aber nicht verhindern, daß die Spielerinnen einzeln und nacheinander aus dem Bus stiegen, im Gänsemarsch sozusagen. Und gerade in dem Augenblick, als Edeltraut Neutig an der Reihe war, hielt ein blauer BMW dicht neben ihr. Die Tür wurde aufgestoßen, und Edda Bollberg zog sie hinein. Es sah fast wie eine Entführung aus. Ehe die Funktionäre begriffen hatten, was da geschah, war der Wagen schon davongeschossen.

Edeltrauts Kollektiv fuhr sofort und ohne gespielt zu haben nach Ost-Berlin zurück. Die DDR sprach von Menschenraub und zeigte sich sehr aufgeregt, im Westen bejubelte man Edeltrauts Entscheidung und sah es als selbstverständliches Recht aller Deutschen an, über ihren Wohnort frei zu entscheiden. Ein paar Tage hielt sie sich mit Edda Bollberg in einer kleinen Pension im Taunus versteckt, dann flog sie von Frankfurt nach Tempelhof. Gerda und Herbert standen in der Halle, um sie in die Arme zu schließen.

»Herzlich willkommen in deiner neuen Heimat!« rief Gerda.

»Und daß du hier viele Körbe wirfst und nie einen bekommst«, sagte Herbert.

Im Nu waren sie von Journalisten umringt. Es war fast schon ein Blitzlichtgewitter, das nun folgte, denn die Flucht einer DDR-Nationalspielerin in den Westen war insbesondere für die Springer-Presse ein gefundenes Fressen. »Sie genoß drüben alle Privilegien – und dennoch wählte sie die Freiheit!« Das etwa war der Tenor aller Beiträge.

Edeltraut selber sah nicht eben glücklich aus. Ihr Gesicht war leer, und sie schien nicht recht zu begreifen, was da mit ihr geschah. Sie war auf einem fremden Planeten angekommen – und nun?

Was sie sich von ihrer Zukunft in der Bundesrepublik verspreche? »So gut zu werden, daß ich einmal in Italien und den USA spiele. Daß ich immer viel in der Welt herumreisen kann ... Daß ich sagen kann, was ich will, und nicht immer einen Aufpasser neben mir habe. Und alles kaufen kann, was ich haben möchte.« Das hatte sie mit Edda Bollberg so besprochen. »Sag das, was die Leute hören möchten«, war ihr geraten worden. Von dem Manager aus Groß-Gerau, wo sie später spielen sollte, wenn sich die Sportverbände geeinigt hatten, war ihr zu ähnlichen Formulierungen geraten worden.

»Jetzt komm erst mal mit nach Hause, und iß was Vernünftiges«, sagte Gerda und zog Edeltraut zum Ausgang.

Die nächsten Wochen gaben sich Gerda und Herbert alle Mühe, Edeltraut den Westen schmackhaft zu machen. »Du sollst dich hier richtig heimisch fühlen.« Jede freie Minute wurde genutzt, um mit Edeltraut etwas zu unternehmen, und Gerda opferte sogar ihren Resturlaub. Sie bummelte mit ihrer Nichte über den Kurfürstendamm und die Tauentzien, verbrachte Stunden mit ihr im KaDeWe, ging zweimal die Woche mit ihr ins Kino, schleppte sie durch mehrere C&A-Filialen, sorgte dafür, daß sie völlig neu eingekleidet wurde, und engagierte Manfred Matuschewski dafür, sie unter junge Menschen zu bringen. In dessen Verein, bei den Neuköllner Sportfreunden, durfte sie auch mittrainieren. Doch sie wollte und wollte nicht so richtig anwachsen.

»Was ist mich das mit dir, mein Kind?« fragte Gerda mit einer altberliner Wendung, als sie wieder einmal im Café Kranzler saßen und »konditerten«.

»Ach, weißt du ...« Edeltraut blickte auf den Kurfürstendamm hinaus. »Es ist ja wirklich alles schön bei euch, wie im Film, aber ich bin nun mal woanders aufgewachsen. Und bei uns bin ich wer, da haben mir alle gesagt: Du, wir brauchen dich. Hier aber ... hier bin ich eine unter vielen. Und Frauenbasketball, das zählt doch nicht.«

Noch depressiver wurde Edeltraut, als der 22. November 1963 die ganze westliche Welt erschütterte! John F. Kennedy, ihr großer Hoffnungsträger, wurde in Dallas erschossen. »Und bei euch soll nun alles besser sein als bei uns ...?«

Gerda hoffte, daß sich die Stimmung ihrer Nichte deutlich

aufhellen würde, wenn sie denn erst spielte und ihre Körbe warf. Doch als Edeltraut zu ihrem ersten Einsatz nach Frankfurt geflogen war und Gerda sie am Abend nach dem Spiel in Tempelhof wieder abholte, hatte sich nichts gebessert. Im Gegenteil.

»Ich hab' nur in der zweiten Halbzeit zehn Minuten gespielt und nur zwei Punkte gemacht. Alle vier Freiwürfe, die ich hatte, daneben. Katastrophal.« Wie ein Hohn kam es ihr vor, wenn sie sich da an die alten Zeiten in der DDR erinnerte und das »Acht, neun, Klasse!« ihrer Mannschaftskameradinnen im Ohr hatte.

»Das kann man doch nicht alles verlernt haben!« rief Gerda und hielt sie an, noch mehr zu trainieren.

Edeltraut mühte sich zwar nach Kräften, doch als es auf den ersten Advent zuging, brach es eines Abends aus ihr heraus. »Ich kann nicht mehr, ich will wieder zurück.«

Spontan tippte sich Gerda an die Stirn. »Du hast sie ja nicht mehr alle!«

Auch Herbert konnte es nicht fassen. »Hunderttausende träumen von nichts anderem, als aus ihrem DDR-Gefängnis herauszukommen, und viele riskieren bei der Flucht ihr Leben – und du bist draußen und willst wieder rein ... Das ist doch idiotisch!«

Edeltraut brach in Tränen aus. »Tut mir leid, aber ich kann nicht anders.«

»Sie werden dich doch auf der Stelle einsperren.«

»Nein, sie werden sich freuen, daß ich wieder da bin«, trotzte Edeltraut.

»Da könnte sie recht haben«, sagte Gerda. »Überall im Fernsehen werden sie Edeltraut herumzeigen: Seht her, das ist eine, die gemerkt hat, wo das bessere Deutschland ist.«

»Ich würd's nicht drauf ankommen lassen«, erwiderte Herbert. »Obwohl ...«

»Siehst du!« rief seine Nichte.

»Und du entblödest dich dann nicht, Walter Ulbricht oder jemand anderen von dieser Verbrecherclique zu umarmen und ihnen zu danken, daß sie dich wieder aufgenommen haben in ihren ruhmreichen Mauerstaat.« Herbert war furchtbar sauer auf seine Nichte.

»Wenn sie unbedingt will«, sagte Gerda. »Des Menschen Wille ist sein Himmelreich.«

Am Sonnabend, den 5. Dezember sagte Edeltraut, sie würde schnell Schrippen holen gehen. Gerda drückte ihr das Geld und den Einkaufsbeutel in die Hand. Als ihre Nichte nach einer halben Stunde noch nicht zurück war, sagte Herbert, sie sei wohl gleich in die U-Bahn gestiegen und bis zum Bahnhof Friedrichstraße gefahren. »Und dann ab in den Osten.«

»Quatsch.« Gerda wollte das nicht hören. »Sie hat jemanden getroffen und sich festgetratscht.«

Als Edeltraut aber bis zum Mittagessen nicht zurück war, rief sie nacheinander die nächstgelegenen Krankenhäuser und die Polizei an. »Nichts.«

»Sie wird schon bei der Stasi sitzen und vernommen werden«, vermutete Herbert.

»Oder bei Kurt und Käthe auf der Couch.«

»Dein Wort in Gottes Ohr.«

Mit den Ost-Berlinern telefonieren ging nicht: Die Leitungen waren ja alle gekappt. Gerda hatte eine große Sorge: »Sie wird sich doch nichts angetan haben …«

»Nein, sich wird sie nichts angetan haben«, grollte Herbert. »Aber frag mal, was sie uns allen angetan hat, uns beiden, aber ihren Eltern und ihren Geschwistern vor allem.«

»Schuld sind doch die Verhältnisse und nicht sie.« Gerda rief nun bei Werner Seifert an und bat ihn, mal seine Beziehungen spielen zu lassen. »Schließlich warst du es doch, der …«

Und der Gewerkschaftsfunktionär bekam schließlich heraus, daß Edeltraut in Ost-Berlin angekommen war. »Genaueres weiß ich auch nicht, da müssen wir mal abwarten.«

Der Enkel X

Paco sehnte sich nach Yonit. Stundenlang lag er auf dem Bett und stellte sich vor, wie sie mit ihrer Klasse durch Madrid lief und alles bewunderte, was es zu bewundern gab, und Sabrina Rosswein, Spitzname Pferdebier, erklärte ihr alles. »Madrid ist im neunten Jahrhundert von den Mauren als Majrit gegründet und 1561 von Felipe II. zum Mittelpunkt des spanischen Weltreiches bestimmt worden. Auf der Plaza de la Puerta del Sol finden wir im Bürgersteig eingelassen eine Plakette, die den Kilometer Null aller spanischen Nationalstraßen markiert. Das Wappentier Madrids ist – wie bei uns in Berlin – ein Bär. Wir wenden uns nun zur Altstadt …« Er sah Yonit über die Plaza de la Villa gehen, die Calle Segovia hinunter ins Herz der Morería, des alten Maurenviertels. Auf der ruhigen Plaza de la Paja würden sie Rast machen und dann die abschüssige Carrera San Francisco zur Kirche San Francisco el Grande hinuntergehen. »Wenn wir nachher durch den Mercado de la Cebada gehen und ihr etwas kaufen wollt, dann versucht bitte, etwas Spanisch zu sprechen. *Hablo aprendo el español. El ejercicio hace al maestro*. Immer dran denken.« Damit war er eingeschlafen. Als er nach einer knappen Stunde wieder aufwachte, zog er einen Schreibblock aus der Schublade und versuchte sich an einem Gedicht für Yonit: *Nadie viene a despertarme*. Niemand kommt, mich zu wecken.

Weit kam er nicht, denn sein Handy wollte es anders. Es war Robert. »Hier die Firma Kurz & Bündig. Du, ich hab' mir gestern den Arm gebrochen und kann nicht Auto fahren. Und

Maj ist bei ihrer Mutter in Schweden. Ob du mich nachher nach Neuglobsow fahren kannst? Ich hab' da einen Termin, und ohne Auto kommt man nicht hin.«

»Wo liegt Neuglobsow?«

»Oben am Stechlinsee.«

»Ah, Fontane. Ja, natürlich fahr' ich dich hin.«

Paco kaufte sich noch in derselben Stunde den *Stechlin*, den er, wie er zu seiner Schande gestehen mußte, noch nicht gelesen hatte, und machte sich mit der Welt des Dubslav von Stechlin vertraut. Es wurde dann eine ziemlich mühselige Fahrt durch die »Prärie«. Bis zur neuen Ortsumgehung Oranienburg fuhren sie auf der Autobahn, dann ging es die vielbefahrene und wegen ihrer tödlichen Unfälle auch berüchtigte B 96 nach Norden hinauf, und Paco kam noch einmal durch Löwenberg (Mark) und Gransee. »Da bekomme ich ja richtig heimatliche Gefühle.« In der Ortschaft Altlüdersdorf verließen sie die Bundesstraße und bogen links ab. Jetzt ging es im wahrsten Sinne durch die Dörfer, ehe sie Neuglobsow und den Stechlinsee erreichten.

Während Robert Kurz zu seinen Kunden eilte, ging Paco zum See hinunter und schwamm weit hinaus. Welch klares Wasser, welch nordische Kühle! Er glaubte, in Finnland zu sein. Und wieder an Land, plauderte er dann ausgiebig mit der kapriziösen Melusine, vor allem aber mit dem alten Dubslav.

»Sie sagen, Herr Major a. D.: ›Die Scholle daheim, die die Freiheit gibt, ist doch das Beste.‹ Das heißt doch, daß Sie die märkische Einsiedelei dem umtriebigen Berlin ganz bewußt vorgezogen haben?«

»Das ist ein weites Feld …«

»Daß Sie mit dieser Wendung antworten würden, darauf hätte ich eine hohe Summe wetten mögen, sind Sie doch damit unsterblich geworden. Aber ich vermute, daß Sie schon gern nach Berlin gegangen wären, wenn Sie Ihr König zu Höherem berufen hätte. Daß er es nicht getan hat, war doch stets ein wenig schmerzlich für Sie …?« Paco sah den Alten forschend an.

»Ach! Wer immer unzufrieden ist, der taugt nichts. Immer Unzufriedene sind dünkelhaft und boshaft dazu, und während sie sich über andere lustig machen, lassen sie selber viel zu wünschen übrig.«

Paco fand, daß Fontane damit das Urleiden der Deutschen schon vor über hundert Jahren auf den Punkt gebracht hatte. Ach nein, es ließ sich schon mit ihnen leben.

Er überlegte. Dienstag war es heute, und erst am Donnerstag war Robert wieder abzuholen, bis dahin hatte er das Auto für sich. Am besten war es wohl, wenn er den heutigen Tag nutzte, um die nördliche Mark »abzuklappern«, wie die älteren Berliner sagten, und dann morgen durch Berlin »cruiste«, wie er es neulich von einem braungebrannten Fun-Sportler gehörte hatte. Er breitete Roberts Karte auf dem Kühler aus und machte einen Plan: Begann er mit Rheinsberg, fuhr dann über Lindow nach Neuruppin und ließ Wustrow und Fehrbellin folgen, dann hatte er im Laufe eines halben Tages einen schönen Crashkurs in brandenburgisch-preußischer Geschichte hinter sich gebracht. In Rheinsberg hatte, wie er wußte, Friedrich II. von Preußen, der Große, als Kronprinz glückliche Zeiten verbracht. In Lindow am Wutzsee waren noch die Ruinen des Klosters zu sehen, dem Adelheid von Stechlin vorgestanden hatte, und als Paco im *Stechlin* suchte, fand er schnell die Passage, in der Fontane die Schwester seines Dubslav ebenso böse wie treffend charakterisiert hatte: »Was ... den Verkehr mit ihr so schwer machte, das war die tiefe Prosa ihrer Natur, das märkische Enge, das Mißtrauen gegen alles, was die Welt der Schönheit oder gar der Freiheit auch nur streifte.« Welch tiefe Ironie, dachte Paco, daß dies ebenso auf einen Mann zutraf, der nach der Wende in der Nähe von Lindow Schutz bei einem Mann der Kirche gesucht hatte, auf Erich Honecker nämlich. Neuruppin, das stand für Fontane selber, aber auch den zweiten großen Sohn der Stadt, für Schinkel. Wustrau dann für Ziethen, Friedrichs zweiten großen Reitergeneral nach Seydlitz. Kam schlußendlich Fehrbellin, auf dessen Schlachtfeld alles irgendwie begonnen hatte, mit dem Sieg des Großen Kurfürsten über die Schweden. Den *Prinz von Homburg* hatte Paco schon auf der deutschen Schule in Madrid gelesen, und schmunzelnd murmelte er den Schlußsatz auf sozusagen geweihter Erde: »In Staub mit allen Feinden Brandenburgs!«

So weit seine Planung. Erst als er im Wagen saß und sich auf Straßen niederer Ordnung durch das Labyrinth zwischen Nahmitz-, Zeuthen-, Kleinem Tietzen-, Zechow- und Kölpinsee schlängelte, wurde ihm bewußt, daß dies eine Welt war, aus der seine Berliner Großeltern zu Zeiten der DDR ausgesperrt gewesen waren, und bei den Nazis hatten sie dies alles, bedrückt wie sie waren, kaum genießen können. Blieb die Zeit zwischen Ende des Ersten Weltkriegs und Hitlers Machtergreifung, aber auch da hatten wohl Inflation und Arbeitslosigkeit nicht immer für die berühmte Leichtigkeit des Seins gesorgt. Wer 1914 auf die Welt gekommen war wie seine Großmutter, der hatte wahrlich nicht das große Los gezogen. Was hatte sie nicht alles durchmachen müssen. Erst die Jahre nach 1951 waren schöne Jahre gewesen. Bis Herbert dann gestorben war, im Spätherbst 1972. Nicht viel, aber immerhin, verglich man es mit anderen Lebensläufen. Paco kannte kein gültiges Maß für das Lebensglück.

Bis einschließlich Neuruppin konnte er alles abhaken, was er sich vorgenommen hatte, dann aber passierte das, was ihm von Manfred Matuschewski und anderen schon lange prophezeit worden war und was er eigentlich von Anfang an selber geglaubt hatte … Er hatte beschlossen, von Neuruppin nicht direkt nach Fehrbellin zu fahren, also am westlichen Ufer des Ruppiner Sees entlang, sondern mit einem kleinen Umweg auf seiner östlichen Seite, denn dort lag die Ortschaft Wuthenow, und zusammen mit dem *Stechlin* hatte er sich auch *Schach von Wuthenow* gekauft, einen anderen Fontane-Roman oder vielmehr eine Novelle. So verließ er also Neuruppin nördlich am Rheinsberger Tor und kam über Alt-Ruppin auf die Straße nach Wuthenow, Lichtenberg, Radensleben, Altfriesack und Wustrau. Es war eine weite, offene Landschaft, und er war in fast euphorischer Stimmung. Etwa zweieinhalb Kilometer hinter Radensleben kam er in ein Waldstück und sah nach kurzer Fahrt die Warnschilder einer Eisenbahnstrecke. Erst dachte er, daß sie stillgelegt sein müßte, dann sah er aber die Schienen silbern blitzen. Hier gab es also noch Betrieb. Das fand er höchst erstaunlich, denn das zweistöckige Bahnhofsgebäude aus dunklem Backstein, das abseits der Straße lag, sah höchst verlassen aus und war mehr eine Ruine. Aber das Bahnhofsschild »Wustrau-Radensleben« war neu, also schwarz auf weißem Grund und blau umrandet. Auch der Kasten mit den Fahrplänen sah nach Deutscher Bahn aus, und der Bahnsteig war neu und normgerecht angelegt. Doch nirgendwo war ein Bahnbediensteter zu sehen, und Fahrgäste gab es erst recht keine. Wie denn auch hier mitten im Wald?

Paco parkte seinen, das heißt Roberts Wagen am Straßenrand und stieg aus, sich dieses Phänomen näher zu besehen. Ortschaften, die von den Menschen verlassen worden waren, hatten schon immer eine besondere Faszination auf ihn ausgeübt. Wie ein Westernheld kam er sich vor, ganz *lonely wolfe*. Und es war die Idylle pur. Die Grillen zirpten, die Schwalben schossen über ihn hinweg, Ameisen bauten ihre Nester unter den Verbundsteinen und förderten gelben Sand zutage. Der Fahrplan verriet ihm, daß hier der RE 6 verkehrte, der Rheinsberg mit Berlin-Jungfernheide verband. Er überlegte, wie die Berliner, die ja sehr drastisch sein konnten, das ausgedrückt hätten, wahrscheinlich mit der Wendung: »Das ist zwar am Arsch der Welt, aber mit der Bahn kommste trotzdem hin.«

Gerade hatte er das Wort »Arsch« gedacht, da hörte er es auch. Fünf, sechs, sieben junge Männer waren hinter dem verlassenen Bahnhofsgebäude hervorgekommen und hatten ihn eingekreist. Die Schädel kurz geschoren, Bierbüchsen in der Hand.

»Na, du Arsch, wat machsten hier?!«

»Jetze komm' die Kanaken ooch noch hierher.«

Sie hielten ihn für einen Türken, und bevor er mit ihnen reden konnte, hatte er die ersten Tritte abbekommen. Nun hatte er auf dem Fußballplatz das Fighten zwar gelernt, aber gegen ihre Fäuste, Stiefel und Knüppel kam er nicht an. Je mehr er sich wehrte, desto erbarmungsloser schlugen sie ihn zusammen. Er war schnell bewußtlos, und was ihn rettete, war wohl nur der Zug um 15 Uhr 46 nach Berlin. Als er hielt, ergriff die Horde die Flucht.

Bald kam Paco wieder zu sich. Die Feuerwehr brachte ihn zurück nach Neuruppin, wo man ihn verarztete und noch ein paar Stunden zur Beobachtung dabehielt. Nach dem Abendessen durfte er sich aber wieder ans Steuer setzen und nach Berlin zurückfahren, nachdem die Polizei alles zu Protokoll genommen hatte. An vielen Stellen schmerzte es noch, aber daß er sonderlich traumatisiert war, konnte er nicht finden. Das kam vielleicht noch. Ein wenig war es ja auch seine Schuld, fand er selbst. Was mußte er da an dieser einsamen Stelle auch aussteigen, obwohl er sehr südländisch aussah und wußte, daß er deshalb rings um Berlin vorsichtig sein mußte. Rechte Gewalt schien ihm in diesem Gebiet ebenso unvermeidlich wie eine Sturmböe der Stärke zehn und mehr, eben wie ein Naturereignis. Die Strukturen waren halt so, und daß die Politik sie ändern würde, glaubte er nicht. Nicht in dieser schwadronierenden Gesellschaft, wo alle in den Talkshows klug daherredeten, aber keiner Kraft und Charisma hatte, die Dinge zu ändern. Der Überfall auf ihn bewirkte allenfalls, daß wieder einige vor die Fernsehkameras treten und Abscheu und Empörung inszenieren konnten.

Am nächsten Tag nutzte Paco Roberts Wagen, um kreuz und quer durch Berlin zu fahren und all das abzuhaken, was der *Baedeker* als bedeutsam vorgab. Das reichte vom Schloß Köpenick im Südosten bis zu den Schlössern Glienicke und Babelsberg im Südwesten, vom Buddhistischen Haus in Frohnau bis zum Lilienthal-Denkmal in Lichterfelde.

»Jetzt könnte ich jede Prüfung zum Erwerb der deutschen Staatsbürgerschaft spielend bestehen«, sagte er zu Robert Kurz, als er ihn wieder abholte.

»Willst du denn mal?«

»Schon, wenn ich gleichzeitig Spanier bleiben könnte, wenn es also die doppelte Staatsbürgerschaft gäbe. Weiß ich aber nicht. Im übrigen ist es auch egal. Was für mich zählt, ist Europa, ist der Paß, auf dem Europäische Gemeinschaft steht.«

In Lichtenrade angekommen, fanden sie trotz Majs Abwesenheit einen geschmackvoll gedeckten Kaffeetisch vor. Roberts Tochter Anja hatte sich da verdient gemacht. Danach zog sich

Paco in die Gartenlaube zurück, um sich noch einmal dem zu widmen, was er in Gerda Neutigs Koffer gefunden hatte. Briefe, Tagebuchnotizen und einige Prospekte ließen darauf schließen, daß es um ihr erstes Auto einigen Wirbel gegeben hatte. Beim Abendessen fragte er ihrer Schwester »Löcher in den Bauch«, wie Marga Kurz meinte, und erfuhr noch eine Menge Neues …

Gerda wird mobil

1964

Es war unfaßbar für Gerda, aber am 16. Januar 1964 wurde sie fünfzig Jahre alt. Dummerweise fiel ihr Geburtstag diesmal auf einen Donnerstag, und da ließ sich schlecht feiern, weil ja am nächsten Morgen alle wieder früh aus den Federn mußten, um zur Arbeit zu fahren. Wie schön wäre da ein Sonnabend gewesen.

»Darauf hätten deine Eltern ja wirklich Rücksicht nehmen können«, sagte Herbert. »Damals noch zwei Tage mit der Paarung gewartet – und wir wären heute aus dem Schneider.«

»Dann feiere ich eben am eigentlichen Geburtstag nur in der Schule, und abends gehen wir beide zusammen groß aus, und die Gäste kommen alle erst am Sonnabend.«

»Das wird deine Mutter nicht mitmachen«, fürchtete Herbert. »Schließlich hat sie dich am 16. Januar zur Welt gebracht und nicht erst am 18.«

Das hatte seine ganz eigene innere Logik, und Gerda rief erst einmal bei ihrer Mutter an, um vorzufühlen, was Cäsar so dachte. Und in der Tat: Die bestand darauf, direkt am Geburtstag dabeizusein. »Wenigstens zum Kaffee. Nachher könnt ihr euch ja dann zu zweit amüsieren.«

Als in dieser Frage Klarheit herrschte, diskutierten sie stundenlang darüber, wo denn am Sonnabend gefeiert werden sollte: »Zu Hause oder irgendwo in einem Restaurant?« Auch wenn sie mit den Matuschewskis Karten spielten, war dies das Thema Nummer eins.

»Am besten auf dem Funkturm oben«, sagte Margot Matuschewski. »Immer hoch hinaus. Ihr habt's ja jetzt.« Das bezog sich darauf, daß alle Opfer des Nationalsozialismus inzwischen eine gewisse finanzielle Entschädigung erhalten hatten, so vor allem Cäsar, aber auch Gerda und Margot Matuschewski, die man bei der AOK entlassen hatte.

Gerda winkte ab. »Der Funkturm geht nicht. Edda hat Höhenangst – und die will ich unbedingt dabeihaben.«

»Die Höhenangst?«

»Die Edda.«

»Dann suchen wir eben zum Feiern nach einem Bergwerk«, schlug Otto Matuschewski vor. »Die Frage ist nur, ob wir in Berlin so schnell eins finden werden.«

»Wenn's im Sommer wäre, könnte ich euch ja alle auf einen Dampfer einladen, aber im Januar …«

»Es gibt doch auch Eisbrecher«, sagte Herbert.

Gerda zeigte sich langsam etwas genervt. »Wenn ihr mal ernsthafte Vorschläge machen könntet …«

»Nur unernsthaft.« Otto Matuschewski fiel da noch einiges ein. »Bei Cäsar in der Laube, im Schloß Charlottenburg oder oben in einer PanAm-Maschine.«

»Mann, ein Restaurant!« rief Gerda.

»Na, dann nehmen wir den Alten Wirt in Farchant …«

»Ja, und du bezahlst den Bus hin und zurück und die Übernachtung vor Ort.«

»Wenn ich bis dahin Bundespostminister werde.« Das war allerdings sehr unwahrscheinlich, denn im Augenblick regierte eine Koalition aus CDU/CSU und FDP, Bundeskanzler war Ludwig Erhard und der Minister für Post und Fernmeldewesen kam von der CSU und hieß Richard Stücklen. Otto Matuschewski hatte sogar eine gewisse Ähnlichkeit mit ihm. »Früher haben sie mich immer für Wilhelm Pieck gehalten.«

»Schade, daß der schon seit 1960 tot ist«, sagte Herbert, »sonst könnten wir das vielleicht ausnutzen und im Schloß Niederschönhausen feiern. Da dürften dann auch Kurt und seine Familie dran teilnehmen.«

Gerda seufzte. »Ja, die können ja nun alle nicht dabeisein.«

Otto Matuschewski tröstete sie. »Na, warte mal, wenn du hundert wirst, dann …«

Sie kamen vom Hundertsten ins Tausendste, und die Frage nach dem passenden Restaurant für die große Geburtstagsfeier konnte auch an diesem Abend nicht geklärt werden. Das eine Etablissement war zu teuer, das andere zu billig, das dritte lag zu weit draußen, im vierten hatten andere schlechte Erfahrungen gesammelt. Schließlich kam Herbert ganz von Gaststätten ab und dachte an Räumlichkeiten, wo man zwar Geschirr und Bestecke gestellt bekam, aber Speisen und Getränke selber mitbringen mußte: das Kasino am Tennisplatz des TV Transvaal oder das Lehrerzimmer in Gerdas Schule.

»Und wer kocht und backt da, und wer macht den ganzen Abwasch hinterher?« fragte Gerda, um sogleich loszuschimpfen: »Ich bestimmt nicht, ich will was von meinen Geburtstag haben und nicht euer Dienstmädchen sein!«

»Wir können ja eine Zugehfrau engagieren«, schlug Herbert vor. »Und meinetwegen noch eine Köchin dazu.«

»Dann können wir ja auch gleich in der Gewerkschaftskantine feiern«, sagte Gerda. »Der alte Pächter soll immer noch drin sein, und den kenn' ich ganz gut. Außerdem wird ja auch Werner Seifert eingeladen, und vielleicht macht er dann alles etwas billiger.«

Sie rief an, und bald schien alles unter Dach und Fach zu sein … Bis der Mann dann hörte, daß sie kaum mehr als ein Dutzend Gäste erwartete. Da lachte er nur. »Mann, Frau Neutig, die verlieren sich ja bei mir, und det is' so, als wenn der SC Rehberge sein Punktspiel gegen den Frohnauer SC im Olympiastadion austrägt.«

Als Herbert das hörte, sagte er, dann solle sie doch ihren Tennisverein und das ganze Lehrerkollegium einladen. »Da ist der Laden wenigstens voll.«

Bei aller Hochachtung für ihren Mann konnte sich Gerda da nur an die Stirn tippen. »Da geht ja unser ganzes Gespartes drauf – fürs Auto und fürs Eigenheim.«

Herbert beantragte, die offene Frage der Lokalität erst einmal zurückzustellen, so wie er das bei den Quizsendungen im Fernsehen gelernt hatte. »Mach doch erst mal die Gästeliste.«

Gerda nahm sich einen Block und begann. »Meine Mutter, meine Schwester, mein Schwager und Robert ... das sind vier. Die Matuschewskis, die Kadritzkes ... da sind wir bei acht. Edda neun, Werner Seifert und seine neue Frau, und wir beide ... das sind ...« Sie erschrak, denn sie war auf dreizehn gekommen. »Unmöglich, das bringt Unglück.«

Herbert mußte wieder an die Friedrichshainer denken. »Ohne Mauer, da hätten wir auf einen Streich sieben mehr. Und die vier Spanier einfliegen lassen willst du auch nicht?«

Gerda zögerte zwar kurz, war aber dann ganz dezidiert. »Nein, auf keinen Fall. Nicht schon wieder das ganze Drama mit Ingrid.«

»Ja, aber wo kriegen wir dann die Nummer vierzehn her?« fragte Herbert und machte auch gleich den ersten Vorschlag: »Manfred Matuschewski vielleicht?«

»Wenn wir eine Tischdame für ihn hätten ...«

»Nimm doch Edda. Die kann ihn gleich anlernen.«

»Das könnte euch Männern so passen ... Nein, eine, die ein bißchen was hermacht ...«

»Frag doch mal die Veranstalter der Miß-Germany-Wahl.«

»Das wollte ich dir überlassen ...«

Sie zerbrachen sich tagelang über diese Frage den Kopf, wie auch über den Ort der Feier. Schließlich war Gerda so weit, daß sie in Tränen ausbrach und rief: »Dann wird eben gar nicht gefeiert, und wir nehmen uns beide drei Tage Urlaub und fahren in die Berge.«

Herbert fand das wunderschön, aber ... »Und was machen wir mit deiner Mutter?«

»Die kommt mit.«

Cäsar aber wollte nicht. »Du kannst dich da nicht ausklinken, Gerda, du mußt mit allen feiern, nicht nur mit mir.«

Damit war nun alles wieder offen. »Aber irgendwann müssen wir zu einer Entscheidung kommen«, sagte Gerda.

Herbert stimmte ihr zu. »Ja, und möglichst noch vor dem

16. Januar. Einen Tag später nützt es nicht mehr so viel.« Dann dachte er weiter. »Das heißt, wenn wir vorher keine Einladungen verschicken, dann kommen Sie automatisch hierher in die Afrikanische Straße.« Es galt in Berlin noch immer der alte Brauch, daß Freunde und Verwandte zu Geburtstagen nicht extra eingeladen werden mußten: Wem danach war, der kam ganz einfach.

»Und – was willst du damit sagen?« fragte Gerda.

»Daß wir doch zu Hause feiern sollten. Das ist auch nicht so protzig.«

»Aber nur, wenn ich eine Zugehfrau bekomme.«

»Ja, und ich mache dir den Braten und backe, und dein Neffe Robert kann die Getränke nach oben schleppen und zu den Nachbarn gehen und die geborgten Stühle holen.«

So wurde es dann beschlossen und verkündet, es blieb aber immer noch die Frage offen, wo man die Nummer vierzehn herbekam.

»Jemanden von der Straße holen, ist ja auch nicht optimal«, fand Herbert. »Oder wir hoffen ganz einfach darauf, daß einer absagt.«

»Am liebsten wäre mir ja Biancas Mann«, sagte Gerda. »Zumal bei denen sowieso andauernd Krieg herrscht.«

Herbert hatte eine Idee. »Ruf doch mal bei Werner Seifert an. Der mit seinen Kontakten, der müßte es doch schaffen, daß Kadritzke am 16. Januar zu einer dienstlichen Besprechung nach Bonn fliegen muß.«

Gerda fand das albern, auch wenn Herbert beteuerte, das sei doch nichts anderes als das, was in der großen Politik andauernd passierte. »Dann schon lieber Manfred Matuschewski. Da freuen sich Margot und Otto, und wenn er neben Klaus-Dieter Kadritzke sitzt, hat der gleich einen, mit dem er über die Verwaltung reden kann.«

Herbert war zwar gegen Manfred, gab sich aber, des ewigen Diskutierens müde, schließlich geschlagen. »Dein Wille geschehe.«

Dann war der große Tag endlich gekommen. Obwohl sie sich bis zur großen Pause um halb zehn Urlaub genommen hatte, wurde es nichts mit Gerdas Wunsch, richtig auszuschlafen, um die Gratulations-Cour besser durchstehen zu können. Auch ohne Wecker schlug sie pünktlich um 5 Uhr 30 die Augen auf. Herbert hatte ihr am Abend zuvor beim Einschlafen versprochen, sie wachzuküssen – aber erst um 8 Uhr. Vorher wollte er noch Schrippen holen gehen. Noch aber schnarchte er ganz friedlich. Was Gerda auch versuchte, sie schlief nicht wieder ein. Im Gegenteil, sie wurde immer wacher. Schrecklich war der Gedanke, nun schon fünfzig Jahre alt zu sein. Wenn sich Ingrid rangehalten hätte, wäre sie schon Großmutter. Oma Gerda ... »Nachher kommt dein Enkel.« Nein, das noch nicht, wohl nie, aber ... Sie kam sich vor wie eine Eintagsfliege. Im Rückblick schrumpfte ihr Leben auf einen Tag zusammen. 1914 – da hatten die Deutschen noch einen Kaiser. Das alles sollte schon so lange her sein ... Warum wurde die Welt dauernd eine andere, blieb nichts so, wie es war? Und warum gab es überhaupt die Menschen, warum eine Gerda Neutig? Nichts wäre wirklich anders, wenn sie nie geboren worden wäre, und nichts änderte sich, wenn sie einmal starb.

Sie mußte weg von ihren düsteren Gedanken. Also stand sie erst einmal auf und schlich sich leise in die Küche, um sich ein Stück Fleischwurst aus dem Kühlschrank zu holen. Dann ging sie ins Bad und duschte sich, denn sie ahnte, wie hektisch der Morgen verlaufen würde.

Wieder im Bett, hielt sie Herbert die Nase zu, damit der endlich erwachte. Als das der Fall war, stellte sie sich schlafend, um von ihm wachgeküßt zu werden. Das tat er dann auch, nicht ohne vorher den Strauß mit den fünfzig roten Rosen aus der Speisekammer zu holen. Bei Edda Bollberg hatte er sie zum Einkaufspreis bekommen.

»Herzlichen Glückwunsch, mein liebes, mein heißgeliebtes Geburtstagskind.« Herbert gab sich allergrößte Mühe, so gut zu sein wie Humphrey Bogart. »Ich hab' dich immer noch so gern wie vor 35 Jahren – ach was, noch tausendmal mehr.« Nicht nur mit seinen Rosen wollte er dies zum Ausdruck bringen, sondern auch mit einer Perlenkette, alles echt, und nicht zuletzt mit seiner Manneskraft. Letzteres so heftig, daß Gerda fürchten mußte, sein Herz würde aussetzen. Es war also nicht einmal ganz gelogen, als Gerda in der AOK anrief, um ihn zu entschuldigen. »Mein Mann hatte einen kleinen Herzanfall und wird heute etwas später kommen.« So schalteten sie die Nachttischlampe wieder aus, schliefen sich frisch und frühstückten ausgiebig. Dabei überreichte ihr Herbert auch sein viertes Geschenk: einen Gutschein für ihren Führerschein.

»Alles bezahlt, du brauchst ihn nur noch zu machen.«

Gerda fiel ihm um den Hals. »Du errätst aber auch alle meine Wünsche.«

»Den letzten hoffentlich auch noch. Aber die große Überraschung kommt erst um sieben Uhr abends, am Sonnabend bei der großen Feier.«

Am 16. Januar selber standen noch drei Feiern an: zuerst in der Schule mit dem Lehrerkollegium, dann das traute Kaffeetrinken zu Hause mit ihrer Mutter und abends das Zusammensein mit ihren Freundinnen im Kasino des Tennisvereins. Gerda brachte alles hinter sich. Zu ihrer Zufriedenheit wie der aller anderen, aber es war ja eigentlich nur das Vorspiel.

Am Sonnabend nachmittag zwischen drei und halb vier begann die große Invasion in der Afrikanischen Straße. Gerda konnte sich gar nicht mehr retten. Alle drückten und küßten sie. »Ein Dutzend in einer halben Stunde, daß hätte früher nicht mal Edda geschafft«, sagte Herbert. Und alle wünschten Gerda dasselbe: »Viel Glück im neuen Lebensjahrzehnt mit deinem Herbert zusammen und vor allem Gesundheit!« Blumen bekam sie so viele, daß es sich gelohnt hätte, damit einen Laden aufzumachen, aber bei den Geschenken hatten sich ihre Gäste doch alle irgendwie zurückgehalten. Mal eine kleine Flasche Parfüm, mal eine Schachtel Pralinen. Und wenn es ein Buch war, dann kein dickes, sondern nur ein Taschenbuch. Komisch. So arm war doch keiner, daß er unbedingt knapsen mußte. Einzig Herbert war da aus dem Rahmen gefallen. Egal. »Nun kommt alle erst mal rein in die gute Stube.«

Das Kaffeetrinken verlief nach altem Ritual und vergleichsweise ruhig. Alle waren noch ein wenig befangen und nicht bereit, aus sich herauszugehen. Es kannten sich ja nicht alle, und Werner Seiferts neue Gattin, eine energische Ärztin mit Vornamen Irene, schüchterte die Männer irgendwie ein. Nur Margot Matuschewski war »frech« genug, sie etwas zu fragen.

»Ich habe gehört, wie meine Ärztin zu ihrer Sprechstundenhilfe was von Obstipation gesagt hat. Daran soll ich leiden. Dabei esse ich doch genug Obst ...«

»Dann wundert mich das mit der Obstipation aber, denn das ist nichts weiter als eine Verstopfung.«

Margot Matuschewski bekam einen puterroten Kopf. Gott, war das peinlich. Ein solches Thema mitten beim Essen. »Entschuldigung, aber ich wußte doch nicht, daß ...«

Bis zum Abendessen war dann das angesagt, was im Kindergarten »freies Spiel« genannt wurde. Die meisten verblieben am großen runden Tisch und erfreuten sich an einer gepflegten Konversation.

Cäsar fürchtete, daß sie bald arbeitslos werden würde, denn immer weniger Mädchen wollten die Stenographie erlernen. »Jetzt, wo die Diktiergeräte aufkommen.« Aber neulich habe sie doch noch eine neue Schülerin bekommen. »Die Anett, und die hat mir erzählt, daß sie mit euch Matuschewskis verwandt ist. Ihr Mann heißt Curt.«

»Ja!« Margot war ganz aufgeregt. »Das ist der Sohn von meiner Cousine Eva. Die ist Krankenschwester und kommt aus Zehdenick. Vielleicht kennen Sie sie auch, Frau Dr. Seifert ...?«

»Margot!« rief Otto Matuschewski. »Es gibt Zehntausende von Krankenschwestern.«

»Aber auch gesunde Schwestern«, sagte Karl-Heinz Kurz. »Meine Frau ist Gerdas gesunde Schwester.«

Senatsdirigent Kadritzke fand doch sehr volkstümlich, was hier ablief, und suchte das Niveau zu heben, indem er mit Werner Seifert über die neuen Tariflöhne diskutierte, die Otto Brenner, der Chef der IG Metall, und Hanns Martin Schleyer vom Arbeitgeberverband ausgehandelt hatten. Sechs Prozent mehr sollte es geben.

Marga Kurz sprach mit Margot Matuschewski über den Sinn und Unsinn von behördlichen Rundschreiben, aber auch über die Frage, wie man verhindern konnte, daß der Milchreis anbrannte. Bianca Kadritzke unterhielt sich mit Frau Dr. Irene Seifert über den Tennisarm und mögliche Therapien. Manfred Matuschewski erörterte mit Edda Bollberg die Organisationsformen des deutschen Blumenhandels und ob es potentielle Blumenkäufer nicht abschreckte, wenn es in den Läden immer so nach Krematorium roch. Karl-Heinz Kurz kannte zu dem Thema »ganz bestimmte Gerüche« auch einen schönen Witz.

»Adele Sandrock, die große Schauspielerin, ist beim Masseur. Da entfleucht ihr ein Magenwind. Sie entschuldigt sich. ›Macht nichts‹, sagt der Mann. ›Endlich mal was Frisches.‹«

Robert Kurz, Gerdas Neffe, kannte eine Menge Reklamesprüche auswendig, und immer, wenn es eine kleine Gesprächspause gab, streute er sie ein.

Schenken Sie sich schlanke Beine – ARWA Style d'Europe.
Leben mit LURAN – ein Werkstoff der BASF.
Taft sprüht zum Halt jetzt auch die Pflege. Taft gibt es nur von Schwarzkopf.
Bac, nur ein Strich – körperfrisch.
Nimm's leicht, nimm Scharlachberg.

Was die Marke *Puschkin* anging, den Wodka »für harte Männer«, konnte er die Dialoge zwischen Frank S. Thorn und seinem Freund, dem Braunbären, mit Gerda zusammen sprechen. Er war der tolle Mann, sie der Bär. Das Stück hieß *Nackt*. Beide steckten in tiefem Schnee.

Frank S. Thorn: So. Und jetzt einen Puschkin.
Sein Freund: Einen nackten.
Frank S. Thorn: Was?
Sein Freund: Ohne was drin: Puschkin »Nackt«!
Frank S. Thorn: Gut, Alter. Paßt gut, der Name.
Sein Freund: Trink. Wir müssen weiter …

Senatsdirigent Kadritzke kritisierte diese Reklame aus vielerlei Gründen. »Erst einmal sollte es ›Bitte?‹ oder ›Wie bitte?‹ heißen, und nicht ›Was?‹. Unsere Sprache und unsere Sitten sollen nicht noch mehr verludern. Zweitens sollte der Trunksucht durch solche Anzeigen und Filmchen nicht Vorschub geleistet werden. Und drittens und letztens ist es ein Skandal, daß bei uns, dem Volk der Dichter und Denker, Puschkin mit einem Wodka gleichgesetzt wird und nicht mit einem herrlichen russischen Dichter. Aleksander Sergejewitsch Puschkin, geboren 1799, gestorben 1837, mit so wunderbaren Werken wie *Eugen Onegin* oder *Boris Godunov*.«

Karl-Heinz Kurz, der Kadritzke nicht ausstehen konnte, fing an, das Hehre zu veralbern. »Bei meinem Sohn in der Schule waren einige Eltern dagegen, Puschkin durchzunehmen, weil der aus dem Osten ist, und die Schüler haben gerufen: ›Pusch hin – wohin denn?‹ und aus dem, was er geschrieben hat, *Eugen ohne ihn* und *Boris, geh du ruff* gemacht.«

Dann zogen sich Herbert, Werner Seifert, Otto und Manfred Matuschewski an den Couchtisch zurück, um Skat zu spielen. Otto Matuschewski hatte in seiner Jugend im Kreuzberger Kiez viel Skat gespielt, auch im Verein, und noch alle Sprüche drauf:

Aus dem Keller tönt es dumpf: Pik ist Trumpf.
Karauschen mit Maibutter.
Herzlich schön singt unser Küster.
Die Großen sagen's den Kleinen.
Nun mal raus mit der Zicke an die Frühlingsluft.
Dem Feinde lang, dem Freunde blank.

Manfred verlor zwar Runde um Runde und steckte tief in den Miesen, zögerte aber nicht zu definieren, was ein Spiel denn eigentlich war. »Es ist ein wesentliches Element organisierten Handelns und vereinigt in einmaliger Weise Freiheit und Zwang. Der Spieler bleibt frei, muß aber, wenn er gewinnen will, eine rationale Strategie verfolgen, die der Beschaffenheit des Spiels entspricht, und muß dessen Regeln beachten. Außerdem bringt das

Spiel Spaß und Spannung, und so nennt Huizinga den Menschen einen Homo ludens.«

Herbert Neutig protestierte. »Ich bin kein Lude, ich verbitte mir das.«

»Und bei Ludendorff, da hört alles Spiel wohl auf«, sagte Otto Matuschewski.

Werner Seifert erklärte, während er mischte, daß ja immer wieder vom »Spiel um die Macht« gesprochen werde. »Das heißt, ich suche mir Verbündete, wenn ich bei uns zum Vorsitzenden gewählt werde, und wir treiben unsere kleinen Spielchen miteinander. Das ist zwar schon Ernst, aber nicht in dem Sinne, daß wir uns gegenseitig abstechen oder niederschießen.«

Manfred nickte. »Das ist eben die große Leistung einer Hochkultur, Konflikte auf diese Art zu lösen, irgendwie spielerisch und nicht durch Mord und Totschlag.«

Gerda freute sich, daß sich alle glänzend unterhielten und sich keiner langweilen mußte. Ab und an ging sie in die Küche, um zu sehen, ob da alles bestens lief. Sie hatte sich Tante Trudchen ausgeborgt, eine von Margots Verwandten, eigentlich Gertrud Schattan. Die hatte etwa Gerdas Körpergröße, aber dazu noch rachitische Beine, also O-Beine. Aber flink und zuverlässig war sie. Man besprach noch schnell die letzten Einzelheiten des Kaßlerbratens, dann ging Tante Trudchen zu ihrer Tasche und zog ein paar Schlüpfer heraus.

Gerda staunte. »Wozu brauchen Sie die denn? Als Topflappen?«

»Nein, als Ersatz. Wenn nachher alle was getrunken haben und kräftig gelacht wird, dann ...«

Gerda wich ein wenig zurück. »Dann werden wir mal lieber ernst sein, bis alle gegessen haben.«

Pünktlich um 19 Uhr wurde zu Tisch gebeten. Zuerst trug Tante Trudchen die Terrine mit der klaren Rinderkraftbrühe herein. »Mit Eierstich«, erklärte sie.

»Mit Eierstich ...« Karl-Heinz Kurz schrie auf und preßte beide Hände schützend aufs Gemächt. »Nein, da verzichte ich lieber.«

Senatsdirigent Kadritzke und Margot Matuschewski guckten ganz besonders indigniert, während Robert leicht errötete und Edda Bollberg loswieherte.

»Es ist hier ein sehr gemischtes Publikum«, sagte Frau Dr. Seifert.

Otto Matuschewski nutzte die Geschichte für eine seiner Lieblingsanekdoten. »Apropos Stich: Es müssen ja nicht immer die Eier sein ... Aua!« Seine Frau hatte ihm den Ellenbogen in die Seite gestoßen. »Also, ganz gehoben jetzt: Wer weiß, wie Friedrich der Große gestorben ist?«

»Na, sanft entschlafen ist er, in seinem Lehnstuhl«, antwortete Senatsdirigent Kadritzke.

»Irrtum«, korrigierte ihn Otto Matuschewski. »Lesen Sie mal, was überall in den Büchern steht. Ermordet worden ist er – und zwar von Adolph von Menzel.«

»Reden Sie doch keinen Unsinn – Pardon.«

»Doch, doch, es steht überall: Tod Friedrich des Großen nach einem Stich von Menzel.«

Damit war der Eierstich sozusagen vom Tisch, und Gerda konnte allen einen guten Appetit wünschen.

Unvorstellbar, daß bei einer Hochzeit, aber auch einem runden Geburtstag wie Gerdas niemand kam und ein selbstgeschriebenes Gedicht vortrug. »Reim dich oder friß mich«, hieß die Devise. Die Gäste warteten darauf, wie sie auf das Festmenü warteten. Die einen, um sich an den Versen zu erbauen, die anderen, um über sie zu spotten – natürlich hätten sie das selber viel besser gemacht.

Erstaunlicherweise fühlte sich bei Gerdas Feier nur ihre Mutter zur Dichterin berufen, und sie hatte ihre Reime dazu in Stenografenschrift zu Papier gebracht. Zwischen Suppe und Hauptgang war es soweit. Sie stand auf, was aber, klein wie sie war, niemand bemerkte. Erst Herbert verschaffte ihr Gehör, indem er mit dem Messer gegen sein Sektglas schlug. Cäsar wartete, bis alle Gespräche verstummt waren, dann begann sie:

Auf die Welt kamst Du im Jahre '14,
Um uns das Leben kräftig zu würzen.
Vor Dir da war schon Deine Schwester Marga,
Und mit Euch beiden wurde's immer arger.

Aber in der Schule zähltet Ihr zu den Besten,
Und wart fröhlich bei all unseren Festen.
Beide zog es euch zur Arbeit ins Büro,
Und darüber waren alle mächtig froh.

Unsere Gerda wollte überall die Beste sein,
Egal, ob mit Stift, Maschine oder im Verein.
Zu hübschen Mädchen wuchset Ihr heran,
Und fandet beide auch einen tüchtigen Mann.

Die Welt stand Dir, mein Kind, weit offen,
Du konntest Dir alles vom Schicksal erhoffen.
Doch dann kamen viele trübe Tage –
Wie kann ich überleben, das war die einzige Frage.

Wir Friedrichs hier, wir haben's geschafft,
Mit Gottes Hilfe und eigener Kraft.
Und sind auch grau geworden unsere Haare,
Jetzt haben wir die schönsten Jahre.

Sie brach ab und hob ihr Glas. »Darauf laßt uns alle anstoßen! Auf weitere glückliche Jahre – bis zur nächsten Null erst einmal.«

Man belohnte Cäsar mit herzlichem Beifall und stieß dann auf Gerda an. Tante Trudchen hatte nur darauf gewartet, um den Braten hereinzutragen. Nun wurde richtig »gespachtelt«.

Dasselbe wie für ein Gedicht galt auch für eine kleine Rede. Sie gehörte ebenso zum Ritual einer Feier, und wurde sie nicht gehalten, fehlte etwas. Meistens aber waren die Reden gar nicht einmal so klein, sondern ziemlich lang, denn sie dienten nicht allein dazu, das Geburtstagskind zu ehren, sondern gaben dem

Redner auch die Gelegenheit zur Selbstdarstellung. Seht her, wie brillant ich bin!

Bei Gerdas Feier war die große Frage, wer nun das Wort ergreifen würde. Herbert hatte vorher einen ziemlichen »Massenandrang« befürchtet, denn von einigen Gästen war bekannt, »daß sie sich gerne reden hörten«. Karl-Heinz Kurz zum Beispiel, Gerdas Schwager, mußte als Vertreter sehr redegewandt sein, um seine Produkte an den Mann zu bringen, und er hatte eine Unmenge von Witzen und Anekdoten auf Lager. Auch den Kadritzkes war zuzutrauen, daß sie etwas sagen wollten. Bianca als Lehrerin und ihr Mann als Senatsdirigent waren es gewohnt, vor vielen Menschen frei zu sprechen, und standen im Verdacht, in ihre Worte verliebt zu sein. »Die hören sich beide gerne reden.« Und zu Edda Bollbergs Temperament gehörte es ohnehin, »große Reden zu schwingen«. Einer von Herberts Favoriten war auch Werner Seifert. »Der ist ja Profi und will immer allen zeigen, daß Gewerkschafter auch geistreich sein können.« Auch Otto Matuschewski kam in Frage. Er sprach zwar immer ein wenig leise, war aber witzig und verschmitzt wie kein anderer und von daher dazu berufen, Gerdas kleine Macken aufzuspießen, ohne sie zu verletzen. Das Schlimmste, was ihnen passieren konnte, so Herbert, wäre aber, daß Manfred Matuschewski das Wort ergriff. »Stell dir vor, der hält uns hier einen soziologischen Vortrag über die Geburtstagsfeier als solche.«

Bevor der Nachtisch serviert wurde, mußte zur Rede angesetzt werden, denn war die Tafel einmal aufgehoben, ging es nicht mehr so feierlich zu. Herbert sah sich um. »Was denn, keiner will 'ne Rede halten? Und ich hatte gedacht, alle wollen.« Er schaute seine Kandidaten der Reihe nach an, doch die zierten sich. »Soll ich vielleicht selber was sagen?«

»Ja!« kam es von allen Seiten.

»Nein, ich doch nicht. Ich kann doch gar nicht reden. Und ihr habt doch alle schon eure Manuskripte in der Tasche: Karl-Heinz, Edda, Otto, Bianca, Herr Kadritzke, Werner, Manfred ...« Aber keiner rührte sich. »Das ist ja peinlich ...« Er selber wollte partout nicht, sosehr die anderen ihn auch drängten.

Da stand Gerda auf und sagte, wenn keiner wolle und könne, dann müsse sie sich ihre Rede eben selber halten.

»Also ...« Sie nahm ihr Weinglas und prostete sich zu. »Liebe Gerda, liebe Frau Neutig. Das heute ist ein ganz besonderer Tag für uns alle. Hätten Sie nicht am 16. Januar 1914 das Licht der Welt erblickt, würden wir heute nicht hier sitzen. Niemand sieht Ihnen Ihr Alter an, alle halten Sie für 49 ... Jahre, nicht Zentimeter. Und wen Sie schon alles überlebt haben: den Kaiser, Friedrich Ebert und den Führer. Für den durften Sie sogar Uniformen nähen. Um zu überleben. Eine richtige Überlebenskünstlerin sind Sie. Auch die Bomben der Amis haben Sie überlebt. Jetzt jubeln Sie ihnen zu, wenn sie vor dem Schöneberger Rathaus große Reden halten. Ja, langweilig war Ihr Leben nie, Frau Neutig: Erster Weltkrieg, Inflation, Nazis und Verfolgung, Zweiter Weltkrieg, Bomben, Blockade, Mauer ... Auf der anderen Seite haben Sie aber auch viel Massel gehabt: mit dieser Mutter hier zum Beispiel und diesem Mann an Ihrer Seite. Überhaupt mit allen Freunden und Verwandten und mit Ihrer Arbeit. In der Schule haben Sie ja die schönen Verse gelernt: ›Wer immer strebend sich bemüht, den können wir erlösen ...‹ Ihre Mutter hat es ja schon gesagt: Nun erleben Sie Ihre schönsten Jahre. Und wer weiß, was noch alles kommt! Jede Frau soll ja ihr süßes Geheimnis haben. Vielleicht haben Sie auch eins, und wir wissen's nur noch nicht. Kann sein, daß wir es erfahren, wenn Sie sechzig werden. Damit will ich schließen und nur noch sagen, daß wir alle sehr froh und glücklich sind, daß wir Sie unter uns und nie über haben. Bleiben Sie so, wie Sie sind, und uns noch lange erhalten.«

Alle klatschten Beifall, und Gerda setzte sich, um sofort wieder aufzustehen und Herrn Unbekannt für die schöne Rede zu danken.

Nach dem Diner begann der gemütliche Teil des Abends. Robert Kurz rückte mit seiner Schülerband an und bearbeitete sein Schlagzeug so lange, bis die Nachbarn drohten, die Polizei zu holen. Danach wurde der Zehn-Platten-Spieler mit Gerdas Lieblingsschlagern bestückt, und alle tanzten. Gerda begann mit Herbert, dann holte sie sich nacheinander alle anderen Männer.

Manfred Matuschewski suchte sich durch die Flucht auf die Toilette zu retten, aber es half ihm nichts. Sie hatte einen Vierkantschlüssel, mit dem man die Badezimmertür von außen öffnen konnte. Schon hatte sie sich Manfred gegriffen. Er galt als der schlechteste Tänzer seines Jahrgangs, und Gerda büßte ihre Tat auch auf der Stelle. »Aua, mein kleiner Zeh!« Er war aber nicht gebrochen, mußte allerdings den ganzen Abend über gekühlt werden.

»Junge, bist du ein Trampel«, sagte Margot Matuschewski zu ihrem Sohn.

Es kam zu kleineren Auseinandersetzungen in der Familie Matuschewski, die nur deswegen nicht eskalierten, weil Tante Trudchen plötzlich in der Tür stand und rief: »Telefon! Ein Herr Madrid.«

Die Spanier! Gerdas eigentlichen Geburtstag hatten sie vergessen oder da einiges durcheinandergebracht. Erst war Gerhard am Apparat, dann Margarita, schließlich Ingrid.

»Herzlichen Glückwunsch auch von mir, Tante Gerda.«

Irgendwie ritt Gerda nun der Teufel, wahrscheinlich hatte sie auch zuviel Sekt getrunken, jedenfalls sagte sie: »Laß das mal mit der Tante. Ich bin jetzt fünfzig, und du bist groß genug ... Nutzen wir mal diesen Tag und ... du kannst ab heute ruhig ...«

Da war Herbert heran und hatte schnell die Gabel nach unten gedrückt. Zu großen Diskussionen war keine Zeit mehr, denn in dieser Sekunde klingelte es an der Wohnungstür.

»Nanu, wer kann denn das noch sein? Wir sind doch vollzählig ... Wahrscheinlich der Telegrammbote.«

»Dann solltest du mal selber aufmachen«, sagte Herbert.

Gerda tat es – und draußen stand ... Sie konnte es nicht fassen, glaubte wirklich, zuviel getrunken zu haben ... Draußen stand Bully Buhlan, ihr großer Schwarm.

»Herzlichen Glückwunsch, liebe Gerda Neutig, und alles Liebe und Gute. Ich weiß, daß sie alle meine Platten haben und immer wieder hören ... Aber so von Angesicht zu Angesicht ist doch alles viel schöner, und da bin ich schnell selber gekommen.«

»Ein Doppelgänger …«

»Nein, nein, ich bin wirklich echt. Eigentlich Hans-Joachim Buhlan und studierter Jurist, geboren am 3. Februar 1924 in Lichterfelde. Ein ganzes Orchester hab' ich leider nicht mitbringen können, aber ein Tonband tut's auch.« Dann sang er all seine Hits: *Ich hab noch einen Koffer in Berlin*, den *Mäckie-Boogie*, *Ich möchte auf deiner Hochzeit tanzen* und vieles mehr.

Gerda war überglücklich und umarmte ihren Herbert.

»Wir sind aber auch daran beteiligt!« rief ihr Schwager Karl-Heinz.

»Wir alle«, fügte Margot Matuschewski hinzu. »Du mußt nicht denken, daß das billig war.«

Nun hatte Gerda auch die Antwort auf die Frage, warum sie denn so wenig Materielles geschenkt bekommen hatte. »Es ist ja auch eine wunderschöne Erinnerung. Herzlichen Dank euch allen!« Sie umarmte Bully Buhlan.

Nachdem der Star gegangen war, wurde wieder getanzt und getrunken, geflirtet und geflachst. Und als Bianca Kadritzke und Edda Bollberg mit Ball und Tennisschläger vorführten, wie Gerda noch mit hundert auf dem Centre Court von Wimbledon aufschlug und returnierte, da war der Moment gekommen, wo Tante Trudchen so sehr lachen mußte, daß in der Tat ihre Schlüpfer zu wechseln waren.

»Dies ist bei unseren Feiern das Maß aller Dinge«, sagte Otto Matuschewski. »Hat Trudchen so gelacht, daß sie wechseln muß, dann war es eine gelungene Feier.«

Gerda konnte also vollauf zufrieden sein. Gleich nach dem Geburtstag drängte es sie, zur Fahrschule zu gehen und die erste Stunde zu nehmen, doch Herbert meinte, das lohnte sich doch gar nicht, denn kaum daß sie begonnen hätte, müßte sie ja schon wieder aufhören. »Hast du ganz vergessen, daß wir diesmal auch Winterurlaub machen?«

Farchant im Winter, und natürlich wieder mit den Matuschewskis zusammen. Aber nicht nur das, eingeplant war auch ein Ausflug nach Innsbruck zu den Olympischen Spielen. Nach der Sommerolympiade 1936 in Berlin waren sie zum ersten Mal auch im Winter dabei, und Gerda war so hingerissen von allem, daß sie schon vierzehn Tage vor dem Abflug eine Wendung gebrauchte, die von Margots Mutter in Schmöckwitz stammte: »Daß ich das noch erleben durfte!«

An sich wäre Gerda ja schon gleich im Anschluß an ihre große Fete nach Farchant gefahren, aber Otto und Margot wollten unbedingt zu Hause sein, wenn ihr Manfred am 1. Februar seinen 26. Geburtstag feierte.

Herbert war darüber ziemlich sauer. »Als wenn der das nicht alleine schaffen würde, aber sie müssen ja dasein, um ihm weiterhin Puderzucker in den Arsch zu blasen.«

Gerda ermahnte ihn, nicht ausfallend zu werden. »Denk daran: Du warst mal Bankbeamter.«

Als sie dann in Innsbruck eintrafen, war dort der Frühling ausgebrochen, und zum Präparieren der Pisten und Schanzen mußte der Schnee aus entlegenen Hochtälern herangeschafft werden. Teilweise trugen ihn Soldaten in Weinlesekörben hinauf.

Sie hatten sich Karten für den Abfahrtlauf der Damen beschafft, weil Gerda von dieser Disziplin ganz besonders fasziniert war.

»Ich finde es wunderbar, wenn die da mit dieser wahnsinnigen Geschwindigkeit den Berg runterrasen.«

»Noch imposanter wäre es, wenn sie das auch bergauf schaffen würden«, sagte Otto Matuschewski. »Bei mir geht das schon.« Seine Mutter war im letzten Jahr gestorben, und von seinem Erbteil hatte er sich eine Schmalfilmkamera gekauft. Bei jeder Vorführung ließ er dann auch Filme rückwärts laufen, was immer ein Riesenspaß war, vor allem, wenn er die Leute beim Essen gefilmt hatte. Auf den größten Effekt allerdings mußte er verzichten. »Auf der Toilette darf ich ja nicht filmen.«

Den Abfahrtlauf der Damen gewann Christl Haas aus Österreich, und Margot Matuschewski staunte. »Das ist doch die Schauspielerin.«

»Nein, die heißt Waltraud.«

Am meisten freute sich Gerda über den Sieg von Manfred Schnelldörfer im Eiskunstlauf. »Erst neunzehn Jahre alt und schon Olympiasieger.«

Margot Matuschewski begriff das als Kritik an ihrem Sohn und reagierte pikiert. »Dafür hat mein Manfred Abitur und studiert jetzt.«

»Wenn auch nur Soziologie und nicht Jura oder Medizin«, ergänzte Herbert.

Wieder in Berlin gelandet, machte sich Gerda sofort daran, das Autofahren zu erlernen. Herbert konnte ihr dabei ein wenig helfen, denn er hatte zwar keinen gültigen Führerschein, aber früher beim Kommiß Kraftwagen lenken dürfen. Jetzt wollte er nicht mehr. »Vornehm ist es, sich einen Chauffeur zu halten, ersatzweise geht auch eine Chauffeuse.«

Die Fahrschule befand sich in der Müllerstraße, und zuerst wurde in einer größeren Gruppe Theorie gepaukt. Herbert half ihr zu Hause, sich die amtlichen Verkehrszeichen einzuprägen. Am meisten Freude machte ihm das rotumrandete nach oben spitze Zeichen für »Querrinne«.

»Das heißt das also, und ich habe immer gedacht, da geht's zu einem Puff oder einer Stelle, wo man ungestört im Freien verkehren kann. Schließlich sind das ja Zeichen für den Verkehr.« Immer wieder mußte er Gerda abhören. »Paragraph 1 Straßenverkehrsordnung?«

»Jeder Teilnehmer am öffentlichen Straßenverkehr hat sich so zu verhalten, daß kein anderer gefährdet, geschädigt oder mehr als nach den Umständen unvermeidbar behindert oder belästigt wird.«

Das alles zu lernen war für Gerda kein Problem, doch vor der ersten Stunde am Steuer hatte sie ein wenig Angst.

»Setz dich mal auf den Stuhl hier.« Herbert legte ihr drei Schuhcremedosen auf den Fußboden. »Das hier sind Gas, Kupplung und Bremse.« Als Gangschaltung hatte der Quirl zu dienen und als Lenkrad der Brotteller. Da übte sie eine halbe Stunde, dann fuhr sie zu ihrem Schwager und setzte sich bei Karl-Heinz Kurz in seiner Garage in ein richtiges Auto, um es noch etwas praxisnaher zu haben. Als die beiden Männer ihr bescheinigten, alles perfekt zu beherrschen, was die Trockenübung anging, wagte sie sich zur ersten richtigen Fahrstunde. Sich nur nicht blamieren!

»Keine Angst«, sagte der Fahrlehrer. »Wenn Sie's schon könnten, brauchten Sie ja nicht hierzusein.«

So schlich Gerda die Müllerstraße entlang, immer erfüllt von der Angst, mit anderen Fahrzeugen zusammenzustoßen oder jemanden zu überfahren. Aber alles ging gut, und langsam wurden die Fahrstunden Routine. Anderes rückte wieder in den Vordergrund.

Wenn Gerda und Herbert öfter sagten, sie würden das Leben in vollen Zügen genießen, so bezog sich das nicht nur auf ihre täglichen Fahrten mit der U-Bahn, nein, sie hatten wirklich das Gefühl, alles auszuschöpfen, was das Leben ihnen bot. Innerhalb ihrer Grenzen, versteht sich, und eingedenk alter Schulweisheiten wie »Der Mensch versuche die Götter nicht« oder »Schuster, bleib bei deinem Leisten«. Selbstverständlich wären sie nie auf den Gedanken gekommen, einen Urlaub auf den Bahamas zu machen oder sich eine Villa in St. Tropez zu kaufen. Schön, Gerda träumte ab und an davon, wenn sie ihre Frauen-Illustrierten las, aber sie war nicht im geringsten frustriert, daß das alles weit jenseits ihrer finanziellen Möglichkeiten lag. Es war zwar schon irgendwie schmerzlich, ebenso wie die Tatsache, daß sie nicht Gina Lollobrigida oder Sophia Loren, sondern »nur« Gerda Neutig war, doch was sollte sie groß darüber jammern. Keiner konnte sich sein Leben aussuchen. Es hätte ja auch ganz anders kommen können. Was denn, wenn sie in den Elendsvierteln von Rio de Janeiro auf die Welt gekommen wäre?

Oft war Gerda im Sportpalast. So mit den ehemaligen Kolleginnen und Kollegen ihrer Gewerkschaft zum 10. Bockbierfest (»... det dollste, wat de hast – Bockbierfest im Sportpalast ...«), wo der allseits beliebte Otto Kermbach den Taktstock schwang, mit Herbert beim 49. Berliner Sechstagerennen, wo van Steenbergen/Bugdahl den Ton angaben, und mit den Matuschewskis bei einem Bunten Abend mit Lou van Burg, *Scheinwerfer auf!*, und dem Cinerama-Film *Südseezauber*.

Immer öfter saß sie auch mit Herbert vor dem Fernseher, und bei mancher Serie wollten sie keine Folge verpassen, verschoben ihretwegen sogar Besuche und wichtige Termine, so bei *Bonan-*

za und *77 Sunset Strip*. Was das Quiz betraf, standen *Vergißmeinnicht* mit Peter Frankenfeld und *Einer wird gewinnen* mit Hans-Joachim Kulenkampff bei ihnen besonders hoch im Kurs. Quasi zur patriotischen Pflicht eines Deutschen gehörte es auch, Otto Höpfners *Blauen Bock*, die Fernsehlotterie *Ein Platz an der Sonne* mit den Berliner Stachelschweinen und den neuesten Straßenfeger von Francis Durbridge, *Der Fall Salinger*, zu sehen. Auch wenn Gerda Krimis nicht unbedingt mochte, hier zu passen, kam fast einem Verbrechen gleich. Damit stand man außerhalb der bürgerlichen Gesellschaft. Wer nicht mitreden konnte, isolierte sich selber. Also gab es nur eines: einschalten. Lieber als Krimis sah sie alles, was mit Musik zu tun hatte, so auch Chris Howland mit *Musik aus Studio B*. Wie ein Backfisch schwärmte sie für Udo Jürgens' »Warum nur, warum?« und Freddy Quinns »Junge, komm bald wieder«, aber auch für Rex Guildo, Cliff Richard, Manuela, Peggy March und Gigliola Cinquetti. Mit den Beatles und den Rolling Stones dagegen konnte sie nur wenig anfangen, die waren ihr zu laut.

Je länger Gerda vor dem Fernseher saß, desto weniger ging sie ins Kino. Sicher, einiges sah sie noch, aber allzu viele Filme waren es nicht mehr. Doris Day sah sie sich noch an, die liebte sie ganz besonders. *Eine zuviel im Bett* war auch zu hübsch.

»Ich bin ja ganz verschossen in ihre Sommersprossen«, bekannte sie.

»Hör mir auf mit Sommersprossen!« rief ihr Schwager Karl-Heinz Kurz, als er das hörte. »Mir ist da mal was passiert … Mein Freund Werner und ich, wir sind tanzen in einem Dorf im Havelland … Ging ja damals noch. Plötzlich überkommt ihn ein dringendes menschliches Bedürfnis – Durchfall. Wir suchen eine Toilette und finden keine. Einer sagt uns: ›Oben im ersten Stock.‹ Wir rauf. Aber da ist nichts. Schließlich hält er es nicht mehr aus. Zum Glück steht da in einem Raum ein Kasten in der Ecke. Er reißt den Deckel auf und … Problem gelöst. Als wir wieder nach unten auf die Tanzfläche kommen, haben plötzlich alle Sommersprossen im Gesicht und auf den Armen, die Frauen auch im Dekolleté. Was war passiert? In dem Kasten, den sich mein Freund Werner ausgesucht hatte, hat der Ventilator dringesteckt.«

Von Edda Bollberg wurde Gerda mitgeschleppt, als *Der Reigen* von Roger Vadim am Kudamm lief, und mit Bianca Kadritzke zusammen sah sie zwei »anspruchsvolle« Filme: *Herrenpartie* von Wolfgang Staudte und *Alexis Sorbas* von Michael Cacoyannis.

»Von Anthony Quinn war sie danach völlig hin«, reimte Otto Matuschewski im Anschluß daran. Beim nächsten Spieleabend gab es dann auch griechischen Hirtensalat. »Gut, daß Gerda nicht *Winnetou I* gesehen hat, sonst müßtest du jetzt in die Rehberge gehen und uns ein Kaninchen schießen, Herbert.«

Tränen vergoß Gerda, als sie erfuhr, daß Hans Moser gestorben war. Zu ihren schönsten Kinoerlebnissen gehörten *Die schöne Lügnerin*, wo er zusammen mit Romy Schneider zu sehen gewesen war, und *Der verkaufte Großvater* mit Vivi Bach.

Auch in diesem Jahr verging die Zeit im Sauseschritt. Es gab so viel Neues, daß Gerda Mühe hatte, sich alles zu merken. »Man will ja nicht wie doof dastehen.« Immer mitreden können, das war es. Also las sie täglich Zeitung, meistens die *Berliner Morgenpost*. Willy Brandt, Berlins Regierender Bürgermeister, war nun auch Vorsitzender der SPD. Sie hielt große Stücke auf ihn, während Herbert mit den Roten nicht viel im Sinne hatte. Wie um ihn zu ärgern, war nun auch Manfred Matuschewski Genosse geworden. »Klar, wenn man Soziologie oder Politologie studiert, hat man ja ohne Parteibuch keine Chance, etwas zu werden.« Traurig stimmte Gerda die Entführung des siebenjährigen Timo Rinnelt aus Wiesbaden. Obwohl 62 000 Mark für seine Auffindung ausgesetzt waren und im Fernsehen und in allen Zeitungen Fotos von ihm veröffentlicht wurden, blieb er spurlos verschwunden.

»Wenn man den Täter erwischt, sollten wir die Todesstrafe wieder einführen«, sagte Herbert.

»Davon wird der Junge auch nicht wieder lebendig«, erwiderte Gerda.

Schlimm war auch der Überfall auf die katholische Volksschule in Köln-Volkhoven, wo ein geistesgestörter Mann zwei Lehrerinnen erstochen und 28 Kinder mit einem Flammenwerfer verletzt hatte.

»Jeden Tag stelle ich mir vor, daß das auch mal in meiner Schule passiert.« Gerda schlief nur noch schlecht.

Aber es gab auch Nachrichten, bei denen sie Tränen der Freude in den Augen hatte. Zum Beispiel an dem Tage, als die Welt erfuhr, daß Königin Elisabeth II. von England einem vierten Kind das Leben geschenkt hatte: Prinz Edward.

Auch im Sport war einiges los. Nach den olympischen Winterspielen stand das Berufsboxen im Mittelpunkt. In Miami wurde Cassius Clay nach seinem Sieg über Sonny Liston neuer Weltmeister im Schwergewicht. Viel mehr aber fieberte sie mit »Bubi« Scholz mit, als der in der Dortmunder Westfalenhalle gegen Giulio Rinaldi kämpfte und neuer Europameister im Halbschwergewicht wurde. Am 9. Mai ging dann die erste Saison der neuen Fußballbundesliga zu Ende, und der Meister hieß 1. FC Köln. Anschließend trat der legendäre Fußball-Bundestrainer Sepp Herberger von der Bühne ab. Das Bundesverdienstkreuz erster Klasse verlieh man ihm.

Gerda hatte feuchte Augen bekommen. »Ohne ihn wären wir 1954 nicht Weltmeister geworden.« Sie verehrte den knorrigen kleinen Mann.

»Und wer hat ihn entdeckt und 1936 zum Reichstrainer gemacht? Der Führer.« Otto Matuschewski fand das nicht so erhebend, als sie darüber redeten. »Aber macht ja nichts, einen anderen seiner Steigbügelhalter verehren wir ja ebenso als nationalen Helden.« Damit meinte er Theodor Heuss, der damals im Reichstag Hitlers Ermächtigungsgesetzen zugestimmt hatte.

»So eng kann man das nicht sehen«, sagte Herbert. »Und man muß auch mal verzeihen können.«

Auch 1964 stand Gerda Neutig wieder am Straßenrand, um einem Kennedy zuzujubeln. Diesmal dem Justizminister Robert Kennedy, der am 26. Juni nach Berlin gekommen war, um eine Gedenktafel für seinen ermordeten Bruder zu enthüllen. »Hier an der Grenze der Freiheit«, sagte er in seiner Rede vor dem

Schöneberger Rathaus, »dienen die Berliner nicht nur sich selbst und ihrem Land. Sie verteidigen die Freiheit für mein Land, für die Vereinigten Staaten. Gemeinsam mit den Alliierten verteidigen sie die Freiheit für alle Menschen überall auf der Welt.« Gerda hatte das Gefühl, plötzlich ein Stück größer geworden zu sein. Wie früher in der Schule, wenn sie ein dickes Lob bekommen hatte. Es war schon etwas Besonderes, eine Berlinerin zu sein.

Der Juli verlief recht turbulent. In West-Berlin wählte die Bundesversammlung Heinrich Lübke für weitere fünf Jahre zum Bundespräsidenten, und in Gerdas Schule lästerten sie, daß er einmal einen leichten Tod haben werde. »Warum denn das?« – »Na, viel Geist hat er nicht abzugeben.« Dann kam die große Hitzewelle mit Temperaturen weit über dreißig Grad, und in Berlin wurde stellenweise der Asphalt auf den Straßen flüssig. Das Amtsgericht München verbot den Roman *Die Memoiren der Fanny Hill* von John Cleland wegen seines »grob unzüchtigen Charakters«, aber in Herberts AOK hatten sich die Männer schon lange ein Exemplar beschafft, um sich in den Pausen die pikantesten Stellen daraus vorzulesen. Gerda mußte nach Büroschluß viel umherrennen, um billig einzukaufen. Bei Schokolade und Spirituosen war die Preisbindung ins Wanken geraten, und die Flasche Weinbrand kostete jetzt nur noch 7 Mark 60 statt vorher 9 Mark 75. Die Hundertgramm-Tafel Tobler-Schokolade bekam man schon für 88 Pfennig und hatte nicht mehr 1 Mark 30 zu zahlen.

Im August war dann nochmals groß einzukaufen, denn die Bundesregierung hatte alle Haushalte ermahnt, für mögliche Krisenfälle Vorräte anzulegen. Für mindestens vierzehn Tage.

»Paßt auf, es gibt bald wieder Krieg!« rief Margot Matuschewski.

Mit angenehmeren Gefühlen las sich da, daß die Eisprinzessin Marika Kilius geheiratet hatte. »Aber nicht ihren Hans-Jürgen Bäumler, sondern nur einen Zahnarzt.« Gerda fand das sehr bedauerlich.

Höhepunkt des Sommers war wie immer die Reise nach Farchant Anfang September. Die anderen lästerten schon darüber:

»Immer dasselbe, euch fällt wohl nichts anderes mehr ein.« Gerda nahm es nicht tragisch. »Da fühlen wir uns eben am wohlsten. Laß die Leute doch reden.«

Zurück in Berlin, erfuhren sie dann, daß Ost und West ein neues Passierscheinabkommen ausgehandelt hatten. Viermal im Jahr konnten West-Berliner jetzt ihre Verwandten in Ost-Berlin besuchen. »Doch was nutzt uns das«, sagte Gerda. Seit der Sache mit Edeltraut wagten sie sich nicht mehr in den Osten hinüber, denn »Beihilfe zur Republikflucht« war ja drüben fast das schlimmste aller Delikte. Anfang Oktober gab es dann das größte Fluchtunternehmen seit dem Mauerbau: An der Bernauer Straße entkamen 57 Ost-Berliner durch einen selbstgegrabenen Tunnel in den Westen. Für Aufregung sorgten auch die Olympischen Sommerspiele in Tokio. Als der Zehnkämpfer Willi Holdorf nach dem abschließenden 1500-Meter-Lauf, der ihm Gold einbrachte, hinter der Ziellinie zusammenbrach, war auch Herbert einem Herzinfarkt nahe.

Am ersten November-Sonnabend gab es dann ein historisches Familientreffen bei den Matuschewskis in Neukölln, zu dem auch Gerda und Herbert eingeladen wurden: Zum ersten Mal seit dem Bau der Mauer hatte die DDR-Regierung ihren Rentnern erlaubt, ihre Verwandten im Westen zu besuchen.

»Das ich das noch erleben durfte«, zitierte Manfred Matuschewski seine Schmöckwitzer Oma, als er sie am Grenzübergang Sonnenallee in Empfang nahm.

Gerda fuhr gern nach Neukölln, noch lieber aber wäre sie zu ihrem Schwager gefahren, um noch ein wenig für die Führerscheinprüfung zu üben. In seinem Wagen und auf dem Parkplatz seiner Firma in Reinickendorf ging das sehr gut. Am Montag war die Prüfung, und so blieb ihr nur noch der Sonntag.

Herbert machte ihr Mut. »Wenn du bedenkst, wer alles Auto fahren kann – da schaffst du's garantiert.«

Und er sollte recht behalten, denn Gerda hatte weder Schwierigkeiten mit dem Einparken noch mit der Vorfahrt an Kreuzungen, bei denen fünf Straßen sternförmig abgingen. Auch beim Überholen und Linksabbiegen machte sie keinen Fehler.

Vom Büro aus rief sie Herbert an. »Hurra, bestanden!«

»Herzlichen Glückwunsch. Dann können wir uns ja heute abend gleich treffen und uns den passenden Wagen aussuchen.«

Herbert hatte zu Hause schon seit langem Kataloge gewälzt und wäre am liebsten zum Genfer Autosalon gefahren. Gerda hätte schon gern einen großen Opel gefahren, einen »Kapitän« oder einen »Admiral«, aber die kosteten zwischen 11 000 und 12 000 Mark und waren damit ebenso unerschwinglich wie Herberts Favorit, der BMW 1600, oder ein Mercedes. Realistisch waren der VW Käfer, der Ford 17 M, der R 8 von Renault, der Fiat 850 und vielleicht noch der Citroën 19 DS.

»Ich bin schon dafür, daß wir uns ein deutsches Auto kaufen«, sagte Herbert.

»Aber wenn die anderen nun billiger und besser sind ...« Gerda liebäugelte mit einem französischen Auto. »Das paßt besser zu mir.« Sie hätte glattweg als Pariserin durchgehen können, und viele hatten sie schon gefragt, ob ihre Vorfahren Hugenotten waren. »Nein, das ist nur meine ›nichtarische‹ Abkunft.« Nie wäre ihr über die Lippen gekommen, daß sie jüdische Vorfahren hatte.

Sie vertagten also ihre Entscheidung auf das nächste Wochenende und wollten vorher noch einmal einige Probefahrten unternehmen. Bevor der erste Schnee gefallen war.

Kaum hatten sie sich zu Hause an den warmen Ofen gesetzt, klingelte das Telefon. Es war Gerdas Schwester, völlig aufgelöst.

»Karl-Heinz ist tot. Ein Unfall. Die Nässe, das Laub ... ist auf der Oranienburger Chaussee gegen einen Baum ... und war auf der Stelle tot.«

Gerda schluchzte. »Du Arme ... Ich will kein Auto mehr.«

Der Enkel XI

Paco war glücklicherweise nicht traumatisiert, dazu hatte er zu Hause zu viele Prügeleien mitgemacht, aber dennoch schlief er nach der Sache auf dem Bahnhof von Wustrau–Radensleben wesentlich schlechter als vorher. *Wenn sie dich nun wirklich totgeschlagen hätten …?* So gläubig war er nicht, daß er sich so etwas wie die Auferstehung und das ewige Leben erhoffen würde, auch nicht, wie Félix das etwa tat, eine Seelenwanderung. Also sah er den Tod nicht als eine Art Schlaf an, aus dem man irgendwann, in der Ewigkeit eben, wieder erwachte und dann über sein Leben und Ableben reflektieren konnte. Der Gedanke, nie mehr aufzuwachen, war so unerträglich für ihn, daß er sich weigerte einzuschlafen. Seine Psyche ließ das nicht zu. Obwohl das wenig wahrscheinlich war, glaubte er mitunter, die Täter unten auf der Heidelberger Straße zu erblicken. Sie waren gekommen, sich zu rächen. Dafür, daß er sie der Polizei ziemlich genau beschrieben hatte. Gefaßt worden waren sie noch nicht, und mit wem er auch darüber sprach, alle machten Bemerkungen, die für das Land Brandenburg wenig angenehm waren. Um zwei Uhr nachts rief Paco Félix an. Mit dem konnte man so etwas machen.

»Wenn ich nun wirklich tot wäre … Als echter Katholik müßte ich mich ja eigentlich freuen, dann mein Forschungsobjekt Oma Gerda endlich direkt interviewen zu können, aber …«

»Pater Bartolomé hat immer schon daran gezweifelt, daß dein Glaube tief und echt ist«, sagte der Freund in Madrid.

»Die Frage ist natürlich auch, was mit meinen sogenannten sterblichen Überresten geschehen wäre: Hätte man mich hier in

Berlin vergraben oder mich im Zinksarg nach Madrid geflogen, auf daß du dann täglich an mein Grab geeilt wärst und bittere Tränen vergossen hättest?«

»Wenn, dann nur noch bis Ende September ...«

»Wieso das?« Paco konnte das nicht richtig deuten. »Willst du bis dahin selber von uns gegangen sein?«

»Irgendwie schon, wenn auch nur bis Lima. Ich soll dort unsere Filiale übernehmen.«

»Gott, dann habe ich ja gar keinen Menschen mehr in Madrid. Alle tot oder woanders ...« Für Paco war das eine schreckliche Erkenntnis. »Nun kann ich erst recht nicht mehr einschlafen.«

»Geh doch noch inne Disco.«

Das wollte er dann auch. Allein in seinen vier Wänden wäre er wahnsinnig geworden. Fürchtete er jedenfalls. Aber mit wem? Mit Robert Kurz und Manfred Matuschewski nun ganz sicher nicht. Mit Joscha Matuschewski auch nicht, der hatte seine Disco-Phase schon hinter sich. Und die Damen? Yonit war ja noch immer in Spanien. Mit Sabrina Rosswein wäre er schon gerne losgezogen, denn die Gute lag ja im wahrsten Sinne so nah, keine zehn Meter von ihm entfernt im Bett, aber a) konnte er sie nicht wecken, ohne Hartmut zu alarmieren, und b) hatte er dem mit Ehrenwort versprochen, seine Frau nie wieder glücklich zu machen. Fiel ihm noch Ariane ein. Und in seiner Not rief er Edda Bollbergs Enkelin tatsächlich an.

»Klar komm' ick mit«, sagte sie ohne zu zögern. »Uff da Stelle. Für sowat Improvisorischet bin ick imma zu haben.«

Paco ließ sich also eine Taxe kommen und zum Wedding kutschieren. Der Fahrer kam aus einer Ethnie, die in Berlin die Mehrzahl der Türsteher stellte, und wußte somit über die gerade angesagten Diskotheken und Clubs bestens Bescheid.

»Was haben wir denn da ... 90 Grad in Schöneberg in der Dennewitzstraße, da ist sogar Dustin Hoffmann mal gewesen. Studenten sind viel im Sage-Club in der Brückenstraße. Die haben Gitarrenmusik und so. Cookies in der Charlottenstraße ist der coolste Laden.« Das Chip am Gendarmenmarkt, das Dorian Gray und das Adagio, beide am Potsdamer Platz, zählte er noch auf, doch Ariane schleppte ihn dann in eine billigere Disco irgendwo in der Nähe des Kurt-Schumacher-Platzes. Gegen Mittag lag er dann schließlich im eigenen Bett und schlief ganz prächtig.

Am frühen Abend wollte er sich im »M« am Bundesplatz mit Manfred Matuschewski treffen, um sich mit ihm zusammen alte Fotos anzusehen. In Frohnau auf dem Dachboden war ein Stapel damals nicht eingeklebter Bilder aus Manfreds Jugend aufgetaucht, und auf etlichen von ihnen waren auch Gerda und Herbert Neutig zu sehen.

Paco geriet nicht gerade in Gefahr, wie Buridans Esel zu verenden, aber er brauchte lange, um sich zu entscheiden, ob er nun zur S-Bahn laufen sollte, zum Bahnhof Treptower Park, oder zur U-Bahn, um vom Rathaus Neukölln mit der Linie 7 bis Blissestraße zu fahren. In Berlin fuhr er lieber mit der S-Bahn, weil das immer auch ein Stück Sightseeing war, aber die U-Bahn erinnerte ihn an die Madrider Metro und war ein Stück süßer Kindheitserinnerungen. Nach einigem Hin und Her entschloß er sich, es mit einer in die Luft geworfenen Münze auszulosen. Ein Gottesurteil quasi. »Zahl gleich U- und Adler gleich S-Bahn.« Der Euro fiel auf die eins, und so machte er sich auf den Weg zur U-Bahn. Er hätte auch mit dem Bus zur Karl-Marx-Straße fahren können, doch er lief lieber. Nur so bekam man ein Gefühl für eine Gegend.

Das gutbürgerliche Deutsch-Wilmersdorf dachte Paco sich als Gegenstück zum Bezirk Neukölln, wo Multikulti angesagt war und es innerhalb der Ringbahn an mancher Stelle schon sehr nach Sozialamt roch und aussah, doch in der Blissestraße gab es auch nicht viel weniger leerstehende Geschäfte als in der Sonnenallee, und die Gegend zwischen Volkspark und S-Bahn schien langsam abzusacken.

»Dies ist nun mein neuer Kiez«, sagte Manfred Matuschewski, als er Paco draußen vor dem Restaurant begrüßte. »Der Mittelpunkt meines zweiten Lebens. Die Detmolder Straße. Da kannst du auch gleich mal die Frau kennenlernen, die mein Leben jetzt gefährtet, die kommt da gerade aus der U-Bahn. Die Kleine da ist Melina, unser beider Kind. Gerade eingeschult worden. Darf ich vorstellen: Elke Lehmann, Diplom-Verwaltungswirtin, hilft im Sozialamt allen, die ihr Obdach losgeworden sind ... Paco Morientes, nebenbei Fußballer und Student dessen, was die Germanen an Sprache zurückgelassen haben, hauptamtlich Familien-Archäologe, Spezialgebiet: Die Neutigs in Berlin.«

Paco beneidete Manfred Matuschewski um beide, diese attraktive Frau, die um einiges jünger war als er, und das aufgeweckte Kind, das ihn ebenso an eine Zille-Göre wie an Pippi Langstrumpf erinnerte. Schon war es in einen Schreibwarenladen gestürzt, um sich die neuesten Diddl-Sachen kaufen zu lassen, und Elke Lehmann mußte sich schnell verabschieden, um größeres Unheil zu verhindern.

»Möglicherweise kommt auch mein ältester noch lebender Schulfreund dazu«, sagte Manfred Matuschewski. »Der ist Informatik-Professor in München und gerade zu Besuch in Berlin. Dirk Kollmannsperger. Kann sein, daß er auch noch seine Tochter mitbringt, Katharina, Schauspielerin. Einen Roman hat sie auch schon geschrieben.«

Und tatsächlich saßen die beiden schon im »M« und warteten. Ihrem Gespräch konnte Paco entnehmen, daß die beiden älteren Herren gemeinsam in Neukölln zur Schule gegangen waren – und zwar zur Albert-Schweitzer-Schule.

»Da war ich ja auch schon!« rief er.

»Ich hab' dich aber nie auf dem Schulhof gesehen«, sagte Manfred Matuschewski.

»Nicht mit euch zusammen, sondern vor ein paar Tagen erst. Bei mir im Haus wohnt eine Lehrerin, und die hat mich zum Leistungskurs Spanien mitgenommen. Die Frau Rosswein, genannt Pferdebier.« Was sonst noch gewesen war, verschwieg er, den Namen Yonit in den Mund zu nehmen, verschaffte ihm aber einen gehörigen Kitzel. »Eine ihre Schülerinnen wohnt auch noch bei mir in der Heidelberger Straße, Yonit. Die sind aber gerade alle auf Klassenfahrt.«

Das hätte er nicht erwähnen sollen, denn nun begannen Manfred Matuschewski und Dirk Kollmannsperger von ihren

Klassenfahrten zu erzählen. An so außergewöhnliche Orte wie Langeleben im Elm und Hof an der Saale war es gegangen. Paco mußte unwillkürlich schmunzeln.

»Ich weiß, heute geht es nicht ohne Siena, London und Madrid«, sagte Manfred Matuschewski. »Aber damals in den fünfziger Jahren war das genauso ein Großereignis für uns, ja selbst wenn es nur in den Grunewald ging, ins Heim am Postfenn.«

»Und die Eltern waren froh, wenn sie einen fahren lassen konnten«, fügte Dirk Kollmannsperger hinzu.

Paco verstand nicht, warum sich dessen Tochter daraufhin die Nase zuhielt, und mußte von Manfred Matuschewski über den Doppelsinn der Wendung »einen fahren lassen« aufgeklärt werden. »Das war nach dem Krieg sowieso ein großes Problem, denn wir haben unheimlich viel Kohl gegessen, Weiß- und Wirsingkohl. Dazu Erbsen, Linsen und klitschiges Brot. Und das in einer Zeit, wo man nur wenig Holz und Kohlen zum Heizen hatte und im Winter kaum mal das Fenster zum Lüften aufmachte, um ja kein bißchen Wärme hinauszulassen. Daher kommt auch der alte Spruch: ›Besser warmer Mief als kalter Ozon.‹ Sogar ein so distinguierter Herr wie dein Großvater Herbert Neutig, durch und durch Bankbeamter nach englischem Vorbild, konnte in dieser Zeit nicht anders, als manchmal zu blähen.«

»Wir hatten einen Onkel aus Sachsen«, fuhr Dirk Kollmansperger fort, »den August. Nicht den Starken, sondern den Röchelnden. Asthma. Aber nicht deswegen war er so interessant für uns Kinder, sondern weil er unter starken Blähungen litt. Von dem hieß es immer: ›Gefährlich ist der Furz der Sachsen, denn der kann im Darme wachsen, und beendet seinen Marsch mit 'nem lauten Knalle aus'm Arsch.‹«

»Das hast du früher bestimmt nicht gesagt«, verbesserte ihn Katharina, »sondern nur: ›Aus 'm Himtata.‹«

»Die Leute drehen sich schon nach uns um«, sagte Manfred Matuschewski. »Machen wir mal Schluß.«

Dirk Kollmannsperger protestierte. »Deswegen soll ich mir gleich das Leben nehmen – denkste!«

Wieder verstand Paco den tieferen Sinn dieser Bemerkung

nicht so recht und erfuhr auf Nachfrage, daß »Schluß machen« ein Synonym für »Selbstmord begehen« war.

»Ja, so viel Feinheiten hättest du der deutschen Sprache gar nicht zugetraut«, sagte Manfred Matuschewski. »Aber um das Thema Flatulenz auf ein hohes wissenschaftliches Niveau zu bringen, sei noch gesagt, daß anale Fixierung etwas mit repressiver Erziehung zu tun hat, aber auch mit zu früher und autoritärer Reinlichkeitsdressur. Und wenn Wilhelm Reich immer gefordert hat: ›Fick dich frei!‹ – wirklich, ich schwöre es –, dann hat für meinen Vater immer gegolten: ›Furz dich frei!‹ Man beachte auch Tomi Ungerers wunderbares Buch über den Furz.«

Nun wurden die Speisekarten gebracht, und man hatte genug damit zu tun, nach dem Richtigen zu suchen.

Aber nach dem Essen begannen Manfred Matuschewski und Dirk Kollmannsperger, die beiden gereiften älteren Herren und frisch emeritierten Professoren, wieder so intensiv zu blödeln, daß Paco Morientes sein Deutschlandbild gründlich korrigieren mußte. Man hatte beschlossen, einen kleinen Verdauungsspaziergang zu unternehmen, und Manfred Matuschewski wollte sie zu den beiden großen Sehenswürdigkeiten dieser Gegend führen: der Eisengießerei Noack in der Varziner Straße, wo eine Unzahl von Kunstwerken entstanden war, und dem Friedhof an der Stubenrauchstraße.

»Hier hat Marlene Dietrich damals beschlossen, Deutschland zu verlassen«, sagte Manfred Matuschewski, als sie vor dem schlichten Grabstein standen.

»Aus Protest gegen Hitler?« fragte Paco.

»Nein, weil für sie die Monatshygiene nicht mehr möglich war. Gab ja damals fast alles nur auf Karten ... Lebensmittel-, Kartoffel-, Brot- und Kleiderkarten. Für alles mußte man Marken von den Karten abschneiden und im Laden abgeben. Und die große Marlene ... welche Erschütterung: Eines Tages hatte sie keine Marken mehr. Hier, ein paar Meter von uns entfernt, hat sie es bemerkt. Aber dann doch: Welch unglaubliche Freude, als sie ihre Marken auf dem Boden liegen sieht. Sie waren ihr nur aus der Tasche gefallen.«

Katharina Kollmannsperger staunte. »Wie kommst du denn darauf …?«

»Na, Gott, lies doch mal, was in ihren Grabstein eingemeißelt ist: ›Hier steh ich an den Marken meiner Tage.‹ Sieh doch selber nach.« Es stimmte.

Dirk Kollmannsperger legte nach. »Klar, ich sehe ja auch nur Marlene-Dietrich-Filme. Echte Markenware. Etwas anderes kommt mir nicht in die Tüte.« Das bezog sich auf die gerade laufende Werbung, die allenthalben Wände und Stellflächen bedeckte. »Schon meine Mutter hat sie mächtig verehrt und dringend nötig gehabt, allerdings für einen Mann gehalten. Dauernd hat sie gefragt: ›Wo ist denn der Dietrich wieder hin?‹«

Während sein Blick in Richtung Paco ging, schlug sich Manfred Matuschewski plötzlich mit der flachen Hand gegen die Stirn. »Apropos Marlene: Da fällt mir ein, daß es im Leben deiner sehr verehrten Großmutter auch mal eine Marlene gegeben hat … Und einen Mann namens Göß… Göß…«

»Gößweinstein«, half Dirk Kollmansperger ihm aus. »In der Schweiz des Fränkischen, da waren wir doch mal bei 'ner Klassenfahrt oder mit Tus Neukölln.«

»Nein, nicht Göß-, eher Gösch- und was hinten dran.« Manfred Matuschewski fiel es nicht ein. »Macht nichts, Paco, sieh mal in den Zeitungen nach, so 1966 muß da was gewesen sein. Und diese Marlene, die hat deine Großmutter kennengelernt, als sie im Kinderheim in Frohnau gearbeitet hat. Vielleicht kannst du sie noch irgendwo aufgabeln. Das ist jedenfalls eine Wahnsinnsgeschichte gewesen.«

Schon am nächsten Tag zog Paco los und suchte nach einer Marlene Soundso, geboren etwa 1950, die Mitte der sechziger Jahre in einem Heim in Frohnau gelebt hatte. Das Kinderheim gab es noch, und als Paco die Zusammenhänge erklärt hatte, war man dort wie im Bezirksamt so nett, ihn in den Archiven suchen zu lassen. Vieles war schon in den Reißwolf gewandert, aber einiges fand sich dann doch noch. Und beim Durchblättern der alten Berliner Zeitungen, die in einem großen Speicher am Westhafen lagerten, fand er auch den Mann, von dem Manfred

Matuschewski gesprochen hatte. Ein paar Tage später konnte er dann richtig jubeln: »Ich hab' diese Marlene gefunden. Sie hat einen amerikanischen Soldaten geheiratet und lebt jetzt in Columbus, Ohio.«

Paco rief an, und es wurde ein sehr langes Gespräch. Es war wirklich erstaunlich, was da zutage kam …

Doch noch ein Kind?

1966

Am 2. Januar 1966 begann für Gerda Neutig ein neuer Lebensabschnitt: die Arbeit in einem Kinderheim in Frohnau. An ihrer Reinickendorfer Schule hatte es sie nicht länger gehalten, seit ihre Freundin Bianca Kadritzke dort nicht mehr unterrichtete. Die war zur Schulrätin aufgestiegen und versah ihren Dienst nun in der Senatsverwaltung in der Nähe von Busbahnhof, SFB und Funkturm. Aber nicht nur das, auch im Rektorat hatte es einen Wechsel gegeben, und die neue Schulleiterin war eine ebenso resolute Frau wie Gerda: »Wenn hier eine bestimmt, wo es langgeht, Frau Neutig, dann bin ich es – und nicht sie, auch wenn sie das seit Jahren so gemacht haben.« Da hatte Gerda sofort zugegriffen, als im Heim die Stelle einer kompetenten Verwaltungskraft frei geworden war. Sie hatte es jetzt etwas weiter zur Arbeit, aber das machte nichts, denn seit Weihnachten war sie nun endlich stolze Besitzerin eines VW-Käfers. Die »Schamfrist« seit dem Tod ihres Schwagers war lang genug gewesen.

Gerade hatte sie angefangen, sich an ihrem neuen Arbeitsplatz zurechtzufinden, da sollte sie schon wieder für vier Wochen ausfallen … Es geschah am 16. Januar, als sie abends ihre Mutter zur Taxe bringen wollte. Es hatte in den Tagen zuvor mächtig geschneit, und »arschglatt«, wie die Berliner sagten, war es nun auch. Die Stadt befand sich im Ausnahmezustand.

»Paß auf, Mutti!« warnte sie.

»Ja doch, Kind!« Cäsar war empfindlich gegen jede Bevormundung. »Es wird ja schon gestreut.«

Und in der Tat war Frau Göschwitz schon mit Eifer dabei, gegen Schnee und Eis anzukämpfen, dabei unterstützt von ihrem Sohn Werner. Im letzten September hatten sie die Wohnung über den Neutigs bekommen, und sie vertraten hin und wieder die Hauswartsleute, wenn die im Urlaub waren. An sich war Grete Göschwitz Verkäuferin bei Karstadt am Leopoldplatz. Sie kam aus Ost-Berlin, aus Treptow, hatte sich aber kurz vor dem Mauerbau von ihrem Mann getrennt und war in den Westen gegangen. Ihrem Sohn war 1964 die Flucht aus der DDR gelungen. Über das Wie sprach er nicht gern, um niemanden zu gefährden, aber Herbert glaubte, irgendwie im Urlaub über Ungarn oder Jugoslawien. Werner Göschwitz war überhaupt sehr in sich gekehrt. Selten sah man ihn lachen. Und mit seinen 25 Jahren hätte er eigentlich schon längst verheiratet sein müssen. »Aber nie sieht man ihn mit einer Frau zusammen. Dabei ist er doch sehr sympathisch«, sagten die Leute. »Na, wenn einer in diesem Alter noch bei seiner Mutter wohnt, dann ...« Auch Herbert glaubte, daß Göschwitz unter den Paragraphen 175 fiel, doch Gerda widersprach ihm da: »Wie der mich und andere Frauen immer anguckt ...«

Herbert lachte. »Klar guckt er dich an, aber nur als Künstler sozusagen, ob er aus deinem Typ was machen kann. Schließlich ist er Frisör.«

Auch an diesem Abend, als er ihr zum Geburtstag gratulierte, drückte Werner Göschwitz ihre Hand länger als eigentlich nötig und hätte sie, so schien es ihr, am liebsten auch noch geküßt. Zum Glück kam die Taxe, und er mußte Gerda loslassen, um für Cäsar eine Schneise durch den kniehohen Schnee zu schaufeln. Endlich hatte man sie in die Taxe bugsiert.

»Komm gut nach Hause!« rief Gerda noch und winkte. Als sie wieder auf den Bürgersteig zurückwollte, passierte es dann. Sie rutschte vom vereisten Kantstein ab und schlug lang hin. Sie wollte sich mit dem rechten Arm noch abstützen, verdrehte aber dabei irgendwie den Körper. Jedenfalls schrie sie, als Göschwitz sie an der Hand hochziehen wollte, so heftig auf, daß Herbert oben glaubte, sie sei überfallen worden.

»Der Arm ist gebrochen«, sagte Göschwitz. »Sagen Sie Ihrem Mann Bescheid, ich fahr' Sie gleich ins Krankenhaus.«

Das tat er dann auch. »Riesig nett von Ihnen ...« Gerda wurde geröntgt und kehrte drei Stunden später mit einem eingegipsten Arm in die Afrikanische Straße zurück. Herbert tröstete sie und meinte, ein *Bein*bruch wäre schlimmer gewesen. Ihr Arm schmerzte am Montag morgen noch immer, aber es ging schon wieder, und sie hoffte, jetzt, wo Herbert gerade zur AOK gefahren war, ein wenig Schlaf nachholen zu können. Gerade hatte sie sich hingelegt, da klingelte es. Sie schimpfte nicht schlecht. Wahrscheinlich hatte Herbert wieder sein Frühstücksbrot vergessen, oder der Briefträger hatte eine Sendung, die beim Nachbarn nicht durch den Schlitz paßte.

»Ja, bitte ...?!« rief sie durch den Flur.

»Ich bin es«, kam es vom Treppenhaus her.

»Wer ist ›ich‹?«

»Die Marlene aus'm Heim.«

Gerda zuckte unwillkürlich zusammen, denn Marlene wich ihr ansonsten den ganzen Tag nicht von der Pelle. Sie war sechzehn Jahre alt und Vollwaise. Ihre Eltern waren ganz früh bei einem Eisenbahnunglück ums Leben gekommen, und Marlene war von einem Heim ins andere gewandert. Sie galt als schwererziehbar, insbesondere weil sie so aufsässig war und immer das letzte Wort haben mußte. Alle Versuche der Behörden, Adoptiveltern für sie zu finden, waren gescheitert. Hübsch war sie, keß und frühreif, und Edda Bollberg hatte Angst um sie: »So war ick ooch mal, und wie die Dinge liegen, wird sie den Weg, den ick jegangen bin, ooch mal jehn. Du mußt dia unbedingt um ihr kümmern.«

So hatte Gerda Marlene am Sonntag vor ihrem Geburtstag zum Mittagessen eingeladen, und nachher hatte sie mit ihr stundenlang Halma gespielt.

Herbert war von Marlene nicht sonderlich begeistert. »Ein bißchen wie ein leichtes Mädchen sieht sie ja wirklich aus ...«

»Fang bloß nicht mal was an mit ihr!« Gerda war zu oft im Kino gewesen, um nicht sofort an diese Möglichkeit zu denken.

»Sag mal ...« Herbert war ziemlich fassungslos.

Gerda hatte in letzter Zeit unaufhörlich Angst, daß sie ihn verlieren könnte. Der Johannistrieb ... Wie er jüngeren Frauen hinterhersah, wenn sie im Café saßen. Mit Stielaugen … Dabei ging er mit Riesenschritten auf die Sechzig zu.

Den ersten sechzigsten Geburtstag im Freundeskreis gab es schon: Am 24. Januar traf es Otto Matuschewski. Ausgerechnet an einem Montag. Nun diskutierten sie auch in Neukölln lang und breit, wie und wo denn gefeiert werden sollte. Allein zu zweit weit weg von Berlin oder am Sonnabend danach ganz groß mit allen Kollegen, Freunden und Verwandten in einem Restaurant oder in kleinem Kreise am Tage selber zu Hause. Auch Gerda und Herbert wurden um ihren Rat gefragt.

»Ich bin für das ›Palais am Funkturm‹«, sagte Herbert. »Schließlich waren ja Ottos Vorfahren mal adlig und: Noblesse oblige.«

Otto Matuschewski erinnerte sich an ein Gedicht von Theodor Fontane: »Leise, leise, immer enger werden unsere Kreise …« Und er fügte hinzu, wie es weiterginge, wisse er nicht, aber »auf dem Weg zum Greise« erschiene ihm am logischsten. »Und Postrat werde ich nun auch nicht mehr …« Wie Herbert hatten ihm widrige Umstände verwehrt, mehr zu werden als ein »kleiner« Technischer Fernmeldehauptsekretär. »Machen wir's am besten ganz bescheiden.«

So waren sie am 24. Januar wirklich eine sehr überschaubare Gruppe, die sich an der Treptower Brücke versammelt hatte: Tante Trudchen, Max und Irma Bugsin, Gerda und Herbert und die drei Matuschewskis selber. Über das Geschenk hatten sie sich nicht groß Gedanken machen müssen, denn Margot hatte vorgeschlagen, sie sollten mit den Bugsins zusammenlegen und Otto gemeinsam ein teures Fernglas schenken. Gerda und Herbert setzten sich aber vorher noch hin und »fabrizierten« mit viel Hingabe ein kleines Gedicht. Gerda trug es beim Abendessen vor:

Lieber Otto, nun wirst Du schon sechzig,
Und die frühe Geburt, die rächt sich.
Lang, lang ist's her: die Zeit im Kohlenkeller
Und bei Deiner Tante Emma auf der »Ella«.

Aufgewachsen auf dem Oderkahn,
War das Faltboot Deine Leidenschaft sodann.
Beim Tanzen kam dann das ersehnte Glück;
Auch bei Margot war es Liebe auf den ersten Blick.

Sie nahmst Du dann auf alle Flüsse mit,
Als Manfred kam, fuhrt ihr sogar zu dritt –
Durch Deutschland Nord und Süd, durch West und Ost,
Du inzwischen als Techniker bei des Reiches Post.

Was folgte, waren aber düstere Jahre,
Du verlorst die letzten Haare.
Doch trotz Bomben, Krieg, Soldatenzeit
Blieb Dir bis heute Deine Heiterkeit.

Die Garantie dafür, die heißt Farchant,
Jedes Jahr bist du darauf gespannt.
Mit Dir reisen wir alle furchtbar gerne,
Und schenken Dir darum dies Glas fürs Ferne.

Schau hindurch noch vierzig Jahre,
Sei mit Margot das schönste aller Paare.
Genieße Tag für Tag Dein Leben!
Darauf wollen wir nun alle einen heben.

Otto Matuschewski fühlte sich gerührt, am meisten aber klatschte Manfred, der später sagen sollte, er habe es für eine sehr gelungene Parodie auf alle familiären Verseschmiede gehalten.

Wie immer bei den Matuschewskis gab es Kaßler mit Nudelsalat, und Herbert konnte nicht an sich halten und rief: »Das ist aber eine Überraschung.« Gerda stocherte lustlos im Essen herum. Sie hatte an diesem Tag schon etwas mehr erwartet.

Nach dem Abendessen führte ihnen Otto Matuschewski sein liebstes Geburtstagsgeschenk vor: seine erste eigene Modelleisenbahn. »Davon hab ich mein ganzes Leben geträumt.« Es war eine Anfangspackung der Firma Rokal in der seltenen Spur TT.

Wenn er erst pensioniert und Manfred ausgezogen war, wollte er sich in dessen Zimmer eine große Anlage bauen.

Als das Bähnlein genügend Runden gedreht hatte, mußte Manfred den Diaprojektor aufbauen und die ausrollbare Leinwand aus der Kammer holen, und Otto Matuschewski zeigte bei Weißwein, Cognac und Salzstangen die Dias ihrer letzten beiden Urlaubsreisen.

Gerda, Herbert, Margot und Otto konnten von dieser Sondervorführung gar nicht genug bekommen, und auch Tante Trudchen zeigte sich begeistert, während die anderen Gäste ein wenig litten. Manfred rutschte unruhig hin und her, denn eigentlich hätte er für seine anstehende Diplom-Prüfung lernen müssen. Aber immerhin kannte er Farchant und sollte auch in diesem Winter wieder mitkommen, während Max und Irma Bugsin nun überhaupt keine Beziehung zu Gerdas Mekka hatten. So war Irma auch bald eingeschlafen, während sich Max mit eingestreuten Bemerkungen wachzuhalten suchte.

»Bei uns in Dramburg, wo ich groß geworden bin, haben sie auch immer gesagt, daß die Steine aus dem Acker wachsen.« Dies zu den Dias mit den Waxensteinen.

»Ah, da hattet ihr wegen der vielen Sonne schon Motten auf'm Kopf.« Dies zu Gerdas »Schicksalsberg«, dem Krottenkopf.

Sie litt ein wenig und war nicht unfroh, als Irma Bugsin gegen halb elf zum Aufbruch drängte. »Morgen ist ja wieder ein voller Arbeitstag.«

Margot Matuschewski hielt sie zurück. »Erst wird noch das Tanzbein geschwungen.« Da kam sie wegen der steifen Hüfte ihres Mannes immer zu kurz. Manfred mußte also noch den Plattenspieler »anwerfen«, und Margot tanzte mit Herbert so eng, Wange an Wange und Körper an Körper, daß Gerda ganz unruhig wurde. Seit Ewigkeiten kannten sie sich schon, und nun auf einmal wurde Herbert rappelig.

Und Gerdas Unruhe sollte bald noch größer werden, denn als sie Ende Januar von der Grünen Woche nach Hause gekommen waren und sich gerade vor den Fernseher gesetzt hatten, um die *Berliner Abendschau* zu sehen, klingelte es.

»Das wird Marlene sein«, sagte Gerda. »Für dich also.«

»Deine Eifersucht!« Herbert weigerte sich aber, zur Tür zu gehen. »Es wird deine Mutter sein. Die will sich sicherlich wieder einen Bleistiftanspitzer ausborgen.«

»Das ist in zwanzig Jahren einmal vorgekommen, weil sonst am nächsten Morgen der Steno-Unterricht bei ihr ausgefallen wäre.« Nun klingelte es Sturm, und Gerda gab nach und ging zur Tür. Es war Bianca Kadritzke.

»Du, um diese Zeit …? Was ist denn los?«

»Klaus-Dieter ist mit dem Schneeschieber auf mich los … Ich halt's nicht mehr aus, ich lass' mich jetzt wirklich scheiden. Kann ich die Nacht über bei dir bleiben?«

»Aber ja …«

Nun, Bianca zog erst einmal bei ihnen ein, und in den nächsten Wochen bemühte sich Herbert so rührend um sie, daß Gerda immer wieder dachte: Jede gute Tat rächt sich einmal. Wenn sie, müde von der Arbeit im Kinderheim, schon längst ins Bett gegangen war, saßen die beiden noch zusammen und redeten über Gott und die Welt. Gerda nahm jedenfalls an, daß sie nur das und nichts anderes taten.

Auch Herbert hatte Zuspruch nötig. Es wurmte ihn ja immer noch, daß er es nicht zum Akademiker gebracht hatte. Bei seinen Anlagen. Aber seine Eltern hatten kein Geld gehabt, um ihn das Abitur machen zu lassen, von einem Studium ganz zu schweigen. Nun mußte er mit ansehen, wie Margot Matuschewski mit stolzgeschwellter Brust durch die Welt lief und überall verkündete: »Mein Sohn ist jetzt Diplom-Soziologe und wird Assistent an der Freien Universität.« Seinen Doktor machen wolle er auch noch.

»Ich weiß auch so, was ich an dir habe«, sagte Gerda und küßte Herbert. »Und hiermit ernenne ich dich zum Diplom-Ehemann.«

Endlich hatte dann Bianca eine eigene Wohnung gefunden, und Gerdas Leben normalisierte sich wieder. Sie ging mit Herbert und den Matuschewskis ins Theater des Westens, um Marika Rökk zuzujubeln. In der *Maske in Blau* war sie wirklich hinreißend. Und obwohl Herbert fürchterlich spottete, sah sich Gerda *Das Wirtshaus im Spessart* noch einmal an, bevor der Film aus den Kinos verschwand. Es war das fünfte Mal. Aber an Liselotte Pulver konnte sie sich gar nicht satt sehen.

Dann kam der Juli, die Ferien begannen, und die Fußballweltmeisterschaft sorgte dafür, daß an manchen Tagen die Straßen und Plätze wie leergefegt waren. Die deutsche Nationalmannschaft startete mit einem grandiosen 5:0-Sieg über die Schweiz. Herbert mußte immer wieder aus dem Sessel springen und jubeln.

Am Donnerstag, den 21. Juli sollte es nun gegen Spanien gehen. Um den Einzug ins Viertelfinale. Herbert freute sich schon auf die Fernsehübertragung, und Gerda wußte, daß er dabei unbedingt mit ihr allein sein wollte. Deswegen zuckte sie erst einmal zurück, als sie gerade nach Hause gehen wollte und ihr Marlene in der Eingangshalle des Heimes noch einmal über den Weg lief.

»Hier können wir nicht sehen, weil der Apparat kaputt ist. Kann ich nicht mit dir nach Hause, Fußball gucken?«

Gerda wich ihr aus. »Ich glaube, Herbert mag keinen Fußball.«

»Du lügst!« rief Marlene. »Und zur Strafe mußt du mich jetzt mitnehmen.« Mit diesen Worten griff sie sich Gerdas Handgelenk und klammerte sich daran so fest, daß es wieder schmerzte.

»Laß mich bitte los.«

»Ich lass' dich nie mehr los!« schrie Marlene, und ihr Gesicht war dabei so verzerrt, daß Gerda Angst bekam.

»Meinetwegen, komm mit.«

Am nächsten Vormittag sprach sie mit der Psychologin über Marlene. »Das ist doch nicht normal!«

»Normal im Sinne der Gaußschen Normalverteilung ganz sicher nicht, aber aus Marlenes Sicht durchaus logisch und rational«, wurde Gerda erklärt. »Sie sind der rettende Strohhalm für Marlene, der Rettungsanker. Vielleicht ähneln Sie ihrer leiblichen Mutter, ich weiß es nicht, aber irgendeine Art Prägung muß da stattgefunden haben. Und das junge Mädchen spürt, daß Sie empfänglich für diese Hin- und Zuwendung sind. Haben oder hatten Sie selber Kinder?«

»Ich …?« Gerda fühlte sich wie bei einem Verhör. »Nein …«

»Nun …« Die Psychologin wußte nicht recht, ob sie weitersprechen sollte. »Ich hätte eher gedacht … Sie erinnern mich in vielem an Frauen, die früh ihre eigenen Kinder verloren haben … durch Krankheiten, durch Bomben im Krieg oder auf der Flucht.«

»Nein, nein, das nicht.«

»Aber ein starker Kinderwunsch war bei Ihnen schon vorhanden …?«

»Das ja.«

»Sehen Sie, das wird Marlene ganz genau spüren. Instinktiv. Sie sind also ein geeignetes Opfer für sie, wenn man das so ausdrücken kann. Zu solch einer Beziehung gehören immer zwei.«

Gerda protestierte. »Wir haben doch keine Beziehung miteinander.«

Die Psychologin lächelte. »Das ist so unsere Terminologie, das meint nicht nur das Geschlechtliche. Daß das aber bei Marlene eine Rolle spielt, ist nicht ganz auszuschließen, ich glaube es aber nicht. Sie sucht primär die Mutter. Schutz. Nestwärme. Emotionale Zufuhr.«

»Ich will ihr ja auch gerne helfen, soweit das in unseren Kräften steht, aber es geht doch nicht an, daß sie sich derart in unser Leben drängt, zwischen mich und meinen Mann.«

»Nein, natürlich gibt es da Grenzen. Und Marlene ist ja auch kein Kleinkind mehr, sondern mit ihren fast siebzehn Jahren schon eine Erwachsene. Früher haben Frauen in ihrem Alter schon große Haushalte geführt, ja sogar ganze Königreiche.«

»Und was soll ich nun machen?« Da war die entscheidende Frage für Gerda, und da schien die Psychologin mit ihrem Latein auch sehr schnell am Ende zu sein.

»Ja … Juristisch ist da kaum etwas zu machen. Kein Gesetz verbietet es Marlene, Sie anzuhimmeln, Sie anzurufen, Ihnen Briefe zu schreiben und auf der Straße neben Ihnen herzugehen.

Sie können ihr nur immer wieder klarmachen, daß Sie das nicht wollen.«

Das tat Gerda dann auch, doch es bewirkte eher das Gegenteil. Immer unverblümter forderte Marlene von ihr, sich mehr um sie zu kümmern. »Das ist deine Pflicht, weißt du das nicht? Dieses Wochenende möchte ich bei euch schlafen.«

»Das geht nicht, da sind wir bei Matuschewskis eingeladen!« rief Gerda, aber sogleich tat es ihr leid, Marlene so vor den Kopf zu stoßen. *Warum denn nicht, im Wohnzimmer auf der Couch ist doch Platz genug? Bianca hat doch da auch eine Weile geschlafen.* Den ganzen Tag über dachte sie das.

»Kommt nicht in Frage«, sagte Herbert, als sie ihm von Marlenes Wunsch erzählte. »Das ist doch ein völlig fremder Mensch für mich.«

»Sie braucht mich aber irgendwie ...«

»Krank ist die.«

»Dann braucht sie mich erst recht.« Gerda hatte jedenfalls ein furchtbar schlechtes Gewissen, das Mädchen abzuweisen.

Herbert merkte, wie sehr die Sache mit Marlene sie quälte, und er meinte es gut, als Marlene eines Abends wieder anrief und er am Telefon war.

»Kann ich Tante Gerda sprechen ...?«

»Nein«, beschied ihr Herbert. Gerda war mit ihrem Tennisverein übers Wochenende zu einem Turnier in Hamburg.

»Warum denn nicht ...?«

Da kam Herbert ganz spontan eine Idee. Er senkte die Stimme. »Weil ... Gerda ist tot. Bei einem Unfall auf der Autobahn ...« Damit brach er ab und legte auf. Er erschrak. *Wenn sie sich nun etwas antut ...* Nein, Marlene stand ja im Heim ständig unter Beobachtung. Dennoch hatte er Angst, daß etwas passierte, und rief die Heimleitung an, um zu beichten.

»Es tut mir leid, aber ...«

Man lachte. »Marlene, die wird das schon überleben – die überlebt uns alle. Das Spielchen, das sie da mit Ihrer Frau treibt, das kennen wir, das hat sie schon bei anderen probiert. Da haben Sie völlig richtig gehandelt, Herr Neutig.«

Als Gerda aus Hamburg zurückkam und von Herbert alles erfuhr, war sie wütend auf ihn. »Das hättest du ihr nicht antun dürfen.« Und am nächsten Tag schloß sie Marlene in die Arme, entschuldigte sich bei ihr und versprach ihr, am Nachmittag mit ihr in die Müllerstraße zu fahren und ihr ein neues Kleid zu kaufen. »Und klar, nächstes Wochenende kannst du bei uns schlafen.«

Herbert war ziemlich aufgebracht, als er davon erfuhr. »Auf einmal! Und obwohl du Angst hast, daß ich was mit ihr anfangen könnte. Ich kann ja aufs Sofa gehen – dann kann sie bei uns im Ehebett schlafen.«

Gerda war bestürzt. Daß es durch Marlene zur Ehekrise kommen würde, hatte sie nicht vorausgesehen. Und sie hatte ja auch noch Bianca Kadritzke als warnendes Beispiel vor Augen. *Glück und Glas, wie leicht bricht das.* Die große Frage war also: Wie Marlene wieder loswerden und sie dennoch glücklich machen? Als Gerda beim Einkaufen darüber nachdachte, wollte es das Schicksal, daß ihr Werner Göschwitz über den Weg lief. Und in der nächsten Sekunde war ihr großer Plan geboren: Ich muß Marlene mit Göschwitz zusammenbringen. Am besten, sie lud Werner Göschwitz und seine Mutter zum Kaffee ein, wenn Marlene bei ihnen zu Besuch war. Der Nachbar war sofort einverstanden, und Herbert fand ihre Idee ausgezeichnet.

»Drei Fliegen mit einer Klappe zu schlagen, das ist schon was: Er hat eine Frau, sie einen Mann und damit endlich den ersehnten festen Halt – und du bist deine Klette los.«

Um die Sache so festlich wie möglich zu machen, buk Herbert die beste Torte seines Lebens, halb Sacher, halb Neutig. Und als sie dann bei Kerzenlicht am Kaffeetisch saßen, schien Werner Göschwitz wirklich Feuer zu fangen. Er blickte Marlene immerfort tief in die Augen und flirtete mit ihr auf Deibel komm raus.

»Wenn ich die Wahl hätte zwischen der einen Marlene, der Dietrich, und der anderen, Ihnen nämlich, dann würde ich mich sofort für Sie entscheiden.« Als Frisör hatte er es gelernt, den Damen Komplimente zu machen.

Marlene war ein wenig rot geworden und drohte ihm, so wie

sie es im Kino gesehen hatte, schelmisch mit dem Finger. »Sie sind mir ja ein ganz Schlimmer.«

»Keine Angst, ich beiße nicht. Außerdem ist ja meine Mama immer dabei.«

Gerda und Herbert staunten. Seit er Marlene gesehen hatte, war Werner Göschwitz wie ausgewechselt, ein ganz anderer Mensch, plötzlich heiter und locker statt ernst und grüblerisch. Und Marlene genoß es sichtlich, daß ihr ein Mann, der zehn Jahre älter war als sie, so auffällig den Hof machte. Ein gut aussehender Mann zudem, der an jedem Finger zehn Frauen haben konnte. Bald wollte er einen eigenen Frisiersalon aufmachen. »Dann aber als Coiffeur, das klingt nach mehr.«

Als man sich nach dem Kaffeetrinken voneinander verabschiedete, konnte Gerda frohlocken, denn Marlene war nun gar nicht mehr darauf versessen, bei den Neutigs über Nacht zu bleiben. Viel lieber ging sie mit Werner Göschwitz ins Kino und ließ sich dann von ihm ins Heim begleiten.

Gerda fiel Herbert um den Hals. »Gott sei Dank, das Problem Marlene ist nun gelöst.«

Doch schon einen Monat später sollte es mit ihren guten Gefühlen ein für allemal vorbei sein. Es war am Sonnabend, und nach dem »Aktuellen Sportstudio« im ZDF wollten sie gerade schlafen gehen, als das Telefon klingelte. Es war die Heimleitung. »Marlene ist nicht nach Hause gekommen, schläft sie vielleicht bei Ihnen?«

»Nein. Aber warten Sie mal ...« Herbert, der den Hörer abgenommen hatte, rief Gerda ans Telefon. »Meine Frau weiß da sicher mehr.«

Doch Gerda wußte auch nur, daß sich Marlene um 16 Uhr mit Werner Göschwitz unter der Uhr am Bahnhof Zoo verabredet hatte. »Wahrscheinlich sind sie wieder ins Kino. Aber machen Sie sich mal keine Sorgen: Schlimmstenfalls ist er mit ihr in ein Hotel gegangen. Da Marlene nächste Woche siebzehn wird und der Staatsanwalt nur die Hand davor hält, bevor eine sechzehn ist, wird da keiner ein Drama draus machen.«

Es sollte aber dennoch ein Drama werden, das durch alle Medien ging. Erst einmal tauchte Werner Göschwitz am frühen Sonntag morgen wieder auf. Gerda stand gerade am Wohnzimmerfenster und sah auf die Rehberge hinüber, als er unten auf der Afrikanischen Straße aus einer Taxe stieg. Und mit ihm zusammen eine junge Frau.

»Marlene ist wieder da!« rief Gerda. Doch sie hatte sich geirrt. Es war nicht Marlene Lehmann, sondern eine Frau, die sie nie zuvor gesehen hatte. Dabei tat aber Werner Göschwitz so, als würde er sie schon seit Ewigkeiten kennen. Alles sah sehr intim aus. Gerda stürzte ins Treppenhaus, um ihn abzufangen. »Was haben Sie denn mit Marlene gemacht?«

»Ich ...?« Göschwitz wand sich ein wenig und wußte nicht, wo er beginnen sollte. »Also ... wir waren am Bahnhof Zoo verabredet, ich konnte aber nicht hin, weil ... inzwischen ist nämlich meine Frau angekommen, und ich mußte nach Tempelhof auf den Flugplatz ...«

Gerda glaubte sich verhört zu haben. »Ihre Frau ...?«

»Ja. Kristin. Wir haben schon 1960 geheiratet, drüben in Ost-Berlin. Mir ist ja dann die Flucht gelungen, ihr aber nicht. Jetzt habe ich sie endlich freibekommen.«

Gerda beglückwünschte die beiden. Die Frage nach Marlenes Verbleib war aber damit eher dringlicher geworden. Gerda rief sofort beim Heimleiter an. »Ich mache mir fürchterliche Sorgen um sie ...« Alles war ja nun möglich, nachdem Werner Göschwitz sie versetzt hatte. Sie konnte beschlossen haben, auf der Straße zu leben, als eines der Kinder vom Bahnhof Zoo, sie konnte Selbstmord begangen haben, sie konnte Opfer eines Kapitalverbrechens geworden sein. »Wir müssen die Polizei anrufen.«

Die kam dann auch eine Stunde später, und zwar in Gestalt zweier Kriminalbeamter. Die klingelten sofort, ohne vorher mit Gerda zu reden, bei den Nachbarn und wandten sich Göschwitz und seiner Ehefrau zu. Es wurde ein längeres Gespräch, an dessen Ende sie Werner Göschwitz mitnahmen. Am nächsten Tag stand es dann in allen Zeitungen und wurde über Monate hinweg im RIAS und im SFB sowie in der *Berliner Abendschau* ausführlich abgehandelt:

Werner Göschwitz hatte Marlene dahin gebracht, mit ihm einen Abstecher nach Ost-Berlin zu machen. Bei der Einreise am Bahnhof Friedrichstraße hatte er ihre Papiere mit seinen zusammen eingesteckt. »Bei mir im Sakko sind sie sicherer.« Nach einem Spaziergang die Linden hinunter hatte er sich mit ihr an der Ecke Friedrichstraße in ein Café gesetzt und Händchen gehalten. Nach der Torte und der zweiten Tasse Kaffee hatte er sie um Entschuldigung gebeten. »Pardon, ich muß mal ganz dringend ... Bin gleich wieder da.« Damit war er in Richtung Toiletten enteilt, um nicht mehr zurückzukommen ... An der Hintertür des Cafés wartete schon seine Ehefrau Kristin, und die hatte eine unheimliche Ähnlichkeit mit Marlene. So hatten sie keine Mühe, bei ihrer Ausreise aus der DDR die Grenzsoldaten zu täuschen. Zumal sich Werner Göschwitz für einiges Geld einen Paß unter dem Namen Günther Grigoleit verschafft hatte. Als Republikflüchtling hatte er das tun müssen. »Ich liebe meine Frau Kirstin über alles und wollte sie um jeden Preis bei mir im Westen haben«, sollte er später gleichlautend bei der polizeilichen Vernehmung wie vor Gericht erklären. »Um Marlene tut es mir aufrichtig leid.« Die hatte ja ohne Papiere nicht mehr nach West-Berlin zurückgekonnt und in ihrer Panik mehrere West-Berliner Autofahrer angesprochen. Ob man sie nicht im Kofferraum rüberschmuggeln könnte? Nein. Und irgendwann hatte das ein Stasi-Informant mitbekommen und seine Leute alarmiert. An der Weidendammer Brücke war sie dann festgenommen worden und in ein Ost-Berliner Gefängnis gewandert. Und Göschwitz? Trotz seiner Reue, seines bislang einwandfreien Lebenswandels, der tiefempfundenen Liebe zu seiner Frau und seiner vom Gericht voll geteilten Abneigung gegen die DDR sprach man ihn schuldig und verurteilte ihn wegen Freiheitsberaubung und Verschleppung zu vierzehn Monaten Haft.

Nach 41 Tagen kam Marlene endlich wieder frei. Nicht zuletzt auch deswegen, weil Werner Seifert, von Gerda Neutig flehentlich darum gebeten, im politischen Raum hinter den Kulissen alles in Bewegung gesetzt hatte, einem »unschuldigen jungen Menschen« wieder zur Freiheit zu verhelfen.

Als Marlene dann in der Afrikanischen Straße auftauchte, erwartete Gerda, daß sie ihr voller Dankbarkeit um den Hals fiel. Doch das war ein Irrtum. »Dir alten Hexe hab' ich das alles zu verdanken!« schrie Marlene. »Du hast doch das alles nur getan, um mich loszuwerden. Und dafür hasse ich dich!«

Damit riß sie ein Messer aus der Tasche und stürzte sich auf Gerda. Und ehe es jemand verhindern konnte, hatte sie zugestochen. Zum Glück hatte Gerda vom vielen Tennisspielen gute Reflexe und konnte sich noch ein wenig zur Seite drehen. So ging der Stich nur in den rechten Oberarm.

»Erst der Bruch, dann das Messer ...« Der Arzt schüttelte den Kopf. »Nein, Frau Neutig, mit Ihrem Wimbledon-Sieg wird es in diesem Leben nichts mehr werden.«

»Ich bin schon froh, daß ich überlebt habe. Wieder einmal.«

Der Enkel XII

Paco war keine anderthalb Monate in Berlin und hatte schon das Gefühl, nie woanders gelebt zu haben. Woran das liegen mochte? Ob die Stadt die Menschen einschläferte, so daß ihnen alles gleichgültig war? Allenthalben hörte er: »Is' mir doch ejal.« Offensichtlich war es ihnen auch egal, wo sie wohnten. Ihm nun auch? Die Globalisierung schien alles gleichzumachen. Egal, ob man sich in Hotels, Discos, Restaurants, Supermärkten oder Fußgängerzonen aufhielt, war man kurz abgetreten oder eingenickt, wußte man nicht mehr, wo man war. Alles war beliebig und austauschbar geworden. Jedenfalls fiel es jemandem, der kein fanatischer Patriot war und nicht zu den Fundamentalisten zählte, nicht sonderlich schwer, sich überall auf der Welt zu Hause zu fühlen. Besonders wenn er mehrsprachig aufgewachsen war. Paco schrieb in sein Tagebuch: »Bei mir ist es aber mehr eine Heimkehr ...« Das schien es im wesentlichen zu sein.

Oder war es Yonit? Von Hartmut wußte er, wann sie von der Klassenreise zurückkam, und lange grübelte er darüber nach, wie er es einrichten sollte, sie ganz zufällig zu treffen. Vielleicht morgens, wenn sie zur Schule ging – und er gerade vom Schrippenholen kam. Vielleicht nach Schulschluß, wenn sie die Karl-Marx-Straße entlangging – und er auf dem Weg zu Karstadt war. Oder bei Aldi in der Treptower Straße. Je länger er darüber nachdachte, desto alberner kam ihm das vor. Schließlich war er 23 Jahre alt und ein Mann mit einiger Erfahrung, was *amor* betraf. Außerdem lebte er nicht in der Zeit, in der seine Berliner Großmutter ihre schönsten Jahre verbracht hatte. Heute schrieb man sich eine SMS. Ging aber nicht, weil er ihre Handynummer nicht hatte. Und hätte er sie gehabt, dann ... Nein! Wenn es wirklich die große Liebe sein sollte, dann mußte alles viel romantischer ablaufen, so wie im Film. *You are my destiny.* Aber diesen schicksalsträchtigen Moment hatte es ja in ihrem Leben schon gegeben: als er sie vor diesem Kotte gerettet hatte. Doch ihr Dank war eher mager ausgefallen, sie hatte es als selbstverständlich angesehen, daß er ihr zur Hilfe geeilt war. Blieb der Brief als klassisches Mittel, sich zu erklären. Also schaltete er seinen Computer ein. Nein, ein Liebesbrief aus dem Drucker war schwer vorstellbar, auch wenn er eine Schriftart wie Comic Sans MS wählen würde. Blieben ihm nur Papier und Kugelschreiber. Doch das war zu sehr Schmiererei, als daß es eine junge Frau irgendwie angemacht hätte. Mädchen legten ja viel Wert auf eine ordentliche Handschrift. Wenn er einen Füllfederhalter gehabt hätte ... Doch den hatte er nicht. Und zudem: Was sollte er schreiben? »Seit ich Dich gesehen habe, bin ich ein anderer Mensch geworden.« Das war schwach, das spürte er, insbesondere für einen Menschen, der einmal Lehrer, Journalist oder Schriftsteller werden wollte. Und Verse schmieden konnte er noch weniger. Vielleicht war es am besten, er suchte sich bei Goethe ein schönes Liebesgedicht und schrieb es einfach ab. Er erinnerte sich an das vergilbte Bändchen *Mit Goethe durch das Jahr*, das er aus Lichtenrade mitgenommen hatte, und blätterte darin. »Es ist nicht gut, daß der Mensch allein sei ...« Das war nicht schlecht, aber zuwenig poetisch. Vielleicht dies: »Was ein weiblich Herz erfreue/In der klein- und großen Welt?/Ganz gewiß ist es das Neue,/Dessen Blüte stets gefällt ...« Das würde schon gehen, aber ob sich damit eine achtzehn- oder neunzehnjährige Türkin erobern ließ? Eher nein. Wahrscheinlich ließ sich die von einem katholisch getauften spanischen Studenten überhaupt nicht erobern. Und wenn, dann ging das ohnehin bald schief, endete womöglich noch letal. *Also laß es!* Sein Über-Ich wurde immer fordernder.

Da hörte er diesen widerlichen Kotte im Treppenhaus etwas rufen, und kurz darauf wurde bei ihm geklingelt. Paco schreckte zusammen und rührte sich nicht. Machte er auf, stach der Psychopath womöglich mit einem Messer auf ihn ein. Doch feige zu sein, war etwas, das sich Paco so leicht nicht eingestehen konnte, zumal er seine Zeit bei der spanischen Armee erfolgreich abgerissen hatte, und so schlich er zur Wohnungstür, um durch den Spion zu gucken und zu prüfen, ob Kotte wirklich Schaum vor dem Mund hatte.

Paco prallte zurück. Draußen stand nicht Kotte, draußen stand Yonit. Wie von seinen Gedanken, von seiner Sehnsucht herbeigezaubert. Er riß die Tür auf.

»Entschuldige«, sagte sie. »Mir ist mein T-Shirt vom Balkon gefallen und bei dir gelandet.«

»Oh ...« Paco war so verwirrt, daß er sie erst einmal anstarrte. Nein, sie hatte ein anderes übergestreift. »Dann ...« Er zögerte. Konnte er eine junge Türkin in seine Wohnung einlassen und durch sein Schlafzimmer zum Balkon führen, ohne gleich ihre Brüder auf den Plan zu rufen und Schlimmes heraufzubeschwören ...? »Warte, ich hol's dir.« Das war nicht gerade höflich, aber sicherer. Und richtig: Auf dem Boden seines Balkons lag ihr T-Shirt. Da es mit Miró-Motiven bedruckt war, schloß er, daß sie es aus Madrid mitgebracht hatte. Er hob es auf – und hatte das Gefühl, es ihr eben selber ausgezogen zu haben. Wäre das jetzt ein fetziger Film, würde er sie fragen, ob ihr Slip auch davongeweht worden sei. So aber drückte er ihr das T-Shirt wortlos in die Hand und tat so, als sei es nichts irgendwie Erotisches, sondern so etwas wie ein Wischlappen. Immerhin schaffte er es, sie zu fragen, wie denn die Klassenreise gewesen sei.

»Wie Klassenreisen so sind.«

»Und Frau Rosswein, wie war die, wie bist du mit der ausgekommen?«

»Frag sie doch selber, du kennst sie schließlich besser als ich.«

Paco hätte sich am liebsten in Luft aufgelöst. Hatte Yonit das also mitbekommen! Es war ihm furchtbar peinlich. Andererseits schien da auch eine Menge Eifersucht im Spiel zu sein, was ihn hoffen ließ. So fing er sich wieder und nahm einen erneuten Anlauf. »Madrid, meine alte Heimat ... Ich bin ja schon gespannt, wie du da alles gefunden hast. Wollen wir nicht mal heute abend 'n Eis essen gehen …?«

»Vielleicht.«

Er wollte gleich Nägel mit Köpfen machen. »Um sieben unten vor der Haustür …« Und als sie zögerte. »Du kannst auch jemanden mitbringen, wenn du …«

»Ja, Hartmut vielleicht.« Sie bedankte sich noch schnell für das gerettete T-Shirt und eilte wieder nach oben.

Paco sah ihr hinterher, schwer getroffen durch den Hinweis auf Hartmut. Ob sie mit dem wirklich etwas hatte? War der gar nicht so harmlos, wie es schien, und hatte sich auf diese Art und Weise an Sabrina gerächt …? Oder hatte sich Sabrina nur mit ihm, Paco, eingelassen, um darüber hinwegzukommen, daß Hartmut mit Yonit ins Bett gegangen war …? Paco hatte allen Grund zu einem tiefen Seufzer.

Zum Eisessen kam Yonit dann zwar pünktlich, war aber den ganzen Abend über ziemlich zugeknöpft. Nie kam so etwas wie Nähe zwischen ihnen auf, und wenn sie von Madrid erzählte, dann zwar locker und mitunter auch witzig, aber sehr unpersönlich.

»Daß ihr immer erst abends so richtig eßt, das *cena* ab 21 Uhr, ist ja fürchterlich, ich hatte im Bett immer einen vollen Magen und konnte nicht einschlafen.«

»Wenn das der einzige Grund dafür war, kann ich ja beruhigt sein.« Paco versuchte zu dem zu kommen, was ihn bewegte.

Yonit überhörte es. »Und dann alles ohne Salz und kein Salzstreuer auf dem Tisch.«

»Wir sehen eben etwas anderes als das Salz in der Suppe des Lebens an …«

»Und das Umweltbewußtsein ist in Spanien auch noch ziemlich unterentwickelt.«

Paco blieb nichts anderes, als über die ANAT zu dozieren, die *Agrupación Navarra de Amigos de la Tierra*, die »Freunde der Erde Navarras«, die engagiert für den Umweltschutz kämpften und in Spanien ein großes Echo gefunden hatten. Das war nicht das, was er sich von diesem Abend versprochen hatte, und es kam sogar etwas Mißstimmung auf, als sie ihr Eis partout allein bezahlen wollte, was für Paco, der mit dem Brauch des *bote*, des gemeinsamen Topfes, aufgewachsen war, einen ziemlichen Affront darstellte. Und den Abschied vor seiner Wohnungstür hatte er sich auch etwas anders vorgestellt, etwa so, daß er ihr nach einem langen Kuß ins Ohr flüstern würde: »Du kommst doch noch ein bißchen mit rein ...« Als es dann soweit war, sprang sie schon, als er gerade den Schlüssel herumgedreht hatte, die Treppenstufen nach oben und rief nur noch: »Und tschüs dann ...«

Das war's gewesen. Immerhin hatte er ihr noch das Versprechen abringen können, ihn am übernächsten Wochenende zu einer großen Fete zu begleiten – und zwar hinaus nach Frohnau, wo Manfred Matuschewski »25 Jahre FORMAT« feiern wollte. Zwar war die FORschungsgruppe MATuschewski formal erst 1981 gegründet und ins Handelsregister eingetragen worden, doch die Idee dazu hatte er schon im Herbst 1978 gehabt.

Vorher hatte Paco noch den ersten Auftritt in seinem neuen Fußballverein. Leider wurde er, da der Coach seiner Kondition nicht getraut hatte, erst in der 85. Minute eingewechselt und fand auch im Spielbericht der »Fußball-Woche« keinerlei Erwähnung. Der begann mit dem schönen Satz: »Manche Spiele enden, ohne daß jemand glücklich wird.« Tasmania 73 Gropiusstadt hatte zwar gegen den Tabellenletzten TSV Rudow 2:1 gewonnen, aber zwei Spieler durch Platzverweis verloren. »Fußballerisch war das Derby trist«, hieß es weiter, so daß sich Paco Hoffnungen machen konnte, demnächst zur *starting eleven* zu gehören.

Am Sonnabend danach fuhren sie dann mit der S-Bahn in den hohen Norden zum Brunch bei Manfred Matuschewski. Yonit hatte sich zwar prächtig herausgeputzt, gab sich aber weiterhin so spröde und abweisend, daß er zu glauben begann, sie sei lesbisch. Jede Moment erwartete er, daß sie sich outete. »Aber das ändert doch nichts daran, daß wir gute Freunde sind und bleiben.« Und er hatte, da sie von seiner Affäre mit Sabrina Rosswein wußte, nicht einmal die Chance, ganz cool zu erwidern, daß ihm das nichts ausmachen würde, er sei schließlich schwul.

Als sie sich dann in Frohnau gar nicht mehr für ihn interessierte und nur noch mit Manfred Matuschewski Tochter Larissa und mit Katharina Kollmannsperger zusammenstand und lachte, zog er sich in die hinterste Ecke des Gartens zurück und dachte daran, einfach zu Robert Kurz zu gehen, der auch eingeladen war, und kurz und knapp zu sagen: »Du, das war's, nehmt das auch als mein Abschiedsfest: Ich will wieder weg aus Berlin. Was soll's noch?« Beim Fußball war er Ersatzmann, bei Yonit hatte er keine Chance, und über seine Berliner Großeltern hatte er so viel Material zusammengetragen, daß es für ein dickes Buch gereicht hätte. Also: Mission beendet.

Doch bevor er sich still und leise davonschlich, wollte er noch einmal auf die Toilette gehen. Die war oben im Haus und ständig belagert, so daß er sich noch etwas gedulden mußte. Als er auf der Terrasse auf und ab ging, kamen drei Herren auf ihn zu, die alle um die 65 sein mochten, dabei Manfred Matuschewski, der ihn mit den beiden anderen bekannt machte. Paco erfuhr, daß es sich um seine guten alten Freunde handelte, den Ex-Staatssekretär Jochen Kalkbrenner, Politologie-Professor an der Uni Potsdam, und den Psychologen und HÖV-Professor Heiner Dietrich, der FORMAT-Mitbegründer war.

Manfred Matuschewski empörte sich gerade über eine Äußerung des Berliner Finanzsenators Thilo Sarrazin von der SPD, der gesagt hatte, bei der anstehenden Erhöhung der Kita-Gebühren täten die Eltern so, als würde man ihre Kinder ins Konzentrationslager schicken wollen. »Und der Mann tritt nicht mal zurück und wird auch von keinem zurückgetreten. Ich schäme mich dafür, in derselben Partei zu sein wie der ...« Er suchte nach Worten, die ihm nicht zehntausend Euro Bußgeld ans Rote Kreuz eintragen würden.

Jochen Kalkbrenner erinnerte sich an einen ranghohen Berliner Politiker. »Der hätte bei einem Anlaß wie diesem ganz bestimmt gesagt: ›Mein Name ist Gummi – ich ziehe mich zurück.‹ Und bei deinem Anblick: ›Er machte ein Gesicht wie Napoleon bei der Einnahme von Aspirin.‹«

»Muß ich ja auch: In vier Wochen wird mir die Galle aus dem Leib geschnitten – dann kann ich nicht mehr gallig sein.«

Heiner Dietrich sah die beiden nachdenklich an. »Die alte Dame da, hast du die mitgebracht, Jochen? Das ist doch Hildegard Hamm-Brücher ...«

Manfred Matuschewski lachte. »Nein, das ist meine Mutter.«

»Die ist doch tot ...«

»Nein, das war deine eigene, die gestorben ist.«

»Ach, was.«

Paco wußte nicht so recht, ob Heiner Dietrich wirklich der zerstreute Professor war, der immer alles vergaß, oder mit dieser ihm offensichtlich von den anderen zugeschriebenen Rolle nur kokettierte. Er ging weiter zur nächsten kleinen Gruppe, zu Dirk Kollmannsperger, Margot Matuschewski und Robert Kurz.

»Ich geh' gar nicht mehr runter«, sagte Margot Matuschewski gerade.

»Heute sind Sie aber runtergegangen«, stellte Dirk Kollmannsperger fest.

»Ja, aber ich muß mal meinen Sohn fragen, wie das war mit Frohnau ... Manfred, warum ist das dein Grundstück?«

»Mutti, als Tante Lolo gestorben ist, habt ihr vier Cousinen alles geerbt: Eva, Ilse, Gerda und du. Du hast mir deinen Anteil geschenkt, die anderen drei hab' ich ausgezahlt. Mit Bausparverträgen und Krediten.«

Das war irgendwie das Stichwort, denn Robert Kurz wandte sich nun an Paco. »Weißt du eigentlich, daß deine Großeltern auch mal ganz scharf auf ein eigenes Haus gewesen sind ...?« Und als Paco verneinte, begann er zu erzählen ...

Das Haus in Lübars

1969

Nun ging auch dieses Jahrzehnt langsam zu Ende. Als sie bei Matuschewskis in Neukölln auf ein glückliches 1969 anstießen, fügte Gerda hinzu, daß es in den nächsten 365 Tagen endlich mit ihrem eigenen Haus klappen müsse. »Erst dann bin ich wirklich wunschlos glücklich.«

Otto Matuschewski brachte es auf den Punkt. »Man ist doch erst dann ein richtiger Mensch, wenn man ein eigenes Haus hat.« Daß er es ironisch meinte, fiel keinem weiter auf.

Oft hatten sie Silvester bei Margot und Otto gefeiert, aber diesmal war es insofern etwas Besonderes, als sie anschließend nicht nach Hause fahren mußten, denn das »Kinderzimmer« stand ihnen jetzt zur Verfügung. Manfred war ausgezogen und wohnte mit Renate, seiner Verlobten, in Charlottenburg zur Untermiete. Nicht mehr spätabends in der vollen U-Bahn stehen und sich von Betrunkenen anpöbeln lassen, keine demütigende Jagd nach einer freien Taxe. »Herrlich!« rief Gerda. »Und nächstes Silvester könnt ihr dann bei uns im Haus im Gästezimmer schlafen. Sogar mit eigener Toilette.«

Und schon am 1. Januar, während sie zu viert vor dem Fernseher saßen und sich das Neujahrskonzert der Wiener Philharmoniker und anschließend das Skispringen aus Garmisch-Partenkirchen ansahen und -hörten, fingen sie an, ernsthaft über das Wie und Wo zu diskutieren.

»Wenn schon, denn schon«, sagte Gerda. »Wenn man ein Haus hat, dann sollte es auch voll und ganz den eigenen Vorstellungen entsprechen. Ich bin also für selber bauen.«

»Und ich für kaufen.« Herbert kannte Kollegen, die beim Häuslebauen um Jahre gealtert waren.

Otto Matuschewski kam mit einem Kompromißvorschlag. »Dann kauft doch ein altes Haus und baut es so um, wie ihr es haben wollt.«

Das klang logisch, beim nächsten Streitpunkt wußte aber auch Otto Matuschewski keinen Rat: »Herbert möchte gern raus aus Berlin, irgendwo nach Franken oder ins Wendland, ich aber will auf alle Fälle hierbleiben, schon meiner Mutter und meiner Familie wegen.«

Da hatte Margot Matuschewski die Erleuchtung. »Wartet doch bis zur Wiedervereinigung und zieht dann nach Zeuthen, Kleinmachnow oder Finkenkrug.«

Die anderen wollten sich darüber halb totlachen. Die deutsche Wiedervereinigung war eine absurde Vorstellung. Alle waren der Überzeugung, daß sich die Welt nie mehr ändern würde. Bis ans Ende aller Tage würde alles so bleiben, wie es war: Hier Ost, da West und dazwischen Mauer und Stacheldraht.

Das eigene Haus war also das beherrschende Thema des Jahres 1969. Zuerst einmal begann es mit einem Kälterekord. Am 6. Januar waren es am Mittag immer noch minus elf Grad. Acht Tage später folgte ein fürchterliches Glatteis in der Stadt, und fast dreihundert Fußgänger mußten nach schweren Stürzen ins Krankenhaus eingeliefert werden. Gerda hatte so große Angst, sich wie vor drei Jahren den Arm zu brechen, daß sie gar nicht aus dem Haus ging und sich selber krank schrieb.

Zwei Tage später war dann im Kreise ihrer Lieben ihr 55. Geburtstag zu feiern, wieder eine »Schnapszahl«. »Nun geht's langsam auf die Sechzig zu.« Das war keine schöne Vorstellung, und Gerda versuchte sich dadurch abzulenken und zu trösten, daß sie zu allen Großveranstaltungen eilte, zu denen sie Karten bekam.

Mit ihren Freundinnen Bianca und Edda zog es sie in den Sportpalast zur großen Eisrevue *Walt Disney's Märchenschau »Schneewittchen und die sieben Zwerge«*, wo sie Marika Kilius und Hans-Jürgen Bäumler live bewundern durfte. Die teuerste

Karte hatte sie sich geleistet, aber die 12 Mark taten ihr in keiner Sekunde leid.

Im Theater des Westens sah sie mit Herbert und den Matuschewskis zusammen *Anatevka*, das Musical mit Shmuel Rodensky, den sie »Europas berühmtesten Milchmann« nannten.

»Das ist ja auch ein Muß für Gerda und Margot«, sagte Herbert und breitete die Arme aus. »Nu, werden se hoffen, daß se seh'n einen von ihre Leit auf der Bühne, de Esther oder de Moishe.«

»Pssst!« Die beiden hatten es gar nicht gern, daß andere auf ihre jüdische Abkunft aufmerksam wurden. Zu tief eingefressen war noch die Angst, und Gerda wollte Margot nicht widersprechen, wenn die sagte: »Paß auf, eines Tages kommen die Nazis zurück an die Macht.«

»Quatsch!« Otto Matuschewski tippte sich an die Stirn. »Anstatt eure Herkunft zu verschweigen, solltet ihr stolz darauf sein, daß ihr solche Eltern und Großeltern hattet.«

Nach Neukölln fuhren sie eigentlich gar nicht mehr so gerne, denn immer wenn Herbert mit Manfred zusammentraf, dann flogen die Fetzen. So auch zu Ottos Geburtstag am 24. Januar.

»Streiken dürfen Arbeiter«, sagte Herbert. »Für höhere Löhne. Aber wenn Studenten ihre Vorlesungen bestreiken, dann ist das idiotisch.«

Manfred Matuschewski blieb noch ruhig. »Es geht uns um bessere Studienbedingungen und um mehr Mitsprache in den Gremien.«

»Klar, das Ei will klüger sein als die Henne.«

»In einem Land, wo die ältere Generation so viel Unheil angerichtet hat – ich sage nur: Deutschland in Schutt und Asche, über fünfzig Millionen Tote im Zweiten Weltkrieg und vor allem Auschwitz –, in einem solchen Land darf doch wohl die Jugend sagen: Wir wollen, können und müssen es besser machen als ihr, die Alten.«

»Die Nazis sind seit 25 Jahren nicht mehr an der Macht.«

»Aber die alten Strukturen sind längst nicht zerschlagen, in den Ämtern wimmelt es von gewesenen Nazis, und der braune Ungeist steckt überall noch in den Köpfen!«

»In meinem auch?« fragte Herbert.

»In deinem auch ...«

»Das ist ja eine Unverschämtheit!« polterte Herbert los. »Du weißt wohl nicht, was mit Gerda los war, wie?!«

»Doch. Entschuldige ...«

Dialoge wie diese wurden allenthalben geführt. Am 9. Januar hatten Germanistik-Studenten der Freien Universität, an der auch Manfred Matuschewski studierte, ihre Bibliothek besetzt und einen »aktiven Streik« ausgerufen. Der Ring Christlich-Demokratischer Studenten (RCDS) hatte daraufhin alle Studenten und Professoren aufgefordert, den Lehrbetrieb fortzusetzen. Ein paar Tage später war es zu einer Prügelei an der Juristischen Fakultät gekommen, und an Manfreds Wirtschafts- und Sozialwissenschaftlicher Fakultät hatten streikende Studenten die Eingänge zu den Hörsälen verbarrikadiert. Am 19. Januar hatte es dann schwere Tumulte in der City gegeben, und am KaDeWe waren viele Schaufensterscheiben zertrümmert worden. Weit über tausend Anhänger der APO, der außerparlamentarischen Opposition, waren zur SPD-Zentrale in der Müllerstraße gezogen, und viele junge Sozialisten hatten dort ihre Parteibücher verbrannt. Vor fünfzig Jahren waren Karl Liebknecht und Rosa Luxemburg ermordet worden, und deren Bilder hatten den Zug beherrscht. Neben den roten Fahnen. Wenig später sollten Studenten das Büro des Kurators stürmen.

»Von unseren Steuergeldern studieren«, sagte Herbert. »Und dann alles kaputtmachen, was wir nach dem Krieg mühsam aufgebaut haben.«

Gerda sah das alles viel gelassener. »Wie hat Ottos Mutter immer gesagt, Matuschewskis Kohlen-Oma: ›Mir geht das nichts an.‹ Und: Geht es dich was an? Nee, also laß die jungen Menschen doch machen. Kann ja auch sein, daß sie recht haben.« Sie erinnerte an die Geschwister Scholl und die »Weiße Rose«. »Wenn Studenten protestieren, dann kann das auch gut sein. Denen fallen vielleicht Dinge auf, die wir Älteren gar nicht mehr bemerken.«

Herbert blieb bei seiner Linie. »Ich will mit Manfred nichts mehr zu tun haben.«

Wenn Gerda in diesen Wochen die Zeitung aufschlug oder die *Tagesschau* sah, schreckte sie immer zusammen: Schreckliches passierte überall. Auf dem Wenzelsplatz in Prag hatte sich der Student Jan Palach selbst angezündet, um gegen die Besetzung seiner Heimat durch die Sowjets zu protestieren. Im saarländischen Lebach waren bei einem Überfall auf ein Munitionsdepot der Bundeswehr vier Soldaten erschossen worden. »Gott, was sind das bloß für Menschen!« rief Gerda aus. Dazu kam Mitte Februar die Schneekatastrophe in der nördlichen Hälfte Deutschlands.

Auch in der großen Politik war eine Menge los. Richard M. Nixon wurde zum neuen Präsidenten der USA gewählt. Mit Gustav Heinemann wurde zum ersten Mal ein Roter Bundespräsident. De Gaulle erklärte seinen Rücktritt. Das ließ insbesondere Margot Matuschewski melancholisch werden: »Der hat mich immer so an meinen Großvater erinnert, Großvati Schulze ... Das war der mit der Buchdruckerei in der Muskauer Straße.« In der Tschechoslowakei mußte der Reformkommunist Alexander Dubcek seinen Hut nehmen, weil er den Russen nicht paßte. In den USA rebellierten die Studenten gegen den Vietnam-Krieg. »Hoffentlich stecken sie unsere nicht auch noch an«, fürchtete Herbert, der in letzter Zeit immer verbitterter wurde. »Die Welt gerät ja sowieso langsam aus den Fugen.« Das bezog sich auf vielerlei, insbesondere aber auf die »Sexwelle« in Deutschland. Alles sprach nur noch von Oswald Kolle und Beate Uhse. Der eine schrieb jede Woche in der *Neuen Revue* über Themen wie »Was Frauen empfinden«, die andere vertrieb mit ihrem Versandhandel Bücher wie *Helga & Bernd zeigen 100 Liebespositionen* oder *Sexuelle Technik in Wort und Bild*. In der Schule gab es jetzt Aufklärungsunterricht, und Gerda hatte für ihr Heim schon einen *Sexualkunde-Atlas* geordert.

»Bald werden sie sich in den Parks versammeln und ausprobieren, was da überall drinsteht«, sagte Herbert.

»Laß sie doch«, erwiderte Gerda. »Wenn's ihnen Spaß macht.«

»Du wirst schon sehen, wo diese ganze antiautoritäre Erziehung hinführen wird: zu Anarchie und Chaos.«

Besonders laut schimpfte Herbert aber über die Große Koalition, die seit 1966 das Land regierte. Obwohl er sich selber einen Konservativen nannte, war ihm der Bundeskanzler Kurt Georg Kiesinger (CDU) gar nicht so recht. »Der schwäbelt und nuschelt mir zuviel.« Gerhard Schröder (CDU), der Verteidigungsminister, war ihm zu arrogant, und den Finanzminister Franz Josef Strauß von der CSU nannte er nur »den Fleischermeister mit dem Stiernacken«. Mehr Freude machten ihm da einige der SPD-Leute im Kabinett, vor allem Willy Brandt als Außenminister: »Der kommt wenigstens aus Berlin.« Auch Karl Schiller fand seine Zustimmung: »Der versteht schon was von Wirtschaft. Ich kann das beurteilen.« Herbert wies immer wieder gern darauf hin, daß er eigentlich zum Bankier berufen war.

Das meiste, was über die Politik in den Zeitungen berichtet wurde, lasen Gerda und Herbert aber nur flüchtig, denn ihr Hauptaugenmerk galt nun dem Immobilienteil. Nur langsam fanden sie sich in die Terminologie hinein. Daß EFH Einfamilienhaus hieß, daß man freistehende Häuser, Doppelhaushälften, Reihen-, Mittel- und Endhäuser unterschied, daß es Fertighäuser gab und welche, die per Hand Stein auf Stein gemauert waren. Bald wußten sie auch, was gemeint war, wenn in den Anzeigen stand »Bahn fußläufig«, »Vollfinanzierung ohne Eigenkapital«, »Einliegerwohnung« oder »Geringe Eigenleistung!«. Die Qual der Wahl wurde damit aber nicht geringer. Am wenigsten Sorgen bereitete ihnen die Finanzierung, denn sie hatten genügend angespart, um die goldene Regel erfüllen zu können: Ein Drittel Eigenkapital, ein Drittel Bausparvertrag, ein Drittel aufgenommenes Geld. Herbert kam schließlich aus dem Bankgewerbe.

Jedes Wochenende setzten sie sich nun in Gerdas Käfer und kurvten durch Tegelort, Konradshöhe, Heiligensee, Frohnau, Hermsdorf, Waidmannslust und Lübars, um nach einem passenden Objekt oder wenigstens Baugrundstück Ausschau zu halten. »Der Norden muß es schon sein«, sagte Gerda, »und wenn man uns im Süden für dasselbe Geld ein Schloß anbieten würde.« Für sie als Nordberlinerin war es völlig undenkbar, auf Dauer in Zehlendorf, Lichterfelde, Lichtenrade, Mariendorf oder Rudow zu leben. Nicht nur gegen den Osten hatte sie etwas.

Doch sooft sie auch unterwegs waren, sie fanden nichts, was ihnen zugesagt hätte. Gerda war am Verzweifeln, und Otto Matuschewski spottete schon, Fälle wie sie landeten am Ende in der Psychiatrie. Da kam ihr Neffe Robert und rettete sie ...

Robert Kurz hatte nach vielen Mühen das Abitur gemacht und studierte nun. Bauingenieur wollte er werden. In den Semesterferien arbeitete er bei einem Architekten, und der hatte in Lübars ein Einfamilienhaus gekauft, das er renovieren und dann weiterverkaufen wollte. »Das wäre was für euch, das müßt ihr euch unbedingt mal ansehen. Und Wöller haut euch bestimmt nicht übers Ohr.«

Am Vierrutenberg hieß die Straße in Lübars, und gleich am Sonnabend nachmittag machten sie sich auf den Weg. Otto und Margot Matuschewski, die zum Kartenspielen gekommen waren, wurden schnell eingeladen. Müllerstraße, Kurt-Schumacher-Platz, Ollenhauerstraße, Oranienburger Straße, Zabel-Krüger-Damm. »Fast nur um die Ecke«, sagte Gerda. Lübars galt als das einzige und letzte Dorf in West-Berlin, und der Name hatte einen fast mythischen Klang. Nördlich vom Zabel-Krüger-Damm erstreckte sich die Niederung des Tegeler Fließes. Hier hatte man Natur und Romantik pur, sah man einmal davon ab, daß das Flüßchen die Grenze zur DDR bildete. Zum Glück für die West-Berliner hatten die Ostdeutschen ihre Grenzzäune und -mauern und ihre Stacheldrahtverhaue um einige hundert Meter in Richtung Glienicke zurückgezogen, so daß sie die Idylle nicht ganz zerstörten. Auf alle Fälle konnte sich glücklich preisen, wer hier ein Haus sein eigen nannte.

Das Objekt des Architekten Wöller erwies sich wirklich als ein Kleinod. Für Gerda war es Liebe auf den ersten Blick. Was er in seiner gerade formulierten Anzeige versprach, stimmte wirklich: »Traumlage am Tegeler Fließ, EFH, Baujahr 1937, saniert, 6 Zi, Kü, Bad, 2 WC, Panoramagaube, auf 879 qm Grund, Keller, Ölheizung, Veranda, Garage, angrenzend an Wiesen, sehr ruhig.«

Am Giebel stand »Villa Gertrud«, und der Architekt versprach ihnen, daraus »Villa Gerda« zu machen.

Herbert war Feuer und Flamme. »Wirklich ein Traumhaus, Robert hat recht.« Otto Matuschewski, schon am nächsten Tag herbeigeeilt, teilte ihre Begeisterung. »Mensch, das wäre auch ein Altersruhesitz für meines Vaters Sohn.«

Nur Margot, von Hause aus etwas pessimistisch, fand einen Wermutstropfen. »Dann hat es Herbert aber immer ganz schön weit zur AOK.«

»Wieso denn?« fragte Gerda. »Ich nehme ihn morgens mit zur U-Bahn. Der kleine Umweg.« Mit der S-Bahn wäre es näher gewesen, aber die boykottierten sie ja als aufrechte West-Berliner, denn sie fuhr weiterhin unter der Regie der DDR, und man wollte dem Mauerstaat keine Devisen zukommen lassen.

Nun gab es nicht mehr viel zu überlegen. Sie setzten sich mit dem Architekten und Robert in Lübars in den »Lustigen Finken«, und innerhalb einer Stunde war man sich einig. Das andere war nur noch Formsache: die Einzahlung des Geldes auf das Notaranderkonto, das Unterschreiben des Kaufvertrages beim Notar, die Eintragung ins Grundbuch.

Gerda umarmte Herbert. »Jetzt ist mein Glück wirklich vollkommen. Man muß nur lange genug warten können, dann wird alles gut.«

Den Sommer über sollte noch renoviert und alles nach Gerdas Vorstellungen eingerichtet werden, und am 1. November wollten sie einziehen.

Als Edda Bollberg davon hörte, freute sie sich riesig. »Prima, da wohnt ihr ja jleich bei mir um'e Ecke.« Sie hatte ihr Haus in Hermsdorf, in der Heidenheimer Straße. »Da fällt mir wat ein ... Am 2. Juli will ick für drei Wochen nach Lanzarote – und da könntet ihr doch gleich ma' üben für Lübars ...«

»Wie das ...?« Gerda konnte ihr nicht folgen.

»Mann, uff mein Haus uffpassen, wenn ick weg bin.«

Herbert guckte nicht eben begeistert. »Wir haben doch keinen Urlaub. Den brauchen wir doch für Farchant.«

»Na, ihr fahrt jeden Morjen zur Arbeet und kommt abends zurück – wat meinste, wie ick det mache.«

»Natürlich hüten wir dein Haus.« Gerda zögerte keine Sekunde. Und so zogen sie wirklich für drei Wochen nach Hermsdorf. Es sollten unvergeßliche Tage und Nächte für sie werden …

Wohlhabend, wie Edda Bollberg war, hatte ihr Grundstück Ausmaße, die Herbert veranlaßten, von einer *hacienda* zu sprechen. So schön das auch sein mochte, es hatte den Nachteil, daß es gleich sechs Nachbarn gab, das heißt sechs angrenzende Grundstück mit bis zu zehn Bewohnern. Und die wenigsten von ihnen waren völlig unproblematisch.

Links vom Gartentor wohnte ein einsamer Witwer, der unter dem litt, was bei Medizinern und Psychologen als Logorrhöe bekannt war: dem zwanghaften Redefluß. Stunde um Stunde lauerte Herr Fleeth am Gartenzaun, um sich auf Gerda oder Herbert zu stürzen, kaum hatten sie einen Fuß vor die Tür gesetzt. Sofort überschüttete er sie mit einem Schwall ejakulierter Wörter. »Haben Sie schon gehört: dieses Fischsterben im Rhein? Das Gift, das sie bei Bingen abgelassen haben! Ein Insektenvertilgungsmittel soll schuld daran sein. Ich sage Ihnen …! Na, ich spritze meine Bäume ja schon lange nicht mehr. Aber was ich dadurch weniger an Früchten habe! Sie ahnen es nicht!«

In Panik liefen Gerda und Herbert zu ihrem VW. Schaffte es Fleeth erst einmal, sie festzunageln, dann gab es kein Entrinnen mehr, mußte man doch befürchten, daß er einen mit Steinen bewarf oder wenigstens mit dem Gartenschlauch vollspritzte, wenn man mitten im Gespräch davoneilen wollte.

Als sie vom Einkaufen zurück waren, holten sie die Liegestühle aus dem Schuppen, um in der Sonne zu schmoren und das zu genießen, was bei Fontane als »die tiefe Stille der Natur« beschrieben war. Doch kaum dösten sie wohlig dahin, brach ringsum die Hölle los. Die Leute neben Fleeth hatten einen Sohn, der eine eigene Band leitete und wieder einmal sein Schlagzeug bearbeitete. Damit nicht genug: Die Nachbarn rechts vom Eingang begannen in diesem Augenblick mit der Renovierung ihres Hauses und setzten alles an Maschinen ein, was der Heimwerker vorrätig hatte. Da wurde gebohrt und geschliffen, gehämmert und gesägt. Vater und Sohn gaben ihr Bestes. Wenn wenigstens die Dame des Hauses am Kochtopf verblieben wäre, nein, sie machte sich daran, mit viel Chemie die alte Farbe vom Gartenzaun abzulaugen, und das stank so bestialisch und war so ätzend, daß Gerda erst kräftig husten mußte und dann unter Luftmangel litt und fast erstickte.

»Nun haben Sie sich mal nicht so«, sagte die Nachbarin, als Herbert schließlich intervenierte. »Wir sind schließlich im Freien, und es ist ja nicht verboten, seinen Gartenzaun neu zu streichen.«

Sie zogen sich also hinters Haus zurück, doch bald stellte sich heraus, daß sie nur vom Regen in die Traufe gekommen waren, denn die beiden Nachbarn dort waren auch nicht ganz ohne.

»Sie da, die kleine Frau!« kam es vom Grundstück links hinten, als sich Gerda gerade weithin entblößt hatte, um ein Sonnenbad zu nehmen. »Ziehen Sie sich mal was an, hier ist kein FKK-Strand!«

»Sie müssen ja nicht hingucken!« gab Gerda zurück.

»Was bleibt mir weiter übrig, wenn ich hier sprenge?«

»Sie Lustmolch!« rief Herbert.

»Quatsch. Ich bin Gynäkologe und will in meiner Freizeit nicht auch noch ...« Damit richtete er seinen Gartenschlauch auf Gerda und verpaßte ihr eine kleine Dusche.

Bei ihrer Flucht kreischte sie so laut, daß die Hunde nebenan im Zwinger in Aufruhr gerieten und einen Höllenlärm veranstalteten. Es waren Dobermänner, die sich am liebsten auf Gerda gestürzt hätten, um sie zu zerfleischen, daran aber von einem Maschendrahtzaun gehindert wurden. Die Wucht, mit der sie ihre Leiber dagegen warfen, war allerdings so groß, daß sie ihn mächtig einbeulten. Sofort erschien der Züchter und schrie, daß Gerda das zu bezahlen habe.

»Hören Sie mal, das ist doch nicht meine Schuld. Und mein Grundstück ist es auch nicht, das gehört meiner Freundin.«

»Mit der sehe ich mich ja sowieso bald vor Gericht. Die hat den Grenzstein versetzt, die hat mir zehn Quadratmeter Land gestohlen. Und darauf steht Gefängnis.«

Blieb Gerda und Herbert die Terrasse. Saß man auf der, sah man auf sauber verputzte Reihenhäuser hinüber. Dort wohnten ausnahmslos nette und völlig normale Leute, die aber alle zwei bis vier Kinder hatten, und diese etwa zwanzig Kinder tobten den ganzen Tag auf dem Rasen herum. Und Gerda wollte in ihrer Freizeit keine Kinder mehr sehen, denn die hatte sie jeden Tag an ihrem Arbeitsplatz im Heim zuhauf.

Als die Matuschewskis am Sonnabend nachmittag zum Kaffeetrinken kamen, konnte sich Otto einer gewissen Schadenfreude nicht enthalten: »Trautes Eigenheim, Glück allein. Da freut euch mal schön auf Lübars ...«

Aber nicht nur die Nachbarn zerrten an ihren Nerven, auch das, was an Arbeit anfiel, war nicht ganz nach Gerdas Geschmack. Brannte die Sonne vom Firmament, mußten sie stundenlang den Rasensprenger umstellen und sich beim Sprengen mit dem Gartenschlauch die Beine in den Bauch stehen. Außerdem war für die empfindlichen Tomaten abgestandenes Wasser aus der Regentonne zu schöpfen und in einer schweren Gießkanne zu den Pflanzen zu schleppen. »Mein armer Arm«, stöhnte Gerda. Der war nach Bruch wie Messerstich sozusagen ihre Achillesferse. Und links war sie ziemlich kraftlos. Herbert hatte es mit dem Kreislauf, der Bandscheibe und seinen Krampfadern. Beim Rasenmähen und anschließenden Harken war er nahe am Kollabieren. Gerda hingegen bekam einen Wadenkrampf, als sie beim Unkrautjäten zu lange in der Hocke gesessen hatte. Zudem fürchtete sie um ihre Gesundheit, als sie eine kleine Wunde am Finger zu spät bemerkt hatte. »Wenn ich nun an Wundstarrkrampf sterbe?« Um das zu vermeiden, fuhr sie schnell zum Arzt, um sich gegen Tetanus impfen zu lassen. Und von wegen saubere Landluft! Dauernd hatten sie die weißen Tische und Stühle abzuwischen, denn vom nahen Stahlwerk Hennigsdorf (DDR) wurde viel Dreck herübergepustet. Schon nach der ersten Woche konnten sie ein Fazit ziehen: »Es scheint so, als seien wir für die Gartenarbeit und ein Haus im Grünen nicht gerade geboren.« Dazu kam anderes, was den Aufenthalt im Freien nicht ganz so angenehm machte. Da waren die Mücken, die sich scharenweise auf sie stürzten, und die Wespen, die Gerda zweimal stachen. Einmal wurde ihr Arm so dick, daß sie zur Notaufnahme ins Dominikus-Krankenhaus fahren mußte.

»Sei nur froh, daß es diesmal der linke Arm war«, sagte Herbert.

Aber auch das Haus als solches bereitete ihnen weitaus mehr Ärger, als sie erwartet hatten. Die Treppen waren viel schmaler und vor allen Dingen steiler, als sie es von der Afrikanischen Straße her gewohnt waren, und prompt stürzte Gerda eine hinunter, als sie die Blumen auf dem Balkon des oberen Geschosses gegossen hatte. Mit dem Hacken ihres Badelatschens rutschte sie von einer Treppenstufe ab und glitt auf dem Rücken zwei Meter nach unten. Das brachte ihr über der Wirbelsäule blutige Hautabschürfungen und zwei Hämatome ein, zum Glück aber schlug sie nicht mit dem Hinterkopf auf.

»Du hättest dir das Genick brechen können«, sagte Herbert, nachdem er sie verarztet hatte.

»Haben alle Einfamilienhäuser so steile Treppen?« fragte Gerda, nachdem das erste Stöhnen vorüber war. »Unseres auch?«

»Eher noch steilere.«

Kaum war dieser Schrecken vorüber, kam der nächste. Auf dem Dachboden hatten sich Marder eingenistet und machten nachts einen solchen Höllenlärm, daß an Schlaf nicht zu denken war. Erfahrene Kollegen sagten Herbert, um sie zu vertreiben, müsse er kleine Schalen mit Eigenurin auf den Dachboden stellen. Das machte Herbert dann auch. Leider kippte er sich eine davon, als er sie von der Leiter aus auf den Dachboden schieben wollte, über den Kopf.

Auch sonst hielt das Haus sie laufend in Trab. Am First hatte sich ein Dachziegel gelöst, und lange mußten sie nach einem Dachdecker telefonieren. Dann funktionierten Klingel und Gegensprechanlage nicht mehr. Eines Morgens hatte Gerda den Griff der Terrassentür in der Hand. Wenig später zog Herbert eine Jalousie so kraftvoll hoch, daß sie sich oben im Kasten irgendwie überschlug und zunächst einmal dahin war.

»Fehlt bloß noch, daß die Gastherme explodiert«, sagte Herbert.

Doch sie überstanden die nächsten Tage ohne weitere Zwischenfälle und fieberten dem Augenblick entgegen, da zum ersten Mal ein Mensch den Mond betreten sollte. Am 16. Juli war das Raumschiff »Enterprise« auf dem Raumfahrtgelände Kap Kennedy gestartet, und am 20. Juli um 21 Uhr 17 ging die Landefähre »Eagle« im »Meer der Ruhe« nieder. Gerda und Herbert saßen bei Edda Bollberg und klatschten Beifall.

»Nun haben wir endlich einen Mann auf dem Mond«, sagte Gerda, und es kam ihr alles vor wie ein Traum. »Was Menschen alles so können.«

»Ein wirklich erhebender Augenblick«, sagte Herbert und stand auf, um zur Toilette zu gehen. Dies auch, um Gerda nicht zu zeigen, wie überwältigt er war. Es war die Nacht vom Sonntag zum Montag, und sie warteten nun, obwohl sie am nächsten Tag zur Arbeit mußten, gebannt auf den ersten Mondspaziergang von Edwin E. Aldrin und Neil A. Armstrong.

»Alles sehr schön«, sagte Herbert. »Aber noch lieber wäre es mir, wenn zwei Deutsche da oben wären.«

»Wären es auch, wenn Hitler nicht gekommen wäre und wir unsere Kräfte anders genutzt hätten.«

Es wurde 3 Uhr 56, bis Neil A. Armstrong als erster Mensch seinen Fuß auf den Erdtrabanten setze und dabei sagte: »*That's one small step for man, one giant leap for mankind.*« Gerdas und Herberts Schulenglisch war so schlecht, daß sie auf die deutsche Übersetzung warten mußten: »Für einen Menschen ist es nur ein kleiner Schritt, für die Menschheit aber ein gewaltiger Sprung.«

Herbert teilte diese Meinung. »Jetzt wird die Menschheit sich ändern, jetzt wird Schluß sein mit allen kleinlichen Streitereien, jetzt beginnt unsere Zukunft.«

Für Gerda begann sie erst einmal mit einem Schrei des Entsetzens, denn während sie in der ersten Etage hingegeben vor dem Fernseher gesessen hatten, waren unten Einbrecher eingestiegen und hatten alles, was Edda Bollberg lieb und teuer war, davongetragen.

»Ich will kein eigenes Haus mehr haben!« rief Gerda.

Herbert lachte. »Du hast aber schon eins, ein Zurück gibt es nicht mehr.«

Gerda hätte am liebsten alles stehen- und liegengelassen und wäre sofort nach Farchant gefahren, doch das ging erst in fünf Wochen, weil Margot und Otto vorher nicht konnten, denn am 22. August war Hochzeit: Manfred, inzwischen Dr. rer. pol., heiratete seine Renate. Zum Glück nur im kleinen Kreise, so daß sich Gerda kein neues Kleid nähen lassen mußte.

Dann kam Farchant, und nach der Heimkehr gewann der Alltag erst einmal Oberhand, doch die Fertigstellung der »Villa Gerda« in Lübars rückte immer näher. Zum 31. Oktober hatten sie ihre Wohnung in der Afrikanischen Straße gekündigt, und an diesem Tage, einem Freitag, wollten sie auch bei sich selber einziehen. Mit der Umzugsfirma war schon alles festgemacht.

Am 18. Oktober, einem Sonnabend, sollte draußen in Lübars »Richtfest« gefeiert werden, das heißt die schlüsselfertige Übergabe der »Villa Gerda« an die Bauherren. Bis dahin aber sollte noch viel Wasser die Spree hinunterfließen und einiges passieren, was Gerda und Herbert sehr beschäftigte. So wurde am 23. Juli Juan Carlos de Bourbon y Bourbon als Nachfolger des Diktators General Franco vereidigt.

»Das ist schon komisch«, sagte Herbert zu Gerda. »Du liest immer deine Lore-Romane und wärst selber gern eine Königin – und deine Tochter lebt nun in einem Königreich und himmelt sicherlich ihre Königin an.« Das war Sophia von Griechenland.

Abschied zu nehmen galt es – mit »einer Träne im Knopfloch«, wie Herbert sagte – von ihrer Lieblingssendung: *Einer wird gewinnen* mit Hans-Joachim Kulenkampff.

»Mit dem war ich schon irgendwie verheiratet«, bekannte Gerda.

Was ihr mehr als einen Schauer über den Rücken jagte, war der mysteriöse Ritualmord an der hochschwangeren Schauspielerin Sharon Tate in der Villa des Regisseurs Roman Polanski in Los Angeles. Der Mörder war mit dem dämonischen Charles Manson bald gefunden.

»Hilfe!« schrie Gerda mitten in der Nacht. Herbert konnte sie nur mit Mühe wieder beruhigen. Sie hatte von Charles Manson geträumt. »Er hat mir mit dem Küchenmesser den Bauch aufschlitzen wollen.«

Die Filme, die nun in den Kinos liefen, gefielen Gerda allesamt nicht mehr. Weder *Ich bin ein Elefant, Madame* von Peter Zadek noch R. W. Fassbinders *Katzelmacher* oder *Jagdszenen aus Niederbayern* mit Angela Winkler. »Das ist so eine Hetzjagd auf Außenseiter – nee, das ist nichts für mich.« Sie spürte, daß eine neue Zeit heraufzog.

Um so mehr liebte sie das Fernsehen. Als es im April den *Blauen Bock* mit Heinz Schenk zum hundertsten Mal gab, saß sie natürlich wieder vor dem Apparat. Auch *den Goldenen Schuß* mit Vico Torriani und Peter Frankenfelds *Vergißmeinnicht* versäumte sie nie. Zu ihren neuen Lieblingssendungen gehörten die *Hitparade* mit Dieter Thomas Heck und *Wünsch dir was* mit Vivi Bach und Dietmar Schönherr.

»Das ist ein Mann!« rief sie, als er auf dem Bildschirm erschien.

»Das ist kein Mann«, entgegnete Herbert. »Denn: *Drei Dinge braucht der Mann: Feuer, Pfeife, Stanwell.*« Und Dietmar Schönherr hatte nichts davon.

Immer reagierten die Leute bei bestimmten Ereignissen mit Sprüchen aus der Werbung. Alle, und nicht nur die Kinder, die beim Zahnarzt nicht malträtiert worden waren, riefen beim Nachhausekommen: »Mutti! Mutti! Er hat überhaupt nicht gebohrt!« Einige übertrugen das auch auf ihr Geschlechtsleben und zeigten damit an, daß es beim Kuß geblieben war. Hintergrund war eine Zahnpasta: *Colgate Fluor S – Entscheidend weniger Karies.* Und küßte man sich, dann nicht ohne den Ausruf: *Strahlerküsse schmecken besser!* Strahler 70 kam von Blendax: *Extra frische Zahncreme für extra weiße Zähne. Beweis: Sogar der tägliche Nikotinbelag geht weg.*

Die eigene kleine Welt war heil und stabil. So wie es war, so konnte es bleiben. Für immer. Gerda Neutigs Lebensgefühl ließ sich mit damit auf den Punkt bringen, zumindest was ihre kleine Welt anging. Im Großen dagegen war einiges an Wünschen offengeblieben: daß die Mauer wieder fiel, daß Deutschland wieder ein Land wurde und daß es endlich einen Bundeskanzler gab, der nicht von der CDU gestellt wurde.

Letzteres schien ihr völlig ausgeschlossen. Aber dann kam der 28. September mit der Wahl zum sechsten Bundestag. Die West-Berliner konnten ja nicht mitwählen, sondern nur Abgeordnete nach Bonn entsenden, aber dennoch ...

»Das darf doch nicht wahr sein!« schrie Herbert, als die ersten Hochrechnungen vorlagen. »Wenn das so weitergeht, stürze ich mich noch aus dem Fenster.« Und es ging so weiter ... Schließlich hatten SPD und FDP zusammen 254 und die CDU/CSU nur 242 Mandate, und am 3. Oktober beschlossen Willy Brandt und Walter Scheel die sozialliberale Koalition.

»Armer Herbert«, sagte Otto Matuschewski. »Das muß für dich ja der Untergang des Abendlandes sein.«

Gerda als alte Gewerkschafterin freute sich, daß die Bundesrepublik nun endlich von einem Mann der SPD regiert wurde, noch dazu von einem, der so entschieden gegen die Nazis Stellung bezogen hatte.

Nun war es also Oktober geworden. Zum Richtfest, das heißt zu einem kleinen Stehempfang im herbstlichen Garten, hatten Gerda und Herbert alle Freunde und Verwandten eingeladen. Die meisten hatten Blumen, eine Flasche Wein oder Sekt und, dies ein alter Brauch, ein kleines Päckchen Brot und Salz mitgebracht. »Als Glücksbringer. Damit ihr immer Brot und Geld im Haus habt.«

Gerda sagte, sie würde auf Wolke sieben schweben, und konnte noch immer nicht fassen, daß diese wunderschöne kleine Villa jetzt ihr und Herbert gehörte. Wie eine Königin kam sie sich vor, die ihren Hofstaat um sich versammelt hatte. Und alle huldigten ihr. Wie hatte ihr Vater immer gesagt? »Haste was, dann biste was.« Nun war sie wirklich etwas.

»Wenn man euer Haus so sieht, dann kann man ja wirklich vor Neid erblassen«, sagte Margot Matuschewski.

»Und Neid ist nun mal die höchste Form der Anerkennung«, fügte Manfred hinzu. »Man kann euch also nur gratulieren, daß ihr's geschafft habt.« Er arbeitete gerade an einem Forschungsprojekt beim Bundespresseamt in Bonn, kam aber alle vierzehn Tage nach Berlin geflogen. Schließlich war er frisch verheiratet.

»Auf daß ihr euch immer lübt in Bars.« Otto Matuschewski hob sein Glas.

Ihre Mutter kam auf Gerda zu, um sie zu umarmen. »Ich bin ja so glücklich, daß ihr's nun geschafft habt. Wer hätte das vor 25 Jahren auch nur zu träumen gewagt ... Niemand. Man hätte ihn für verrückt erklärt.«

Alle freuten sich mit Gerda: ihre Schwester, Edda Bollberg und Bianca Kadritzke, die alten Freundinnen, Werner Seifert, der alte Weggefährte, die Partnerinnen vom Tennisverein, die Kolleginnen vom Heim – und vor allem Robert, ihr Neffe, der das mit Lübars ja alles eingefädelt hatte. Schließlich sang man: »So ein Tag, so wunderschön wie heute, so ein Tag, der dürfte nie vergehen ...«

Dann traten alle an, um unter der Führung des Architekten die »Villa Gerda« zu besichtigen. Es gab viele Ahs und Ohs. Als die Gruppe wieder ins Freie trat, kam die große Überraschung. Robert hatte bei einem befreundeten Pyrotechniker ein kleines Gartenfeuerwerk in Auftrag gegeben, das nun abgebrannt wurde. Anschließend spielte seine Band. Die »High Tension Limited« heizten allen gehörig ein. Man freute sich, daß man so jung geblieben war.

Das ging zehn Minuten so, dann stand ein Nachbar am Zaun. »Wenn das mit diesem fürchterlichen Lärm nicht sofort aufhört, dann rufe ich die Polizei!«

Als sie am Abend im Bett lagen, kuschelte sich Gerda ganz eng an Herbert. »Du ...?«

»Ja ...«

»Soll ich dir mal was gestehen ...?«

Herbert küßte sie. »Ich weiß schon, was: Du möchtest nicht in unser Haus einziehen.«

»Und du?«

»Ich auch nicht«, gestand ihr Herbert. »So wie es aussieht, wird es in Lübars nicht anders sein als bei Edda Bollberg.«

Sie drückte ihn fest an sich, und dann entwickelte sich etwas, bei dem sogar Oswald Kolle Beifall geklatscht hätte.

Bei der Zigarette danach kam bei Herbert allerdings die Frage auf: »Was nun?«

Gerda mußte nicht lange nachdenken. »Es ist und bleibt *unser* Haus, ganz einfach.«

Herbert konnte ihr nicht folgen. »Also willst du doch einziehen?«

»Nein, wir behalten das Haus und lassen andere einziehen. Die Miete deckt das, was wir abzahlen müssen, und wenn wir Lust haben, fahren wir sonntags vorbei und sehen uns unser Haus an. Mein Traum hat sich erfüllt, den Alptraum aber haben andere. Ich denke an Edda Bollberg und Hermsdorf ...«

Herbert blickte bewundernd zu ihr hinüber. »Einfach genial.«

»Also beschlossen und verkündet?«

»Ja.« Herbert drückte seine Zigarette aus. »Bleibt nur das Problem, daß wir ab 31. Oktober im Tiergarten übernachten müssen.«

»Wieso?«

Herbert klatschte sich mit der flachen Hand gegen die Stirn. »Weil wir unsere Wohnung hier gekündigt haben und die Nachmieter schon da waren und pünktlich einziehen wollen.«

Gerda stöhnte auf. »Da hab' ich gar nicht dran gedacht.«

»Eben ...«

Gleich am nächsten Morgen rief sie Bianca an. »Du mit deinen Beziehungen: Wo bekommen wir denn so schnell 'ne neue Wohnung her?«

»Willst du mich vergackeiern? Ihr habt doch euer Haus.«

»Ja und nein.« Gerda erklärte ihr die Sache.

»Na, gratuliere.« Aber Bianca versprach, sich nach Kräften um ihre neue Bleibe zu kümmern. »Ich glaube, bei mir im Haus wird in Kürze eine Wohnung frei.«

Und sie schaffte es tatsächlich, diese Wohnung an Land zu ziehen. So kam es, daß Gerda und Herbert an den Tegeler See zogen und fortan den einmalig schönen Blick weit hinaus ins Havelland genießen konnten.

Der Enkel XIII

Paco kam von der Toilette und schlängelte sich durch Gäste, Büsche und Bäume hindurch in Richtung Straße. Das Gartentor stand offen, denn immer neue Gäste kamen, und andere liefen schnell einmal hinaus, um Vergessenes aus ihrem Auto zu holen. Insofern fiel Paco auch nicht weiter auf. Er warf noch einen letzten Blick auf Yonit, die immer noch mit Larissa Matuschewski und Katharina Kollmannsperger herumalberte, dann war er draußen und wandte sich nach rechts, um über den Ludolfinger Weg zum S-Bahnhof Frohnau zu laufen, wo auch ein Taxistand zu finden war. Er rechnete. In einer knappen Stunde war er in Neukölln. Wie lange würde es dauern, bis er seine wichtigsten Sachen zusammengepackt hatte? Bis 16 Uhr schaffte er es. Fuhr er dann nach Tegel, konnte er den Iberia-Flug 19 Uhr 25 nach Madrid noch ganz bequem erreichen.

Im Laufen zog er sein Handy hervor, um Félix anzurufen. »Überschrift: Pacos überstürzte Flucht aus Berlin. Ich komme zurück, ich weiß nicht mehr, was ich hier noch soll.« Der Freund wollte Einwände dagegen erheben, doch Paco würgte ihn ab. »Bis heute abend. Du kannst mich ja am Flugplatz abholen. Ende.«

Ja, das Ende, sein Ende in Berlin. Es war so tragisch, daß es ihm gefiel. Bei Fontane hatte er den Satz gelesen: »Ein Tod kann unsterblicher sein als ein ganzes Leben.« So war es auch mit einem Abschied. Ein Abschied konnte nachhaltiger sein als eine ganze Liebe. Und wie nicht geschriebene Romane die besten Romane eines Autors waren, so war eine nicht erlebte Liebe die schönste Liebe.

Da hörte er schnelle Schritte hinter sich. Er vermutete einen Jogger und wollte zur Seite treten, denn der Bürgersteig war schmal. Doch als er sich umdrehte, erkannte er Yonit.

»Was ist denn? Hab' ich was vergessen?«

Sie lachte. »Ja, mich!«

»Findest du nicht allein zurück?« Er verstand noch immer nichts. »Es hätte dich doch nachher einer mitnehmen können.«

»Ich will ja von dir mitgenommen werden.«

»Wohin?«

»Wohin du willst ...«

Da zog er sie an sich, und es mußte nichts mehr gesagt werden.

Am nächsten Tag standen sie dann Hand in Hand am Grab von Gerda und Herbert Neutig auf dem Friedhof an der Gotthardstraße in Reinickendorf.

»Ich danke euch beiden«, sagte Paco. »Ohne euch stünde ich nicht hier und hätte Yonit nicht gefunden. Eine Türkin in der Familie, ihr würdet euch wundern.«

Yonit sah ihn an. »Wieso Türkin ...? Ich bin Jüdin und aus Rußland nach Berlin gekommen. Yonit ist ein alter jüdischer Name.«